KHALED HOSSEINI

Afganistan, Kâbil'de bir diplomatın oğlu olarak doğdu. Ailesi, 1980'de Amerika Birleşik Devletleri'nden siyasi sığınma hakkı elde etti. Halen Kuzey California'da yaşamaktadır ve doktorluk mesleğini sürdürmektedir. *Uçurtma Avcısı* onun ilk romanı.

PÜREN ÖZGÖREN

Adana'da doğdu. Avusturya Lisesi'ni bitirdikten sonra University of Miami'de dil eğitimi aldı. 1983'ten bu yana sürdürdüğü çeviri çalışmaları arasında, tanınmış pek çok yazarın eseri bulunmakta: Roman Polanski, Vanessa Redrgrave ve Erje Ayden'in otobiyografileri, Yukio Mişima'dan *Bereket Denizi* dörtlemesi, Henry Miller'dan *Çılgın Üçlü*, Lawrence Durrell'dan *Kara Defter*, George Orwell'dan *Birmanya Günleri*, Ernest Hemingway'den *Cennet Bahçesi*, Truman Capote'den *Bukalemunlar İçin Müzik*, Çinli çağdaş yazar Cang Şianliyen'den *Erkeğin Yarısı Kadın* ve *Ölmeye Alışmak*, Roald Dahl'dan *Öptüm Seni*, Nobelli yazar Toni Morrison'dan *Cennet ve Sevilen*, Bedri Baykam'dan *Maymunların Resim Yapma Hakkı*.

KHALED HOSSEINI

Uçurtma Avcısı

Türkçesi: Püren Özgören

§

Yayın No **243**

Çağdaş Dünya Edebiyatı **60**

Uçurtma Avcısı

Khaled Hosseini

Kitabın Özgün Adı:

The Kite Runner

Yayına hazırlayan: Tülin Er

İngilizce'den çeviren: Püren Özgören

Kapak uygulama: Utku Lomlu

Mizanpaj: Çiğdem Dilbaz

1-17. Basım: Mayıs 2004 - Nisan 2011

18. Basım: Ağustos 2011

ISBN: 978 - 975 - 289 - 145 - 4

Sertifika No: 10905

Baskı ve Cilt: Melisa Matbaacılık

Tel: (212) 674 97 23

Faks: (212) 674 97 29

EVEREST YAYINLARI

Ticarethane Sokak No: 53 Cağaloğlu/İSTANBUL

Tel: (212) 513 34 20-21 Faks: (212) 512 33 76

Genel Dağıtım: Alfa, Tel: (212) 511 53 03 Faks: (212) 519 33 00

e-posta: info@everestyayinlari.com

www.everestyayinlari.com

www.twitter.com/everestkitap

Everest, Alfa Yayınları'nın tescilli markasıdır

Bu kitap, gözümün *nur*'u Haris'le Farah'a
ve Afganistan'ın çocuklarına adandı

UÇURTMA AVCISI

BİR

Aralık 2001

Bugün neysem, on iki yaşındayken, 1975 kışının o karanlık, buz gibi gününde oldum. Tam anını çok iyi anımsıyorum; yıkık, toprak bir duvarın arkasına çömelmiş, donmuş derenin yakınındaki dar, çıkmaz sokağa bakıyordum. Üzerinden çok uzun zaman geçti; ama geçmiş için söylenenler yanlış. Ben onun nasıl gömüleceğini öğrendim. Her ne kadar geçmiş pençeleriyle kendine bir çıkış yolu açmayı becerse de. Şimdi düşününce, o boş sokağa son yirmi altı yıldır bakmakta olduğumu fark ediyorum.

Geçen yaz, dostum Rahim Han beni Pakistan'dan aradı. Onu ziyarete gitmemi istiyordu. Kulağımda ahize, mutfakta dururken, karşı uçtakinin yalnızca Rahim Han olmadığını biliyordum. Kefareti ödenmemiş günahlarımla dolu geçmişimdi. Telefonu kapadıktan sonra, Golden Gate Park'ın kuzey ucundaki Spreckles Gölü'nün kıyısında yürüyüşe çıktım. Erken öğleden sonra güneşi, düzinelerce minyatür teknenin canlı, kıvrak bir esintinin itkisiyle gezindiği suda ışıldıyordu. Başımı kaldırıp bakınca gökyüzünde süzülen, uzun, mavi kuyruklu, bir çift kırmızı uçurtma gördüm. Parkın batı tarafındaki ağaçların epeyce yukarısında, yel değirmenlerinin üstünde salınıyorlardı; aşağıya, artık memleketim dediğim San Francisco kentine bakan bir çift göz gibi. Ve ansızın, Hasan kulağıma fısıldadı: *Senin için, bin tane olsa yakalarım.* Hasan, tavşandudaklı uçurtma avcısı.

Bir söğüt ağacının yakınındaki tahta sıraya oturdum. Rahim Han'ın telefonu kapatmadan hemen önce, aklına son anda gelivermiş gibi söylediği şeyi düşündüm: *Yeniden iyi biri olmak mümkün.* Bir kez daha yukarıya, ikiz uçurtmalara baktım. Hasan'ı düşündüm. Baba'yı. Ali'yi. Kâbil'i. Her şeyi değiştiren o 1975 kışına kadar olan yaşamımı. Her şeyi değiştiren ve beni bugün neysem o yapan kışı.

İKİ

Çocukken, Hasan'la birlikte babamın evindeki araba yolunun iki yanında sıralanan kavak ağaçlarına tırmanır, bir ayna parçasıyla komşu evlerin camlarına ışık tutar, komşuları kızdırırdık. Pantolonlarımızın ceplerini dut kurusu ve cevizle doldurur, yüksek dallardan ikisine, ata biner gibi, karşılıklı yerleşir, çıplak ayaklarımızı aşağıya sarkıtırdık. Dutları yerken aynayı elden ele geçirir, birbirimize ceviz fırlatır, kıkırdar, gülerdik. Hasan'ı o ağacın üzerinde hâlâ görebiliyorum; yaprakların arasından sızan güneş ışığı, meşeden oyulmuş bir Çin bebeği kadar toparlak, kusursuzcasına yuvarlak yüzüne vuruyor: düz, yayık burnu, bambu yapraklarını andıran kısık, hafif çekik, ışığa göre sarı, yeşil, hatta safire dönen gözleri. Biraz düşük, küçük kulakları, son anda eklenivermiş bir uzantıyı andıran sivri, sert çenesi gözümün önünde. Ve yarık dudağı; Çin bebeğini yapan ustanın elindeki keski kaymış ya da adam yoruluvermiş, dikkati dağılmış gibi, üstdudağın hemen soluna atılan o çentik.

Bazen, o ağaçların tepesinde Hasan'ı sapanıyla komşunun tek gözlü Alman kurduna ceviz fırlatmaya razı ederdim. Hasan bunu yapmak istemezdi, ama ben istersem, *gerçekten* istersem beni kırmazdı. Hasan benim hiçbir isteğimi geri çevirmezdi. Sapan kullanmada üstüne yoktu. Hasan'ın babası Ali bizi bu durumda yakalayınca kızardı – onun kadar tatlı, iyi huylu biri ne kadar kızabilirse, elbette. Parmağını sallar, inin çabuk, derdi. Aynayı elimizden alıp annesinin bir sözünü yinelerdi: Şeytan namaz kılan Müslümanlara ayna tutar, akıllarını çelmeye çalışırmış. Oğlunu sertçe süzerek, eklerdi: "Bunu yaparken de gülermiş."

Hasan ayaklarına bakar, "Evet, Baba," diye mırıldanırdı. Ama beni asla ele vermezdi. Ayna fikrinin de, tıpkı komşunun köpeğine ceviz atmak gibi, benden çıktığını asla söylemedi.

Kavaklar çift kanatlı, üzeri dövme demirden motiflerle bezeli bahçe kapısına ulaşan, kırmızı tuğla döşeli araba yolunun iki yanına sıralanmıştı. Kapı, babamın arazisine açılıyordu. Evimiz tuğla yolun sol tarafındaydı; araba yolu evin arkasındaki bahçede son buluyordu.

Herkes, Baba'nın yaptırdığı evin, Vezir Ekber Han bölgesindeki en güzel ev olduğunu söylerdi; burası, Kâbil'in kuzeyinde yer alan, yeni ve zengin bir mahalleydi. Kimilerine göreyse Kâbil'in en güzel eviydi. İki yanı gül ağaçlarıyla kaplı geniş bir çimenlik, mermer zeminli, geniş pencereli, büyük binaya uzanıyordu. Baba'nın İsfahan'da eliyle seçtiği geometrik desenli, mozaik fayanslar dört banyonun zeminini kaplıyordu. Kalküta'dan getirdiği, yaldız işlemeli halılar duvarları süslüyor, tonozlu tavandan kristal bir avize sarkıyordu.

Üst katta benim yatak odam, Baba'nın yatak odası ve "sigara odası" diye bilinen, her zaman tütün ve tarçın kokan çalışma odası vardı. Babamla arkadaşları, Ali'nin sunduğu akşam yemeğinin ardından bu odaya çekilir, siyah, deri koltuklara yayılırlardı. Pipolarını doldurur (Baba buna "pipoyu beslemek" derdi), en sevdikleri konulardan söz ederlerdi: siyaset, iş, futbol. Bazen Baba'ya yanlarında oturup oturamayacağımı sorardım, ama o kapının eşiğine dikilir, "Hadi ama," derdi. "Bu, yetişkinlerin zamanı. Neden gidip kitap filan okumuyorsun?" Sonra, kapıyı kapatırdı; ben orada öylece kalır, neden bütün zamanını *hep* yetişkinlere ayırdığını merak ederdim. Eşiğe oturur, dizlerimi göğsüme çekerdim. Orada bir, bazen iki saat oturur, içeriden gelen kahkahaları, gevezelikleri dinlerdim.

Aşağıdaki oturma odasında, içinde özel olarak yaptırılmış dolaplar bulunan, genişçe bir girinti vardı. Kavisli duvara çerçeveli aile resimleri asılıydı: Büyükbabamla Kral Nadir Şah'ın 1931'de, Şah'ın suikastından iki yıl önce çekilmiş, eski, damarlı bir fotoğraf; ölü bir geyiğin başında duruyorlar, ayaklarında dizlerine kadar gelen çizmeler, omuzlarında av tüfekleri. Annemle babamın düğün fotoğrafı da vardı; babam siyah takım elbisesiyle göz alıcı, annem gelinlikli, gülümseyen, genç bir prenses. Sonra, babamla en iyi dostu ve iş ortağı Rahim Han'ı, evimizin önünde dururken gösteren, bir başka fotoğraf; ikisi de çok ciddi – ben henüz bir bebeğim, Baba beni kucağına almış; yüzü yorgun, asık. Kollarındayım, ama parmaklarımı Rahim Han'ın serçeparmağına dolamışım.

Bu kavisli duvar, oturma odasını yemek salonuna bağlardı; salonun ortasındaki maun masa, otuz konuğu rahatça ağırlayabilecek genişlikteydi – masraflı, gösterişli partilere düşkün olan babam sayesinde, neredeyse her hafta ağırlardı da. Yemek salonunun öteki ucunda kışın sürekli yanan, yüksek, mermer bir şömine vardı.

Geniş, sürgülü bir kapı bir dönümlük arka bahçeye ve dizi dizi kiraz ağaçlarına bakan, yarım daire biçimindeki terasa açılıyordu. Baba ve Ali doğudaki duvarın dibinde küçük bir sebze bahçesi yetiştirmişti: domatesler, nane, yeşil biber ve bir türlü ürün vermeyen mısırlar. Hasan'la ikimiz oraya "Hasta Mısır Duvarı" derdik.

Bahçenin güney ucunda, bir yenidünya ağacının gölgesinde hizmetkârların evi vardı; Hasan'ın babası Ali'yle birlikte yaşadığı küçük, mütevazı, toprak kulübe.

Hasan işte orada, o küçük müştemilatta 1964 yılında doğmuş; beni doğururken can veren annemin ölümünden tam bir yıl sonra.

O evde yaşadığım on sekiz yıl boyunca, Hasan'la Ali'nin kulübesine yalnızca üç-beş kez girdim. Güneş tepelerin ardına çekilip biz de nihayet oyun oynamaya son verince, Hasan'la yollarımız ayrılırdı. Ben güllerin arasından geçip Baba'nın malikânesine yollanırdım, Hasan da doğduğu ve bütün yaşamını geçirdiği, döküntü kulübeye.

Temiz, eşyasız, bir çift gazyağı lambasıyla aydınlatılan, loş bir yer olduğunu anımsıyorum. Odanın iki karşı köşesine iki döşek konmuş, aralarına da yıpranmış, saçakları erimiş bir Herati kilimi atılmıştı; bir köşede de, Hasan'ın resim yaptığı tahta masayla üç ayaklı bir tabure dururdu. Duvarlar, üzerine boncuklarla *Allah-ü ekber* yazısı işlenmiş olan, tek bir örtünün dışında çıplaktı. Baba örtüyü Meşat'a yaptığı yolculukların birinden, Ali'ye armağan getirmişti.

İşte Sanaubar, Hasan'ı 1964'te, soğuk bir kış günü bu küçük kulübede doğurmuştu. Ben annemi doğum sırasındaki aşırı kanama yüzünden kaybetmişim, Hasan da annesini bir haftalıkken kaybetmiş. Çoğu Afgan'ın ölümden de beter dediği bir alınyazısı yüzünden: Kadın, gezgin bir şarkıcı ve dansçı kumpanyasıyla kaçmış.

Hasan annesinden hiç söz etmezdi; böyle biri hiç var olmamıştı sanki. Onu rüyasında görüp görmediğini merak ederdim; nasıl bir kadın olduğunu, şu an nerede bulunduğunu. Hasan da onu merak ediyor muydu? Özlüyor muydu – benim hiç tanımadığım annemi özlediğim gibi? Bir gün evden çıkmış, yeni başlayan İran filmini görmek için Zainab Sineması'na doğru yürüyorduk; İstiklal Ortaokulu'nun yakınındaki askeri kışladan geçen kestirmeye saptık – Baba o yolu kullanmamızı yasaklamıştı, ama o sırada Rahim Han'la birlikte Pakistan'daydı. Kışlayı çeviren çitin üstünden atladık, küçük dereyi geçtik ve eski, terk edilmiş tankların toz bağladığı, boş, toprak araziye çıktık. Birtakım askerler bu tanklardan birinin gölgesine toplanmış sigara içiyor, iskambil oynuyordu. İçlerinden biri bizi gördü, yanındaki arkadaşını dürttü, sonra Hasan'a seslendi.

"Hey, sen!" dedi. "Seni tanıyorum."

Onu daha önce hiç görmemiştik. Kafası tıraşlı, tıknaz bir adamdı; yanaklarındaki siyah kıl dipleri belirgindi. Bize sırıtış biçiminden, bakışlarından ürkmüştüm. "Yürümeye devam et," diye fısıldadım Hasan'a.

"Sen! Hazara! Seninle konuşuyorum, yüzüme baksana!" diye haykırdı er. Sigarasını yanındakine verdi, baş ve işaret parmaklarını birleştirip halka işareti yaptı. Öteki elinin orta parmağını da bu halkaya soktu. Soktu, çıkardı, soktu çıkardı. "Anneni tanırdım, biliyor musun? Hem de çok iyi tanırdım. Şu karşıdaki derenin kıyısında onu becerdim."

Askerler güldü. Bir tanesi, domuz gibi cıyakladı. Hasan'a, "Durma, yürümeye devam et," dedim.

"Ah, öyle tatlı, sıkı bir deliği vardı ki!" diye bağırdı asker; ötekilerin ellerini sıkıyor, pis pis sırıtıyordu. Daha sonra, film başlayınca, karanlıkta Hasan'ın hıçkırdığını duydum. Yaşlar yanaklarından sel gibi akıyordu. Uzandım, kolumu omzuna doladım, onu kendime çektim. Başını göğsüme yasladı. "Seni başkasıyla karıştırdı," diye fısıldadım. "Seni başkasıyla karıştırdı."

Sanaubar'ın evden kaçmasına aslında kimsenin şaşırmadığını duymuştum. İnsanlar asıl, Kuran'ı ezbere bilen Ali kendisinden on dokuz yaş küçük, çok güzel ama töre nedir bilmeyen, adı kötüye çıkmış Sanaubar'la evlendiği zaman şaşırmışlar. Ali gibi o da hem Şii hem de etnik köken olarak Hazara'ydı. Birinci dereceden kuzeni olduğu için de, en doğal eş adayıydı. Ama bu benzerliklerin dışında, Ali'yle Sanaubar'ın hiçbir ortak özelliği yoktu – en azından dış görünüş açısından. Sanaubar'ın, dedikodulara bakılırsa, pek çok erkeği günaha sokan parlak, yeşil gözlerine, cilveli yüzüne karşılık Ali doğumda meydana gelen ve yüzünün alt kısmındaki kasları etkileyen felç yüzünden asla gülümseyemez, sürekli asık yüzle dolaşırdı. Taş yüzlü Ali'nin sevinmesi ya da üzülmesi çok tuhaf bir görüntüydü, çünkü yalnızca o çekik, kahverengi gözleriyle gülümser ya da hüzünlenirdi. Gözlerin ruhun aynası olduğu söylenir. Bu söz, kendini salt gözleriyle dışavuran Ali için söylenmişti sanki.

Sanaubar'ın kışkırtıcı, müstehcen yürüyüşü ve çalkalanan kalçaları sayısız erkeği baştan çıkarmış. Oysa Ali'nin çocuk felci yüzünden kısa kalan, çarpık sağ bacağı (aradaki kâğıt inceliğindeki kas sayılmazsa), bir deri bir kemikti. Bir gün, ben sekiz yaşındayken Ali'yle birlikte pazara *nan* almaya gidişimizi anımsıyorum. Bir şarkı mırıldanarak arkasından gidiyor, yürüyüşünü taklit ediyordum. Zayıf, kemikli bacağını yeri süpürür gibi, dairesel bir hareketle savuruşunu, o ayağını yere her basışında inanılmayacak kadar sağa yatan bedenini izliyordum. Her adımda yere devrilmemesi, küçük bir mucize gibiydi. Ona öykününce, az kaldı yolun kenarındaki hendeğe yuvarlanıyordum. Bunun üzerine kıkır kıkır gülmeye başladım. Ali dönüp bakınca onun taklidini yaptığımı gördü. Hiçbir şey söylemedi. Ne o zaman, ne daha sonra. Yalnızca yürümeye devam etti.

Ali'nin yüzü ve yürüyüşü mahalledeki bazı küçük çocukları korkuturdu. Ama asıl sorun, daha büyük oğlanlardı. Onu sokaklarda kovalar, önlerinden topallayarak geçen bu adamla acımasızca alay ederlerdi. Kimisi ona *Babalu* derdi – kukla adam. "Hey, Babalu, bugün kimi yedin, bakalım?" diye haykırırlardı bir ağızdan, kahkahalarla gülerek. "Kimi yedin, ha, seni yassı burunlu Babalu?"

Ona 'yassı burun' diyorlardı, çünkü Ali'yle Hasan'ın yüz hatları Hazara ırkına özgü, tipik Moğol özellikleri taşıyordu. Yıllarca, Hazaralar hakkında bildiğim tek şey de buydu zaten; Moğollarla aynı soydan geldikleri ve şu ufak tefek Çinlilere benzedikleri. Okul kitaplarında onlardan neredeyse hiç söz edilmez, atalarına şöyle bir değinilip geçilirdi. Bir gün, Baba'nın çalışma odasında, onun eşyalarını karıştırırken, elime annemin eski tarih kitaplarından biri geçti. Horami adında bir İranlı tarafından yazılmıştı. Üzerindeki tozu üfledim, gece yatarken yanıma aldım ve Hazara tarihine koca bir bölüm ayrılmış olduğunu görünce afalladım. Hasan'ın halkını anlatan, upuzun bir bölüm! İşte orada, benim halkımın, yani Peştunların Hazaralara zulmettiğini, onları ezdiğini okudum. Hazaraların on dokuzuncu yüzyılda Peştunlara karşı ayaklanma girişiminde bulunduğunu, ama Peştunların 'ağza alınmaz bir vahşetle bu isyanı bastırdığı' yazıyordu. Kitap, halkımın Hazaraları katlettiğini, topraklarından sürdüğünü, evlerini yaktığını, kadınlarını da sattığını söylüyordu. 'Hazaraları ezmelerinin bir nedeni de, Peştunların Sünni, Hazaralarınsa Şii olmalarıdır,' diyordu. Kitap bilmediğim, öğretmenlerimin bir kez olsun değinmediği bir sürü şey anlatıyordu. Bunlara Baba da değinmemişti. Aynı zamanda, *bildiğim* şeylerden de söz ediyordu: Hazaraların *fare yiyen, yassı burunlu, yüke dayanıklı, katır kadar sağlam* insanlar olduğundan, örneğin. Mahalledeki bazı çocukların Hasan'a bu tür sözcüklerle sataştığını duymuştum.

Ertesi hafta dersten sonra, kitabı, özellikle de Hazaralarla ilgili bölümü öğretmenime gösterdim. Sayfaları şöyle bir karıştırdı, alayla gülümsedi, sonra kitabı geri verdi. "İşte, Şiiler bunu çok iyi becerir," dedi, eşyalarını toplarken, "mazlum rolü yapmayı, kendilerini şehit diye yutturmayı." Şii derken yüzünü buruşturmuştu; bulaşıcı bir hastalıktan söz eder gibi.

Kocasıyla aynı etnik kökene sahip, üstelik akraba olan Sanaubar mahallenin çocuklarıyla bir olup Ali'yi alaya alırmış. Kocasının dış görünüşünden ne kadar tiksindiğini hiç gizlemezmiş.

"Bu da koca mı?" diye hırlarmış. "Öyle eşekler gördüm ki, kocalığa çok daha yakışıyordu."

Bu evliliğin Ali'yle amcası, yani Sanaubar'ın babası arasındaki bir tür antlaşmaya dayandığını düşünenler de vardı. Beş yaşında yetim kalan, sözü edilmeye değer bir malı da mirası da bulunmayan Ali'nin, amcasının lekelenen adını kurtarmak için Sanaubar'la evlendiğini söylerlerdi.

Ali onu taciz edenlere hiç karşılık vermezdi; bence nedeni kısmen, o peşi sıra sürükleyip durduğu sakat bacağıyla onları yakalayamayacağını bilmesiydi. Ama asıl neden, bir tür bağışıklık kazanmış olmasıydı; saldırıları, hakaretleri duymuyordu bile; o Sanaubar'ın Hasan'ı doğurduğu an yaşama sevincine, derdinin ilacına kavuşmuştu. Yalın ama etkili bir tedavi olmuştu. Doğum uzmanı yok, narkozcu yok, öyle gösterişli, ekranlı cihazlar yok. Yalnızca lekeli, çıplak bir döşekte yatan Sanaubar, yanında Ali, bir de ebe. Kadının öyle aman aman yardıma ihtiyacı olmamıştı, çünkü Hasan doğarken bile karakterine uygun davranmıştı: O bir canlının canını yakmayı bilmez, bunu istese de beceremezdi. Birkaç inilti, üç-beş ıkınma ve Hasan görünmüştü. Hem de gülümseyerek.

Boşboğaz ebenin komşulardan birinin hizmetçisine anlattığına, onun da önüne gelene yaydığına göre Sanaubar, Ali'nin kucağındaki bebeğe şöyle bir bakmış, sol dudaktaki yarığı görmüş ve kişner gibi gülmeye başlamış.

"İşte," demiş, "senin yerine bol bol gülümseyecek, budala oğluna kavuştun!" Hasan'ı kucağına almayı bile reddetmiş, beş gün sonra da çekip gitmiş.

Baba, Hasan'ı emzirmesi için benim süt annemi çağırtmış. Ali bize onun, dev Buda heykellerinin bulunduğu Bamiyan kentinden gelme, mavi gözlü bir Hazara kadını olduğunu anlatır, eklerdi: "Öyle tatlı bir sesi vardı ki."

Hasan'la her seferinde, hangi şarkıyı söylerdi, diye sorardık, oysa bal gibi bilirdik – Ali bize defalarca söylemişti. Amacımız şarkıyı Ali'den bir kez daha dinlemekti.

Ali genzini temizler, başlardı:

Yüksek bir dağın tepesinde durdum,
Ve Ali'yi, Allah'ın Aslanı'nı çağırdım.
Oh, Ali, Allah'ın Aslanı, İnsanların Kralı,
Şu yaralı kalplerimize sevinç getir.

Sonra bize, aynı süt annenin emzirdiği çocukların kardeş olduğunu, aralarında zamanın bile kopartamayacağı bir kan bağı oluştuğunu söylerdi.

Hasan'la aynı memeden süt emmiştik. İlk adımlarımızı aynı bahçede, aynı çimenlerin üzerinde atmıştık. Ve ilk sözcüklerimizi aynı çatının altında söylemiştik.

Benimki *Baba* idi.

Onunkiyse *Emir*. Benim adım.

Şimdi geriye bakınca, 1975 yılında olanların -ve onu izleyenlerin- kökeninde işte bu iki sözcüğün yattığını görüyorum.

ÜÇ

Babamın bir zamanlar Belucistan'da siyah bir ayıyla güreştiği rivayet edilirdi. Öykü bir başkasıyla ilgili olsaydı, Afganların abartma huyunu anımsar, *laf* deyip geçerdik – ne yazık ki ulusal bir hastalığa dönüşmüş olan bu huya göre, birinin, oğlunun doktor olduğuyla övündüğünü duyunca, çıkarmanız gereken sonuç şudur: Oğlan büyük bir olasılıkla, lisedeyken bir biyoloji sınavından iyi not almıştır. Ama Baba hakkındaki herhangi bir öykünün doğruluğundan hiç kimse kuşku duyamazdı. Kuşkusu olanlar da, eh, Baba'nın sırtındaki ince, uzun tırnak izlerine bakabilirdi. Baba'nın güreşini gözümün önünde defalarca canlandırdım, rüyamda bile gördüm. O düşlerde Baba'yla ayıyı birbirinden bir türlü ayıramazdım.

Baba'ya o ünlü lakabını takan kişi, Rahim Han'dı: *Tufan Ağa*, bir başka deyişle 'Kasırga Bey'. Bu takma ad, babama gerçekten yakışıyordu. O bir doğa olayı, iriyarı Peştunların kusursuz bir örneğiydi; gür bir sakalı, kendisi kadar asi, kıvırcık, kahverengi saçları, bir söğüt ağacını kökünden sökebilecek kadar güçlü görünen elleri ve Rahim Han'ın tanımıyla, 'şeytana bile diz çöktürecek' kadar keskin, siyah gözleri vardı. Davetlerde bir doksanlık cüssesiyle salona bir fırtına gibi dalar, bütün başlar, güneşe dönen ayçiçekleri gibi ona çevrilirdi.

Baba uykusunda bile görmezden gelinmesi olanaksız biriydi. Kulaklarıma pamuk tıkar, yorganı başıma çeker, yine de Baba'nın horultusunu duyardım; bir kamyon motorunun gümbürtüsünü andıran horultular duvarları delip geçerdi. Üstelik yatak odam koridorda, Baba'nın odasının tam karşısındaydı. Annemin onunla aynı odada uyumayı nasıl başardığını hâlâ anlayabilmiş değilim. Onunla tanışsaydım, anneme sormak istediğim şeylerden biri de budur.

1960'ların sonlarına doğru, ben beş-altı yaşlarındayken, Baba bir yetimhane yaptırmaya karar verdi. Ayrıntıları Rahim Han'dan dinledim. Baba'nın, hiçbir mimarlık deneyimi olmamasına karşın, projeyi kendi eliyle çizdiğini anlattı. Aklı başında tanışları, bu saçmalığa son verip bir mimar tutmasını öğütlemiş. Baba elbette kabul etmemiş, onlar da bu dik başlılık karşısında başlarını esefle sallamış. Ama Baba başarmış, onlar da bu zafer karşısında başlarını saygıyla eğmişler. Kâbil Irmağı'nın güneyindeki Maywand Caddesi'nin hemen arkasına yapılan, iki katlı yetimhanenin bütün masrafını Baba karşılamış. Rahim Han, Baba'nın inşaatı kendi parasıyla tamamladığını, mühendislerin, elektrikçilerin, su tesisatçısı ve işçilerin ('gönlü alınması gereken' belediye görevlilerinin de, elbette) parasını cebinden verdiğini anlattı.

Yetimhanenin inşaatı üç yıl sürdü. Artık sekizime basmıştım. Açılışın bir gün öncesini çok iyi anımsıyorum; Baba beni Kâbil'in birkaç kilometre dışındaki Ghargha Gölü'ne götürmüştü. Hasan'ı da çağırmamı söyledi, ama ben Hasan'ın yapılacak işleri olduğu yalanını uydurdum. Baba'yla baş başa olmak istiyordum. Ayrıca, bir keresinde Hasan'la Ghargha Gölü'ne gitmiştik ve Hasan taşı suda tam sekiz kez sektirmişti. Benim rekorumsa beşti. Baba da yanımızdaydı, bizi seyrediyordu; Hasan'ın sırtına pat pat vurmuştu. Hatta kolunu onun omzuna bile dolamıştı.

Baba'yla ben, yalnız ikimiz, göl kıyısındaki tahta piknik masalarından birine oturduk, haşlanmış yumurtayla *köfteli* sandviç yedik – iki *nan* diliminin arasına yerleştirilmiş köfteyle salatalık turşusu. Suyun rengi lacivertti, güneş ışıkları cam duruluğundaki yüzeyde ışıldıyordu. Cumaları göl biraz hava almak için kent dışına kaçan ailelerle dolup taşardı. Ama o gün hafta ortasıydı ve bir tek Baba'yla ben vardık, bir de uzun saçlı, sakallı birkaç turist; onlara 'hippi' dendiğini duymuştum. Rıhtıma oturmuş, ayaklarını suya sarkıtmışlardı; balık tutuyorlardı. Baba'ya saçlarını neden uzattıklarını sordum, ama Baba homurdandı, yanıt vermedi. Ertesi günkü konuşmasını hazırlıyordu; elle yazılmış bir deste buruşuk kâğıdı karıştırıyor, kalemiyle şuraya buraya not alıyordu. Yumurtamı yedim ve Baba'ya, okuldaki çocuklardan birinin söylediği şey doğru mu, diye sordum: Yanlışlıkla yumurta kabuğunu ısırırsan, hemen tükürmeliydin. Baba bir kez daha homurdandı.

Sandviçimden bir ısırık aldım. Sarı saçlı turistlerden biri güldü, ötekinin sırtına vurdu. Uzakta, gölün karşısında bir kamyon tepeyi ağır ağır tırmanıyordu. Dikiz aynasına vuran güneş ışığı parıldadı.

"Galiba bende *saratan* var," dedim. Kanser. Baba, esintide uçuşan kâğıtlardan başını kaldırdı. Meşrubatı kendin de alabilirsin, dedi; arabanın bagajında, diye ekledi.

Ertesi gün, yetimhanenin avlusundaki bütün iskemleler doldu. Bir sürü insan açılış törenini ayakta izlemek zorunda kaldı. Rüzgârlı bir gündü, yeni binanın ana girişinin hemen önüne kurulmuş olan yükseltide, Baba'nın arkasında oturuyordum. Baba koyu yeşil bir takım elbise giymiş, astragan bir kalpak takmıştı. Konuşmasının ortalarına doğru, rüzgâr başındaki şapkayı uçurdu, herkes güldü. Şapkayı tutmam için bana işaret etti; buna çok sevinmiştim, çünkü böylece herkes onun *benim* babam olduğunu anlayacaktı. Yeniden mikrofona döndü, "Umarım bina şapkamdan daha dayanıklıdır," dedi; yine herkes güldü. Baba konuşmasını bitirince, insanlar ayağa kalkıp alkışladılar. Alkışlar uzun bir süre kesilmedi. Daha sonra da, sırayla onun elini sıktılar. Saçlarımı karıştıranlar, benim elimi sıkanlar da oldu. Baba'yla, bizimle öyle gururlanıyordum ki.

Ama Baba'nın bütün başarılarına karşın, insanlar iş konusunda ona güvenmeyi bir türlü beceremezdi. Baba'ya kanında ticaret olmadığını, babası gibi hukuk okuması gerektiğini söylerlerdi. Oysa Baba, işini başarıyla yürütmekle kalmayıp Kâbil'in en zengin tüccarlarından biri olmuş, yanıldıklarını kanıtlamıştı. Baba ve Rahim Han halı ihracatına ek olarak, tıkır tıkır işleyen iki eczaneyle bir lokantanın sahibiydiler; son derece başarılı bir ortaklıktı.

Aynı şekilde, Baba iyi bir evlilik yapamayacağını ileri sürenlere inat (ne de olsa, asil bir aileden gelmiyordu), annemle, çok iyi eğitim almış, Kâbil'in en saygın, en güzel ve en iffetli kızlarından biri sayılan Sofia Akrami'yle evlenmişti. Üniversitede klasik Farsça dersi veren bu genç kadın, üstelik kraliyet ailesinden geliyordu; babam ondan sürekli 'prensesim' diye söz ederek bu gerçeği fesat ahbaplarının yüzüne çarpardı.

Beni, bu apaçık sırıtan istisnayı saymazsak, babam çevresindeki dünyayı gönlüne göre yoğurmuş biriydi. Sorun, Baba'nın dünyayı siyah-beyaz görmesiydi. Ve neyin siyah neyin beyaz olduğuna karar verişinde. Hayatı böyle yaşayan birine duyduğunuz sevgiye mutlaka korku eşlik eder. Belki biraz da nefret.

Beşinci sınıftayken, bize İslam'ı öğreten bir din hocamız vardı. Adı Molla Fetullah Han'dı; çiçekbozuğu bir yüzü, boğuk bir sesi olan, kısa boylu, tıknaz bir adam. Bize *zekât*'ın ve *hac* görevinin erdemlerini anlatır, günde beş kez kılınan *namazı* ve namaz sırasında okunan karmaşık duaları öğretir, Kuran'dan ayetler ezberletirdi – tercüme etme zahmetine hiç kalkışmadığı bu Arapça sözcükleri ("Tanrı sizi daha iyi duyabilsin!") en doğru biçimde telaffuz etmemiz için bizi sıkıştırır, bunun için de bazen elindeki soyulmuş söğüt dalından yararlanırdı. Bir gün bize, İslam'ın içki içmeyi korkunç bir günah saydığını söyledi; içenler bunun hesabını *Kıyamet Günü* verecekti. O günlerde, Kâbil'de içki içmek yaygın bir alışkanlık değildi zaten. İçki yüzünden halk önünde kırbaçlanan filan yoktu, ama yine de, içki içenler saygıdan bu işi gizli gizli yapardı. İnsanlar viskilerini 'ilaç' niyetine, kahverengi kesekâğıtlarında, belli 'eczanelerden' alırdı. Torbayı görülmeyecek biçimde taşır, yine de, dükkânın ününü bilenlerin ters, ayıplayan bakışlarına hedef olurlardı.

Molla Fetullah Han'ın söylediklerini aktardığımda, üst katta, Baba'nın çalışma odasındaydık. Baba odanın bir köşesine yerleştirilmiş olan bardan kendine viski doldurmaktaydı. Dinledi, başını salladı, sonra içkisinden bir yudum aldı. Gelip deri divana oturdu, kadehini bıraktı, beni kucağına çekti. Bir çift kütüğün üzerinde oturuyormuş duygusuna kapıldım. Derin bir soluk aldı, soluğunu burnundan salıverdi; bıyığının arasından geçerken tıslamaya, boğuk bir ıslığa dönüşen ses hiç kesilmeyecek gibiydi. Ona sarılsam mı yoksa dehşet içinde fırlayıp kaçsam mı, bir türlü karar veremiyordum.

"Okulda öğrendiklerinle gerçek yaşamdaki eğitimin arasında bocaladığını görüyorum," dedi, o derin sesiyle.

"Peki ama, eğer söyledikleri doğruysa, sen bir günahkâr oluyorsun, öyle değil mi, Baba?"

"Hımm." Baba bir buz parçasını dişleriyle ezdi. "Babanın günah konusunda ne düşündüğünü bilmek ister misin?"

"Evet."

"Öyleyse anlatayım," dedi Baba. "Ama önce bir şeyi çok iyi anlamanı istiyorum, Emir: O sakallı yobazlardan asla değerli bir şey öğrenemezsin."

"Molla Fetullah Han'ı mı kastediyorsun?"

Baba kadehini salladı. Buzlar şıngırdadı. "Hepsini kastediyorum. O kendini bir bok sanan, her şeyin üstünde gören maymunların sakalına tüküreyim."

Kıkırdadım. Baba'nın herhangi bir maymunun sakalına tükürürkenki görüntüsü, gerçekten komikti.

"Tek bildikleri, tespih çekip anlamadıkları bir dilde yazılmış bir kitabı papağan gibi tekrarlamak." İçkisini yudumladı. "Afganistan bunların eline geçerse, Allah yardımcımız olsun."

"Ama Molla Fetullah Han iyi birine benziyor," dedim, hâlâ kıkır kıkır gülerek.

"Cengiz Han da öyleydi," dedi Baba. "Neyse, bu kadar yeter. Günahı sordun, ben de anlatmak istedim. Dinliyor musun?"

"Evet," dedim, gülmemek için dudaklarımı büzerek. Ama burnumdan bir kıkırtı kaçtı, horultuya benzer bir ses çıktı. Bunun üzerine kahkahayı koyuverdim.

Baba'nın buz gibi gözleri gözlerime çivilendi; aynı anda gülmeyi kestim. "Şurada seninle iki erkek gibi konuşmaya çalışıyorum. Bir kez olsun becerebilir misin bunu?"

"Evet, Baba, *can*," diye geveledim, Baba'nın bir-iki sözcükle canımı nasıl yakabildiğine bir kez daha şaşarak. Çabucak uçup giden, güzel bir an yaşamıştık (Baba bırakın kucağına almayı, benimle doğru dürüst konuşmazdı bile), bense bir aptal gibi harcamıştım onu.

"Güzel," dedi Baba, ama gözleri ikircikliydi artık. "Şimdi, mollalar ne derse desin, yalnızca bir günah vardır, tek bir günah. O da hırsızlıktır. Onun dışındaki bütün günahlar, hırsızlığın bir çeşitlemesidir. Ne demek istediğimi anlıyor musun?"

"Hayır, Baba *can*," dedim, anlamak için kendimi umutsuzca zorlayarak. Onu bir kez daha hüsrana uğratmak istemiyordum.

Baba sabırsızca içini çekti. Bu da canımı acıttı, çünkü sabırsız biri değildi. Eve, hava karardıktan çok sonra döndüğü, akşam yemeğini tek başıma yediğim günleri anımsadım. Ali'ye Baba'nın nerede olduğunu, eve ne zaman geleceğini sorardım, oysa inşaat alanında olduğunu, şunu ya da bunu denetlediğini çok iyi bilirdim. Buysa sabır isterdi, değil mi? Uğruna yetimhane yaptırdığı çocuklardan daha şimdiden nefret ediyordum; bazen, keşke ana-babalarıyla birlikte ölselerdi, derdim.

"Bir insanı öldürdüğün zaman, bir yaşamı çalmış olursun," dedi Baba. "Karısının elinden bir kocayı, çocuklarından bir babayı almış olursun. Yalan söylediğinde, birinin gerçeğe ulaşma hakkını çalarsın. Hile yaptığın, birini aldattığın zaman doğruluğu, haklılığı çalmış olursun. Anlıyor musun?"

Anlıyordum. Baba altı yaşındayken, bir gece yarısı büyükbabamın evine hırsız girmiş. Saygın bir yargıç olan büyükbabam, adamın karşısına dikilmiş, ama hırsız onu boğazından bıçaklayıp oracıkta öldürmüş – ve Baba'dan babasını çalmış. Kent halkı katili ertesi gün, daha öğleye kalmadan yakalamış; adamın Kunduz yöresinden gelen serserinin teki olduğu anlaşılmış. Onu bir meşe dalına astıklarında, ikindi namazına daha iki saat varmış. Bu öyküyü Baba'dan değil, Rahim Han'dan dinlemiştim. Baba hakkındaki bilgileri hep başkalarından alırdım zaten.

"Çalmaktan daha kötü bir suç yoktur, Emir," dedi Baba. "Kendisine ait olmayan bir şeyi alan insan, bu ister bir can olsun isterse bir dilim *nan*... aşağılıktır. Böyle birinin yüzüne tükürürüm. Böyle biriyle yollarımız kesiştiğinde, Allah yardımcısı olsun. Anlıyorsun, değil mi?"

Baba'nın bir hırsızı evire çevire dövme fikri, hem gülünç hem de ürkütücüydü. "Evet, Baba."

"Yukarıda bir yerde bir Tanrı varsa, umarım benim viski içmem ya da domuz yememden çok daha önemli meselelerle uğraşıyordur. Hadi, in bakalım. Böyle günahtan konuşup durmak beni yeniden susattı."

Barda kadehini dolduruşunu seyrettim ve az önceki konuşmamıza benzer bir konuşmayı bir daha ne zaman yapacağımızı merak ettim. Çünkü gerçeği söylemek gerekirse, hep Baba'nın benden az çok nefret ettiğini hissederdim. Neden etmesin ki? Her şey bir yana, *sevgili*, biricik karısını, güzeller güzeli prensesini öldürmüştüm, öyle değil mi? Buna karşılık da, en azından Baba'ya benzeme nezaketini gösterebilirdim. Oysa ona hiç çekmemiştim. Hem de hiç.

Okulda *Şercanji* denen bir oyun oynardık – bir tür şiir yarışması. Farsça öğretmeninin gözetiminde yapılır, aşağı yukarı şöyle gelişirdi: Sen bir şiirden bir dize söylerdin, rakibin de altmış saniye içinde, senin ağzından çıkan son harfle başlayan, bir başka dize söylemek zorundaydı. Sınıftaki herkes beni takımına almak isterdi, çünkü on birime bastığımda Hayyam'dan, Hafiz'dan ya da Rumi'nin ünlü *Mesnevi*'sinden düzinelerce dizeyi ezbere biliyordum. Bir keresinde, bütün sınıfa karşı tek başıma oynadım ve kazandım. O akşam bunu Baba'ya anlattım; başını sallamakla yetindi, "Güzel," diye mırıldandı.

İşte babamın kayıtsızlığından kaçıp, ölmüş annemin kitaplarına sığınmam, böyle oldu. Bir de Hasan'a, elbette. Bulduğum her şeyi okuyordum; Rumi, Hafiz, Sâdi, Victor Hugo, Jules Verne, Mark Twain, Ian Fleming. Annemin kitaplarını okuyup bitirince -sıkıcı tarih kitaplarını değil, onlara pek elimi sürmezdim, bir tek romanlara, destanlara düşkündüm- harçlığımı kitaplara yatırmaya başladım. Cinema Park'ın yakınındaki kitapçıdan her hafta bir kitap alırdım; odamdaki raflar dolunca onları karton kutularda biriktirmeye başladım.

Bir şairle evlenmek başka şeydi, burnunu şiir kitaplarından kaldırmayan bir oğula sahip olmak başka şey, elbette... Baba'nın hayal ettiği erkek evlat bu değildi. Gerçek erkekler şiir okumazdı; hele şiir yazmak, Tanrı korusun! Gerçek erkekler -gerçek erkek çocukları- tıpkı Baba'nın gençken yaptığı gibi, futbol oynardı. Edebiyata düşkünlüğüm Baba için gerçekten *sabır* isteyen bir durumdu. 1970'de, Baba yetimhane inşaatından bir süreliğine uzaklaşmış, dünya kupası maçlarını televizyondan izlemek için Tahran'a gitmişti; o günlerde Afganistan'da henüz televizyon yoktu. Futbol tutkusunu bana da aşılamak için, beni bir takıma yazdırdı. Ama acınacak durumdaydım, takımın yüz karasıydım; sürekli, ya güzel bir pasın arasına giriyordum ya da gole giden bir oyuncunun önünü tıkıyordum. Sıska bacaklarımla sahada bir o yana bir bu yana seğirtir, kimse bana pas vermediği için sızlanıp dururdum. Kollarımı deli gibi sallayıp, "Hey, bana! Bana!" diye çığırıp dursam da, takım arkadaşlarım beni görmezden gelirdi. Babamın spor becerilerinin zerresini bile alamadığım anlaşılınca, Baba beni hiç olmazsa ateşli bir taraftara dönüştürmeyi denedi. Bu kadarını becerebilirdim herhalde, değil mi? Elimden geldiğince uzun bir süre ilgileniyormuş numarası yaptım. Kâbil takımı Kandahar'ı yendiğinde Baba'yla birlikte çığlıklar attım, hakem bizim takıma penaltı verince, küfrü bastım. Ama Baba bu ilginin içten olmadığını hissetti ve oğlunun asla futbol oynamayacağı, hatta seyretmeyeceği gerçeğini kabullendi.

Baba'nın beni ilkbaharın ilk günü, Afgan yılbaşısında götürdüğü yıllık *Buzkaşi* Turnuva'sını anımsıyorum. *Buzkaşi*, Afganistan'ın milli tutkusuydu, hâlâ da öyledir. Genellikle zengin hamilerce desteklenen, son derece yetenekli bir binici, yani bir *çependez*, oyun alanındaki bir keçi ya da koyun leşini yerden kapmaya, dörtnala kaldırdığı atıyla stadın çevresinde bir tur attıktan sonra hayvan leşini önceden belirlenmiş olan sayı çizgisinin içine atmaya çalışır; bu arada öteki *çependez*'ler onu kovalar, leşi elinden almak için her yolu dener: tekme, yumruk, kırbaç savurmak, tırmıklamak serbesttir. O gün izleyiciler avaz avaz bağırıyor, meydandaki atlılar savaş naraları atarak, bir toz bulutu içinde, hayvan leşini kapmaya çalışıyordu. Toprak atların toynakları altında sarsılıyordu. Biz yukarıdaki tribünlerden seyrediyorduk; biniciler önümüzden doludizgin, haykırarak, kükreyerek geçiyor, atların ağızlarından salyalar, köpükler fışkırıyordu.

Bir ara Baba birini gösterdi. "Emir, şu etrafı kalabalık adamı görüyor musun?"

Görüyordum.

"O, Henry Kissinger."

"Ya," dedim. Henry Kissinger'ın kim olduğunu bilmiyordum, sormaya hazırlandım. Ama aynı anda, dehşet içinde, *çependez*'lerden birinin attan düştüğünü ve toynakların altında ezildiğini gördüm. Bedeni, bez bir bebek gibi oradan oraya sürükleniyor, sağa sola savruluyordu; sonunda atlılar uzaklaştı, beden birkaç kez yuvarlandıktan sonra durdu. Bir kez seğirdi, sonra tam anlamıyla hareketsiz kaldı; bacakları doğal olmayan bir biçimde bükülmüş, akan kan yerde bir havuzcuk oluşturmuştu.

Ağlamaya başladım.

Eve dönünceye kadar da ağladım. Baba'nın direksiyona kenetlenmiş ellerini anımsıyorum. Sıkıyor, gevşetiyor, yine sıkıyordu. Yüzündeki tiksintiyi gizlemek için harcadığı yoğun çabayı hiç unutmayacağım.

O gece, babamın çalışma odasının önünden geçerken, Rahim Han'la konuştuğunu duydum. Kulağımı kapıya yapıştırdım.

"...sağlıklı olduğu için şükretmelisin," diyordu Rahim Han.

"Biliyorum, biliyorum. Ama sürekli kitap okuyor ya da uykuda yürür gibi evin içinde dolanıp duruyor."

"Ee?"

"Ben öyle değildim." Baba'nın sesinden hayal kırıklığı, hatta kızgınlık yansıyordu.

Rahim Han güldü. "Çocuklar boyama kitabı değildir. Onları en sevdiğin renklere boyayamazsın."

"Ben bunu bilir, bunu söylerim: Kesinlikle onun gibi değildim; birlikte büyüdüğüm çocuklar da değildi."

"Biliyor musun, bazen dünyanın en ben-merkezci insanı oluyorsun," dedi Rahim Han. O, Baba'ya bu tür şeyler söyleyebilen tek kişiydi.

"Bununla ilgisi yok."

"Yok mu?"

"Yok."

"Neyle var, peki?"

Baba'nın oturduğu koltuğun gıcırdadığını duydum. Gözlerimi yumdum, kulağımı kapıya biraz daha bastırdım; duymak istiyor, duymak istemiyordum. "Bazen şu camdan dışarıya bakıyor, onu mahallenin çocuklarıyla oynarken görüyorum. Onu itip kakıyor, oyuncaklarını elinden alıyor, şurasına burasına dirsek atıyorlar. Ve o, asla karşılık vermiyor. Asla. Yalnızca... başını öne eğiyor..."

"Şiddeti sevmiyor demek ki," dedi Rahim Han.

"Demek istediğim bu değil, Rahim; bal gibi biliyorsun," diye atıldı Baba. "Bu çocukta eksik bir şeyler var."

"Evet, gaddarlık."

"Kendini savunmanın gaddarlıkla bir ilgisi yoktur. Mahallenin çocukları ona sataşınca ne oluyor, biliyor musun? Hasan öne atılıp onları püskürtüyor. Kendi gözlerimle gördüm. Eve döndükleri zaman, ona soruyorum: 'Hasan'ın yüzündeki yara nasıl oldu?' O da, 'Düştü,' diyor. Sana söylüyorum, Rahim, bu çocukta bir eksiklik var."

"Zamanla kendi yolunu bulacaktır," dedi Rahim Han.

"Nereye doğru, peki?" dedi Baba. "Kendini savunamayan bir çocuk, hiçbir şeyi savunmayan bir erkek olur."

"Her zamanki gibi, aşırı basitleştiriyorsun."

"Hiç sanmıyorum."

"Öfkelisin, çünkü işini devralmayacağından korkuyorsun."

"Şimdi kim basitleştiriyor, bakalım?" diye sordu Baba. "Bak, birbirinizi sevdiğinizi biliyorum, bu da beni mutlu ediyor. Kıskanıyorum ama memnunum. Ciddiyim. Birine... onu anlayan birine ihtiyacı var, çünkü Tanrı şahit, ben anlayamıyorum. Ama Emir'de beni endişelendiren, ifade edemediğim bir şey var. Sanki..." Duraksadığını, doğru sözcükleri aradığını görebiliyordum. Sesini alçalttı, ama onu yine de duyabildim. "Doktorun onu karımın içinden çekip aldığını gözlerimle görmeseydim, oğlum olduğuna asla inanmazdım."

Ertesi sabah Hasan bana kahvaltı hazırlarken, canını sıkan bir şey mi var, diye sordu. Lafı ağzına tıkıverdim: Sen kendi işine bak.

Rahim Han şu gaddarlık konusunda yanılıyordu.

DÖRT

1933'te, babamın doğduğu ve Zahir Şah'ın kırk yıllık saltanatının başladığı yıl, Kâbil'in varsıl ve tanınmış bir ailesinden gelen iki genç adam, iki kardeş, babalarının Ford marka spor arabasının direksiyonuna geçerler. Kafaları haşhaştan dumanlı ve Fransız şarabından *kıyak*, Paghman yolunda son sürat giderken, Hazara bir karı-kocaya çarpıp ikisinin de ölümüne neden olurlar. Polis oldukça pişman görünen delikanlılarla ölen çiftin beş yaşındaki oğlunu, çok sayılan bir yargıç olan, lekesiz geçmişiyle ünlü büyükbabamın karşısına getirir. Erkek kardeşlerin öyküsünü, sonra da merhamet dileyen babalarını dinleyen büyükbabam, ailenin döktüğü paralar sayesinde askerlikten muaf tutulan bu iki genç adama derhal Kandahar'a gidip orduya yazılmalarını ve bir yıl askerlik yapmalarını buyurmuş. Babaları pek canı gönülden olmasa da, bu karara boyun eğmiş; sonuçta herkes, biraz sert de olsa adil bir ceza olduğu konusunda birleşmiş. Yetim çocuğa gelince, büyükbabam onu evlat edinip evine almış, öteki hizmetkârlara oğlanı yetiştirmelerini ama çok yumuşak davranmalarını tembihlemiş. İşte bu çocuk, Ali'ydi.

Ali'yle Baba birlikte büyümüş, Ali çocuk felci geçirinceye kadar da birlikte oynamışlar; tıpkı Hasan'la benim bir kuşak sonra yaptığımız gibi. Baba bize Ali'yle yaptıkları yaramazlıkları anlatır, Ali de başını sallayıp şöyle derdi: "Ama, Ağa efendi, elebaşının kim, cefayı çekenin kim olduğunu da söylesene." Baba güler, kolunu Ali'nin omzuna dolardı.

Ama bu öykülerin hiçbirinde Baba, Ali'den arkadaşı olarak söz etmezdi.

İşin tuhafı, ben de Hasan'ı arkadaşım olarak görmüyordum. Bildik anlamda, yani. Birbirimize, ellerimizi kullanmadan bisiklet sürmeyi öğretmiş ya da karton bir kutudan gayet iyi çalışan bir film makinesi yapmış olsak da. Bütün bir kışı uçurtma uçurarak, uçurtma yarışları yaparak geçirsek de. Bu ince kemikli yüz, tıraşlı kafa ve düşük kulaklar, tavşandudaklı bir gülümsemenin sürekli aydınlattığı bu Çin bebeği yüzü, benim için Afganistan'ın yüzü olsa da.

Bunların hiçbir önemi yoktu. Çünkü tarih kolayca silinip atılacak bir şey değildi. Din de öyle. Sonuçta ben bir Peştun'dum, o da bir Hazara; ben Sünni'ydim o Şii. Hiçbir şey bunu değiştiremezdi. Hiçbir şey.

Ama biz emeklemeyi birlikte öğrenen iki çocuktuk ve hiçbir etnik köken, toplumsal sınıf ya da din bunu değiştiremezdi. Yaşamımın ilk on iki yılını Hasan'la oynayarak geçirdim. Bazen, bana bütün çocukluğum Hasan'la geçirilen uzun, puslu bir yaz günüymüş gibi gelir: babamın bahçesindeki ağaçların arasında birbirimizi kovalayarak, saklambaç, hırsızpolis, Kızılderili-kovboyculuk oynayarak, böceklere işkence ederek... en büyük başarımızı da, hiç tartışmasız, bir arının iğnesini kopardığımız gün tattık; bir ipe bağladığımız zavallı hayvanı, uçmaya her yeltenişinde çekiyorduk.

Kuzeydeki dağlara giderken Kâbil'den geçen *Koçi*'lere, göçebelere musallat olurduk. Kervanın mahallemize yaklaştığını, koyunların melediğini, keçilerin *baa*'larını, develerin boynundaki çıngırakları duyar duymaz evden fırlardık. Sokağımızdan ağır ağır geçen kervanı seyrederdik; üstü başı toz içindeki erkeklerin güneşten, rüzgârdan yıpranmış yüzleri, uzun, rengârenk şallara bürünmüş boyunlarına, bileklerine boncuklar, gümüş kolyeler takmış kadınlar. Keçilere çakıl taşı atardık. Katırlarına su fışkırtırdık. Hasan'ı Hasta Mısır Duvarı'na oturtur, sapanıyla develerin baldırlarına taş atmaya zorlardım.

İlk kovboy filmimizi (John Wayne'in *Rio Bravo*), en sevdiğim kitapçının karşısındaki Cinema Park'ta, birlikte izledik. Baba'ya, John Wayne'le tanışabilmek için, bizi İran'a götürmesi için yalvardığımızı anımsıyorum. Baba o genizden gelen (vites değiştiren bir kamyonun motorundan çıkan sese epeyce benzeyen) kahkahalarını koyuverdi; yeniden konuşabildiği zaman da bize 'seslendirme' denen şeyi açıkladı. Hasan'la donup kalmıştık. İnanamıyorduk. John Wayne Farsça konuşmuyordu, İranlı değildi! Amerikalıydı; tıpkı Kâbil'de, sağda solda gördüğümüz, üstü başı dökülen, cırtlak renkli gömlekler giyen, cana yakın, uzun saçlı erkeklerle kadınlar gibi. *Rio Bravo*'yu üç kez, en beğendiğimiz kovboy filmi olan *Muhteşem Yedili*'yi tam on üç kez izledik. Her seyredişte, son sahnede, Meksikalı çocuklar Charles Bronson'ı gömerken ağladık – Baba'nın dediğine göre, o da İranlı değildi!

Kâbil'in Şar-e-Nau kesimindeki küf kokulu, köhne çarşılarda ya da Vezir Ekber Han semtinin batısına düşen yeni kentte gezinirdik. Son gördüğümüz filmden konuşarak, cıvıl

cıvıl pazarlarda, kalabalığın arasında dolaşırdık. Tüccarları, dilencileri yararak ilerler, üzeri tıka basa dolu, minicik tezgâhların sıralandığı, dar geçitlerden geçerdik. Baba her ikimize de haftada on Afgan lirası verirdi; biz de bu parayı ılık Coca-Cola'ya ve üzerine gül suyuyla şamfıstığı rendesi serpilmiş dondurmaya harcardık.

Okul zamanı hiç değişmeyen, gündelik bir düzenimiz vardı. Ben yataktan güçbela kalkıp banyoya gidene kadar, Hasan çoktan kalkıp aptesini almış, Ali'yle birlikte sabah namazını kılmış, kahvaltımı hazırlamış olurdu: masaya düzgünce yerleştirilen, üç şekerli, koyu bir çay ve üzerine en sevdiğim reçel olan vişne reçeli sürülmüş, bir dilim kızarmış *nan*. Ben karnımı doyurur, ev ödevlerinden yakınırken Hasan yatağımı düzeltir, ayakkabılarımı cilalar, o gün giyeceğim giysiyi ütüler, defterlerimi, kalemlerimi toplardı. Koridorda ütü yaparken, kendi kendine şarkı söylediğini duyardım; hafif boğuk sesiyle, eski Hazara türküleri söylerdi. Sonra, Baba beni siyah Ford Mustang'iyle okula götürürdü – Steve McQueen'in, altı ay önce bir sinemada gösterilen *Bullitt* filmindeki arabasının aynısı olduğu için, Mustang'i herkes gıptayla süzerdi. Hasan evde kalır, ev işlerinde Ali'ye yardım ederdi: kirli çamaşırları elde yıkamak, kuruması için avluya asmak, yerleri süpürmek, pazardan taze *nan* almak, akşam yenecek eti hazırlamak, çimleri sulamak.

Okuldan sonra Hasan'la buluşur, bir kitap kapar, babamın Vezir Ekber Han Mahallesi'ndeki arazisinin hemen kuzeyinde yükselen, ters dönmüş kâse biçimindeki tepeye tırmanırdık. Tepede terk edilmiş, eski bir mezarlık vardı; sıra sıra, isimsiz mezar taşları, aradaki geçitleri kaplayan, karman çorman çalılar. Sayısız mevsimin karı ve yağmuru yüzünden mezarlığın demir kapısı paslanmış, alçak, beyaz mezar taşları tahrip olmuştu. Mezarlığın girişinde bir nar ağacı vardı. Bir yaz günü, Ali'nin mutfak bıçaklarından biriyle ağaca adlarımızı kazıdık: "Emir ve Hasan; Kâbil'in Sultanları." Bu sözcükler işi resmileştiriyordu: Bu ağaç bizimdi. Hasan'la ağaca tırmanır, kan kırmızısı narları toplardık. Meyveleri yiyip ellerimizi otlara sildikten sonra, Hasan'a kitap okurdum.

Hasan yere bağdaş kurar, nar yapraklarının arasından süzülen güneş ışığı yüzünde oynaşırken sessizce beni dinler, arada bir, yerden bir ot kopartırdı. Hasan'ın tıpkı Ali gibi, daha doğrusu Hazaraların çoğu gibi, okuma yazma öğrenmeyeceği daha doğduğu an, belki de Sanaubar'ın isteksiz rahmine düştüğü an kararlaştırılmıştı – okuyup yazmak bir hizmetkârın ne işine yarayacaktı ki? Ama sözcüklerin gizemi, cahilliğine karşın, ya da belki cahilliği yüzünden Hasan'ı müthiş çekiyor, bu yasak ve gizli dünya onu büyülüyordu. Ona şiirler, öyküler, bazen de bilmece okurdum; ama bunları çözmekte benden kat kat üstün olduğunu görünce, bilmeceleri kestim. Ve herhangi bir çekişmeye yol açmayacak şeyler okumaya başladım; Nasrettin Hoca'yla eşeğinin başına gelen aksilikleri, gülünç olayları, örneğin. O ağacın altında saatlerce, güneş batıncaya kadar otururduk, ama Hasan havanın hâlâ bir masala, hiç olmazsa bir paragrafa yetecek kadar aydınlık olduğunu ileri sürerdi.

Hasan'a kitap okumanın en zevkli kısmı, onun anlamadığı, irice bir söze rastladığımız zamanlardı. Onunla alay eder, cahilliğini yüzüne vururdum. Bir keresinde, yine Nasrettin Hoca'nın bir öyküsünü okurken, beni durdurdu. "Bu sözün anlamı ne?"

"Hangisinin?"

"Ebleh."

"Anlamını bilmiyor musun?" dedim, sırıtarak.

"Hayır, Emir Ağa."

"Ama çok sık kullanılır."

"Olsun, bilmiyorum işte." Sesimdeki iğneleyici tınıyı hissettiyse bile, gülümseyen yüzü bunu ele vermiyordu.

"Eh, okuldaki herkes ne demek olduğunu bilir," dedim. "Bir bakalım. Ebleh. Evet, zeki, akıllı demektir. En iyisi bir cümle kurayım: İş sözcüklere geldi mi, Hasan eblehin tekidir."

"Aah," dedi, başını sallayarak.

Daha sonra bundan büyük bir suçluluk duyardım. Kendimi affettirmek için de eski gömleklerimden birini ya da bir oyuncağımı verirdim. Kendime de, bunun zararsız bir şakayı yeterince telafi ettiğini söylerdim.

Hasan'ın o güne kadar okuduklarım arasında en sevdiği kitap, eski Pers kahramanlarını anlatan, onuncu yüzyıldan kalma bir destan olan *Şahname*'ydi. Bütün bölümlere, özellikle de Feridun, Zal ve Rudabeh Şahlara bayılmıştı. Ama tıpkı benim gibi, onun da en sevdiği masal, büyük savaşçı Rüstem'le rüzgâr kadar hızlı atı Rahş'ın öyküsü olan 'Rüstem'le Sohrab' idi. Rüstem, yiğit düşmanı Sohrab'ı savaşta ölümcül bir biçimde yaralar, ama onun uzun zaman önce yitirdiği oğlu olduğunu öğrenir. Üzüntüden kahrolan Rüstem, oğlunun son sözlerini acıyla dinler:

> "Eğer sen gerçekten benim babamsan, kılıcını oğlunun kanıyla kirletmiş oldun. Ve bunu sırf inatçılığından yaptın. Yüreğini sevgiye döndürmeye çalıştım, sana yalvardım, çünkü sende annemden izler bulacağımı sandım. Ama yüreğine boşu boşuna seslenmişim; şimdiyse birbirimize kavuşmak için artık çok geç..."

"Bir daha oku, lütfen, Emir," derdi Hasan. Bazen de, tam bu bölümde gözleri yaşarır, ben de her seferinde kimin için ağladığını merak ederdim; üstünü başını paralayan, başını küllere gömen, acılı Rüstem için mi, yoksa son nefesini verirken bile babasının sevgisinin özlemiyle yanıp tutuşan Sohrab için mi? Ben şahsen, Rüstem'in yazgısını o kadar da trajik bulmuyordum. Sonuçta, bütün babalar içten içe oğullarını öldürme arzusu beslemez miydi?

Bir gün, Temmuz 1973'te, Hasan'a küçük bir oyun daha oynadım. Ona kitap okuyordum, bir anda öyküden uzaklaşıverdim. Hâlâ okuyormuş gibi yapıyor, arada bir sayfayı çeviriyordum, ama metni bütünüyle bırakmış, kendi uydurduğum bir öyküye geçmiştim. Hasan durumun farkında değildi, elbette. Onun için, sayfadaki sözcükler gizemli, çözülmesi olanaksız bir şifreler yumağıydı. Sözcükler sır dolu, gizli kapılardı, anahtarları da bendeydi. Daha sonra tam ona, bastırmaya çalıştığım bir kıkırdamayla, hikâyeyi beğenip beğenmediğini sormak üzereydim ki, Hasan alkışlamaya başladı.

"Ne yapıyorsun?" dedim.

"Bu bana epeydir okuduğun en iyi öyküydü," dedi, hâlâ alkışlayarak.

Güldüm. "Gerçekten mi?"

"Gerçekten."

"Bu... büyüleyici," diye mırıldandım. Ciddiydim. Bu... öyle beklenmedik bir şeydi ki. "Emin misin, Hasan?"

Hâlâ alkışlıyordu. "Harikaydı, Emir Ağa. Yarın biraz daha okur musun?"

"Büyüleyici," diye yineledim; soluğum kesilmişti, bahçesinde hazine bulan biri gibiydim. Yokuşu inerken, düşünceler kafamda *Şaman*'daki havai fişekler gibi patlıyordu. *Epeydir okuduğun en iyi öykü*, demişti. Ona bir sürü öykü okumuştum. Hasan'ın bir şey sorduğunu duydum.

"Ne?" dedim.

"Büyüleyici ne demek?"

Güldüm. Onu sımsıkı kucakladım, yanağına bir öpücük kondurdum.

"Hey, neden yaptın bunu?" diye sordu; şaşırmış, kızarmıştı.

Sırtına dostça bir şaplak indirdim. Gülümsedim. "Sen bir prenssin, Hasan. Sen bir prenssin ve ben seni seviyorum."

Aynı gece, ilk kısa öykümü yazdım. Otuz dakikamı aldı. Sihirli bir kâse bulan ve gözyaşlarını bu kâsenin içine akıttığı zaman yaşların inci tanelerine dönüştüğünü gören bir adamın hikâyesiydi. Ama yoksulluğuna karşın mutlu biri olan bu adam çok ender ağlamaktadır. Bunun üzerine, gözyaşları sayesinde zengin olabilme umuduyla, ağlamak için kendini zorlamaya, her yolu denemeye başlar. İnciler yığıldıkça, hırsı bilenir. Öykü, bir inci tepesinin üzerinde elinde bıçak, kucağında da biricik karısının doğranmış bedeniyle oturan adamın, hıçkırarak ağlamasıyla bitiyordu.

O akşam iki sayfalık öykümü aldım, basamakları çıktım, Baba'nın sigara odasına girdim. Baba'yla Rahim Han pipo içiyor, konyaklarını yudumluyordu.

"Ne var, Emir?" diye sordu Baba; divana yayılmış, ellerini ensesinde kavuşturmuştu. Mavimsi duman başının çevresinde dönüp duruyordu. Ateş saçan gözleri karşısında boğazım kuruyuverdi. Genzimi temizledim, bir öykü yazdığımı söyledim.

Baba başını salladı, yüzünde zorlama bir ilgiye işaret eden, cılız bir gülümseme belirdi. "Bak işte bu çok güzel, öyle değil mi?" dedi. Başka da bir şey eklemedi. Duman bulutunun gerisinden bana bakmayı sürdürdü.

Bir dakika kadar öylece durdum; bugüne kadar yaşadığım en uzun dakikadır. Saniyeler tek tek, damla damla akıyor, birbirini izleyen saniyelerin arasında bir sonsuzluk uzanıyordu. Hava ağırlaşmış, nemlenmiş, neredeyse katılaşmıştı. Hava değil, tuğla soluyordum. Baba bana dik dik bakmayı sürdürüyor, hadi oku, demiyordu.

Her zamanki gibi, Rahim Han imdadıma yetişti. Elini uzattı, en küçük bir zorlamadan eser olmayan bir gülümsemeyle, "Alabilir miyim, Emir can?" dedi. "Okumak isterim." Baba'nın bu sevgi sözcüğünü, *can*'ı bir kez olsun kullandığını duymamıştım.

Baba omuzlarını silkti, doğruldu. Rahatlamış görünüyordu; Rahim Han onu da kurtarmıştı sanki. "Evet, Rahim *Kaka*'ya ver. Ben yukarıya çıkıp hazırlanacağım." Sonra da odadan çıktı. Bazı günler Baba'ya alabildiğine yoğun, dinsel denebilecek bir tapınma duyardım. Ama o an, damarlarımı yarıp o lanetli kanını bedenimden akıtmak, def etmek istedim.

Bir saat sonra, gece göğü iyice kararınca babamın arabasına binip bir partiye gittiler. Rahim Han çıkmadan önce yanıma geldi, katlanmış bir kâğıt parçasıyla birlikte, öykümü geri verdi. Gülümsedi, gözünü kırptı. "Senin için. Daha sonra okursun." Sonra, bir an durdu ve beni, pek çok editörden aldığım pek çok övgüden çok daha fazla yazmaya teşvik eden bir şey söyledi: *Bravo.*

Onlar gidince yatağımın üzerine oturdum, keşke Rahim Han babam olsaydı, diye düşündüm. Sonra Baba'yı, o iri, geniş göğsünü, beni o göğse bastırdığı zaman kendimi ne kadar iyi hissettiğimi, sabahları nasıl *Brut* koktuğunu, sakalının yüzümü nasıl gıdıkladığını düşündüm. Ve içim öyle ani, öyle yoğun bir suçlulukla doldu ki, banyoya koştum, lavaboya eğilip kustum.

Daha sonra yatağıma kıvrıldım, Rahim Han'ın notunu tekrar tekrar okudum:

> Emir can,
>
> Öykünü çok beğendim. *Maşallah.* Tanrı sana özel bir yetenek vermiş. Şimdi o yeteneği bilemek senin görevin, çünkü Tanrı'nın armağanı olan yetenekleri boşa harcayan biri, eşektir. Öykünü kusursuz bir dilbilgisi ve çok ilginç bir

üslupla yazmışsın. Ama öykünün en etkileyici yanı, içindeki ironi. Bu sözcüğün anlamını belki de bilmiyorsun. Ama bir gün öğreneceksin. Bu, bazı yazarların meslek yaşamları boyunca uygulamaya çalışıp da bir türlü başaramadığı bir şeydir. Sen bunu daha ilk öykünde başarmışsın.

Kapım sana açık, her zaman da açık olacak, Emir can. Anlatacak bir öykün olduğu sürece, dinlemeye hazırım. Bravo.

Dostun,
Rahim

Rahim Han'ın sözlerinden coşmuş bir halde sayfaları kaptım, aşağıya, Ali'yle Hasan'ın yere atılmış bir şiltenin üzerinde uyuduğu hole koştum. Baba evde yokken, Ali bana göz-kulak olabilsin diye, baba-oğul burada uyurlardı. Hasan'ı sarsarak uyandırdım, bir öykü dinlemek ister misin, dedim.

Uykulu gözlerini ovuşturdu, gerindi. "Şimdi mi? Saat kaç?"

"Saati boş ver. Bu çok özel bir hikâye. Kendim yazdım," diye fısıldadım, Ali'yi uyandırmamaya özen göstererek. Hasan'ın yüzü aydınlanıverdi.

"Öyleyse *mutlaka* dinlemeliyim," dedi, üstündeki örtüyü sıyırarak.

Öyküyü ona oturma odasında, mermer şöminenin önünde okudum. Bu kez onu kandırmama gerek yoktu; bunlar benim sözcüklerimdi! Hasan kusursuz bir dinleyiciydi; kendini öyküye tam anlamıyla kaptırır, yüzündeki anlam öyküdeki iniş-çıkışlara bağlı olarak sürekli değişirdi. Ben son cümleyi okuyunca, ellerini sessizce çırptı.

"*Maşallah,* Emir Ağa. Aferin!" Yüzü ışıl ışıldı.

"Beğendin mi?" dedim, güzel bir övgünün tadını ikinci kez çıkartarak – ah, nasıl da tatlıydı.

"Bir gün, *inşallah*, büyük bir yazar olacaksın," dedi Hasan. "Ve dünyanın her yanındaki insanlar senin yazdıklarını okuyacak."

"Abartıyorsun, Hasan," dedim, yaptığı şeye bayılarak.

"Hayır. Önemli ve ünlü biri olacaksın," diye üsteledi. Sonra, tam bir şey ekleyecekken, durakladı. Söyleyeceklerini tarttı, hafifçe öksürdü. "Sana öykünle ilgili bir şey sorabilir miyim?" dedi, çekinerek.

"Elbette."

"Şey..."

"Söylesene, Hasan," dedim. Gülümsedim, ama içimdeki güvensiz yazar ansızın telaşlanmıştı; duymak isteyip istemediğinden emin değildi.

"Şey," dedi, "neden adam karısını öldürdü? Daha doğrusu, gözyaşı dökmek için illa da üzülmesi mi gerekiyordu? Soğan koklasa olmaz mıydı?"

Donup kalmıştım. Bu kadar basit bir şeyi neden akıl edememiştim? Dudaklarım kıpırdadı, ama hiç ses çıkmadı. Aynı gece, hem yazmanın temel hedeflerinden birini, ironiyi öğrenmiştim, hem de en büyük tuzaklarından birini: tutarsızlık. Üstelik Hasan'dan. Yaşamı boyunca tek bir sözcüğü bile okuyamamış, yazamamış Hasan'dan. Soğuk ve karanlık bir ses ansızın kulağıma fısıldadı: *Bu cahil Hazara'ya mı soracağız? O ne bilirmiş? Altı üstü bir hizmetçi. Ne cüretle seni eleştiriyor?*

"Eh," diye başladım. Ama cümlemi bitiremedim.

Çünkü aynı anda Afganistan, bir daha dönüşü olmayan bir biçimde değişti.

BEŞ

Önce, gök gürlemesini andıran bir patlama oldu. Yer hafifçe sarsıldı, sonra bir makineli tüfeğin yaylım ateşini duyduk: *tat-a-tat-a-ta*. "Baba!" diye haykırdı Hasan. Hemen ayağa fırladık, koşarak oturma odasından çıktık. Ali'yi holde deli gibi topallarken bulduk.

"Baba! Neydi o ses?" diye çığırdı Hasan, ellerini babasına doğru uzatarak. Ali kollarıyla ikimizi de sardı. Beyaz bir ışık çaktı, gökyüzüne gümüş rengi bir parıltı verdi. Bir kez daha çaktı, onu bir mitralyözün hızlı, kesik takırtısı izledi.

"Ördek avlıyorlar," dedi Ali, boğuk bir sesle. "Ördekler gece avlanır, biliyorsunuz. Korkmayın."

Uzaktan uzağa bir canavar düdüğü duyuldu. Bir yerlerde bir cam kırıldı, biri bağırdı. Sokaktan insan sesleri geliyordu;

yataklarından fırlamışlardı, büyük bir olasılıkla hâlâ pijamalıydılar; saç baş dağınık, gözler şiş. Hasan ağlıyordu. Ali onu kendine çekti, şefkatle kucakladı. Daha sonra kendime, Hasan'ı kıskanmadığımı söyledim. Hem de hiç.

Sabahın ilk saatlerine kadar öyle, sarmaş dolaş kaldık. Silah sesleri, patlamalar bir saatten de az sürdü, ama ödümüzü koparmıştı, çünkü o güne kadar hiç silah sesi duymamıştık. O sıralarda bu tür sesler bize yabancıydı. Bombaların, makineli tüfeklerin sesiyle büyüyen Afgan çocukların kuşağı henüz doğmamıştı. Yemek salonunda birbirimize sokulduk, güneşin doğmasını bekledik; hiçbirimiz, bir yaşam tarzının sona erdiğinin farkında değildik. *Bizim* yaşam tarzımızın. Henüz sona ermemişti belki, ama sonun başlangıcıydı. Sonu, yani *resmi* sonu, önce Nisan 1978'de komünistlerin darbesiyle, sonra da Aralık 1979'da, Rus tankları Hasan'la oyun oynadığımız sokaklara girdiği, tanıdığım Afganistan'ı öldürdüğü ve hâlâ sürüp giden kanlı dönemi başlattığı gün geldi.

Gün ağarmak üzereyken, Baba'nın arabasının sesini duyduk. Arabanın kapısı çarpılarak kapandı, koşan ayaklar basamakları dövdü. Sonra babam eşikte göründü; yüzünde bir şey vardı. Hemen tanıyamadığım, çünkü daha önce hiç görmediğim bir şey: korku. "Emir! Hasan!" diye bağırarak, kolları ardına kadar açık, bize doğru koştu. "Bütün yolları kesmişler, telefon da çalışmıyor. Delirecektim!"

Bizi kollarına aldı. Bir an, kısacık bir an, o gece olanlara -artık ne olduysa- sevindim.

Ördek filan avlamıyorlardı, elbette. Aslında o gece, 17 Temmuz 1973 gecesi, pek bir şey vurulmamıştı. Kâbil ertesi sabah uyandığında, monarşinin tarih olduğunu gördü. Kral, Zahir Şah yurtdışında, İtalya'daydı. Onun yokluğunda, kuzeni Davut Han kralın kırk yıllık saltanatına kansız bir darbeyle son vermişti.

Hasan'la birlikte ertesi sabah babamın çalışma odasının önüne çömeldiğimizi anımsıyorum; içeride Baba'yla Rahim Han çaylarını yudumluyor, Kâbil Radyosu'ndaki darbe haberlerini dinliyordu.

"Emir Ağa?" diye fısıldadı Hasan.

"Ne?"

"Cumhuriyet ne demek?"

Omuz silktim. "Bilmiyorum." Baba'nın radyosunda, 'cumhuriyet' sözcüğünü yineleyip duruyorlardı.

"Emir Ağa?"

"Evet?"

"Cumhuriyet demek, babamla ben gitmek zorundayız mı demek?"

"Sanmıyorum," diye fısıldadım.

Hasan biraz düşündü. "Emir Ağa?"

"Ne?"

"Babamla beni buradan göndermelerini istemiyorum."

Gülümsedim. "*Bas*, seni eşek. Sizi gönderen yok."

"Emir Ağa?"

"Evet?"

"Gidip ağacımıza tırmanalım mı?"

Gülümsemem genişledi. Hasan'ın bir başka huyu da buydu: Her zaman, en doğru şeyi söylemeyi bilirdi – radyo haberleri gerçekten sıkıcı bir hal almıştı. Hasan giyinmek için kulübesine gitti, ben de bir kitap kapmak için üst kata koştum. Sonra mutfağa gittim, ceplerime çamfıstığı doldurdum; dışarıya çıktığımda Hasan beni bekliyordu. Bahçe kapısından fırladık.

Sokağın karşı tarafına geçmiş, tepemize giden boş, toprak patikada ilerlemeye başlamıştık ki, birden Hasan'ın sırtına bir taş çarptı. Arkamızı döndük; yüreğim sıkışıverdi. Assef'le iki arkadaşı -Veli'yle Kemal- bize doğru geliyordu.

Assef'in babası pilot Mahmut, babamın arkadaşıydı. Bizim evin güneyinde, birkaç sokak ileride oturuyorlardı – hurma ağaçlarıyla dolu, yüksek duvarlı, şık bir evde. Kâbil'in Vezir Ekber Han semtinde yaşayan bir çocuksan, mutlaka Assef'i ve o ünlü, paslanmaz çelikten muştasını tanırdın; tadına bizzat bakmadıysan, şanslı sayılırdın. Alman bir anneyle Afgan bir babadan doğan, sarışın, mavi gözlü Assef bütün çocuklardan uzundu. Zalimlik alanındaki hak edilmiş ünü onu sokakların bir numarası yapmıştı. Sözünden dışarıya çıkmayan arkadaşları, onu hoşnut etmek için yarışan maiyetiyle birlikte, mahallede bir Han gibi dolaşırdı. Sözü kanundu; hukuk eğitimine ihtiyacı olanlar için, o çelik muşta en iyi eğitim aracıydı. Bir keresinde o muştayı Karteh-Çar Bölgesi'nden bir çocuğa karşı kullandığını görmüştüm. Assef'in, pek de sağlıklı sayılamayacak bir parıltıyla dolan mavi gözlerinin nasıl kısıldığını, yüzünün gerilişini, o zavallı çocuğu bayıltıncaya kadar yumruklarken nasıl *sırıttığını* asla unutmayacağım. Vezir Ekber Hanlı bazı çocuklar ona Assef *Goşkor* adını takmıştı: Kulak Yiyen Assef. Yüzüne karşı söylemeye kimse cesaret edemezdi elbette; Assef'le bir uçurtma için kavga ederken bu lakabı onun yüzüne haykırma aptallığında bulunan, sonunda da sağ kulağını çamurlu bir hendekte aramak zorunda kalan zavallı çocuğun başına geleni bilmeyen yoktu. Yıllar sonra, Assef'in nasıl bir yaratık olduğunu tanımlayan, İngilizce bir sözcük öğrendim; bu sözcüğün Farsça tam bir karşılığı yok: *sosyopat.**

Ali'ye musallat olan bütün mahalleli çocuklar içinde en acımasızı, en gaddarı Assef'ti. İşin aslı, 'Babalu' hakaretinin

---

*) Sosyal davranış bozukluğu olan, toplumsal tehlike arz eden, ruh sağlığı bozuk. (ç.n.)

mucidiydi. *Hey, Babalu, bugün kimi yedin bakalım? Ha? Hadi, Babalu, gülümse de görelim!* Bazı günler içi yeni ilhamlarla dolar, tacizlerini allayıp pullardı: *Hey, yassı burunlu Babalu, bugün kimi yedin? Anlatsana, seni çekik gözlü eşek!*

Şimdi de elleri kalçalarında, lastik ayakkabılarıyla yerden toz bulutları kaldırarak, doğruca üzerimize geliyordu.

"Günaydın, *huni*'ler!" diye seslendi, bir elini sallayarak; en sevdiği hakaretlerden biriydi: tekerlekler! Bizden yaşça büyük üç çocuk yaklaşırken, Hasan arkama geçti. Kot pantolonlu, tişörtlü oğlanlar karşımıza dikildiler, Assef dudaklarında vahşi bir sırıtış, kalın kollarını göğsünde kavuşturdu. Bir kez daha, Assef'in akıl sağlığının tam da yerinde olmayabileceğini düşündüm. Hemen ardından da, Baba gibi bir babam olduğu için ne kadar şanslı olduğumu; Assef'in beni fazlaca itip kakmamasının tek nedeni oydu.

Çenesiyle Hasan'ı gösterdi. "Hey, yassı burun," dedi. "Babalu nasıl?"

Hasan sesini çıkarmadı, bir adım daha geriledi.

"Haberi duydunuz mu, çocuklar?" dedi Assef, pis pis sırıtarak. "Kral gitti. Beladan kurtulduk. Cumhurbaşkanı çok yaşasın! Babam Davut Han'ı tanır; bunu biliyor muydun, Emir?"

"Babam da tanıyor," dedim. Doğru muydu, değil mi, en ufak bir fikrim yoktu.

Assef ağlamaklı bir sesle taklidimi yaptı: "Babam da tanıyor." Kemal'le Veli pis pis güldüler. Ah, keşke Baba burada olsaydı.

"Eh, Davut Han geçen yıl bize yemeğe geldi," diye sürdürdü Assef sözünü. "Buna ne dersin, Emir?"

Bu ıssız yerde haykırsak, sesimizi duyan olur muydu acaba? Baba'nın evi en az bir kilometre uzaktaydı. Ah, ne diye evden çıkmıştık ki?

"Bir daha bize yemeğe geldiğinde Davut Han'a ne diyeceğim, biliyor musun?" dedi Assef. "Onunla erkek erkeğe konuşacağım; iki *mert* gibi. Anneme söylediğimi ona da söyleyeceğim. Hitler hakkında. İşte, o gerçek bir liderdi. Büyük bir lider. Vizyonu olan bir adamdı. Davut Han'a, Hitler'in başladığı işi bitirmesine izin verselerdi, dünya şimdi çok daha güzel bir yer olurdu, diyeceğim."

Elimle ağzımı kapamama kalmadan, şöyle dediğimi duydum: "Baba Hitler'in deli olduğunu söylüyor; bir sürü masum insanı öldürtmüş."

Assef burun büktü. "Annem de öyle söylüyor; oysa annem Alman, daha iyi bilmesi gerekirdi. Buna inanmamızı istiyorlar, öyle değil mi? Gerçeği bilmemizi istemiyorlar."

"Onlar" derken kimi kastettiğini bilmiyordum – ya da hangi gerçeği gizlediklerini. Bilmek de istemiyordum. Keşke hiç ağzımı açmasaydım. Keşke başımı kaldırıp bakınca Baba'nın geldiğini görseydim.

"Okulda verdiklerini değil, başka kitapları okumalısın," dedi Assef. "Ben okudum. Ve gözlerim açıldı. Şimdi bir vizyonum var ve onu yeni cumhurbaşkanıyla paylaşacağım. Ne olduğunu öğrenmek ister misin?"

Başımı salladım. Zaten söyleyecekti; Assef her zaman kendi sorularını kendisi yanıtlardı.

Mavi gözleri Hasan'a dikildi; parlayıp söndü. "Afganistan, Peştunların yurdudur. Hep öyle oldu, daima da öyle olacak. Biz gerçek Afganlarız; saf Afganlar; şu yassı burunlular değil. Onun halkı *vatan*'ımızı kirletiyor. Kanımızı kirletiyor." Elleriyle bir şeyi süpürür gibi, gösterişli bir hareket yaptı. "Afganistan Peştunlarındır. İşte benim inancım."

Assef gözlerini yeniden bana dikti. Güzel bir rüyadan uyanan birine benziyordu. "Hitler için artık çok geç," dedi. "Ama bizim için değil."

Kot pantolonunun arka cebine uzandı. "Cumhurbaşkanından, kralın yapacak *kuvvet*'i bulamadığı şeyi yapmasını isteyeceğim... Afganistan'ı bütün bu pis, *kâfir* Hazaralardan temizlemesini."

"Bırak da gidelim, Assef," dedim; titreyen sesimden iğrenerek. "Bizim sana ne zararımız var?"

"Ah, elbette var," dedi. Cebinden çıkardığı şeyi görünce, soluğum kesiliverdi. Elbette. Paslanmaz çelik muşta güneşte parladı. "Beni fazlasıyla rahatsız ediyorsun. İşin aslı, canımı şu Hazara'dan bile daha çok sıkıyorsun. Nasıl olur da onunla konuşur, oynar, sana dokunmasına izin verirsin?" Sesinden tiksinti damlıyordu. Veli'yle Kemal başlarıyla onayladılar, homurdanarak onu desteklediler. Assef gözlerini kıstı. Başını salladı. Konuştuğunda, sesi de yüzü kadar şaşkındı: "Ona nasıl 'dostum' dersin, ha?"

Az kaldı haykırıyordum: *Ama o benim dostum değil ki! Benim hizmetçim!* Bunu gerçekten de düşünmüş müydüm? Tabii ki düşünmemiştim. Hayır, düşünmemiştim. Hasan'a bir arkadaş gibi, hatta bir kardeş gibi davranmıştım. Peki ama, Baba'nın arkadaşları çocuklarıyla birlikte bize geldiklerinde, Hasan'ı bir kez olsun oyunlarımıza almış mıydım? Neden Hasan'la etrafta başka kimse yokken oynuyordum yalnızca.

Assef muştayı parmaklarına geçirdi. Bana buz gibi bir bakış fırlattı. "Sen sorunun bir parçasısın, Emir. Sen ve baban gibi budalalar bu insanları korumasaydı, onları çoktan def ederdik. Ait oldukları yerde, Hazaracat'ta çürüyüp giderlerdi. Sen Afganistan'ın yüz karasısın."

O deli gözlerine baktım ve çok ciddi olduğunu anladım. Canımı *gerçekten* de yakmak istiyordu. Yumruğunu kaldırdı, üzerime geldi.

Arkamda hızlı, telaşlı bir devinim oldu. Gözümün ucuyla, Hasan'ın yere eğildiğini, sonra doğrulduğunu gördüm. Assef'in arkamda bir yere takılan gözleri parladı, hayretle açıldı. Aynı şaşkınlığı, arkamda olup bitene bakan Kemal'le Veli'nin yüzlerinde de gördüm.

Döndüm ve Hasan'ın sapanıyla burun buruna geldim. Hasan lastik bandı sonuna kadar germişti. Meşin yuvada, ceviz büyüklüğünde bir taş vardı. Hasan'ın sapanı doğruca Assef'in yüzüne doğrultulmuştu. Lastik bandı böylesine germekten zorlanan eli titriyordu; kaşlarından ter damlaları fışkırmıştı.

"Lütfen bizi rahat bırak, Ağa," dedi Hasan, düz bir sesle. Assef'e 'Ağa' demişti; kısacık bir an, toplumsal sıralamadaki yerini beynine böylesine kazıyarak, onu bir an olsun aklından çıkarmayacak biçimde özümseyerek yaşamanın nasıl bir şey olduğunu merak ettim.

Assef dişlerini gıcırdattı. "Bırak onu, seni anasız Hazara."

"Bırak da gidelim, Ağa, lütfen," dedi Hasan.

Assef sırıttı. "Belki gözünden kaçmıştır, ama siz iki kişisiniz, bizse üç."

Hasan omuzlarını silkti. Dışarıdan bakan biri için, korkmuş görünmüyordu. Ama Hasan'ın yüzünü doğduğum günden beri tanıyordum ve bu yüzdeki en küçük bir değişimi, her bir seğirmeyi, titreşimi algılayabiliyordum. Ve korktuğunu görebiliyordum. Hem de çok korktuğunu.

"Haklısın, Ağa. Ama elimdeki sapan da senin gözünden kaçtı galiba? Kıpırdadığın an, adını 'Kulak Yiyen Assef'ten 'Tek Gözlü Assef'e çevirirler, çünkü taşı tam sol gözüne nişanladım." Bunları öyle düz, yansız bir sesle söylemişti ki, bu sakin sesin altındaki dehşeti ben bile güçlükle duyabildim.

Assef'in dudakları seğirdi. Veli'yle Kemal bu konuşmayı büyülenmiş gibi dinliyorlardı. Biri tanrılarına meydan okuyordu. Onu aşağılıyordu. En kötüsü de, bu biri, sıska bir Hazara'ydı. Assef gözünü taştan ayırıp Hasan'a dikti. Hasan'ın yüzünü dikkatle araştırdı. Orada bulduğu şey her neyse, Hasan'ın niyetinin ne kadar ciddi olduğunu anlamasına yetmiş olmalı ki, yumruğunu indirdi.

"Benim hakkımda öğrenmen gereken bir şey var, Hazara," dedi, tane tane. "Ben çok sabırlı biriyimdir. Bu iş bitmedi, bilesin." Bana döndü. "Seninle de işim bitmedi, Emir. Bir gün, benimle teke tek hesaplaşmanı sağlayacağım." Bir adım geri çekildi. Müritleri de öyle.

"Senin Hazara bugün çok büyük bir hata yaptı, Emir," dedi. Sonra, hep birlikte döndüler, uzaklaştılar. Yokuşu inmelerini, bir duvarın arkasında gözden yitmelerini seyrettim.

Hasan titreyen elleriyle sapanı beline sokmaya çalışıyordu. Ağzı, yatıştırıcı bir gülümsemeyi andıran bir kıvrılışla çarpılmıştı. Pantolonunun belindeki sicimi ancak beşinci denemede bağlayabildi. Ürpertiler içinde eve dönerken, ikimiz de fazla konuşmadık; her köşe başında Assef'le arkadaşlarının pusu kurmuş bizi beklediğine inanıyorduk. Ama beklemiyorlardı; bunun bizi az çok rahatlatması gerekirdi. Oysa rahatlatmadı. Hem de hiç.

Bunu izleyen birkaç yıl, *ekonomik gelişme* ve *reform* sözcükleri Kâbillilerin dilinden düşmedi. Anayasal monarşi feshedilmiş, yerine cumhuriyet kurulmuş, başına da bir cumhurbaşkanı getirilmişti. Bir süre bütün ülkede bir kararlılık, bir yeniden doğuş havası esti. İnsanlar kadın haklarından, modern teknolojiden söz ediyordu.

Yine de, büyük bir değişim gözlenmiyordu; her ne kadar Arg'da (Kâbil'deki krallık sarayı) yeni bir lider oturuyor olsa da, yaşam eskisi gibi sürdü. İnsanlar cumartesiden perşembeye kadar çalışmayı, cuma günleri parklarda toplanıp piknik yapmayı, Ghargha Gölü'nün, Paghman Bahçeleri'nin tahta sıralarında oturmayı sürdürdü. Tıklım tıklım, rengârenk otobüsler, kamyonlar Kâbil'in dar sokaklarında ilerliyor, araçların arka tamponlarında dikilen ya da çömelen, koyu Kâbil aksanlarıyla sürücüye talimat veren muavinlerin haykırışları birbirine karışıyordu. Ramazan'ın bitişiyle başlayan üç günlük Bayram tatilinde, en yeni, en iyi giysilerini kuşanan Kâbil halkı ailelerini ziyaret etti. İnsanlar kucaklaştı, öpüştü, birbirine "Bayramın *mübarek* olsun" dedi. Çocuklar armağanlarını açtı, kabuğu boyalı, haşlanmış yumurtalarla oynadı.

Ertesi yıl, 1974 kışının başında bir gün Hasan'la bahçede oynuyor, kardan kale yapıyorduk; Ali'nin seslendiğini duyduk: "Hasan, Ağa *sahip* [efendi] seni çağırıyor!" Ön kapıda duruyordu; beyazlar giymiş, ellerini koltuk altlarına sokmuştu; soluğu buharlaşıyordu.

Hasan'la bakışıp gülüştük. Sabahtan beri bu çağrıyı bekliyorduk: Bugün Hasan'ın doğum günüydü. "Neymiş, Baba? Biliyorsan, bize de söylesene," dedi Hasan. Gözleri pırıl pırıldı.

Ali omuz silkti. "Ağa efendi bana bir şey demedi."

"Hadi, Ali, söyle ama," diye bastırdım. "Boyama kitabı mı? Belki de yeni bir tabanca?"

Hasan gibi, Ali de yalan söylemeyi beceremezdi. Her yıl, Baba'nın Hasan'a ya da bana aldığı armağanı bilmiyormuş numarası yapardı. Ve her yıl gözleri onu ele verir, biz de ağzından baklayı alırdık. Ama bu kez, doğru söylüyormuş gibiydi.

Baba, Hasan'ın doğum gününü asla atlamazdı. Bir süre Hasan'a ne istediğini sorar, ama Hasan armağan konusunda bir şey söyleyemeyecek kadar utangaç olduğu için, Baba da ısrar etmekten vazgeçerdi. Böylece, her kış kendi kafasına göre bir armağan seçerdi. Bir yıl Hasan'a Japon malı bir oyuncak kamyon aldı, bir başka yıl elektrikli bir tren, bir sonraki yıl da bir dizi tren rayı. Geçen yıl Baba, Hasan'ı deri bir kovboy şapkasıyla şaşırtmıştı; Clint Eastwood'un *İyi, Kötü ve Çirkin*'de taktığı şapkanın aynısıydı – bu, *Muhteşem Yedili*'nin yerini alan, son gözdemizdi. Bütün kış, şapkayı Hasan'la sırayla taktık, karlı bir tepeyi filmin ünlü müziğini haykırarak inerken, birbirimize ateş ettik.

Ön kapıda eldivenlerimizi ve içine kar dolmuş botlarımızı çıkardık. Hole girince, Baba'yı dökme demirden yapılma odun sobasının yanında otururken bulduk; yanında kahverengi takım elbiseli, kırmızı kravatlı, kısa boylu, kel bir Hintli vardı.

"Hasan," dedi Baba, muzipçe gülümseyerek; "seni doğum günü armağanınla tanıştırayım."

Hasan'la ikimiz boş boş baktık. Görünürde kurdeleli bir armağan paketi yoktu. Ne bir torba. Ne bir oyuncak. Yalnızca arkamızda duran Ali, Baba ve bir matematik öğretmenine benzeyen, ufak tefek Hintli.

Takım elbiseli Hintli gülümsedi, elini Hasan'a uzattı. "Ben Doktor Kumar," dedi. "Seninle tanıştığıma sevindim." Farsça'yı ağır bir Hindu vurgusuyla konuşuyordu.

"*Selamın aleyküm,*" dedi Hasan tereddütle. Başını kibarca salladı, ama gözleri gerideki babasını arıyordu. Ali yaklaştı, elini Hasan'ın omzuna koydu.

Baba, Hasan'ın kuşkulu -ve şaşkın- gözlerine baktı. "Doktor Kumar'ı Yeni Delhi'den getirttim. Kendisi bir plastik cerrahtır."

"Bunun anlamını biliyor musun?" diye sordu Hintli – Doktor Kumar.

Hasan başını hayır anlamında salladı. Yardım istercesine bana baktı, bense omuz silktim. Tek bildiğim, insanın apandisitini aldırmak için bir cerraha gittiğiydi. Bunu bilmemin nedeni de, sınıf arkadaşlarımdan birinin bir yıl önce ölmesiydi; öğretmen, onu cerraha götürmekte geç kaldıklarını söylemişti. Ali'ye baktık, ama onun yüzünden hiçbir şey anlaşılmazdı ki. Yüzü her zamanki gibi duygusuzdu, ama gözleri sıcacıktı.

"Evet," dedi Doktor Kumar, "benim işim, insanların bedenlerindeki kusurları düzeltmek. Bazen de yüzlerindeki."

"Ah," dedi Hasan. Önce Baba'ya, sonra da Ali'ye baktı. Eliyle üstdudağına dokundu. "Ah," dedi bir kez daha.

"Alışılmadık bir armağan, biliyorum," dedi Baba. "Büyük bir olasılıkla da umduğun şey değil, ama bu, sonsuza kadar kalacak bir armağan."

"Ah," dedi Hasan. Dudaklarını yaladı. Genzini temizledi. "Ağa efendi, bu şimdi... bu..."

"Hayır, katiyen," diye araya girdi Doktor Kumar. "Canın kesinlikle acımayacak. Sana bir ilaç vereceğim, hiçbir şey hissetmeyeceksin."

"Ah," dedi Hasan. Gülümsedi; rahatlamıştı. Azıcık. "Korkmadım, Ağa efendi, yalnızca..." Hasan kanmış olabilirdi, ama ben kanmamıştım. Doktorlar ne zaman acımayacağını söylese başın belada demekti, biliyordum. Bir yıl önceki sünnetimi gayet iyi anımsıyordum. Doktor bana aynı şeyi söylemiş, hiç hissetmeyeceksin, demişti. Ama o gece, uyuşturucu ilacın etkisi geçince, biri kasıklarımı kızgın kömürle dağlamaya başladı. Baba'nın beni sünnet ettirmek için neden on yaşıma kadar beklediğini anlayamıyordum; bunun için onu asla bağışlamayacaktım.

Keşke benim de, Baba'nın acıma duygularını harekete geçirecek bir yara izim olsaydı. Haksızlıktı bu. Hasan, Baba'nın sevgisini, ilgisini hak edecek hiçbir şey yapmamıştı ki; yalnızca şu gülünç tavşandudakla doğmuştu.

Ameliyat çok iyi geçti. Pansumanın çıkartıldığı an hepimiz biraz sarsıldık, ama Doktor Kumar'ın tembihlediği gibi, gülümsemeyi sürdürdük. Kolay değildi, çünkü Hasan'ın şişmiş, ciğer gibi kızarmış üstdudağı çok sevimsiz bir görüntüydü. Hemşire ona aynayı verince, Hasan'ın dehşet dolu bir çığlık atmasını bekledim. Hasan düşünceli bir yüzle aynaya uzun uzun bakarken, Ali onun elini tuttu. Hasan bir şey mırıldandı. Anlayamamıştım. Kulağımı ağzına yaklaştırdım. Bir kez daha fısıldadı.

"*Teşekkür.*"

Sonra dudakları çarpıldı; bu kez, ne yaptığını hemen anladım. Gülümsüyordu. Tıpkı annesinin rahminden çıkarken yaptığı gibi.

Şiş indi, yara izi zamanla iyileşti. Kısa bir süre sonra ince, tırtıklı, pembe bir çizgiye dönüştü. Ertesi kış, yalnızca soluk bir izdi. Buysa kaderin komik bir cilvesiydi. Çünkü o kış, Hasan'ın gülümsemekten bütün bütüne vazgeçtiği kıştı.

ALTI

Kış.

Her yıl, ilk kar yağdığı gün aynı şeyi yaparım: Sabah erkenden, sırtımda pijamalarımla evden çıkar, soğuğa karşı kollarımla bedenimi sararım. Araba yolu, babamın arabası, duvarlar, ağaçlar, çatılar, tepeler karla kaplıdır. Gülümserim. Gökyüzü kesintisiz, mavidir; karın beyazlığı gözlerimi yakar. Taze karı avuçlar, ağzıma atarım; bir tek kargaların tiz çığlıklarıyla delinen, yoğun sessizliği dinlerim. Yalınayak ön basamakları iner, gelip bakması için Hasan'ı çağırırım.

Kış, Kâbil'deki her çocuğun en sevdiği mevsimdi; en azından babası iyi cins bir soba alabilen çocukların. Nedeni basitti: Kar yağınca okullar tatil edilirdi. Kış benim için çok haneli bölmelerin, Bulgaristan'ın başkentini anımsamanın sonu, Hasan'la sobanın başında iskambil oynayarak, salı sabahları

Cinema Park'ta bedava Rus filmi izleyerek, bir sürü kardan adam yaptıktan sonra öğle yemeğinde pilavlı tatlı şalgam *kurma*'sı yiyerek geçirilen üç aylık tatilin başlaması demekti.

Ve uçurtmalar, elbette. Uçurtma uçurmak. Uçurtma yarıştırmak.

Bazı şanssız çocuklar için kış, ders yılının bitmesi anlamına gelmiyordu. Onlara 'kış kurslarının gönüllüleri' denirdi. Oysa tanıdığım hiçbir çocuk bu derslere gönüllü yazılmamıştı; onları yazdıran ana-babalarıydı elbette. Ben şanslıydım; Baba onlardan biri değildi. Sokağın karşısında oturan, Ahmet adındaki çocuğu anımsıyorum. Babası doktordu galiba. Ahmet saralıydı ve sürekli yün bir yelek giyer, kalın, siyah çerçeveli bir gözlük takardı – Assef'in şaşmaz kurbanlarından biriydi. Her sabah yatak odamın penceresinden, Hazara hizmetçinin araba yolundaki karları küreyişini, siyah Opel'e yol açışını seyrederdim. Sonra da yün yeleği, paltosu ve tıka basa dolu okul çantasıyla Ahmet görünür, babasının peşinden arabaya binerdi. Sırtımda pamuklu pijamam, araba köşeyi dönüp uzaklaşıncaya kadar bekler, sonra yeniden yatağa girerdim. Battaniyeyi çeneme kadar çeker, camdan dışarıya, kuzeydeki zirveleri karlı tepelere bakardım. Yeniden uyuyuncaya kadar bakardım.

Kâbil'in kışına bayılıyordum. Geceleri pencereme pıtır pıtır vuran kar tanelerine, yeni yağmış karın siyah, kauçuk botlarımın altında ezilirken çıkardığı çıtırtıya, rüzgâr bahçelerde, sokaklarda uğuldarken demir sobadan yayılan sıcaklığa bayılıyordum. Ama en çok da, ağaçlar donup yollar buz tutunca, Baba'yla aramdaki buzların azıcık da olsa erimesine. Bunu sağlayansa uçurtmalardı. Baba'yla aynı evde yaşıyorduk, ama farklı dünyalarda. Uçurtmalar bu iki dünya arasındaki, kâğıt inceliğindeki kesişme noktasıydı.

* * *

Her kış, Kâbil'in mahalleleri arasında bir uçurtma yarışı düzenlenirdi. Kâbil'de yaşayan bir oğlan çocuğu için, turnuvanın başladığı gün hiç tartışmasız kış mevsiminin en önemli günüydü. Yarışlardan bir gece önce beni uyku tutmazdı. Yatağımda döner durur, duvarda hayvan gölgeleri oluşturur, hatta omzuma bir örtü alıp balkona çıkar, karanlıkta otururdum. Büyük bir taarruz öncesi siperde uyumaya çalışan bir askerden farksızdım. Buysa kesinlikle abartılı bir benzetme değil, inanın. Kâbil'deki uçurtma yarışmalarına katılmak, az çok savaşa girmeye benzerdi.

Her savaşta olduğu gibi, buna da hazırlanmak gerekirdi. Bir süre, Hasan'la birlikte uçurtmalarımızı kendimiz yaptık. Sonbaharda haftalıklarımızı biriktirir, parayı Baba'nın Herat'tan getirdiği küçük, porselen atın içine atardık. Kış rüzgârları esmeye, kar lapa lapa yağmaya başladığı zaman, atın karnındaki eyer kayışını çözerdik. Pazara gidip kamış çıta, zamk, sicim ve kâğıt alırdık. Günlerce uğraşır, orta çıta ve çapraz kirişler için gereken kamışları yontar, kolayca pike yapmayı ve yeniden yükselmeyi sağlayan ince kâğıdı keserdik. Sonra da tabii, kendi ipimizi, yani *tar*'ımızı yapmak zorundaydık. Uçurtma silahsa, cam kırıklarıyla bezeli *tar* da namludaki kurşundu. Bahçeye çıkar, yüz elli metrelik sicimi cam tozuyla zamktan oluşan bir karışıma batırırdık. Sonra da ağaçların arasına asıp kurumaya bırakırdık. Ertesi gün, savaşa hazır ipi tahta bir makaraya sarardık. Karlar eriyip de bahar yağmurları başladığında, Kâbil'deki her çocuk parmaklarında, uçurtma yarışının anısı olan yatay, derin kesiklerle dolaşırdı. Sınıf arkadaşlarımla okulun ilk günü bir araya toplaşıp birbirimize savaş yaralarımızı gösterişimiz hâlâ aklımda. Kesikler acır, düzelmesi birkaç hafta alırdı, ama umurumda bile değildi. Onlar bir kez daha göz açıp kapayıncaya kadar geçen, nefis bir mevsimin anılarıydı. Sonra sınıf mümessili düdüğünü çalar, biz de tek sıra halinde sınıflarımıza doğru yürürdük; yeniden kavuşuncaya kadar, uzun bir ders yılına katlanmak zorunda olduğumuz kışın özlemi daha şimdiden içimize dolardı.

Ama kısa bir sürede Hasan'la benim uçurtma yapmayı değil, uçurtma yarıştırmayı daha iyi becerdiğimiz anlaşıldı. Tasarımdaki şu ya da bu hata yüzünden, her seferinde hüsrana uğruyorduk. Bunun üzerine Baba bizi uçurtma almaya Seyfo'ya götürmeye başladı. Seyfo, asıl mesleği *muçi*, ayakkabı tamirciliği olan yarı kör, yaşlı bir adamdı. Ama aynı zamanda kentin en ünlü uçurtmacısıydı; Kâbil Irmağı'nın çamurlu güney kıyısındaki kalabalık Mayward Caddesi'nde, derme çatma, minicik bir kulübede çalışırdı. Hapishane hücresine benzeyen dükkânın kapısından ancak iki büklüm geçebilirdiniz; sonra, yerdeki kapak kaldırılıp birkaç tahta basamakla Seyfo'nun göz alıcı uçurtmalarının bulunduğu, nemli, küf kokulu bodruma inilirdi. Baba bize birbirinin eşi üçer uçurtmayla tahta makaraya sarılı camlı iplerden alırdı.Fikir değiştirip daha büyük ya da daha gösterişli bir uçurtma istersem, Baba bana onu da alırdı – bir tane de Hasan'a, elbette. Bazen, keşke bunu yapmasa, derdim. Keşke en güzel uçurtma bir tek bende olsa.

Uçurtma yarıştırmak, Afganistan'ın eski bir kış geleneğiydi. Turnuva sabah erkenden başlar, kazanan uçurtma tek başına gökyüzünde süzülünceye kadar da sona ermezdi – bir turnuvanın hava karardıktan çok sonra bittiğini anımsıyorum. İnsanlar kaldırımlarda, damlarda toplaşır, çocuklarına tezahürat yapardı. Sokakları dolduran yarışmacılar var güçleriyle sicimlerine asılır, ipi bir salıp bir çeker, gözlerini kısıp gökyüzünü tarar, hasmının ipini kesmek için fırsat kollardı. Her uçurtma yarışçısının, makarayı tutan ve ipi besleyen bir yardımcısı olurdu – benimki Hasan'dı.

Bir keresinde, ailesi mahalleye yeni taşınmış olan haylaz bir Hintli oğlan bize memleketindeki uçurtma yarışlarının çok katı kuralları olduğunu söyledi. "Bu iş için hazırlanmış bir yerde, rüzgâra karşı, doğru bir açıda durmak zorundasın," diye övündü. "Ayrıca, camlı ipi yaparken alüminyum kullanman da yasaktır."

Hasan'la bakıştık. Sonra da kahkahaları koyuverdik. Britanyalıların yüzyıl başında, Rusların da 1980'lerde öğrendiği şeyi, yakında bu Hintli çocuk da öğrenirdi: Afganlar bağımsız insanlardı. Afgan halkı gelenekleri sayar ama kurallardan iğrenir. Aynı şey uçurtma savaşında da geçerliydi. Tek bir kural vardı, o da kuralsızlık. Uçurtmanı uçur. Rakibinin ipini kes. Hadi, şansın açık olsun!

Ama hepsi bu kadar değildi, elbette. Gerçek eğlence, bir uçurtmanın ipi kesildiğinde başlardı. İşte o zaman, uçurtma kovalayıcılar -ya da uçurtma avcıları- devreye girerdi: Rüzgâra kapılıp oradan oraya sürüklenen, sonunda da döne döne yere inen, bir tarlaya, birinin bahçesine, bir ağaca ya da bir çatıya konan uçurtmayı kovalayan çocuklar. Av hayli ateşli geçerdi; çocuklar sürüler halinde sokaklara dağılır, itişip kakışarak koşarlardı: İspanya'da bir festivalde şu boğalardan kaçan insanların yaptığı gibi. Bir yıl, mahallenin çocuklarından biri, dallara takılan uçurtma için bir çam ağacına tırmanmıştı. Ağırlığına dayanamayan dal koptu ve oğlan on metre yükseklikten yere çakıldı Belkemiği kırıldığı için bir daha hiç yürüyemedi. Ama düştüğünde uçurtma hâlâ elindeydi. Bir uçurtma avcısı bir uçurtmayı eline geçirdi mi, kimse onu elinden alamazdı. Bu bir kural değildi. Bir gelenekti.

Avcılar için en değerli ödül, kış turnuvasında yere en son düşen uçurtmaydı. O bir şeref madalyasıydı; bir rafta sergilenen, konuklara gösterilen bir ödül. Gökyüzü uçurtmalardan temizlendiği, geriye yalnızca son iki uçurtma kaldığı zaman, uçurtma avcıları dikkat kesilir, avını yakalamaya hazırlanırdı. Kendine en iyi çıkışı yapabileceği, elverişli bir nokta seçerdi. Gerilen kaslar fırlamaya hazırlanırdı. Boyunlar uzanır. Gözler kısılır. Kavga çıkar. Ve son uçurtmanın da ipi kesilince, delice bir yarış başlardı.

Yıllar boyunca uçurtma kovalayan bir sürü çocuk gördüm. Ama Hasan gördüğüm en müthiş uçurtma avcısıydı. Uçurtma *henüz* havadayken, onun ineceği noktayı saptama yeteneği gerçekten ürkütücüydü; içsel bir pusulası vardı sanki.

Kapalı bir kış gününü çok iyi anımsıyorum; Hasan'la birlikte bir uçurtma kovalıyorduk. Onun peşi sıra mahallenin sokaklarında koşuyor, hendeklerden atlıyor, daracık geçitleri bir çırpıda geçiyordum. Ondan bir yaş büyüktüm ama Hasan benden çok daha hızlıydı; hep geride kalıyordum.

"Hasan! Bekle!" diye haykırdım, soluk soluğa.

Başını çevirdi, eliyle işaret etti. "Şuradan!" diye bağırdıktan sonra bir köşeyi hızla döndü. Başımı kaldırıp bakınca, uçurtmanın sürüklendiği yerin tam aksi yönüne koştuğumuzu fark ettim.

"Onu kaybedeceğiz! Ters yöne gidiyoruz!" diye seslendim.

"Bana güven!" diye bağırdığını duydum. Köşe başına ulaşınca Hasan'ın başını eğmiş, yıldırım gibi koştuğunu gördüm, gökyüzüne bakmıyordu bile, gömleğinin sırtı terden sırılsıklamdı. Ayağım bir taşa takıldı, düştüm – Hasan'dan yavaş olmanın yanı sıra, ondan sakardım da; o doğal esnekliğini her zaman kıskanmıştım. Güçbela doğrulunca, Hasan'ın bir başka köşeyi döndüğünü gördüm. Topallayarak peşine takıldım; sıyrılmış dizlerime iğneler batıyordu.

Kovalamaca, İstiklal Ortaokulu'nun yakınındaki delik deşik, tozlu bir yolda sona erdi. Bir yanda, yazları marul yetiştirilen bir tarla, öteki yanda da dizi dizi vişne ağaçları vardı.

Hasan bir ağacın altına bağdaş kurmuş, avucundaki dut kurularını yiyordu.

"Burada ne işimiz var?" diye sordum soluk soluğa; midem bulanıyordu.

Gülümsedi. "Gel otur, Emir Ağa."

Yanına çöktüm, ince kar tabakasının üzerine uzandım; hırıl hırıl soluyordum. "Zamanımızı boşa harcıyorsun. Öteki tarafa gitti, görmedin mi?"

Hasan ağzına bir dut kurusu attı. "Gelecek," dedi. Güçlükle soluk alabiliyordum, onunsa hiç de yorgun bir hali yoktu.

"Nereden biliyorsun?" dedim.

"Biliyorum."

"Peki ama, *nasıl* bilebilirsin?"

Bana döndü. Saçsız kafasından birkaç ter damlası yuvarlandı. "Sana hiç yalan söyler miyim, Emir Ağa?"

Birden onunla azıcık oynamak istedim. "Bilmem. Söyler misin?"

"Onun yerine pislik yemeyi yeğlerim," dedi, gücenmiş bir ifadeyle.

"Gerçekten mi? Yapar mısın?"

Şaşırmıştı: "Neyi yapar mıyım?"

"İstesem pislik yer misin?" diye sordum. Gaddarlık ettiğimin farkındaydım; bilmediği bir sözcükle karşılaştığı zaman, onunla alay ettiğim gibi. Ama Hasan'la dalga geçmenin büyüleyici bir yanı vardı – hastalıklı bir zevki. Böceklere eziyet ederken hissettiğimiz türden. Tek farkı, şimdi onun karınca benim de büyüteci tutan kişi olmamdı.

Gözleriyle yüzümü uzun uzun araştırdı. Orada, o vişne ağacının altında oturan ve ansızın birbirine bakmaya, *gerçekten* bakmaya başlayan iki çocuktuk. İşte o zaman, bir kez daha oldu: Hasan'ın yüzü değişti. Belki tam olarak değişmedi de, ben birden iki yüze baktığım duygusuna kapıldım; biri tanıdığım, bu dünyadan ilk anımsadığım şey olan yüzdü, öteki, ikincisiyse yüzeyin hemen altına gizlenmiş, pusuya yatmış bir yüz. Aynı şeye daha önce de tanık olmuştum – her seferinde beni biraz sarsardı. Bu ikinci yüz, bir anlığına ortaya çıkar ama bu kısacık süre bende, onu daha önce bir yerlerde gördüğüm türünden, rahatsız edici bir duygu uyandırmaya yeterdi. Sonra Hasan gözlerini kırpıştırdı ve yeniden kendisi oldu. Karşımda yine tek bir Hasan vardı.

"İsteseydin, yerdim," dedi sonunda, doğruca gözlerimin içine bakarak. Gözlerimi kaçırdım. Bugün bile, Hasan gibi söylediği her sözü inanarak, içtenlikle söyleyen insanların gözlerinin içine bakmakta zorlanırım.

"Ama merak ettim," diye ekledi. "Benden böyle bir şey ister miydin, Emir Ağa?" Şimdi de o beni küçük bir sınavdan geçiriyordu. Onunla oynayacak, sadakatini sınayacaksam, o da benimle oynayacak, dürüstlüğümü sınayacaktı.

Bu sohbeti başlattığıma bin pişmandım. Zorla gülümsedim. "Aptallaşma, Hasan. Böyle bir şey yapmayacağımı bilirsin."

Hasan da gülümsedi. Ama onunki zoraki değildi. "Bilirim," dedi. Özü sözü doğru olanların ortak yönü de budur: Karşısındaki kişinin de içten konuştuğunu sanırlar.

"İşte, geliyor," dedi Hasan, gökyüzünü göstererek. Ayağa kalktı, sola doğru birkaç adım attı. Başımı kaldırıp baktım, uçurtmanın bize doğru alçaldığını gördüm. Koşuşmalar, haykırışlar duydum; itişip kakışarak bize doğru yaklaşan bir avcı sürüsü. Ama boşa zaman harcıyorlardı. Çünkü Hasan kollarını iki yana açmış öylece duruyor, gülümseyerek uçurtmayı bekliyordu. Eğer yalan söylüyorsam, Tanrı (gerçekten varsa, elbette) gözlerimi kör etsin ki, uçurtma geldi, doğruca onun açık kollarının arasına kondu.

* * *

1975 kışında Hasan'ı son kez uçurtma kovalarken gördüm.

Genelde her mahalle kendi yarışmasını düzenlerdi. Ama o yıl turnuva bizim mahallede, Vezir Ekber Han'da düzenleniyordu ve öteki semtler de davetliydi: Karteh-Char, Karteh-Parwan, Mekro-Rayan ve Koteh-Sangi. Yaklaşan yarışma herkesin dilindeydi. Bunun, son yirmi beş yılın en büyük turnuvası olacağı söyleniyordu.

Bir akşam, büyük yarışmaya yalnızca dört gün kala, Baba'yla çalışma odasında şöminenin karşısındaki şişkin, deri koltuklarda oturuyorduk. Çay içiyor, konuşuyorduk. Ali akşam yemeğini verdikten sonra (patates, pilav ve safranlı karnabahar) Hasan'la birlikte kulübesine çekilmişti. Baba piposunu "besliyor", ben de Herat'ta kurtların dağdan indiği, insanların bir hafta boyunca evden çıkamadığı sert kışı anlatması için yalvarıyordum; kibriti çaktı, gelişigüzel bir tavırla sordu: "Belki bu yıl turnuvayı sen kazanırsın, ha? Ne dersin?"

Ne düşüneceğimi bilemedim. Ne diyeceğimi de. Yolu, bu muydu? Bana bir anahtar mı uzatıyordu? İyi bir uçurtma yarışçısıydım. İşin doğrusu, bayağı iyi. Birkaç kez, kış turnuvasını kazanmaya epeyce yaklaşmıştım – bir keresinde, son üçe kalmıştım. Ama yaklaşmak başka şeydi, kazanmak başka, öyle değil mi? Baba *yaklaşmamıştı.* Kazanmıştı, çünkü fatihler kazanır, ötekiler de evlerine giderdi. Baba kazanmaya alışıktı; aklına koyduğu şeyi uzanıp alırdı. Aynı şeyi oğlundan beklemek de hakkı değil miydi? Bir düşünün. Ya kazanacak olursam...

Baba piposunu içiyor, tatlı tatlı anlatıyordu. Dinliyormuş gibi yaptım. Ama dinleyemezdim, daha doğrusu duyamazdım, çünkü Baba'nın o rasgele yorumu beynime bir tohum ekmişti: Madem ki bu kış turnuvayı kazanmamı önermişti, kazanacaktım. Başka yolu yoktu. Kazanacaktım ve o son uçurtmayı kovalayacaktım. Sonra eve getirecek, Baba'ya gösterecektim. Ona ilk, belki de son kez, oğlunun değersiz biri olmadığını gösterecektim. Belki o zaman bu evdeki hayalet yaşamım nihayet sona ererdi. Hayal kurmaya başladım: Akşam yemeğinde, çatal bıçak seslerinin, bir-iki homurtunun dışında hiçbir şeyin bozamadığı sessizliğin yerini kahkahalar, konuşmalar alıyor. Baba'nın arabasıyla bir cuma günü Paghman'a gidiyor, yolda Ghargha Gölü'ne uğrayıp kızarmış alabalıkla patates alıyoruz. Aslan Mercan'ı görmeye hayvanat bahçesine gidiyoruz; Baba arada bir esneyip çaktırmadan saatine bakıyor. Bir akşam, Baba öykülerimden birini okuyor. Bir tanesini okuyacağını bilsem, ona yüz tane öykü yazardım. Belki bana Rahim Han gibi 'Emir can' diyor. Ve belki -çok küçük bir olasılık ama- belki, annemi öldürdüğüm için beni nihayet bağışlıyor.

Baba bana tam on dört uçurtmayı saf dışı bıraktığı yarışmayı anlatmaktaydı. Yeri geldikçe gülümsedim, başımı salladım, ama onu doğru dürüst duymuyordum. Artık bir görevim vardı. Ve Baba'yı *bu kez* hayal kırıklığına uğratmayacaktım.

Turnuvadan bir gece önce lapa lapa kar yağdı. Hasan'la *kürsü*'nün altına oturmuş, *pençper* oynuyorduk; rüzgârın savurduğu dallar cama vuruyordu. Gündüz Ali'den bize bir *kürsü* yapmasını istemiştim – bu, üzerine kalın bir battaniye atılmış, altına da elektrikli bir ısıtıcı yerleştirilmiş, alçak bir masaydı. Masanın altına döşekler, minderler dizmişti; yirmi çocuk rahatça sığardı. Karlı günlerde Hasan'la bütün günü burada, *kürsü*'nün altında satranç ya da iskambil oynayarak geçirirdik – en çok da *pençper*.

Hasan'ın on karosunu almış, iki valeyle bir altılısına çakmıştım. Bitişikte, Baba'nın çalışma odasında Baba, Rahim Han, birkaç kişi daha iş konuşuyorlardı – bir tanesi Assef'in babasıydı. Duvarın gerisinden, Kâbil Radyosu'ndaki haberlerin cızırtısı geliyordu.

Hasan altılıya çaktı, valeleri aldı. Radyoda Davut Han, yabancı yatırımlarla ilgili bir açıklama yapmaktaydı.

"Bir gün Kâbil'de televizyonumuz olacağını söylüyor," dedim.

"Kim?"

"Davut Han, salak, cumhurbaşkanımız!"

Hasan gülümsedi. "İran'da varmış," dedi.

İçimi çektim. "Şu İranlılar..." Hazaraların çoğu için İran bir tür ibadet yeriydi; sanırım nedeni, İranlıların çoğunluğunun Şii olmasıydı. Ama o yaz öğretmenimin İranlılar hakkında söylediği bir şey aklıma takılmıştı; bir eliyle sırtını sıvazlarken, ötekiyle seni soyabilen, tatlı dilli düzenbazlar, demişti. Baba'ya bunu aktarınca, öğretmenimin şu kıskanç Afganlardan biri olduğunu söyledi; İran Asya'da yükselen bir güçken, dünyada pek çok kişi Afganistan'ın yerini haritada gösteremediği için adam kıskançlıktan çatlıyor, dedi. "Bunu söylemek ağır geliyor tabii," diye ekledi, omuzlarını silkerek, "ama yalanla kendini kandırmaktansa gerçekle yüzleşmek iyidir."

"Bir gün sana bir tane alırım," dedim.

Hasan'ın yüzü aydınlanıverdi. "Televizyon mu? Gerçekten mi?"

"Elbette. Üstelik şu siyah-beyaz olanlardan değil. O zamana kadar büyümüş oluruz, ben de iki tane alırım. Biri sana, biri bana."

"Onu masamın üzerine, resimlerimin yanına koyarım," dedi Hasan. Söyleyiş biçimi içime dokunmuş, Hasan'ın kim olduğunu, nerede yaşadığını anımsamak beni hüzünlendirmişti. Tıpkı babası gibi, bahçedeki o döküntü, toprak kulübede büyüyüp yaşlanacağını şaşmaz bir olguymuş gibi kabulleniyordu. Son kartı çektim, yere iki damla bir onlu açtım.

Hasan altılıyı öldürdü, damları aldı. "Biliyor musun, yarın Ağa efendi seninle gurur duyacak."

"Öyle mi dersin?"

"*İnşallah,*" dedi.

"*İnşallah,*" diye yineledim, ama bu dilek benim dudaklarımdan dökülürken, kulağa o kadar da içten gelmiyordu. Bu, Hasan'a özgü bir şeydi.

Papazını öldürdüm, son kartımı oynadım – maça ası. Hasan onu almak zorundaydı. Kazanmıştım ama yeni oyun için kartları karıştırırken, içten içe, Hasan'ın kazanmama bilerek izin verdiği duygusuna kapılmadan edemedim.

"Emir Ağa?"

"Evet?"

"Biliyor musun... Ben yaşadığım yeri *seviyorum*." Bunu hep yapar, aklımdan geçeni okurdu. "Orası benim yuvam."

"Her neyse," dedim. "Hadi bakalım, bir yenilgiye daha hazırlan."

YEDİ

Ertesi sabah Hasan bana çay demlerken, gördüğü rüyayı anlattı. "Ghargha Gölü'ndeymişiz; sen, ben, Baba, Ağa efendi, Rahim Han ve binlerce kişi. Hava ılık, güneşliydi; göl bir ayna kadar berraktı. Ama kimse yüzmüyordu, çünkü gölde bir canavar olduğu söyleniyordu. Suyun dibinde geziniyor, bekliyormuş."

Bardağıma çay doldurdu, şeker ekledi, birkaç kez üfledi. Getirip önüme koydu. "Evet, herkesin suya girmekten ödü kopuyormuş; ansızın sen ayakkabılarını fırlatıp attın, Emir Ağa, sonra da gömleğini çıkardın. 'Canavar filan yok,' dedin. 'Size göstereceğim.' Ve birinin seni durdurmasına kalmadan suya atladın, yüzmeye başladın. Ben de peşinden girdim, birlikte yüzdük."

"Ama sen yüzme bilmezsin ki."

Hasan güldü. "Eh, bu bir rüya, Emir Ağa, her şeyi yapabilirsin. Her neyse, insanlar haykırıyordu: 'Çıkın! Çıkın!' ama biz buz gibi suda yüzmeye devam ettik. Gölün ortasına kadar gittik, sonra durduk. Kıyıya doğru döndük, insanlara el salladık. Karınca gibi, küçücük görünüyorlardı, ama bizi alkışladıklarını duyabiliyorduk. İşte görmüşlerdi. Suda canavar filan yoktu. Ondan sonra gölün adını değiştirdiler, ona 'Emir'le Hasan'ın, Kâbil Sultanlarının Gölü' dediler. Biz de göle girmek isteyenlerden para almaya başladık."

"Bunun anlamı ne, peki?" diye sordum.

Nan'ıma reçel sürdü, bir tabağa koydu. "Bilmiyorum. Ben de sen söylersin diye umuyordum."

"Eh, saçma sapan bir rüya. Hiçbir şey olmuyor."

"Baba rüyaların mutlaka bir anlamı vardır, der."

Çayımı yudumladım. "Ona sor o zaman. Madem o kadar zekiymiş," dedim; sesim amaçladığımdan daha ters çıkmıştı. Bütün gece uyumamıştım. Ensem, sırtım gerilmiş yay gibiydi, gözlerim yanıyordu. Hasan'ı terslediğime üzülmüştüm. Tam özür dilemeye hazırlanırken, vazgeçtim. Hasan gergin olduğumu anlardı nasılsa. Hasan beni her zaman anlardı.

Üst katta, Baba'nın banyosunda suyun aktığını duyabiliyordum.

Sokaklar yeni yağmış karla ışıl ışıl, gökyüzü lekesiz maviydi. Kar çatılarda birikmiş, sokağımızın iki yanında sıralanan bodur dut ağaçlarının dallarını ağırlaştırmıştı. Kar gece boyunca her çatlağa, her oluğa sızmıştı. Hasan'la birlikte demir kapıdan çıkınca öyle kör edici bir beyazlıkla karşılaştık ki, gözlerimi kıstım. Ali arkamızdan kapıyı kapadı. Bir dua mırıldandığını duydum – oğlu evden çıkarken, her seferinde dua okurdu.

Sokağımızı hiç bu kadar kalabalık görmemiştim. Çocuklar kartopu oynuyor, didişiyor, gülüşerek birbirini kovalıyordu. Uçurtma yarışçıları ellerinde makaraları, bir araya toplanmış, son hazırlıklarını yapmaktaydı. Yan sokaklardan kulağıma kahkahalar, konuşmalar geliyordu. İzleyiciler damları çoktan doldurmuştu bile; sıcak çayla dolu, dumanı tüten termoslarını almış, bahçe iskemlelerine yerleşmişlerdi; kasetçalarlardan Ahmet Zahir'in sesi yükseliyordu. Tanınan, sevilen bir yorumcu olan Ahmet Zahir, Afgan müziğinde devrim yapmış, geleneksel tablayla küçük orga elektronik gitar, davul ve nefesli çalgıları ekleyerek tutucuları kızdırmıştı; sahnede ya da partilerde o ciddi, adeta suratsız, eski şarkıcıların heykel gibi duruşuna meydan okur, şarkı söylerken gülümserdi – bazen kadınlara bile. Gözlerimi bizim evin damına çevirince, Baba'yla Rahim Han'ın bir bankta oturduğunu gördüm; her ikisi de kalın, yün kazaklar giymişlerdi, çay içiyorlardı. Baba el salladı. Bana mı yoksa Hasan'a mı, anlayamadım.

"Hadi, iş başına," dedi Hasan. Ayağında siyah, lastik botları vardı; rengi solmuş, kadife bir pantolonla kalın bir kazak giymiş, sırtına parlak yeşil bir *çapan* almıştı. Güneş ışığı yüzüne vuruyordu; dudağının üstündeki pembe yara izinin nasıl da iyileşiverdiğini düşündüm.

Birden, her şeyden vazgeçmek istedim. Pılımı pırtımı toplayıp eve gitmek. Aklımdan zorum mu vardı? Sonunu bile bile, böyle bir serüvene niye atılmıştım ki? Baba damdan beni izliyordu. Bakışları sırtımı kızgın bir güneş gibi dağlıyordu. Bu gerçekten büyük ölçekli bir başarısızlık olacaktı – benim için bile.

"Bugün içimden hiç de uçurtma uçurmak gelmiyor," dedim.

"Harika bir gün," dedi Hasan.

Kıpırdandım. Damımıza bakmamak için kendimi zor tutuyordum. "Bilmem... Eve mi dönsek acaba?"

Bunun üzerine bana yaklaştı, alçak sesle beni az da olsa korkutan bir şey söyledi: "Unutma, Emir Ağa. Canavar filan yok; hava da harika." Kafasından neler geçtiğini çoğu zaman kesinlikle bilemediğim bu çocuk nasıl oluyor da beni açık bir kitap gibi okuyabiliyordu? Okula giden, okuma-yazma bilen bendim. Zeki olan bendim. İlkokul birinci sınıf kitabımı bile okuyamayan Hasan, beni rahat rahat okuyordu. Bu biraz rahatsız ediciydi, ama ne zaman neye gereksindiğini bilen birine sahip olmak, aynı zamanda rahatlatıcıydı da.

"Canavar yok," dedim; kendimi biraz daha iyi hissettiğimi anlayınca da şaşırdım.

Gülümsedi. "Canavar yok."

"Emin misin?"

Gözlerini yumdu. Başını salladı.

Sokakta koşuşturan, kartopu oynayan çocuklara baktım. "Nefis bir gün, öyle değil mi?"

"Hadi, uçalım," dedi.

İşte o zaman, Hasan'ın rüyayı uydurmuş olabileceğini düşündüm. Mümkün müydü bu? Hayır, değildi. Hasan o kadar zeki değildi. Ben bile o kadar zeki değildim. Ama uyduruk olsun olmasın, o saçma rüya moralimi düzeltmişti işte. Belki de gömleğimi *çıkartmalı*, göle atlamalıydım. Neden olmasın?

"Hadi, yapalım," dedim.

Hasan'ın yüzü aydınlanıverdi. "Güzel!" Sarı kenarlı, kırmızı uçurtmamızı kaldırdı; orta ve yan çıtaların birleştiği noktanın hemen altında Seyfo'nun tartışılmaz imzası vardı. Hasan parmağını yaladı, havaya dikip rüzgârı yokladı, sonra da rüzgârın estiği yöne doğru koştu – çok ender de olsa, yazları uçurtma uçurduğumuzda, rüzgârın yönünü saptamak için ayağıyla yerden toz kaldırırdı. Elimdeki makarayı, Hasan on beş-yirmi metre ileride duruncaya kadar çevirdim. Uçurtmayı başının üstüne kaldırdı – altın madalyasını gösteren bir Olimpiyat atleti gibi. İpi iki kez, kuvvetle çektim; her zamanki işaretimizdi, bunun üzerine Hasan uçurtmayı havaya fırlattı.

Baba'yla okuldaki mollaların arasında kalmış, Tanrı hakkında hâlâ kararımı verememiştim. Ama din dersinde öğrendiğim bir Kuran *ayet*'i dilimin ucuna gelince, mırıl mırıl söyleyiverdim. Derin bir soluk aldım, bıraktım ve ipi çekeledim. Bir dakika sonra uçurtmam gökyüzüne doğru hızla yükseliyordu. Kanat çırpan, kâğıt bir kuş gibi hışırdadı. Hasan ellerini çırptı, ıslık çaldı, bana doğru koştu. Makarayı ona verdim; ipe asıldı, fazlalığı çabucak makaraya doladı.

En azından bir düzine uçurtma gökyüzünde süzülmeye başlamıştı bile; av peşindeki kâğıt köpekbalıkları gibi. Bir saat içinde sayı ikiye katlandı; mavi, kırmızı, sarı uçurtmalar gökyüzünde salınıyor, kayıyordu. Serin bir rüzgâr saçlarımı havalandırdı. Uçurtma uçurmak için mükemmel bir esintiydi; hem aşağıdan itecek hem de sağa sola dalgalanmaları kolaylaştıracak kadar güçlü. Hasan hemen yanımdaydı, makarayı tutuyordu, elleri daha şimdiden kesilmiş, kanamaya başlamıştı bile.

Az sonra kesme işlemi başladı; savaşı kaybeden ilk uçurtmalar kontrolden çıkmış, deli gibi dönüyordu. O parlak, çırpınan kuyruklarıyla, kayan yıldızlar gibi akıyor, aşağıdaki mahallelere, uçurtma avcılarına ödül yağdırıyorlardı. Avcıların çığlıkları duyuldu; bir yandan koşuyor, bir yandan haykırıyorlardı. Biri, iki sokak aşağıda kavga çıktığını haber verdi bağırarak.

Arada bir çaktırmadan, Baba'yla Rahim Han'ın oturduğu dama bakıyordum. Ne düşünüyordu acaba? Yoksa içten içe, yenilmemi mi istiyordu? Uçurtma uçurmanın ayrılmaz bir parçası da buydu: Zihnin uçurtmanla birlikte oradan oraya savrulurdu.

Uçurtmalar artık dört bir yandan, akın akın geliyorlardı ve ben hâlâ uçuyordum. Uçuyordum. Gözlerim ikide bir, yün kazağına sarınmış Baba'ya takılıyordu. Bu kadar uzun dayanabildiğime şaşırmış mıydı? *Gözlerini gökyüzünden ayırdığın an, fazla dayanamazsın.* Bakışlarımı hemen yeniden gökyüzüne çevirdim. Kırmızı bir uçurtma benimkine yaklaşmaktaydı – onu tam zamanında görmüştüm. Onunla azıcık didiştim, sonra, sabırsızlandığını ve ipimi kesmeye çalıştığını görünce, işini bitirdim.

Sokağın iki ucunda uçurtma avcıları göründü; ele geçirdikleri uçurtmaları havaya kaldırmış, zaferle dönüyorlardı. Ganimetlerini ana-babalarına, arkadaşlarına gösteriyorlardı. Ama hepsi de çok iyi biliyordu: Gerçek zafere daha vakit vardı. En büyük ödül hâlâ havadaydı. Kıvrık, beyaz bir kuyruğu olan, parlak sarı bir uçurtmayı doğradım. Bu çabam işaretparmağımda yeni bir kesik açtı; akan kan avucuma doldu. İpi Hasan'a verdim, yarayı emdim, sonra da parmağımı kot pantolonuma sildim.

Bir saat sonra, havada kalabilen uçurtmaların sayısı elli küsurdan bir düzineye inmişti. Onlardan biri de bendim. Son düzineye kalmayı başarmıştım. Turnuvanın bu kısmının biraz uzayacağını biliyordum, çünkü buraya kadar dayanabilenler, sıkı yarışçılardı – Hasan'ın en sevdiği numaraya, şu bildik 'havalanıp dalma' tuzağına kolayca düşmeyeceklerdi.

Öğleden sonra saat üçte, gökte beliren bulut öbekleri güneşi kapadı. Gölgeler uzamaya başladı. Damlardaki seyirciler atkılarına, kalın paltolarına sarındılar. Yarım düzineye inmiştik ve ben hâlâ uçuyordum. Bacaklarım ağrıyor, boynum zonkluyordu. Ama alt ettiğim her uçurtma, yüreğimdeki umudu besliyordu; bir duvarın üzerine, usul usul biriken kar taneleri gibi.

Gözlerimi son bir saattir terör estiren, hasımlarına büyük zarar veren mavi uçurtmadan ayırmıyordum.

"Kaç tane kesti?" diye sordum.

"On bir tane saydım," dedi Hasan.

"Kimin acaba, biliyor musun?"

Hasan dilini şaklattı, çenesine dokundu. Bu Hasan'a özgü, hiçbir fikri olmadığını belirten, tipik hareketti. Mavi uçurtma iri, mor bir uçurtmayı daha saf dışı bıraktı, iki geniş takla attı. On dakika sonra, iki uçurtmayı daha doğradı; bir kovalayıcı sürüsü yarışı kaybeden uçurtmaların peşine takıldı.

Otuz dakika sonra, havada yalnızca dört uçurtma kalmıştı. Ve ben hâlâ uçuyordum. Rüzgâr öylesine benden yanaydı ki, hata yapmam olanaksızdı sanki. Kendimi hiç bu kadar yetkin, bu kadar şanslı hissetmemiştim. Sarhoş gibiydim. Başımı kaldırıp dama bakmaya cesaret edemiyordum. Gözlerimi gökten ayırmaya da. Odaklanmam, oyunu zekice oynamam gerekiyordu. Bir on beş dakika daha geçti; sabah gülüp geçilecek bir şeymiş gibi görünen rüya ansızın gerçekleşti: Bir tek ben ve öteki çocuk kaldık. Şu mavi uçurtma.

Havadaki gerilim, kanlı ellerimle çekiştirdiğim camlı ip kadar gergindi. İnsanlar ayaklarını yere vuruyor, el çırpıyor, ıslık çalıyor, haykırıyordu: "*Boboreş! Boboreş!*" "Kes şunu! Kes şunu!" Baba da bağıranların arasında mıydı? Müziğin sesi iyice yükselmişti. Damlardan, açık kapılardan dışarıya haşlanmış *mantı*, kızarmış *pakora* kokuları süzülüyordu.

Ama benim duyduğum (duymak istediğim) tek şey, kafamdaki kanın zonklamasıydı. Gördüğüm tek şey, mavi uçurtmaydı. Kokladığım tek şey, zaferdi. Kurtuluş. Kefaret. Baba yanılıyorsa ve okulda dedikleri gibi bir Tanrı varsa, kazanmamı sağlardı. Öteki çocuğun ne için yarıştığını bilmiyordum, belki de yalnızca ün kazanmak için. Oysa bu, benim görülen değil bakılan, duyulan değil dinlenen biri olabilmek için tek şansımdı. Eğer bir Tanrı varsa rüzgârı yönlendirir, emrime sunar, böylece ben parmağımın tek bir hareketiyle acımı, özlemimi kesip atardım. Pek çok şeye katlanmış, buralara kadar gelmiştim. İşte o an, birden, umut bilgiye dönüştü. Kazanacaktım. Yalnızca bir zaman meselesiydi.

Üstelik, tahminimden de önce kazanacaktım. Ani bir esinti uçurtmamı havalandırdı, bana üstünlük sağladı. İpi saldım; bıraktım uçurtmam daha da yükselsin. Sağa sola salınarak mavi uçurtmayı geçti. Pozisyonumu aldım, hazırlandım. Mavi uçurtma başının belada olduğunu anlamıştı. Kıskacımdan kurtulmak için umutsuzca debelendi, ama izin vermedim. Yerimi korudum. Kalabalık, sonun yaklaştığını hissetmişti. "Kes onu! Kes onu!" haykırışları güçlendi; gladyatörlere, "Öldür onu! Öldür onu!" diye bağıran Romalılara benziyorlardı.

"Az kaldı, Emir Ağa! Az kaldı!" diye haykırıyordu Hasan soluk soluğa.

Sonra, o an geldi. Gözlerimi kapadım, ipi tutan elimi hafifçe gevşettim. Rüzgârın sürüklediği sicim parmaklarımı bir kez daha kesti. Ve sonra... Anlamak için kalabalığın kükreyişini duymam gerekmiyordu. Görmem de gerekmiyordu. Hasan çığlık çığlığa bağırarak kollarını boynuma doladı.

"Bravo! Bravo, Emir Ağa!"

Gözlerimi açtım, çok hızlı bir arabadan fırlayan bir tekerlek gibi havada yuvarlanan, deli gibi dönen mavi uçurtmaya baktım. Gözümü kırptım, bir şey söylemeye çalıştım. Sesim çıkmadı. Kendimi bir anda gökyüzünde buldum; aşağıya, kendime bakıyordum. Siyah deri ceket, kırmızı atkı, rengi ağarmış kot pantolon. Zayıf bir oğlan çocuğu, biraz solgun, on iki yaşına göre azıcık da kısa. Dar omuzları, açık ela gözlerinin çevresinde belli belirsiz, koyu renk halkalar var. Rüzgâr kumral saçlarını uçuruyor. Yukarıya, bana baktı; birbirimize gülümsedik.

Sonra, çığlığımı duydum; renkler ve sesler geri geldi, her şey canlandı, güzelleşti. Boştaki kolumu Hasan'ın omzuna doladım, olduğumuz yerde zıplamaya başladık; gülüyor, ağlıyorduk. "Kazandın, Emir Ağa, kazandın!"

"Kazandık! *Biz* kazandık!" Bunlar gerçek olamazdı. Bir an sonra gözlerimi kırpıştıracak ve çok güzel bir rüyadan uyanacaktım; yataktan inecek, kahvaltımı yapmak için mutfağa gidecektim; orada Hasan'dan başka konuşabileceğim hiç kimse olmayacaktı. Giyin. Baba'yı bekle. Pes et. Eski yaşamına dön. Sonra, damdaki Baba'yı gördüm. Tam kenarda duruyordu; her iki yumruğu da havadaydı. Kükrüyor, yumruklarıyla havayı dövüyordu. Bu, on iki yıllık yaşamımın en muhteşem anıydı: Damda beni alkışlayan, sonunda benimle gururlanan Baba'ya bakmak.

Sonra, ellerini telaşla salladı. Aynı anda, anladım. "Hasan, biz..."

"Biliyorum," dedi Hasan, benden uzaklaşarak. "Daha sonra kutlarız, *inşallah*. Şimdi o mavi uçurtmayı senin için yakalayacağım." Elindeki makarayı attı, koşmaya başladı; yeşil *çapan*'ının ucu arkası sıra, karda sürükleniyordu.

Seslendim: "Hasan! Getir onu!"

Sokağın köşesini dönmek üzereydi; lastik botları yerden kar öbekleri kaldırıyordu. Durdu, döndü. Ellerini ağzının iki yanına götürdü. "Bin tane iste, senin için yakalayayım!" dedi. Sonra o bildik Hasan gülümsemesiyle gülümsedi, köşeyi dönüp gözden yitti. Onu bir kez daha böylesine tasasız, böylesine içten gülümserken ancak yirmi altı yıl sonra, solmuş bir Polaroid fotoğrafta gördüm.

İpi toparlamaya koyulmuştum ki, insanlar çevremi sardı. Ellerini sıktım, teşekkür ettim. Daha küçük çocuklar bana saygıyla ışıldayan gözlerle bakıyordu; ben bir kahramandım. Omzuma vuranlar, saçlarımı karıştıranlar vardı. Sicimi toplarken sürekli gülümsedim, ama aklım mavi uçurtmadaydı.

Ayağımın dibinde biriken ipi makaraya sardım, birkaç kişiyle daha el sıkıştım, sonra koşar adım eve seğirttim. Bahçe kapısına vardığımda, Ali beni iç tarafta bekliyordu. Elini demir parmaklıkların arasından uzattı. "Tebrik ederim," dedi.

Ona uçurtmayla makarayı verdim; tokalaştık. "*Teşekkür*, Ali *can*."

"Senin için sürekli dua ettim."

"Duaya devam et. İşimiz daha bitmedi."

Yeniden sokağa döndüm. Ali'ye Baba'yı sormamıştım. Onu henüz görmek istemiyordum. Kafamda her şeyi tasarlamıştım: Kanlı ellerimde büyük ödül, eve bir kahraman gibi, muzaffer, gösterişli bir edayla dönecektim. Başlar bana çevrilecek, gözler bana kilitlenecekti. Birbirini tartan Rüstem'le Sohrab. Dramatik bir sessizlik. Sonra, yaşlı savaşçı genç olana yaklaşacak, onu kucaklayacak, değerini nihayet anlayacak. Aklanma. Kefaret. Kurtuluş. Peki ya, sonra? Eh, sonsuza kadar mutlu yaşamak, elbette. Başka ne olabilir?

Vezir Ekber Han'ın sokakları ızgara biçiminde tasarlanmış ve numaralandırılmıştı. O günlerde hâlâ gelişmekte olan yeni bir mahalleydi; üç metrelik duvarlarla çevrili villaların arasında boş arsalar, inşaatı süren binalar vardı. Her sokağa tek tek baktım, Hasan'ı aradım. İnsanlar bu uzun eğlence gününün ardından tabureleri katlamakla, yiyecekleri, tabak-çanağı toplamakla meşguldü. Damlarından hâlâ ayrılmamış olanlar seslenerek beni kutladı.

Güney tarafında, dört sokak aşağıda Ömer'e rastladım; mühendis olan babası Baba'nın arkadaşıydı. Evlerinin önündeki bahçede, erkek kardeşiyle birlikte bir futbol topunu sektiriyordu. Ömer iyi bir çocuktu. Dördüncü sınıfta birlikte okumuştuk; bir keresinde bana bir dolmakalem vermişti.

"Kazanmışsın, Emir," dedi. "Tebrikler."

"Sağ ol. Hasan'ı gördün mü?"

"Senin Hazara'yı mı?"

Başımla doğruladım.

Ömer topu kardeşine fırlattı. "Duyduğuma göre, büyük bir uçurtma avcısıymış." Kardeşi topu ona geri attı. Ömer yakaladı, birkaç kez zıplattı. "Bunu nasıl becerdiğini bir türlü anlayamıyorum. Yani o çekik gözlerle nasıl görebiliyor?"

Erkek kardeşi kısa, kesik bir kahkaha attı, topu istedi. Ömer onu duymazdan geldi.

"Onu gördün mü?"

Ömer başparmağını omzunun üstünden arkaya doğru salladı; güneybatıyı gösteriyordu. "Az önce pazara doğru koşuyordu."

"Teşekkür ederim." Koşmaya başladım.

Pazar yerine ulaştığımda, güneş tepelerin ardına çekilmek üzereydi; akşam alacası gökyüzünü pembe ve mora boyamıştı. Birkaç sokak ileriden, Hacı Yakup Camisi'nden yükselen *ezan* sesini duydum. Hasan beş vakit namazın hiçbirini kaçırmazdı. Dışarıda oynuyor olsak bile, izin ister, bahçedeki çeşmede aptes alır, kulübesine girerdi. Birkaç dakika sonra gülümseyerek çıkar, beni bulurdu; ya bir duvara yaslanır ya da bir ağaca tüneyip onu beklerdim. Ama bu gece benim yüzümden, namazı kaçıracaktı.

Pazar yeri hızla boşalıyor, esnaf toparlanıyordu. Birbirine yapışık, bin türlü mal satan tezgâh dizilerinin arasındaki çamurlu yolda hızla ilerledim; bir tezgâhtan az önce kesilmiş bir keklik, onun bitişiğindeki tezgâhtan da bir hesap makinesi alabilirdin. Ağır ağır dağılan kalabalığın, üstü başı dökülen, yırtık pırtık, topal dilencilerin, heybelerini sırtına vurmuş müşterilerin arasından, dükkânlarını kapatan esnafın, kasapların önünden geçtim. Hasan'dan iz yoktu.

Bir kuru yemişçinin önünde durdum, katırına çamfistığı ve kuru üzüm çuvalları yüklemekte olan yaşlı satıcıya Hasan'ı tarif ettim. Başına uçuk mavi bir türban dolamıştı.

Yanıtlamadan önce bana uzun uzun baktı. "Galiba gördüm," dedi.

"Ne tarafa gitti?"

Beni tepeden tırnağa süzdü. "Senin gibi bir çocuk, bu saatte burada bir Hazara'yı neden arar ki?" Gözleri deri ceketimi, kot pantolonumu (onlara *kovboy pantolonu* derdik) hayranlıkla süzüyordu. Afganistan'da, Amerikan malı -özellikle de kullanılmamış- herhangi bir şeye sahip olmak, zenginlik göstergesiydi.

"Onu bulmam gerek, Ağa."

"Neyin oluyor?" diye sordu. Sorunun amacını anlayamamıştım, ama kendi kendime sabırlı ol, dedim; sabırsızlık adamın daha hızlı konuşmasını sağlayamazdı.

"Hizmetkârımızın oğlu," dedim.

Yaşlı adam kırçıl kaşlarını kaldırdı. "Öyle mi? Şanslı Hazara... bu kadar ilgili bir efendisi olduğuna göre. Babası çömelip ayakkabılarınızı kirpikleriyle temizlese, yeridir."

"Evet, gördün mü görmedin mi?"

Kolunu katırın sırtına dayadı, güneyi gösterdi. "Yanılmıyorsam, tarifine benzeyen bir çocuğun şu tarafa doğru koştuğunu gördüm. Elinde bir uçurtma vardı. Mavi bir uçurtma "

"Sahi mi?" *Senin için bin tane getiririm,* demişti. Söz vermişti. Sevgili Hasan. Sevgili, güvenilir, sözünün eri Hasan. Sözünü tutmuş, son uçurtmayı benim için yakalamıştı.

"Ama onu çoktan yakalamışlardır," dedi yaşlı satıcı, katırın sırtına bir torba daha vururken.

"Kimler?"

"Öteki çocuklar. Onu kovalayanlar. Senin gibi giyinmişlerdi." Gökyüzüne baktı, iç geçirdi. "Hadi, git artık, senin yüzünden *namaz*'a gecikiyorum."

Ama ben koşmaya başlamıştım bile.

Birkaç dakika kadar, pazarı boş yere araştırdım. Belki de gözleri yaşlı adam yanılmıştı. Peki ama, mavi uçurtmayı görmüştü, değil mi? O uçurtmayı mutlaka ele geçirme hırsıyla... her geçide, her dükkâna tek tek baktım. Hasan yoktu.

Tam Hasan'ı bulamadan karanlık çökecek diye kaygılanmaya başlamıştım ki, kulağıma az ileriden bazı sesler çalındı. Boş, toprak bir yola ulaştım. Pazarı ikiye bölen caddenin sonunda, caddeye dikey uzanıyordu. Çamurlu, bozuk yola saptım, seslere doğru ilerledim. Botlarım her adımda balçığa saplanıyor, buharlaşan soluklarım önümde beyaz dumanlar oluşturuyordu. Dar sokağın bir yanına paralel uzanan, içi kar dolu dere yatağında baharları şırıl şırıl bir dere akardı. Öteki yanda, birbirinden dar geçitlerle ayrılmış, karlı servi ağaçlarının beneklediği, düz damlı, toprak evler sıralanıyordu – daha doğrusu yıkıldı yıkılacak, döküntü kulübeler.

İşte sesler, bu geçitlerin birinden geliyordu. Yavaşladım, dar, çıkmaz sokağın ağzına doğru sinerek ilerledim. Soluğumu tuttum. Köşe başına gelince, başımı uzatıp sessizce baktım.

Hasan sokağın ucunda, meydan okurcasına dikiliyordu: yumruklar sıkılı, bacaklar hafif aralık. Arkasında, bir duvarın dibindeki moloz yığınının üzerinde mavi uçurtma duruyordu: Baba'nın kalbinin anahtarı.

Üç oğlan Hasan'ın karşısına dikilmiş, önünü kesmişti: Davut Han'ın darbesinden sonra, tepede karşımıza çıkan, Hasan'ın sapanıyla püskürttüğü oğlanlar. Veli bir yanda, Kemal öteki yanda duruyordu; ortada da Assef. Bedenimin kasıldığını hissettim; belkemiğimi soğuk bir ürperti yaladı. Assef sakin, kendinden emin görünüyordu. Elindeki muştayı çeviriyordu. Öteki çocuklar gergindi; ağırlıklarını bir ayaktan ötekine aktarıyor, bir Assef'e bir Hasan'a bakıyorlardı; bir tek Assef'in ehlileştirebileceği, yabani bir hayvanı köşeye kıstırmışlardı sanki.

"Sapanın nerede, Hazara?" dedi Assef, elindeki muştayı sallayarak. "Ne demiştin? Ah, evet: 'Bundan sonra sana Tek Gözlü Assef derler.' Çok doğru. Tek Gözlü Assef. Çok zekiceydi. Gerçekten. Öte yandan, elinde dolu bir silah tutarken bilgiçlik taslamak kolay, tabii."

Soluğumu hâlâ tuttuğumu fark ettim. Yavaşça, sessizce bıraktım. Felç olmuş gibiydim. Gözlerim, birlikte büyüdüğüm çocuğun, bu dünyadaki ilk anım olan tavşandudaklı yüzüne çivilenmişti.

"Yine de, bugün şanslı günündesin, Hazara," dedi Assef. Sırtı bana dönüktü, ama sırıttığına kalıbımı basardım. "Bugün bağışlayıcılığım üzerimde. Ne dersiniz, çocuklar?"

"İşte, yüce gönüllülük diye buna denir," diye atıldı Kemal. "Hele son sefer yaptığı kabalıktan sonra." Assef gibi konuşmaya çalışıyor ama sesi titriyordu. O zaman anladım: Korktuğu kişi, Hasan değildi. Ödü kopuyordu, çünkü Assef'in niyetini anlayamıyordu.

Assef elini boş vermişçesine salladı. "*Bahşida*. Bağışlandın. Tamamdır." Sesi azıcık alçaldı. "Ama bu dünyada hiçbir şey bedava değildir; affımın da küçük bir bedeli var elbette."

"Gayet adil," dedi Kemal.

"Hiçbir şey bedava değildir," diye yineledi Veli.

"Sen çok şanslı bir Hazara'sın," dedi Assef, Hasan'a doğru bir adım atarak. "Çünkü bugün, ödemen gereken tek bedel şu uçurtma. Adil bir anlaşma, öyle değil mi çocuklar?"

"Hem de nasıl," dedi Kemal.

Durduğum yerden bile, Hasan'ın gözlerine sızan korkuyu görebiliyordum, ama o başını salladı. "Emir Ağa turnuvayı kazandı, ben de bu uçurtmayı onun için yakaladım. Bu onun uçurtması."

"Ne kadar da sadık bir Hazara. Bir köpek kadar sadık," dedi Assef.

Kemal'in gülüşü tiz, korku doluydu.

"Ama kendini onun için kurban etmeden önce, bir düşün: Aynı şeyi o senin için yapar mıydı? Konukları olduğu zaman seni neden çağırmadığını hiç mi merak etmedin? Neden seninle bir tek yalnızken oynadığını? Nedenini söyleyeyim, Hazara. Çünkü sen onun için yalnızca çirkin bir köpek yavrususun. Sıkıldığı zaman oynayabileceği, kızınca da tekmeleyebileceği bir şey. Kendini kandırma."

"Emir Ağa'yla biz arkadaşız," dedi Hasan. Yüzü kıpkırmızı kesilmişti.

Assef güldü: "Arkadaş mı? Seni zavallı budala! Bir gün bu küçük rüyadan uyanacak ve onun ne kadar iyi bir arkadaş olduğunu öğreneceksin. Şimdi, *bas*! Bu kadar yeter. Ver şu uçurtmayı."

Hasan eğildi, bir taş aldı.

Assef irkildi. Bir adım geri çekilmeye hazırlanıyordu ki, durdu. "Son şansın, Hazara!"

Hasan'ın yanıtı, taşı tutan elini kaldırmak oldu.

"Nasıl istersen." Assef kışlık paltosunun düğmelerini çözdü, paltoyu çıkardı, yavaşça, özenle katladı. Sonra, yandaki alçak duvarın üzerine bıraktı.

Ağzımı açtım, bir şey söylemeye hazırlandım, neredeyse söylüyordum: neredeyse. Söyleseydim, yaşamımın geri kalanı bambaşka olurdu. Ama söylemedim. Yalnızca bakmayı sürdürdüm. Donmuştum.

Assef eliyle bir işaret verdi, öteki oğlanlar biraz uzaklaştı, bir yarım daire oluşturup Hasan'ı çıkmaz sokağa kıstırdılar.

"Fikrimi değiştirdim," dedi Assef. "Uçurtma sende kalabilir, Hazara. Sende kalsın ki, az sonra yapacağım şeyi sana ömrün boyunca anımsatsın."

Sonra, saldırdı. Hasan taşı fırlattı. Taş Assef'in alnına isabet etti. Assef tiz bir çığlık atıp Hasan'ın üzerine çullandı, onu yere yıktı. Veli'yle Kemal onlara doğru seğirttiler.

Yumruğumu ısırdım. Gözlerimi yumdum.

Bir anı:

Hasan'la aynı memeden emdiğinizi biliyor musun? Bunu biliyor muydun, Emir Ağa? Kadının adı Sakine'ydi. Açık renkli, mavi gözlü, Bamiyanlı bir Hazara; eski düğün şarkıları söylerdi. Aynı memeden emen insanlar sütkardeş, yani kardeş olur. Bunu biliyor muydun?

Bir anı:

"Adam başı birer rupi, çocuklar. Yalnızca birer rupiye size gerçeğin örtüsünü kaldıracağım." *Yaşlı adam yerde oturuyor, sırtını toprak bir duvara yaslamış. Kör gözleri eritilip bir çift derin kratere dökülmüş gümüş gibi. Falcı bastonuna yaslanmış; yamru yumru eliyle çökmüş yanaklarını sıvazlıyor. Sonra avucunu bize uzatıyor.* "Adam başı bir rupi, gerçek için fazla sayılmaz, ha?" *Hasan kayışa benzeyen ele madeni parayı bırakıyor. Ben de aynısını yapıyorum.* "En rahim ve en rahman olan Allah'ın adıyla," *diye fısıldıyor yaşlı falcı. Önce Hasan'ın elini alıyor, avucunun içini boynuza benzeyen tırnaklarından biriyle sıvazlıyor, tırnağını çeviriyor, çeviriyor. Sonra parmak Hasan'ın yüzüne konuyor, yanaklarının, kulaklarının çevresinde ağır ağır gezinirken kuru, hışırtılı bir ses çıkartıyor. Nasırlı parmaklar Hasan'ın gözlerine sürtünüyor. El tam orada duruyor. Oyalanıyor. Yaşlı adamın yüzünden bir gölge geçiyor. Hasan'la bakışıyoruz. Yaşlı adam Hasan'ın elini çeviriyor, rupiyi Hasan'ın avucuna bırakıyor. Bana dönüyor.* "Senden ne haber, genç dostum?" *Duvarın öteki tarafında bir horoz ötüyor. Yaşlı falcı elimi tutuyor, hemen çekiyorum.*

Bir rüya:

Bir kar fırtınasının ortasındayım. Rüzgâr yüzümü kamçılıyor, tabakalar halinde, hızla savrulan kar taneleri gözlerime batıyor. Bembeyaz katmanların arasında tökezleyerek ilerlemeye çalışıyorum. İmdat diye bağırıyorum, ama rüzgâr çığlıklarımı boğuyor. Düşüyorum, karın içinde soluk soluğa yatıyorum; beyazlığa karışmışım; rüzgâr kulaklarımda inildiyor, karın taze ayak izlerimi sildiğini görüyorum. Artık bir hayaletim, *diye düşünüyorum;* ayak izi olmayan bir hayalet. *Yeniden haykırıyorum; umut da ayak izleri gibi hızla kayboluyor. Ama bu kez, boğuk bir yanıt geliyor. Ellerimi gözlerime siper ediyor, güçlükle doğruluyorum. Dalgalanan kar perdesinin arasında, gözüme bir hareketlilik, bir renk kıpırtısı çarpıyor. Sonra, tanıdık bir biçim beliriyor. Bana doğru bir el uzanıyor. Avuç içindeki derin, koşut yarıkları seçiyorum; karın üzerine kan damlıyor. Eli tutuyorum ve ansızın kar kayboluyor. Elma yeşili otlarla kaplı bir tarlada duruyoruz; gökyüzünde yumuşacık bulut demetleri salınıyor. Başımı kaldırıp bakıyorum ve gökyüzünü sarı, yeşil, kırmızı, turuncu uçurtmaların doldurduğunu görüyorum. Öğleden sonra ışığında donuk donuk titreşiyorlar.*

Geçit bir sürü çerçöple, moloz yığınlarıyla doluydu. Patlak bisiklet lastikleri, etiketi soyulmuş şişeler, yırtık dergiler, sararmış gazeteler, kırık tuğla parçaları, devrilmiş beton direkler. Bir duvarın dibine yan tarafı delik, paslanmış bir demir fırın atılmıştı. Ama bütün bu döküntünün içinde, gözlerimi ayıramadığım iki şey vardı: Biri, demir fırının az ilerisine, duvara yaslanmış olan mavi uçurtma, biri de Hasan'ın kırık kiremitlerden oluşan bir öbeğin üzerine fırlatılmış kahverengi, kadife pantolonu.

"Bilemiyorum," dedi Veli. "Babam günah olduğunu söylüyor." Sesi güvensiz, heyecanlı, korkuluydu. Hasan yerde yüzü koyun yatıyordu; göğsü toprağa yapışmıştı. Kemal bir kolunu, Veli öteki kolunu yakalamış, dirsekten büküp geriye doğru kıvırmış, Hasan'ın ellerini sırtına yapıştırmışlardı. Assef onların tepesinde dikiliyor, kar botlarından birini Hasan'ın ensesine bastırıyordu.

"Babanın haberi bile olmayacak," dedi Assef. "Ayrıca saygısız bir eşeğe haddini bildirmenin neresi günahmış?"

"Bilemiyorum," diye kekeledi Veli.

"Sen bilirsin," dedi Assef. Kemal'e döndü: "Senden ne haber?"

"Ben... yani..."

"Yalnızca bir Hazara," dedi Assef. Ama Kemal gözlerini kaçırmayı sürdürdü.

Assef kestirip attı: "Pekâlâ. Siz korkaklar onu tutun, yeter. Bu kadarını becerebilirsiniz herhalde?"

Veli'yle Kemal başlarını salladılar. Rahatlamış görünüyorlardı.

Assef, Hasan'ın yanına diz çöktü, Hasan'ın çıplak kalçalarını tuttu, kaldırdı. Bir elini Hasan'ın sırtına dayadı, öteki eliyle de kemerini çözdü. Kot pantolonunun fermuarını açtı. Külotunu sıyırdı. Hasan'ın arkasındaki konumunu aldı. Hasan mücadele etmedi. Bağırmadı bile. Başını hafifçe çevirdi; yüzünü gördüm. Bu yüzdeki teslimiyeti gördüm. Bu ifadeyi daha önce görmüştüm. Kurbanlık bir koyunun yüzünde.

* * *

Yarın İslam takviminin son ayı, Dhul-Hijjah'ın onuncu günü; üç günlük bayramın, oğlunu Allah'a kurban etmesine ramak kalan İbrahim Peygamber'in anısına kutlanan Kurban Bayramı'nın ilk günü. Baba bu yılki kurbanı kendi eliyle seçti; kıvrık, kara kulaklı, pudra beyazı bir koyun.

Hep birlikte arka bahçedeyiz; Hasan, Ali, Baba ve ben. Molla duasını ediyor, sakalını sıvazlıyor. Baba duyulur duyul-

maz bir sesle mırıldanıyor: Hadi, bitir şu işi. *Bitmek bilmez dualar, eti helal etme töreni canını sıkmış. Bütün dini safsatalar gibi, bu kurban öyküsüyle de alay ediyor. Ama kurban kesme geleneğine saygı duyuyor. Geleneklere göre et üçe bölünüyor; biri aileye, biri dostlara, biri de fakirlere. Baba her yıl, etin tamamını yoksullara dağıtıyor.* Zenginler yeterince şişman, *diyor.*

Molla duasını bitiriyor. Amin. Uzun mutfak bıçağını alıyor. Geleneklere göre, koyun bıçağı görmemeli. Ali hayvana bir kesme şeker veriyor – ölümü tatlılaştırmak için, bir başka gelenek. Koyun biraz çırpınıyor, bir-iki tekme atıyor, ama fazla değil. Molla onu çenesinin altından sıkıca tutuyor, bıçağı boynuna dayıyor. Göz açıp kapayıncaya kadar da, ustaca bir hareketle boğazı kesiyor. Koyunun gözlerine bakıyorum. Haftalarca rüyalarımdan gitmeyecek bir görüntü. Her yıl arka bahçede yinelenen bu ayini neden izlediğimi bilmiyorum; kâbuslar otların üzerindeki kan kuruyup uçtuktan çok sonra bile peşimi bırakmıyor. Ama her seferinde izliyorum. İzliyorum, nedeniyse hayvanın gözlerindeki o kabulleniş. Saçma ama, hayvanın anladığını düşünüyorum. Hayvan bu korkunç ölümün çok yüce bir amaca hizmet ettiğini biliyor. İşte bu bakış...

Bakmayı kestim, geçide sırtımı döndüm. Bileğimden ılık bir şey akıyordu. Gözlerimi kırpıştırınca, hâlâ yumruğumu ısırmakta olduğumu gördüm; hem de eklem yerlerini kanatacak kadar. Bir şey daha fark ettim. Ağlıyordum. Köşenin öteki yanından Assef'in hızlı, ritmik hırıltıları geliyordu.

Bir karar vermek için son bir şansım daha vardı. Kim olacağıma karar vermek için son bir fırsatım. O çıkmaz sokağa girebilir, Hasan'ı kurtarmak için o oğlanların karşısına dikilir (tıpkı Hasan'ın benim için defalarca yaptığı gibi) ve başıma geleceklere katlanırdım. Ya da kaçardım.

Sonunda, kaçtım.

Kaçtım, çünkü korkağın tekiydim. Assef'ten, bana yapabileceklerinden korkuyordum. Canımın acımasından korkuyordum. Sırtımı o sokağa, Hasan'a dönerken, kendi kendime böyle söyledim. Buna kendimi inandırdım. Ödlekliğe *canı gönülden* sığınıyordum, çünkü öteki seçeneği, kaçmamın gerçek nedenini itiraf etmem demek, Assef'e hak vermem demekti: Bu dünyada hiçbir şey bedava değildi. Belki de Hasan, Baba'yı kazanmak için ödemem gereken bedeldi; kurban etmem gereken koyun. Peki, hakça bir bedel miydi? Yanıt, onu susturmama kalmadan, zihnime süzülüverdi: Altı üstü bir Hazara'ydı, öyle değil mi?

Geldiğim yolu koşarak döndüm. Tamamen boşalmış pazara daldım. Derme çatma bir tezgâhın önüne çömeldim, sırtımı asmalı kilit vurulmuş, küçük kapısına dayadım. Soluk almaya çalışarak, terleyerek, olup bitene lanet okuyarak bekledim.

On beş dakika kadar sonra, konuşmalar, koşan ayak sesleri duydum. Tezgâhın arkasına sindim; Assef'le öteki oğlanların koşarak geçişini seyrettim; boş caddenin sonuna doğru gülerek, tabana kuvvet uzaklaştılar. Kendimi tuttum, on dakika daha bekledim. Sonra, karla kaplı dere yatağını izleyen, delik deşik yola döndüm. Azalan ışıkta gözlerimi kısınca, bana doğru ağır ağır gelen Hasan'ı gördüm. Derenin hemen kıyısındaki yapraksız huş ağacının yanında buluştuk.

Mavi uçurtma elindeydi; baktığım ilk şey, o oldu. Şu anda yalan söylemeyeceğim; yırtık filan var mı diye, gözlerimle uçurtmayı çabucak taramadığımı söyleyerek sizi kandırmayacağım. *Çapan*'ının ön kısmında çamur lekeleri vardı, gömleği de yakanın hemen altından yırtılmıştı. Durdu. Ayaklarının üzerinde, her an yere yığılacakmış gibi sallandı. Sonra toparlandı. Uçurtmayı bana uzattı.

"Nerelerdeydin? Seni arıyordum," dedim. Bu sözcükleri söylemek, bir taş parçasını çiğnemekten farksızdı.

Hasan dirseğini yüzünden geçirdi, sümüğünü, gözyaşlarını sildi. Bir şey söylemesini bekledim, ama sesini çıkarmadı; hızla solan ışıkta, sessizce durduk. Alacakaranlığa, Hasan'ın yüzüne vuran, benim yüzümü de iyi kötü gizleyen gölgelere minnet duydum. Bakışlarına karşılık vermek zorunda olmadığıma şükrettim. Bildiğimi biliyor muydu? Eğer biliyorsa, gözlerine *bakabilseydim* ne görürdüm? Suçlama? Öfke? Yoksa, Allah saklasın, en korktuğum şeyi mi? Katıksız bağlılık mı? İşte bunu görmeye katlanamazdım.

Bir şey söylemeye niyetlendi ama sesi çatallaştı. Ağzını kapadı, açtı, yeniden kapadı. Bir adım geri çekildi. Yüzünü sildi. İşte, Hasan'la o geçitte olanlara ancak bu kadar değinebildik. Hüngür hüngür ağlamaya başlayacağını sandım, neyse ki yapmadı; ben de sesindeki kırılmayı duymamış gibi yaptım. Tıpkı pantolonunun arkasındaki koyu renk lekeyi görmezden geldiğim gibi. Ya da bacaklarının arasından süzülen ve yerdeki karı karartan damlaları fark etmediğim gibi.

"Ağa efendi merak eder," dedi. Sonra döndü, topallayarak uzaklaştı.

Tam da hayal ettiğim gibi oldu. Sigara dumanıyla kaplı çalışma odasının kapısını açtım, içeriye girdim. Baba'yla Rahim Han çay içiyor, radyodaki haberleri dinliyordu. Başları bana döndü. Sonra babamın dudaklarına bir gülümseme yayıldı. Kollarını iki yana açtı. Uçurtmayı yere bıraktım, o kalın, kıllı kolların arasına ilerledim. Yüzümü ılık göğsüne gömdüm ve ağladım. Baba beni sımsıkı kucakladı, öne arkaya salladı. Kollarının arasında yaptığım şeyi unuttum. Harika bir duyguydu.

SEKİZ

Bir hafta boyunca Hasan'ı neredeyse hiç göremedim. Uyandığımda kızarmış ekmeği, demlenmiş çayı ve haşlanmış yumurtayı mutfak masasının üzerinde buluyordum. O gün giyeceğim giysiler ütülenip katlanmış, Hasan'ın genellikle ütü yaptığı holdeki bambu koltuğun üzerine bırakılmış oluyordu. Oysa ütüye başlamadan önce, biraz konuşabilelim diye, benim kahvaltıya oturmamı beklerdi. Şarkı da söylerdi; lale bahçeleriyle ilgili, ütü buharının hışırtısını bastıran, eski Hazara şarkıları. Şimdiyse karşımda bir tek katlanmış giysileri buluyordum. Bir bu, bir de doğru dürüst bitiremediğim kahvaltımı.

Bulutlu bir sabah, haşlanmış yumurtayı tabağımda çevirip dururken, Ali kucağında bir deste odunla içeriye girdi. Ona Hasan'ın nerede olduğunu sordum.

"İşleri bitince yattı," dedi Ali, sobanın önüne çömelirken. Sobanın küçük, dört köşe kapağını açtı.

Hasan bugün benimle oyun oynamaz mıydı?

Ali elinde bir kütük, durakladı. Yüzünü kaygılı bir anlam yaladı. "Son zamanlarda yaptığı tek şey uyumak. Evdeki işleri biter bitmez -savsaklamasına izin vermiyorum, elbette- doğruca yorganın altına giriyor. Sana bir şey sorabilir miyim?"

"Eğer mecbursan."

"Şu uçurtma turnuvasından sonra, eve geldiğinde üzerine kan bulaşmıştı, gömleği de yırtılmıştı. Ne olduğunu sordum, bir şey yok, dedi; uçurtma yüzünden birkaç çocukla dalaştığını söyledi."

Bir şey demedim. Yumurtayı sağa sola itmeyi sürdürdüm.

"Başına bir şey mi geldi, Emir Ağa? Bana anlatmadığı bir şey?"

Omuzlarımı silktim. "Ben nereden bileyim?"

"Bilsen söylersin, değil mi? Ona bir şey olsaydı, bana söylerdin, ha?"

"Dediğim gibi, neyi olduğunu ben nereden bileyim?" diye terslendim. "Belki de hastadır. İnsanlar hastalanır, Ali. Evet, artık sobayı yakacak mısın yoksa soğuktan donmamı mı bekleyeceksin?"

O akşam Baba'ya, cuma günü Celalabat'a gidip gidemeyeceğimizi sordum. Çalışma masasının arkasındaki deri, döner koltukta oturuyor, gazete okuyordu. Gazeteyi bıraktı, okuma gözlüğünü çıkardı; bu gözlükten nefret ediyordum; Baba yaşlı değildi ki, önünde uzun bir ömür vardı, bu kahrolası gözlüğü ne diye takıyordu?

"Neden olmasın?" dedi. Baba son zamanlarda her isteğimi kabul ediyordu. Dahası, iki gün önce Cinema Aryana'da

Charlton Heston'ın oynadığı *El Cid* filmine gitmeyi *kendisi* önermişti. "Celalabat'a Hasan'ı da çağırsana."

Her şeyi illa da mahvetmek zorunda mıydı? "Hasan *marez*," dedim. Biraz rahatsız.

"Gerçekten mi?" Baba koltuğunda dönmeyi kesti. "Nesi var?"

Omuz silktim, şöminenin karşısındaki divana iyice gömüldüm. "Üşütmüş galiba. Uyuyup duruyor."

"Son günlerde Hasan'ı pek göremedim," dedi Baba. "Yalnızca soğuk algınlığı, değil mi?" Alnının endişeyle kırışmasından nefret ediyordum.

"Biraz üşütmüş işte. Evet, cuma günü gidiyor muyuz, Baba?"

"Evet, elbette," dedi, koltuğunu geriye iterek. "Hasan'a üzüldüm. O da gelseydi, senin için daha eğlenceli olurdu."

"Eh, baş başa da eğlenebiliriz," dedim. Baba gülümsedi. Göz kırptı. "Sıkı giyin," dedi.

Onunla baş başa olmak istiyordum, ama çarşamba akşamına kadar Baba iki düzine kişiyi daha bu geziye katmayı başardı. Kuzeni Hümayun'u arayıp (aslında Baba'nın ikinci kuzeniydi) cuma günü Celalabat'a gideceğini söyledi; Fransa'da mühendislik okuyan ve Celalabat'ta bir evi olan Hümayun da, o zaman hep birlikte (çocukları, iki karısı) gidelim, dedi; başlamışken de gerisi geldi: Herat'tan ailece ziyarete gelen kuzini Şefika'yla ailesini de çağırmak gerekiyordu; onları Kâbil'de ağırlayan, kuzeni Nadir'le onun ailesine de haber verilmezse ayıp olurdu elbette; Nadir'in kardeşi Faruk da unutulmamalıydı, yoksa alınırdı ve kızının gelecek ay yapılacak düğününe bizi çağırmazdı, vesaire...

Üç minibüse doluştuk; ben, Baba, Rahim Han, *Kaka* Hümayun (babam bana büyük erkeklere *Kaka*, yani Amca, kadınlara da *Hala* demeyi öğretmişti), Hümayun'un iki karısı (sivri yüzlü, elleri siğil kaplı büyük karısıyla, buram buram parfüm kokan, dans ederken gözlerini yuman, genç karısı) ve ikiz kızları aynı arabadaydık. Arka koltukta, yedi yaşındaki ikizlerin arasına sıkışmıştım; araba tutmuştu, başım dönüyor, midem bulanıyordu; yetmezmiş gibi, kızlar habire kucağımın üzerinden uzanıp birbirini tokatlıyordu. Dağların arasından kıvrılarak ilerleyen ve dimdik bir yamaçla düzlüğe ulaşan Celalabat yolu iki saatlik, çetin bir yolculuktu; her dönemeçte midem ağzıma geliyordu. Minibüstekiler bütün Afganlar gibi bir ağızdan, bağıra çağıra konuşuyorlardı. İkizlerin birinden -Fazıla ya da Kerime'den; ikisini birbirinden hiçbir zaman ayıramazdım- benimle yer değiştirmesini rica ettim; camdan temiz hava alırsam, mide bulantıma iyi gelirdi belki. Dilini çıkardı, hayır, dedi. Eh, güzel, dedim, ama yeni elbisesine kusarsam beni suçlayamazdı. Bir dakika sonra, camdan dışarıya sarkmaktaydım. Bir yükselip bir alçalan, keskin virajlarda bir yılan kuyruğu gibi kıvrılan, bozuk yolu seyrettim; karşılaştığımız, kasaları çömelmiş insanlarla dolu, rengârenk kamyonları saydım. Gözlerimi kapalı tutmaya çalıştım, yüzümü rüzgâra verdim, tertemiz havayı yutmak için ağzımı ardına kadar açtım. Pek bir yararı olmadı. Bir parmak böğrümü dürttü. Fazıla/Kerime'ydi.

"Ne var?" dedim.

"Turnuvayı anlatıyordum da," dedi Baba, direksiyondan. Orta sırada oturan Kaka Hümayun'la karıları dönmüş, gülümseyerek bana bakıyorlardı.

"O gün gökte en az yüz uçurtma vardı herhalde" dedi Baba. "Doğru mu, Emir?"

"Galiba," diye mırıldandım.

"Yüz uçurtma, Hümayun can. *Laf* değil. Ve günün sonunda hâlâ uçan tek uçurtma, Emir'inkiydi. Son düşen mavi uçurtmayı da, Hasan'la Emir birlikte yakaladılar."

"Tebrikler," dedi Kaka Hümayun. İlk karısı, siğilleri olan, ellerini çırptı. "Vay, vay, Emir can, seninle gurur duyuyoruz!" Genç kadın da ona katıldı. Şimdi hepsi birden el çırpıyor, beni övüyor, onları nasıl da gururlandırdığımı söylüyorlardı. Bir tek, Baba'nın yanındaki koltukta oturan Rahim Han suskundu. Tuhaf bir bakışla bana bakıyordu.

"Lütfen kenara çek, Baba," dedim.

"Efendim?"

Güçlükle söylendim: "Midem bulanıyor." Kaka Hümayun'un kızlarına abanma pahasına, iyice geriye yaslandım.

Fazıla/Kerime'nin yüzü buruştu. "Dur, Kaka!" diye cıyakladı. "Suratı sapsarı! Yeni elbiseme kusmasını istemiyorum!"

Baba sağa yanaşmaya hazırlandı, ama ben daha fazla dayanamadım. Birkaç dakika sonra, yolun kenarındaki bir kayanın üzerinde otururken, onlar minibüsü havalandırıyordu. Baba'yla Kaka Hümayun sigara içiyor, babası Fazıla/Kerime'ye artık ağlamayı kesmesini, ona Celalabat'tan yeni bir elbise alacağını söylüyordu. Gözlerimi kapadım, yüzümü güneşe çevirdim. Gözkapaklarımın altında küçük şekiller belirdi; duvarda gölge oyunu oynayan eller gibi. Eğilip büküldüler, ayrılıp birleştiler, sonunda tek bir imge oluşturdular: Hasan'ın bir tuğla yığınının üzerine fırlatılmış kahverengi, kadife pantolonu.

Kaka Hümayun'un Celalabat'taki beyaz, iki katlı evinin geniş balkonu, etrafı duvarla çevrili, elma ve hurma ağaçlarıyla dolu, büyük bir bahçeye bakıyordu. Bahçede yazları bahçıvanın çeşitli hayvan biçimlerinde budadığı çalılıklar, zeminine zümrüt yeşili fayanslar döşenmiş bir yüzme havuzu vardı. Dipteki ince, sulu kar tabakası dışında boş olan havuzun kenarına oturdum, bacaklarımı sarkıttım. Kaka Hümayun'un kızları bahçenin öteki ucunda saklambaç oynuyordu. Kadınlar yemek pişiriyordu; pişen soğanın kokusunu geliyordu; düdüklü tencerenin fısıltısını, müziği, gülüşmeleri duyabiliyordum. Baba, Rahim Han, Kaka Hümayun ve Kaka Nadir balkonda, sigaralarını tüttürüyorlardı. Kaka Hümayun, Fransa'da çektiği diaları göstermek için projeksiyon cihazını yanında getirdiğini söyledi. Paris'ten döneli on yıl olmuştu ve hâlâ o saçma sapan diaları gösterip duruyordu.

Kendimi neden böyle kötü hissediyordum ki? Baba'yla sonunda dost olabilmiştik. Daha birkaç gün önce hayvanat bahçesine gitmiş, aslan Mercan'ı görmüştük; kimsenin bakmadığı bir ara, ayıya küçük bir çakıl taşı atmıştım. Daha sonra, Cinema Park'ın karşısındaki Dadhkoda Kebap Evi'ne gitmiş, *tandır*'dan yeni çıkmış, sıcak *nan*'la kuzu kebap yemiştik. Baba Hindistan'a ve Rusya'ya yaptığı yolculuklardan söz etmiş, karşılaştığı ilginç insanları anlatmıştı; Bombay'da tanıştığı, kırk yedi yıldır evli olup on bir çocuk yetiştirmiş olan, kolları, bacakları olmayan çift gibi. Bunun, Baba'yla böyle bir gün geçirmenin, anlattığı öyküleri dinlemenin eğlenceli olması gerekmez miydi? Bunca yıldır istediğim şeye nihayet kavuşmuştum. Ama kendimi şu bakımsız havuz kadar boş hissediyordum. Bacaklarımı sarkıttığım havuz kadar.

Gün batarken, kadınlarla kızlar akşam yemeğini sundular – pilav, *köfte,* tavuk *kurma*. Karnımızı geleneksel yöntemle doyurduk; salona dörder-beşer kişilik halkalar oluşturacak biçimde dizilmiş büyük minderlere oturduk, yere yayılan masa örtüsünün üzerinden, ellerimizle yedik. Aç değildim, yine de Baba, Kaka Faruk ve Kaka Hümayun'un iki oğlunun yanına iliştim. Yemekten önce birkaç viski yuvarlamış olan Baba, sözü yeniden uçurtma turnuvasına getirdi; herkesi nasıl yendiğimle, eve o son uçurtmayla birlikte nasıl döndüğümle böbürlenmeye başladı. Gür sesi salona egemendi. İnsanlar başlarını tabaklarından kaldırdılar, beni kutladılar. Kaka Faruk temiz eliyle sırtıma pat pat vurdu. Gözüme bir bıçak sokuluyormuş duygusuna kapıldım.

Daha sonra, gece yarısından epeyce sonra, Baba'yla kuzenlerinin birkaç saatlik pokeri sona erince erkekler salona, yan yana serilen döşeklere yerleşti. Kadınlar üst kata çıktı. Bir saat sonra, hâlâ uyuyamamıştım. Akrabalarım homurdanır, iç geçirir, horlarken, ben bir sağa bir sola dönüp duruyordum. Doğruldum. Camdan içeriye üçgen biçiminde bir ayışığı huzmesi sızıyordu.

"Hasan'ın tecavüze uğramasını seyrettim," dedim. Baba uykusunda kıpırdandı. Kaka Hümayun homurdandı. Bir parçam, birinin uyanmasını, duymasını istiyordu, böylece ömrümün sonuna kadar bu yalanla yaşamak zorunda kalmayacaktım. Ama kimse uyanmadı; bunu izleyen sessizlikte, yeni lanetimin ne olduğunu anladım: Bu suç yanıma kalacaktı.

Hasan'ın rüyasını düşündüm; şu gölde yüzdüğümüz rüyayı. *Canavar filan yok,* demişti; *yalnızca su.* Oysa yanılmıştı. Gölde bir canavar vardı. Hasan'ı bileğinden yakalamış, onu çamurlu dibe çekmişti. O canavar bendim.

Uykusuzluk hastalığına o gece yakalandım.

Hasan'la ancak on gün kadar sonra konuşabildim. Öğle yemeğimi yarım yamalak yemiştim, Hasan bulaşıkları yıkıyordu. Yukarıya, odama çıkmak üzereyken Hasan, tepeye tırmanalım mı, diye sordu. Yorgunum, dedim. Hasan da bitkin görünüyordu; zayıflamış, şiş gözlerinin altında gri halkalar oluşmuştu. Ama bir kez daha teklif edince, duraksayarak da olsa kabul ettim.

Çamurlara bata çıka, tepeye tırmandık. İkimiz de konuşmuyorduk. Nar ağacımızın altına oturduk ve ben hata ettiğimi anladım. Buraya gelmemeliydim. Ali'nin mutfak bıçağıyla ağaca kazıdığımız sözcükler... *Emir ve Hasan, Kâbil'in Sultanları*... onları görmeye katlanamıyordum artık.

Hasan ona *Şahname*'yi okumamı istedi, ama ben fikrimi değiştirdiğimi söyledim. Odama dönmek istiyordum. Uzaklara baktı, omuzlarını silkti. Sessizce tırmandığımız yolu, yine sessizce indik. Yaşamımda ilk kez, dört gözle baharı bekliyordum.

1975 kışının geri kalanına ait anılarım oldukça puslu. Baba evdeyken, yeterince mutlu olduğumu anımsıyorum. Birlikte yiyor, bazen bir film izliyor bazen de Kaka Hümayun ya da Kaka Faruk'u ziyarete gidiyorduk. Arada bir Rahim Han uğruyor, Baba çalışma odasında onlarla oturup çay içmeme izin veriyordu. Ona birkaç öykümü okumamı bile istemişti. Çok güzeldi; böyle sürüp gideceğine ciddi ciddi inanmaya başladım. Bence buna Baba da inanıyordu. Oysa ikimizin de bilmesi gerekirdi. Uçurtma yarışından sonraki üç-beş ay, Baba'yla birlikte tatlı bir hayal dünyasına gömülmüş bir halde yaşadık, birbirimize bambaşka gözlerle baktık. Kendimizi kandırdık; ince kâğıt, zamk ve çıtadan yapılma bir oyuncağın aramızdaki derin uçurumu kapatabileceği aldatmacasına göz yumduk.

Baba yokken -ki, genellikle yoktu- odama kapanıyordum. İki günde bir, bir kitap bitiriyor, öyküler yazıyor, at binmeyi öğreniyordum. Sabahları Hasan'ın mutfakta dolanıp durduğunu duyuyordum; çatal-bıçak şangırtılarını, çaydanlığın tıslayışını. Aşağıya, kahvaltıya inmeden önce sokak kapısının kapanmasını beklerdim. Takvimimde, okulun ilk gününü işaretlemiştim, kalan günleri sayıyordum.

Hasan'ın aramızı düzeltme çabaları beni dehşete düşürüyordu. Son girişimini çok iyi anımsıyorum; odamdaydım,

Ivanhoe'nun Farsça özet bir çevirisini okuyordum, kapıma vurulduğunu duydum.

"Ne var?"

"*Nan* almaya fırına gidiyorum," dedi Hasan, kapının öteki yanından. "Diyorum ki, acaba sen... sen de gelmek ister miydin?"

"Kitaba devam edeceğim," dedim, şakaklarımı ovarak. Son zamanlarda, ne zaman Hasan'ı görsem, başıma bir ağrı saplanıyordu.

"Dışarısı güneşli," dedi.

"Görebiliyorum."

"Biraz yürümüş oluruz."

"Sen git."

"Keşke sen de gelsen," dedi. Durdu. Bir şey kapıya değdi, kof bir ses çıkardı; alnı olabilirdi. "Sana ne yaptığımı bilmiyorum, Emir Ağa. Keşke bana söylesen. Neden oyun oynamadığımızı anlayamıyorum."

"Sen bir şey yapmadın, Hasan. Hadi, git artık."

Başımı kucağıma eğdim, dizlerimle şakaklarımı sıkıştırdım – şu otobüs muavinleri gibi. "Ama senden bir şey isteyeceğim," dedim, gözlerimi sımsıkı yumarak.

"Ne istersen."

"Beni taciz etmeyi kesmeni istiyorum. Beni rahat bırakmanı istiyorum," dedim sertçe. Bana aynı biçimde karşılık vermesini, kapıyı ardına kadar açıp, asıl sen defol, demesini istedim; böylece her şey kolaylaşacak, düzelecekti. Ama böyle bir şey yapmadı; dakikalar sonra kapıyı açtığımda, orada değildi. Kendimi yatağa bıraktım, başımı yastıkların altına gömdüm ve ağladım.

O günden sonra Hasan yaşamımın sınır çizgilerini aşmamaya özen gösterdi, çevresinde dolanmakla yetindi. Ben de yollarımızın kesişmemesi için elimden geleni yapıyor, günümü buna göre planlıyordum. Çünkü o yakınlardayken, odadaki oksijen tükeniyordu. Göğsüm sıkışıyor, soluk alamıyordum; orada öylece dikiliyor, o küçük, havasız baloncuğun içinde yutkunup duruyordum. Öte yandan, Hasan ortalıkta değilken bile yakınımdaydı. Bambu koltukta duran, elde yıkanmış, ütülenmiş giysilerdeydi; kapımın önüne bırakılan ılık terliklerdeydi; kahvaltıya indiğimde, sobada gürül gürül yanan odunlardaydı. Nereye dönsem onun bağlılığından, o kahrolası, şaşmaz sadakatinden bir iz görüyordum.

Bahar başlarında, yeni ders yılının başlamasına birkaç gün kala, Baba'yla bahçedeydik, lale ekiyorduk. Karın büyük bir bölümü erimiş, kuzeydeki tepelerde yer yer yeşil çayır öbekleri belirmişti. Serin, gri bir sabahtı; Baba yanıma çömelmiş toprağı kazıyor, ona uzattığım lale soğanlarını ekiyordu. Çoğu kişinin laleyi sonbaharda ekmeyi yeğlediğini, oysa yanıldıklarını söylüyordu, sözünü kestim: "Baba, hiç yeni hizmetkâr tutmayı düşündün mü?"

Lale soğanını bıraktı, küreği toprağa sapladı. Bahçe eldivenlerini çıkardı. Onu şaşırtmıştım. "*Çi*? Ne dedin sen?"

"Yalnızca merak ettim de..."

"Böyle bir şeyi neden düşünecekmişim?" diye sordu, ters ters.

"Düşünmezsin, herhalde. Öylesine bir soruydu işte," dedim, fısıltıya dönüşen bir sesle. Söylediğime söyleyeceğime çoktan pişman olmuştum.

"Hasan'la arandaki sorun yüzünden mi? Bir süredir aranızda bir şeyler geçtiğinin farkındayım, ama derdiniz her neyse, bunu aranızda halledin. Beni bulaştırma!"

"Özür dilerim, Baba."

Yeniden eldivenlerini giydi. "Ben Ali'yle birlikte büyüdüm," dedi, sıkılı dişlerinin arasından. "Onu eve babam aldı ve öz oğluymuş gibi sevdi. Ali kırk yıldır bu ailenin bir parçası. Tam kırk yıl! Sen şimdi onu evden kovacağımı sanıyorsun, öyle mi?" Bana çevirdiği yüzü, elindeki lale kadar kırmızıydı. "Sana hiç el kaldırmadım, Emir, ama bunu bir daha duyarsam..." Bakışlarını kaçırdı, başını salladı, tısladı: "Yazıklar olsun. Hasan'a gelince... Hasan hiçbir yere gitmeyecek, anlaşıldı mı?"

Başımı öne eğdim, serin toprağı avuçladım. Sonra da parmaklarımın arasından akışını seyrettim.

"Anlaşıldı mı, dedim?" diye kükredi Baba.

İrkildim. "Evet, Baba."

Sözümü kesiverdi: "Hasan'ın yeri burası!" Küreği toprağa gerektiğinden çok daha sert daldırarak, yeni bir çukur açtı. "Burada, ait olduğu yerde, bizimle kalacak! Burası onun evi, biz de ailesiyiz. Bir daha sakın böyle bir şey isteme!"

"Peki, Baba. Özür dilerim."

Lalelerin kalanını hiç konuşmadan ektik.

Ertesi hafta okul açılınca, rahat bir soluk aldım. Öğrenciler yeni defterleri, sipsivri açılmış kurşunkalemleriyle avluda toplandılar; gruplar halinde gevezelik ediyor, sınıf mümessillerinin düdüğünü bekliyorlardı. Baba arabayı girişe uzanan toprak yola sürdü. Okul iki katlı, eski bir binaydı; kırık camlar, yassı taş döşeli loş koridorlar, yer yer kalkmış sıvaların altından özgün, sarı boyası hâlâ görünen, bakımsız bir yapı. Oğlanların çoğu okula yürüyerek gelir, Baba'nın siyah Mustang'i kıskanç bakışlara hedef olurdu. Beni okula bıraktığında, içim gururla dolup taşardı (eski benin, yani), ama kendimi tutar, mahcup bir ifade takınırdım. Şimdiyse, boşluk. Baba bana veda etmeden uzaklaştı.

Her yıl yinelenen, uçurtma savaşından kalma yaraları gösterme faslını atladım, doğruca sıraya girdim. Zil çaldı, ikişerli sıralar halinde sınıflarımıza doğru yürüdük. En arka sıraya oturdum. Ders kitaplarımızı dağıtan Farsça öğretmenimizin, bol bol ödev vermesi için dua ettim.

Okul odama kapanmam için bana yeterli gerekçeyi sunuyordu. Ödevlerse bir süre için, o kış olanları, olmasına *göz yumduğum* olayı aklımdan uzaklaştırmamı sağladı. Birkaç hafta boyunca kendimi yerçekimine, momentuma, atomlara, hücrelere, İngiliz-Afgan savaşlarına kaptırdım, Hasan'ı, onun başına gelenleri düşünmemeyi başardım. Ama sonra, her zamanki gibi zihnim o çıkmaz sokağa döndü. Hasan'ın tuğlaların üzerinde duran kahverengi pantolonuna. Karın üzerinde koyu kızıl, neredeyse siyah lekeler bırakan kan damlalarına.

Yaz başında durgun, puslu bir öğleden sonra Hasan'a tepeye gitmeyi önerdim. Yazdığım yeni bir öyküyü okumak istediğimi söyledim. Bahçeye kuruması için çamaşır asıyordu; işini hevesle, bir çırpıda bitiriverdi.

Şundan bundan konuşarak yokuşu tırmandık. Okulu, neler öğrendiğimi sordu; öğretmenlerimi, özellikle de geveze öğrencileri, parmaklarının arasından madeni bir çubuk geçirip parmaklarını sıkarak cezalandıran, acımasız matematik öğretmenini anlattım. Hasan bunu duyunca yüzünü buruşturdu, *inşallah* senin başına gelmez, dedi. Şu ana kadar şansımın yaver gittiğini söyledim; bunun şansla hiçbir ilgisi olmadığını bile bile. Sınıfta gevezelikte kimselerden geri kaldığım yoktu, ama zengin ve herkesçe tanınan bir babam olduğu için, madeni çubuktan paçayı sıyırıyordum.

Nar ağacının gölgesine oturduk, sırtımızı mezarlığın alçak duvarına verdik. Kavrulmuş, sarı, yabani otlar bir-iki aya kalmaz tepeyi kaplardı, o yıl bahar yağmurları her zamankinden uzun sürdüğü, ilkyaza sarktığı için otlar hâlâ yeşildi; hâlâ şurada burada kalmış karman çorman yabani çiçek öbekleri. Altımızda, Vezir Ekber Han'ın güneşte parlayan, beyaz duvarlı, düz damlı evleri; avlulardaki iplere asılmış, esintide kelebekler gibi çırpınan çamaşırlar.

Ağaçtan bir düzine nar toplamıştık. Yanımda getirdiğim öyküyü çıkardım, ilk sayfayı açtım, sonra yere bıraktım. Kalktım, yere düşen, olgun bir narı aldım.

Meyveyi havaya atıp tutarak, sordum: "Şunu sana fırlatsam, ne yapardın?"

Hasan'ın yüzündeki gülümseme soldu. Anımsadığımdan daha büyük görünüyordu. Hayır, daha büyük değil, *yaşlı*. Mümkün müydü bu? Güneşten yanmış yüzünde derin çizgiler, gözlerinin, ağzının çevresinde kırışıklar vardı. Elime bir bıçak alıp bu çizgileri ben yontmuştum sanki.

"Ne yapardın?" diye yineledim.

Beti benzi atmıştı. Yanında duran, ona okumaya söz verdiğim öykünün sayfaları esintide uçuştu. Narı ona fırlattım. Tam göğsüne isabet etti, patladı, kırmızı çekirdekleri havaya savruldu. Hasan'ın çığlığı şaşkınlık ve acı yüklüydü.

"Sen de bana vur!" diye haykırdım. Hasan bir göğsündeki lekeye bir bana baktı.

"Kalk! Vur bana!" Hasan *kalktı*, ama orada afallamış bir halde, öylece durdu: Daha bir dakika önce kumsalda keyifle yürüyen ve dev bir dalgayla okyanusa sürüklenen bir adam gibi.

Ona bir nar daha fırlattım; bu kez omzuna geldi. Meyvenin suyu, yüzüne sıçradı. "Vur bana!" diye bağırdım. "Vursana, Allah'ın belası!" Keşke öylesine beklediğim cezayı verseydi de, geceleri yeniden uyuyabilseydim. Belki o zaman, eski halimize dönebilirdik. Ama ben ona narları fırlatırken, Hasan yerinden kıpırdamadı. "Korkak!" dedim. "Sen korkağın tekisin!"

Ona kaç meyve attığımı anımsamıyorum. Sonunda bitkin, soluk soluğa durduğumda Hasan'ın üstü başı bir idam mangası tarafından delik deşik edilmişçesine, kıpkırmızıydı. Yenik, tükenmiş, umduğunu bulamamış bir halde dizlerimin üzerine çöktüm.

İşte o zaman, Hasan yerden bir nar *aldı*. Bana doğru geldi. Narı alnına hızla çarpıp yardı. "İşte," dedi, çatlak bir sesle, meyvenin kırmızı suyu yüzünden kan damlaları gibi süzülürken. "Tatmin oldun mu? Kendini daha iyi hissediyor musun?" Döndü, tepeyi inmeye koyuldu.

Gözyaşlarımı özgür bıraktım; dizlerimin üzerinde öne arkaya sallanarak ağladım, ağladım. "Seninle ne yapacağım, Hasan? Seninle ne yapacağım?" Sonunda, yaşlar kuruyup da güçbela tepeyi indiğimde, sorunun yanıtını biliyordum.

O 1976 yazı, Afganistan'ın görece bir huzur ve uyum içinde geçirdiği o son yaz, on üç yaşıma bastım. Baba'yla aramız yeniden soğumaya başlamıştı bile. Bence nedeni, lale ektiğimiz gün, yeni hizmetkâr bulma konusunda söylediğim o aptalca şeydi. Çok pişman olmuştum -gerçekten olmuştum- ama bunu yapmasaydım bile, bu kısa mola, bu mutluluk fasılası er ya da geç sona erecekti. Belki bu kadar çabuk değil, ama mutlaka. Yaz bittiğinde, sofradaki sohbetlerin yerini tabağa sürtünen çatalla bıçağın sesi almış, Baba yemek biter bitmez çalışma odasına çekilmeye başlamıştı. Ve kapıyı ardından kapatmaya. Bense Hafiz'la Hayyam'a, tırnaklarımı dibine kadar yemeye, öykü yazmaya döndüm. Öyküleri deste halinde yatağımın altında biriktiriyor, Baba'nın onları dinlemek isteyeceğinden artık hiç emin olmasam da, saklamayı sürdürüyordum.

Baba'nın parti verme konusundaki düsturu şuydu: Bütün dünyayı davet et, aksi halde bu bir parti olmaz. Doğum günüme bir hafta kala davetli listesini tararken, bana armağan getirecek ve on üçüncü yaşımı kutlayacak olan dört yüz küsur Kaka'yla Hala'nın en az dörtte üçünü tanımadığımı fark ettim. Sonra, aslında benim için gelmediklerini anladım. Benim doğum günümdü, ama gösterinin asıl yıldızının kim olacağını çok iyi biliyordum.

Hazırlıklar günlerce önceden başladı; ev Baba'nın geçici olarak işe aldığı hizmetlilerle doldu. Bir dana ve iki koyunla çıkagelen, üçünün de parasını almayı reddeden kasap Selahattin, örneğin. Hayvanları bahçede, bir kavak ağacının altında, kendi eliyle kesti. Kavağın dibindeki kıpkırmızı otlara bakıp, "Kan ağaçlar için iyidir," dediğini anımsıyorum. Hiç tanımadığım adamlar meşe ağaçlarına tırmanıp renkli ampuller, metrelerce uzunluğunda uzatma kabloları astılar. Başkaları bahçeye düzinelerce masa yerleştirdi, üzerlerine örtüler serdi. Büyük partiden bir gece önce, Baba'nın arkadaşı, Şar-e-Nau'da bir kebap evi bulunan Del-Muhammed, baharat torbalarıyla çıkageldi. Kasap gibi, Del-Muhammed de (ya da Baba'nın deyişiyle Dello) hizmetlerine karşılık para almaya yanaşmadı. Baba'ya -ailesine yaptığı iyilikler için- çok şey borçlu olduğunu söyledi. Dello etleri terbiye ederken, Rahim Han bana, Baba'nın lokantayı açması için Dello'ya para verdiğini fısıldadı. Baba parayı geri almayı kabul etmemişti; ta ki bir gün Dello, Mercedes arabasıyla gelip borcunu ödemeden buradan gitmeyeceğini söyleyinceye kadar.

Anladığım kadarıyla, doğum günü partim pek çok açıdan (ya da, en azından diğer partilerle kıyaslandığında) çok büyük bir başarı oldu. Evi hiç bu kadar kalabalık görmemiştim. Konuklar ellerinde içki kadehleri, koridorları bile doldurmuştu; merdivende oturmuş sigara içenler, kapılara yaslananlar vardı. Buldukları her yere ilişmişlerdi; mutfak tezgâhlarına, hole, hatta merdiven altına. Arka bahçede, ağaçlarda göz kırpan mavi, kırmızı, yeşil ampullerin altında sohbet ediyor, dört bir yana saçılmış gazyağı meşalelerinin ışığı yüzlerini aydınlatıyordu. Baba bahçeye bakan terasa bir sahne kurdurtmuş, bahçenin şurasına burasına hoparlörler yerleştirmişti. Ahmet Zahir bu sahnede akordeon çalıyor, neredeyse sırt sırta dans edenler için şarkı söylüyordu.

Her konuğu tek tek selamlamak zorundaydım – Baba bunu çok önemsiyordu; ertesi gün hiç kimse çıkıp da onu görgüsüz bir evlat yetiştirmekle suçlamamalıydı. Yüzlerce yanağı öptüm, hiç tanımadığım kişilerle kucaklaştım, armağanları için teşekkür ettim. Zorla tebessüm etmekten, yüz kaslarım sızlıyordu.

Baba'yla birlikte bahçede, barın yakınında duruyordum ki, biri, "Doğum günün kutlu olsun, Emir," dedi. Assef'ti; yanında ana-babası vardı. Assef'in babası Mahmut kısa boylu, çelimsiz biriydi; esmer, dar bir yüzü vardı. Annesi Tanya ise sürekli gülümseyen ve gözlerini kırpıştıran, ufak tefek, sinirli bir kadın. Assef ikisinin arasında duruyor, sırıtıyordu; boyu onlardan uzundu, ellerini onların omuzlarına dayamıştı. Ana-babasını bize doğru yönlendirdi; *onları* buraya *kendisi* getirmiş gibi. O ebeveyndi de, onlar da çocukları sanki. İçimi ani bir ürperti yaladı; başım döndü. Baba geldikleri için teşekkür etti.

"Hediyeni elimle seçtim," dedi Assef. Tanya'nın yüzü seğirdi, çırpıntılı gözleri Assef'ten bana çevrildi. Güvensizce gülümsedi, sonra gözlerini kırpıştırdı. Baba'nın fark edip etmediğini merak ettim.

"Hâlâ futbol oynuyor musun, Assef can?" diye sordu Baba. Hep Assef'le arkadaş olmamı isterdi.

Assef gülümsedi. Böyle şirin görünmeyi başarması, öyle ürperticiydi ki. "Elbette, Kaka can."

"Yanılmıyorsam sağ açıktın, değil mi?"

"Aslında bu yıl orta forvete geçtim," dedi Assef. "Böylece daha çok gol atabiliyorsun. Gelecek hafta, Mekro-Rayan takımına karşı oynayacağız. Sıkı bir maç olacak. Birkaç iyi oyuncuları var."

Baba başıyla doğruladı. "Biliyor musun, gençken ben de forvettim."

"İsteseniz yine olursunuz, eminim," dedi Assef. Baba'ya göz kırptı; candan, sevimliydi.

Baba da ona göz kırptı. "Babanın şu dünyaca ünlü tatlı dili sana da geçmiş." Assef'in babasını dirseğiyle dürttü; ufak tefek adamcağız az kaldı yere yuvarlanıyordu. Mahmut'un kahkahası da ancak Tanya'nın gülümseyişi kadar inandırıcıydı; ansızın merak ettim: Oğullarından, az da olsa korkuyorlar mıydı, yoksa? Gülümsemek için kendimi zorladım, ama yalnızca dudaklarımı hafifçe kıvırmayı becerebildim – babamın Assef'le samimiyeti, midemi bulandırmıştı.

Assef gözlerini bana çevirdi. "Veli'yle Kemal de burada. Doğum gününü kaçırmak istemediler," dedi, yüzeyin hemen altına sinmiş kahkahalarla. Sessizce başımı salladım.

"Yarın benim evde voleybol oynamayı planlıyoruz," dedi Assef. "Bize katılmaz mısın? İstiyorsan Hasan'ı da getir."

Baba'nın yüzü ışıyıverdi: "Hey, çok iyi bir fikir. Ne diyorsun, Emir?"

"Voleyboldan pek hoşlanmam," diye geveledim. Baba'nın gözlerindeki ışığın söndüğünü gördüm; huzursuz bir sessizlik çöktü.

"Kusura bakma, Assef can," dedi Baba, omuz silkerek. Benim yerime özür dilemesi, canımı sıktı.

"Yo, zarar yok," dedi Assef. "Ama davet geçerli, Emir can. Her neyse, okumayı sevdiğini duydum, ben de sana bir kitap aldım. En sevdiğim kitaplardan biri." Bana güzelce sarılmış bir paket uzattı. "Doğum günün kutlu olsun."

Pamuklu bir gömlekle mavi bir pantolon giymiş, kırmızı, ipek kravat takmıştı; siyah mokasenleri pırıl pırıldı. Kolonya kokuyordu; sarı saçları geriye doğru düzgünce taranmıştı. Görünüşte, her ana-babanın gerçekleşmiş hayaliydi; uzun boylu, güçlü, iyi giyimli, terbiyeli, yetenekli ve gerçekten yakışıklı bir çocuk; dahası, bir yetişkinle bile şakalaşabilecek beceride. Ama ben gözlerinin onu ele verdiğini biliyordum. Bu gözlere baktığım zaman, ön cephe yıkılıyor, geride gizlenen delilik bir anlığına da olsa yüzeye çıkıyordu.

"Alsana, Emir," dedi Baba.

"Hı?"

"Armağanın," dedi, biraz hırçın. "Assef can sana bir armağan getirmiş."

"Ah," dedim. Paketi Assef'ten aldım, bakışlarımı eğdim. Odamda tek başıma olmayı diledim; kitaplarımla baş başa, bu insanlardan uzakta.

"Evet?" dedi Baba.

"Ne?"

Baba onu başkalarının yanında utandırdığım zaman yaptığı gibi, sesini alçalttı. "Assef cana teşekkür etmeyecek misin? Bak, ne büyük bir incelik yapmış."

Keşke Baba ona böyle seslenmeyi kesseydi. Bana kaç kez "Emir can" demişti ki? "Teşekkürler," dedim. Assef'in annesi bana bir şey söyleyecekmiş gibi baktı, ama söylemedi; aynı anda, karı-kocanın henüz tek sözcük bile etmediğini ayrımsadım. Kendimi ve Baba'yı daha fazla utandırmamak, ama asıl Assef'ten ve o sırıtıştan kurtulmak için, birkaç adım uzaklaştım. "Geldiğiniz için teşekkür ederim," dedim.

Kalabalığın arasından eğrile büküle ilerledim, demir kapıdan dışarıya süzüldüm. Bizden iki ev aşağıda geniş, boş bir arsa vardı. Baba, Rahim Han'a söylerken duymuştum: Burayı bir yargıç almıştı, bir mimar projeyi hazırlıyordu. Ama şimdilik, toprak, taşlar, yabani otlar sayılmazsa, boştu.

Assef'in armağanının kâğıdını yırttım, kitabın kapağını ayışığına doğru çevirdim. Hitler'in yaşamöyküsüydü. Kitabı bir çalı öbeğine fırlattım.

Sırtımı yan komşunun duvarına yasladım, yavaşça yere kaydım. Dizlerimi göğsüme çektim, karanlıkta bir süre oturdum; yıldızlara baktım, gecenin bitmesini bekledim.

"Konuklarınla ilgilenmen gerekmiyor mu?" dedi, tanıdık bir ses. Rahim Han duvarın dibinden, bana doğru geliyordu.

"Bunun için bana ihtiyaçları yok," dedim. "Baba orada ya!" Yanıma çökerken, Rahim Han'ın içkisindeki buzlar şıngırdadı. "İçki içtiğini bilmiyordum."

"Demek ki içiyormuşum," dedi. Dirseğiyle beni şakacıktan dürttü. "Ama yalnızca çok özel günlerde."

Gülümsedim. "Sağ ol."

Kadehini bana doğru kaldırdı, içkisinden bir yudum aldı. Baba'yla ikisinin sürekli içtikleri şu filtresiz Pakistan sigaralarından bir tane yaktı. "Bir keresinde evlenmeme ramak kaldığını anlatmış mıydım sana?"

"Gerçekten mi?" Rahim Han'ı evli barklı biri olarak düşünmek, beni gülümsetti. Onu hep Baba'nın ayrılmaz bir parçası, adeta ikinci benliği olarak görmüştüm; benim de akıl hocam, edebiyat destekçim, gittiği her yolculuktan bana bir armağan getirmeyi asla unutmayan dostumdu. Ama bir koca? Bir baba?

Başını evet anlamında salladı. "Doğru söylüyorum. On sekiz yaşındaydım. Adı Hümeyra'ydı. Bir Hazara'ydı; komşumuzun hizmetkârının kızı. Bir *peri* kadar güzeldi; kumral saçlar, iri, ela gözler... hele o gülüşü... onu hâlâ duyabiliyorum." Bardağını çevirdi. "Babamın elma bahçesinde, gizlice buluşurduk; tabii gece yarısından, el ayak çekildikten sonra. Ağaçların altında gezinirdik, elini tutardım... Seni utandırıyor muyum, Emir?"

"Biraz," dedim.

"Seni öldürmez, merak etme," dedi, sigarasından bir nefes alarak. "Her neyse, bir hayalimiz vardı. Büyük, gösterişli bir düğün yapacak, Kâbil'den Kandahar'a kadar bütün akrabaları, dostları çağıracaktık. Ben çini döşeli bir avlusu, geniş pencereleri olan, kocaman bir ev yaptıracaktım. Bahçeye meyve ağaçları dikecek, yeryüzünün bütün çiçeklerini yetiştirecektik; bir de çocuklarımızın oynayacağı bir çimenliğimiz olacaktı. Cumaları ben camiden dönünce, herkes bizim evde toplanacak, yemeği bahçede, kiraz ağaçlarının altında, hep birlikte yiyecek, kuyudan yeni çekilmiş suyu içecektik. Sonra, çocuklarımız kuzenleriyle oynarken, biz çaylarımızı yudumlayıp tatlılarımızı yiyecektik..."

Viskisinden iri bir yudum aldı. Öksürdü. "Bunu söylediğim zaman babamın yüzünü bir görmeliydin. Annem düşüp bayıldı. Kız kardeşlerim yüzüne su çarpmak zorunda kaldılar. Onu yelpazelediler. Bana yiyecekmiş gibi bakıyorlardı; annemin boğazını kesmiştim sanki. Erkek kardeşim Celal, babamın engellemesine kalmadan koşup av tüfeğini kaptı." Rahim Han acı acı güldü. "Hümeyra'yla ikimiz, bütün dünyaya karşı. Sana şu kadarını söyleyeyim, Emir can: Sonuçta, mutlaka dünya kazanır. Düzen böyle."

"Ne oldu, peki?"

"Babam aynı gün, Hümeyra'yla ailesini bir kamyona bindirdi, Hazaracat'a postaladı. Onu bir daha hiç görmedim."

"Üzüldüm," dedim.

"Belki de böylesi daha iyi oldu," dedi Rahim Han, omuz silkerek. "Kız çok acı çekerdi. Ailem onu asla kabullenmezdi. Ayakkabılarını cilalattığın birine, ertesi gün 'kızım' diyemezsin." Bana baktı. "Biliyor musun, benimle her şeyini konuşabilirsin, Emir can. İstediğin zaman."

"Biliyorum," dedim, güvenmez bir ifadeyle. Beni uzun uzun süzdü; konuşmamı bekler gibiydi; kara, dipsiz gözleri aramızdaki dillendirilmemiş bir sırrı araştırıyordu. Az kaldı ona söyleyecektim. Her şeyi anlatacaktım. Peki ama, hakkımda ne düşünürdü? Gayet haklı olarak, benden nefret ederdi.

"Al." Bana bir şey uzattı. "Az kaldı unutuyordum. Doğum günün kutlu olsun." Kahverengi deri ciltli bir defterdi. Parmaklarımı sırtındaki altın yaldızlı dikişte gezdirdim. Deriyi kokladım. "Öykülerin için," dedi. Tam ona teşekkür edecektim ki, bir patlama oldu, gökyüzü aydınlandı.

"Havai fişekler!"

Hemen eve seğirttik, bütün konukları bahçede toplanmış, gökyüzüne bakarken bulduk. Çocuklar çatırtıları, onu izleyen ıslıksı hışırtıları çığlıklarla, haykırışlarla karşılıyordu. İnsanlar göz kamaştırıcı tomurcukları, çan şeklinde dağılan, çiçek buketleri halinde akan kıvılcım sağanaklarını alkışladı. Her birkaç saniyede bir, arka bahçe kırmızı, yeşil, sarı çakımlarla aydınlanıyordu.

Bu ışık patlamalarının birinde, yaşadıkça unutmayacağım bir şey gördüm: Hasan gümüş bir tepsiden Assef'le Veli'ye meşrubat sunuyordu. Işık titreşti, bir tıslama, bir çatırtı duyuldu, sonra turuncu bir ışık demeti patladı: Assef sırıtıyor, işaretparmağının boğumuyla Hasan'ın göğsünü dürtüklüyordu.

Sonra, çok şükür, karanlık.

DOKUZ

Ertesi sabah odamda yere oturdum, armağan paketlerini açmaya koyuldum. Bu zahmete neden girdiğimi bilmiyordum, çünkü onlara keyifsizce, şöyle bir baktıktan sonra, odanın bir köşesine fırlatıyordum. Oradaki yığın gittikçe büyüyordu: bir Polaroid fotoğraf makinesi, transistorlu bir radyo, gösterişli bir elektrikli tren ve içinde para bulunan, sayısız zarf. Ne bu parayı harcayacaktım, ne de radyoyu dinleyecektim; elektrikli trense odamdaki raylarda bir kez olsun gezinmeyecekti. Bunların hiçbirini istemiyordum – hepsine kan bulaşmıştı. O turnuvayı kazanmasaydım, Baba benim için böyle bir parti asla vermezdi.

Baba'dan iki armağan aldım. Bir tanesi, mahalledeki bütün çocukları kıskançlıktan çatlatacak bir şeydi: Yepyeni bir

Schwinn Stingray; bisikletlerin kralı. Kâbil'de yalnızca bir avuç çocuğun *Stingray*'i vardı; artık onlardan biri de bendim. Tutma yerleri siyah kauçuktan, uçları havaya kalkık gidonu ve o ünlü, muz biçimindeki selesi. Jantları altın rengi, çelik gövdesi elma şekeri kırmızısıydı. Ya da kan kırmızısı. Hangi çocuk olsa bisiklete atlar, mahalleyi turlardı. Birkaç ay önce olsaydı, ben de aynı şeyi yapardım.

"Beğendin mi?" dedi Baba, kapımın eşiğinden. Koyun gibi gülümsedim, çabucak teşekkür ettim. Keşke elimden biraz daha iyisi gelseydi.

Sonra, sordu: "Arabayla gezelim mi?" Yarım ağızla yapılmış bir davetti.

"Belki daha sonra; biraz yorgunum."

"Elbette," dedi.

"Baba?"

"Evet?"

"Havai fişekler için teşekkür ederim," dedim. Baştan savma bir teşekkürdü.

"Biraz dinlen," dedi, odasına doğru yürürken.

Baba'nın verdiği öteki armağan (onu açmamı beklememişti), bir kol saatiydi. Kadranı mavi, şimşek biçimindeki akreple yelkovanıysa altın sarısıydı. Koluma takıp denemedim bile. Köşedeki oyuncak yığınının üstüne attım. O tepeciğe fırlatmadığım tek hediye, Rahim Han'ın verdiği deri kaplı defter oldu. Bana kanlı gelmeyen tek armağandı.

Yatağımın kenarına oturdum, defterin sayfalarını çevirdim; Rahim Han'ı ve Hümeyra'yı düşündüm; babasının bu evliliğe karşı çıkmasının sonuçta hayırlı olduğunu söylemişti. *Kız çok acı çekerdi*. Kaka Hümayun'un projektörünün aynı diada takılıp kalması gibi, zihnimde hep aynı imge çakıp sönüyordu: Hasan, başı öne eğik, Assef'le Veli'ye içecek sunuyor. Belki de böylesi daha iyi *olacaktı*. Acısı azalacaktı. Benimki de, elbette. Her halükârda, şurası iyice aydınlanmıştı: İkimizden birinin gitmesi gerekiyordu.

Aynı gün, öğleden sonra bisikleti ilk ve son gezintisine çıkardım. Mahallede birkaç tur attım, sonra döndüm. Araba yolundan arka bahçeye doğru sürdüm; Ali'yle Hasan dün geceki partinin pisliğini temizlemekteydi. Kâğıt bardaklar, buruşuk peçeteler, boş meşrubat şişeleri dört bir yana saçılmıştı. Ali iskemleleri katlıyor, duvarın dibine diziyordu. Beni görünce el salladı.

Ben de ona el salladım: "*Selam,* Ali."

Bir parmağını kaldırıp beklememi işaret etti, topallayarak kulübesine gitti. Bir dakika sonra çıktığında, elinde bir şey tutuyordu. "Dün gece Hasan'la sana bunu verecek fırsatı bulamadık," dedi, paketi uzatırken. "Sana layık değil, Emir Ağa. Değersiz bir şey. Umarız beğenirsin. Doğum günün kutlu olsun."

Boğazıma bir yumru tıkandı. "Sağ ol, Ali," dedim. Keşke bana bir şey almasalardı. Paketi açtım, yepyeni bir *Şahname*'yle karşılaştım; parlak, ciltli bir kapağı vardı; her öykünün altında da rengârenk, göz alıcı çizimler. İşte, yeni doğan oğluna, Kai Hüsrev'e bakan Ferengiz. Ya da ordusunun başında, atını dörtnala süren, kılıcını çekmiş Efreziyap. Ve tabii, oğlunda, savaşçı Sohrab'ta ölümcül bir yara açan Rüstem. "Çok güzel," dedim.

"Hasan sendeki kitabın eskidiğini, yıprandığını söyledi; bazı sayfaları da eksikmiş," dedi Ali. "Bu kitaptaki bütün resimler mürekkep ve kalemle, elle çizilmiş," diye ekledi, gururla; ne kendisinin ne de oğlunun okuyabildiği kitaba bakarak.

"Harika," dedim. Öyleydi. Üstelik, anladığım kadarıyla ucuz da değildi. Ali'ye değersiz olan kitap değil, *benim*, demek istedim. Yeniden bisikletime atladım. "Hasan'a benim için teşekkür et."

Kitabı odamın köşesindeki oyuncak yığınının üzerine bıraktım. Ama gözlerim ikide bir takılıyordu; bunun üzerine, en alta soktum. O gece yatağa girmeden önce, Baba'ya yeni saatimi görüp görmediğini sordum.

Ertesi sabah, Ali mutfaktaki kahvaltı sofrasını kaldırıncaya kadar odamda bekledim. Bulaşıkları yıkamasını, tezgâhları silmesini bekledim. Yatak odamın camından dışarıya baktım, Ali'yle Hasan'ın boş, tekerlekli alışveriş arabasını sürerek pazara gitmelerini bekledim.

Sonra armağan yığınındaki zarflardan birkaç tanesinin içindeki parayı ve kol saatini alıp dışarıya süzüldüm. Baba'nın çalışma odasının önünde bir an durakladım, içeriye kulak kabarttım. Sabahtan beri içerideydi, telefon görüşmeleri yapıyordu. Şimdi de birisiyle konuşuyor, gelecek hafta yapılması gereken bir halı teslimatından söz ediyordu. Alt kata indim, bahçeyi geçtim, yenidünya ağacının yanındaki, Ali'yle Hasan'ın yaşadığı müştemilata girdim. Hasan'ın döşeğini kaldırdım, yeni saati ve banknotları altına soktum.

Otuz dakika kadar bekledim. Sonra babamın kapısını çaldım ve rezil yalanlar dizisinin sonuncusu olduğunu umduğum şeyi söyledim.

Yatak odamın penceresinden, et, *nan,* meyve ve sebze yüklü arabayı, eve doğru iten Ali'yle Hasan'ı seyrettim. Baba'nın evden çıktığını, Ali'nin yanına gittiğini gördüm. Seslerini duyamıyordum, ama ağızları oynadığına göre, konuşuyorlardı. Baba eliyle evi gösterdi, Ali başını salladı. Ayrıldılar. Baba yeniden eve girdi; Ali, Hasan'ın peşinden kulübeye yöneldi.

Birkaç dakika sonra, Baba kapıma vurdu. "Çalışma odama gel," dedi. "Hep birlikte oturup konuşacak, bu meseleyi çözeceğiz."

Baba'nın odasına gittim, deri kanepelerden birine oturdum. Ali'yle Hasan'ın yanımıza gelmesi, otuz dakika kadar sürdü.

Her ikisi de ağlamıştı; kızarmış, şişmiş gözlerinden belliydi. Baba'nın karşısında, el ele durdular; insanların canını böylesine yakmayı ne zaman ve nasıl öğrendiğimi merak ettim.

Baba doğruca konuya girdi: "Bu parayı çaldın mı? Emir'in saatini çaldın mı, Hasan?"

Hasan'ın cılız, çatlak bir sesle verdiği yanıt, tek kelimeydi: "Evet."

Yüzüme tokat yemişçesine irkildim. Yüreğim ağırlaştı, gerçeği haykırmaya hazırlandım. Sonra, anladım: Bu, Hasan'ın benim için yaptığı son fedakârlıktı. Hayır, deseydi Baba ona inanırdı, çünkü Hasan'ın asla yalan söylemediğini hepimiz bilirdik. Ve Baba ona inandığı zaman, ben suçlanacaktım; durumu, gerçekte kim olduğumu açıklamak zorunda kalacaktım. Baba beni asla, asla bağışlamayacaktı. Aynı anda, dank etti: Hasan biliyordu. O geçitte olup biten her şeyi gördüğümü, orada öylece durup kılımı bile kıpırdatmadığımı biliyordu. Ona ihanet ettiğimi bilmesine karşın, beni bir kez daha, belki de son kez kurtarıyordu. O an onu bütün yüreğimle sevdim, hiç kimseyi sevmediğim kadar çok sevdim ve ona otların arasındaki yılan olduğumu, göldeki canavar olduğumu söylemek istedim. Bu özveriye değmezdim; ben bir yalancıydım, bir hain, bir hırsızdım. Bunları *söylerdim* de, ama içimdeki bir şey, küçücük bir parçam, memnundu. Bütün bunların yakında sona ereceğine seviniyordu. Baba onları kovacak, biraz üzülecek, ama yaşam devam edecekti. İşte bunu istiyordum; devam etmeyi, unutmayı, taze bir başlangıç yapmayı. Yeniden soluk alabilmek istiyordum.

Ama Baba'nın söylediklerini duyunca, afalladım: "Seni affediyorum."

Affetmek mi? Ama hırsızlık bağışlanamayacak tek suç, değil miydi? Bütün günahların anası? *Bir insanı öldürdüğün zaman, bir yaşam çalarsın. Karısını bir kocadan, çocuklarını bir babadan mahrum edersin. Yalan söylediğin zaman, bir insanın gerçeğe ulaşma hakkını çalmış olursun. Aldattığın zaman, bir insanın doğruluk, adalet hakkını elinden alırsın. Çalmaktan daha büyük bir kötülük yoktur.* Baba beni kucağına oturtup bunları söylememiş miydi? Öyleyse, nasıl olur da Hasan'ı bağışlardı? Ayrıca Baba bunu bile bağışlarken, istediği evlat olamadığım için beni neden bağışlamıyordu? Neden?

"Biz gidiyoruz, Ağa efendi," dedi Ali.

"Ne?" Baba'nın yüzündeki kan çekiliverdi.

"Artık burada yaşayamayız."

"Ama onu affettim, Ali, duymadın mı?" dedi Baba.

"Burada yaşamak bizim için artık olanaksız, Ağa efendi. Gidiyoruz." Ali Hasan'ı kendine çekti, kolunu oğlunun omzuna doladı. Koruyucu bir devinimdi; Ali'nin onu kimden koruduğunu biliyordum. Ali benden yana bakınca, gözlerindeki o soğuk, bağışlamaz anlamdan, Hasan'ın ona her şeyi anlattığını anladım. Assef'le arkadaşlarının yaptıklarını, uçurtmayı, beni. Tuhaf ama, birisi gerçekte kim olduğumu, nasıl biri olduğumu öğrendiği için memnundum; rol yapmaktan yorulmuştum.

"Para ya da saat umurumda bile değil," dedi Baba; kolları açık, avuçları yukarıya dönüktü. "Bunu neden yaptığını anlayamıyorum, Ali... 'Olanaksız' demekle neyi kastediyorsun?"

"Kusura bakma, Ağa efendi, eşyalarımızı topladık bile. Kararımızı verdik."

Baba yüzünde acılı, donuk bir parıltı, ayağa kalktı. "Ali, size iyi bakmadım mı? Sana ve Hasan'a iyi davranmadım mı? Sen, hiç sahip olamadığım ağabeyimdin, Ali. Bunu biliyorsun. Lütfen bunu yapma."

"Durumu daha da zorlaştırma, Ağa efendi," dedi Ali. Ağzı seğirdi, bir an için, ekşiyen bir yüz görür gibi oldum. İşte o zaman, verdiğim acının derinliğini kavradım – bu insanlarda yol açtığım kederin zifiri karanlığını. Ali'nin felçli yüzü bile acısını maskeleyemiyordu. Hasan'la göz göze gelmeye çalıştım, ama başı öne eğik, omuzları kamburdu; gömleğinin kenarından sarkan ipliği çevirip duruyordu.

Baba yalvarmaya başladı. "Hiç olmazsa nedenini söyle. Bilmem gerek!"

Ali, Baba'ya nedenini söylemedi, tıpkı hırsızlığını itiraf ederken Hasan'a itiraz etmediği gibi. Bunun nasıl olduğunu asla anlayamayacağım, ama ikisini o loş kulübede ağlarken, Hasan'ı beni ele vermemesi için babasına yalvarırken açık seçik görebiliyordum. Ali'nin verdiği sözü tutmak için ne insanüstü bir çaba harcadığını tahmin bile edemiyordum ama.

"Bizi otobüs durağına götürür müsün?"

"Sizi men ediyorum!" diye kükredi Baba. "Beni duydun mu? Gitmeni yasaklıyorum!"

"Kusura bakma, ama beni hiçbir şeyden men edemezsin, Ağa efendi," dedi Ali. "Artık burada çalışmıyoruz."

"Nereye gideceksiniz?" Baba'nın sesi çatallaştı.

"Hazaracat'a."

"Kuzeninin yanına mı?"

"Evet. Bizi otobüs durağına götürür müsün, Ağa efendi?"

O zaman Baba, daha önce hiç görmediğim bir şey yaptı: Ağladı. Bu beni biraz korkuttu; yetişkin bir erkeğin ağladığını görmek. Babalar ağlamazdı ki. "Lütfen," dedi Baba, ama Ali, peşindeki Hasan'la birlikte çoktan kapıya doğru dönmüştü bile. Baba'nın bunu söyleyiş biçimini yaşadıkça unutmayacağım; bu yalvarıştaki acıyı, korkuyu.

Kâbil'de yazları çok ender yağmur yağardı. Masmavi gökyüzü yüksek, derin olurdu; güneşse ensenizde gezinen bir ütü. Hasan'la baharda taş sektirip durduğumuz dereler kurur, yanımızdan geçen çekçek arabaları yerden toz kaldırırdı. Erkekler on *rekat*'lık öğle namazı için camilere gider, sonra da buldukları bir gölgeye sığınıp kestirir, akşamüstü serinliğini beklerdi. Yaz tıklım tıkış, havasız sınıflarda Kuran'dan *ayet* ezberleyerek, o dil dönmez, çetrefil Arapça sözcüklerle boğuşarak geçen, uzun okul günleri demekti. Molla tekdüze sesiyle mırıldanıp dururken, okul avlusunun hemen karşısındaki apteshaneden bok kokusu taşıyan esintiye, düştü düşecek, tek bir basketbol çemberinin altındaki tozları kaldıran, sıcak rüzgâra katlanmak, sağınıza solunuza konan sinekleri avlamak demekti.

Ama Baba'nın Ali'yle Hasan'ı otobüs garına götürdüğü gün, yağmur yağdı. Önce, fırtına bulutları gökyüzünü demir grisine çevirdi. Birkaç dakikaya kalmadan da, yağmur tabakalar halinde boşandı; suyun hiç kesilmeyen, sabit tıslaması kulaklarımda zonkluyordu.

Baba onları Bamiyan'a kadar götürmeyi önermiş ama Ali kabul etmemişti. Yatak odamın sular sızan, bulanık camından, bütün varını yoğunu koyduğu o tek bavulu, Baba'nın kapının önünde bekleyen arabasına taşıyan Ali'yi seyrettim. Hasan sıkıca dürülüp bir sicimle bağlanmış olan döşeğini sırtına vurmuştu. Bütün oyuncaklarını geride, o döküntü kulübede bırakmıştı – onları ertesi gün, odanın bir köşesine üst üste yığılmış bir halde buldum; tıpkı odamdaki doğum günü armağanları gibi.

İri yağmur damlaları camımdan kayıyordu. Baba bagajın kapağını kapadı. Şimdiden ıslanmıştı; sürücü tarafına doğru ilerledi. İçeriye eğildi, arka koltukta oturan Ali'ye bir şey söyledi; fikrini değiştirmesi için, son bir deneme, belki. Bir süre böyle konuştular, bir elini arabanın tepesine dayamış, iki büklüm Baba sırılsıklamdı. Sonra doğruldu; doğduğum günden bu yana bildiğim yaşamın o çökük omuzlarda sona erdiğini gördüm. Baba arabaya bindi. Farlar yakıldı, bir çift ışıklı boru yağmuru deldi. Bu, Hasan'la birlikte izlediğimiz Hint filmlerinden biri olsaydı, tam da bu noktada dışarıya fırlar, yalınayak, sağa sola su sıçratarak koşardım. Arabanın peşine düşer, durması için çığlık çığlığa bağırırdım. Hasan'ı arka koltuktan dışarıya çeker, gözyaşlarım yağmur damlalarına karışırken, ona üzgün, çok üzgün olduğumu söylerdim. Sağanağın altında kucaklaşırdık. Ama bu bir Hint filmi değildi. Evet, *üzgündüm,* ama ne ağladım ne de arabayı kovaladım. Baba'nın arabasının kaldırımdan uzaklaşışını, ağzından çıkan ilk sözcük benim adım olan kişiyi götürüşünü seyrettim. Baba sokağın köşesinden (defalarca misket oynadığımız yerden) sola dönerken, arka koltuğa çökmüş olan Hasan'ın bulanık görüntüsünü son kez, bir anlığına yakalayabildim.

Geri çekildim; artık tek görebildiğim pencere camlarının gerisindeki, erimiş gümüşe benzeyen sağanaktı.

ON

Mart 1981

Tam karşımızda genç bir kadın oturuyordu. Zeytin yeşili bir elbise giymiş, gece serinliğine karşı, başına siyah bir atkı dolamıştı. Çukurlara girip çıkan kamyonun her sarsılışında bir dua mırıldanıyor, kamyon yalpaladıkça, kadının "*Bismillah*"ları da tizleşiyordu. Şalvarımsı bir pantolonu, gök mavisi türbanı olan iriyarı kocası bir koluyla bir bebeği kucaklamıştı, serbest eliyle tespih çekiyordu. Dudakları sessiz dualarla kıpır kıpırdı. Başkaları da vardı; Baba'yla ben dahil, on iki kişiydik: Rus malı, eski bir kamyonun muşamba kılıfla kaplanmış kasasında, bavullarımız bacaklarımızın arasında, yabancılarla diz dize oturuyorduk.

Kâbil'i terk ettiğimizden, yani sabahın ikisinden beri midem allak bullaktı. Baba bir şey dememişti, ama araba tutmasını da sayısız zayıflığımdan biri saydığının farkındaydım – midem birkaç kez fena halde kasılıp da dayanamayıp inlediğimde, yüzünde beliren utancı görmüştüm. Tespihli, iri adam (dua eden kadının kocası), kusacak mısın, diye sordu; galiba, dedim. Baba başka taraflara baktı. Adam muşamba örtünün kenarını kaldırdı, sürücü camına vurdu, durmasını söyledi. Ama şoför, sıska, esmer, keskin hatlı ve ince bıyıklı Kerim başını olumsuz anlamda salladı.

"Kâbil'den uzaklaşamadık ki," dedi. "Söyle de tutsun kendini."

Baba soluğunun altından bir şeyler homurdandı. Tam ondan özür dilemeye hazırlanırken, ağzıma safra doluverdi; genzim biber gibi yanıyordu. Başımı çevirdim, muşambayı kaldırdım, hareket halindeki kamyonun yan tarafına kustum. Arkamda, Baba öteki yolculardan özür diliyordu. Araba tutması bir suçmuş gibi. On sekiz yaşındaki birinin midesinin bulanması yakışık almazmış gibi. Kerim durmayı kabul edinceye kadar, iki kez daha kustum; durmasının asıl nedeni kamyonunu, ekmek teknesini kirletmemden korkmasıydı. Kerim bir insan kaçakçısıydı – insanları *Şoravi* işgalindeki Kâbil'den, görece güvenli Pakistan'a kaçırmak, dönemin en kârlı mesleklerinden biri olup çıkmıştı. Bizi Celalabat'a götürüyordu; Kâbil'in 170 kilometre güneydoğusundaki bu kentte, erkek kardeşi Toor içi yine sığınmacılarla dolu, daha büyük kamyonuyla bizi bekliyordu; iki grubu da Hayber Geçidi'nden Peşaver'e geçirecekti.

Kerim, Mahipar Şelalesi'nin birkaç kilometre batısında kamyonu yolun kenarına çekti. 'Uçan Balık' anlamına gelen Mahipar Şelalesi'nin suları, dik bir yamaçtan Almanların 1967'de kurduğu elektrik santraline dökülüyordu. Baba'yla ikimiz, çoğu Afgan'ın kış tatillerini geçirmekten hoşlandığı, servilerle ve şeker kamışı tarlalarıyla bezeli bir kent olan Celalabat'a giderken, şelalenin tepesine pek çok kez tırmanmıştık.

Kamyonun arkasından yere atladım, sarhoş gibi yalpalayarak yol kıyısındaki tozlu hendeğe seğirttim. Ağzım tükürük dolmuştu; yaklaşan bulantının habercisi. Karanlığa bürünmüş, derin koyağa bakan kayalığın ucuna doğru sendeledim. Ellerim dizkapaklarımda, eğildim, safrayı bekledim. Bir yerlerde bir dal koptu, bir baykuş öttü. Tatlı, serin bir rüzgâr ağaç dallarını çıtırdattı, yamaca serpiştirilmiş çalıları karıştırdı. Aşağıdan, vadiden dökülen suyun boğuk sesi geliyordu.

Bankette durdum, bütün ömrümü geçirdiğim evden ayrılış biçimimizi düşündüm. Kısa bir gezintiye çıkar gibiydik: mutfak lavabosuna yığılmış, *köfte* artıklı bulaşıklar, holdeki hasır sepette çamaşırlar, yapılmamış yataklar, Baba'nın dolaptaki takım elbiseleri. Oturma odasının duvarlarında hâlâ asılı duran duvar örtüleri; Baba'nın çalışma odasındaki rafları dolduran, annemden kalma kitaplar. Kaçışımızı ele veren izler tek tük, örtüktü: Ana-babamın düğün resmi yoktu, büyükbabamı Nadir Şah'la ölü bir geyiğin başında gösteren, kumlu fotoğraf da öyle. Dolaplardan yalnızca üç-beş giysi eksilmişti. Bir de, Rahim Han'ın bana beş yıl önce armağan ettiği deri kaplı defter.

Sabah olunca Celalettin -beş yıldaki yedinci hizmetçimiz- büyük bir olasılıkla yürüyüşe ya da arabayla gezmeye çıktığımızı düşünecekti. Ona söylememiştik. Artık Kâbil'de hiç kimseye güvenemezdiniz; belli bir ücret ya da gözdağı karşılığında, herkes birbirini satmaya hazırdı; kardeş kardeşi, hizmetçi efendisini, arkadaş arkadaşı. Ahmet Zahir'i, on üçüncü yaş günümde akordeon çalan sanatçıyı düşündüm. Bazı arkadaşlarıyla bir araba gezintisine çıkmış, daha sonra, ensesinden kurşunlanmış cesedi yol kıyısında bulunmuştu. *Re-*

fik'ler, yoldaşlar her yerdeydi; Kâbil'i iki gruba ayırmışlardı: dinlenenler ve dinlenmeyenler. İşin en kurnazca kısmı da, kimin hangi tarafta olduğunu kimsenin bilmemesiydi. Bir elbise provası sırasında, terziye rasgele söylenen bir şey, gelişigüzel bir yorum, sizi doğruca Poleh-çarki zindanlarına götürebilirdi. Et alırken kasaba sıkıyönetimden yakınan biri, kendini bir anda parmaklıkların ardında, bir Kalaşnikov'un namlusuna bakarken bulabilirdi. Bir akşam yemeğinde, evinizin mahremiyetinde bile ölçüp biçerek konuşmak zorundaydınız; *refik*'ler sınıflara kadar girmişti; çocuklara ana-babalarını ispiyonlamayı, neleri duyup kimlere aktarmaları gerektiğini öğretiyorlardı.

Gecenin bir yarısı bu yolda ne işim vardı? Şu anda yatağımda, battaniyenin altında olmam gerekmez miydi? Başucumda da bir sayfası kıvrılmış kitabım. Bu bir rüyaydı herhalde. Evet, mutlaka öyleydi. Yarın sabah uyanacak, camdan dışarıya bakacaktım: Ne kaldırımlarda devriye gezen, asık yüzlü Rus askerleri ne kentimin sokaklarını arşınlayan, tehditkâr parmakları andıran taretlerini sağa sola döndüren tanklar ne yıkıntılar ne sıkıyönetimler ne de pazar yerlerinde cirit atan, Rus ordusuna ait personel araçları. Sonra, arkamda Baba'yla Kerim'in konuştuğunu duydum; sigara içiyor, Celalabat'taki düzenlemeden söz ediyorlardı. Kerim, Baba'ya güvence veriyordu: erkek kardeşinin "mükemmel, birinci sınıf" kamyonu gerçekten büyüktü, sürekli gidip geldiği Peşaver yoluysa çocuk oyuncağı. "Sizi oraya gözleri kapalı götürür," dedi Kerim. Kardeşiyle ikisinin, kontrol noktalarındaki Rus ve Afgan askerlerini çok iyi tanıdığını, "karşılıklı kâra" dayalı bir düzen tutturduklarını ekledi. Bu bir rüya değildi. Aynı anda, sanki başlama işaretini almışçasına, tam tepemizden geçen bir roketin keskin vızıltısı duyuldu. Kerim sigarasını attı, belinden bir tabanca çıkardı. Namlusunu gökyüzüne doğrulttu, ateş eder gibi yaptı, sonra yere tükürdü, roketatara sövdü.

Birden, Hasan'ın nerede olduğunu merak ettim. Sonra, kaçınılmaz olan geldi: Bir çalı öbeğine kustum; bir mitralyözün sağır edici takırtısı, öğürtülerimi, iniltilerimi boğdu.

Yirmi dakika sonra, Mahipar'daki kontrol noktasında durduk. Sürücümüz vitesi boşa aldı, kamyonu çalışır durumda bırakıp, aşağıya atladı. Çakıl taşlarını ezen ayak sesleri duyduk. Bunu kısık sesle söylenen, kısa sözcükler izledi. Bir çakmağın alevi parladı. *"Spasseba."*

Yeniden bir çakmak alevi. Biri güldü; beni yerimden sıçratan, tiz bir gıdaklama. Baba'nın eli baldırımı kavradı, sıktı. Gülen adam bir şarkıya başladı; çok eski bir Afgan düğün şarkısını bozuk, baştan savma bir sesle, koyu bir Rus aksanıyla söylüyordu:

Ahesta boro, Mah-e-man, ahesta boro.
Usulca git, güzelim mehtap, usulca git.

Postalların topukları asfaltta çınladı. Biri kamyonun arkasındaki muşamba örtünün ucunu kaldırdı, üç surat içeriye uzandı. Biri Kerim'di; ötekilerse asker; biri Afgan, öteki de sırıtkan bir Rus; yüzü bir buldoğa benziyordu, ağzının kenarından bir sigara sarkıyordu. Arkalarında, gökyüzündeki kemik beyazı ay görünüyordu. Kerim'le Afgan asker, Peştu dilinde bir şeyler konuştular. Birkaç sözcüğü çıkarabildim – Toor'un başına gelen talihsizlikle ilgili bir şeyler. Rus asker kamyonun içine doğru eğildi. Hâlâ aynı şarkıyı mırıldanıyor, parmaklarıyla arka kapağın kenarında tempo tutuyordu. Ayın loş ışığında bile, yolcuları tek tek tarayan gözlerindeki cam gibi bakışları görebiliyordum. Bu soğukta, alnında ter damlaları birikmişti. Gözleri siyah atkılı, genç kadına takılıp kaldı. Kerim'le Rusça konuşurken, gözlerini ondan ayırmıyordu. Kerim ona Rusça kısa, sert bir şey söyledi, askerse buna daha da sert bir karşılık verdi. Afgan asker alçak, arabulucu bir sesle söze karıştı. Ama Rus asker, onları irkilten bir şeyler haykırdı. Baba'nın yanımda kaskatı kesildiğini hissedebiliyordum. Kerim genzini temizledi, başını öne eğdi. Sonra, açıkladı: Asker, genç hanımla kamyonun arka tarafında yarım saat baş başa kalmak istiyordu.

Genç kadın atkıyı yüzüne çekti. Ağlamaya başladı. Kocasının kucağındaki bebek de öyle. Kocanın beti benzi attı; bu yüz şimdi gökyüzünde asılı duran ay kadar soluktu. Kerim'e, 'Bay Asker Efendi'ye söyle de biraz merhamet göstersin, dedi; onun da bir annesi, belki bir kız kardeşi yok muydu; hatta belki bir karısı? Rus, Kerim'i dinledi, sonra peş peşe bir şeyler haykırdı.

"Bunun karşılığında geçmemize izin verecek," dedi Kerim. Kocanın gözlerine bakamıyordu.

"Ama yüklü bir bedel ödedik zaten. Parasını aldı ya," dedi koca.

Kerim'le Rus asker konuştular. "Diyor ki... her fiyatın bir vergisi varmış."

Bunun üzerine Baba ayağa kalktı. Şimdi onun baldırına yapışma sırası bendeydi, ama Baba bir silkinişte elimden kurtuldu, bacağını çekti. İri gövdesi, ayışığını kapamıştı. "Bu adama bir şey sormanı istiyorum," dedi. Kerim'le konuşuyor ama doğruca Rus askere bakıyordu. "Utanma duygusunun nerede olduğunu sor."

İkisi konuştular. "Savaştayız, diyor. Savaşta utanma olmazmış."

"Yanıldığını söyle. Savaş onuru ortadan kaldırmaz. Tam tersine, barış zamanından çok daha fazla onur *gerektirir.*"

Her zaman kahraman olmak zorunda mısın? diye sordum içimden, kalbim küt küt atarken. *Bir kez olsun boş veremez misin?* Oysa biliyordum, yapamazdı – doğası böyleydi. Bu kez sorun, doğasının hepimizi ölüme götürecek olmasıydı.

Rus asker, dudaklarında belli belirsiz bir gülümsemeyle Kerim'e bir şey söyledi. "Ağa efendi," dedi Kerim, "bu *Russi* bize benzemezler. Saygıdan, şereften filan anlamazlar."

"Ne dedi?"

"Kafana bir kurşun sıkmaktan büyük bir zevk alacakmış... en az şey kadar..." Kerim'in sesi gidiverdi, başını askerin göz koyduğu genç kadına doğru salladı. Asker bitmemiş sigarasını fırlattı, tabancasının kılıfını açtı. *Baba'nın ölümü böyle olacakmış demek,* diye düşündüm. *Sonu böyleymiş, demek?* İçimden, okulda öğrendiğim bir duayı okudum.

"Söyle ona, bu rezilliğe izin vermeden önce, bana bin tane kurşun sıkması gerekecek," dedi Baba. Gözümün önünde altı yıl önceki kış günü canlanıverdi. Köşe başında durmuş, çıkmaz sokağa bakıyorum. Kemal'le Veli, Hasan'ı yere bastırıyor. Assef'in kalçasındaki kaslar geriliyor, gevşiyor; kalçaları öne arkaya deviniyor. Ve ben uçurtma için kaygılanıyorum. Bu nasıl bir yüreksizlikti böyle? Bazen, ben de ciddi ciddi merak ediyordum: Baba'nın gerçekten de öz oğlu muydum?

Buldog suratlı Rus tabancasını kaldırdı.

"Baba, lütfen otur," dedim, kolunu çekerek. "Baksana, ateş etmeye hazırlanıyor."

Baba elime vurdu. "Sana hiçbir şey öğretemedim mi?" diye kükredi. Sırıtan askere döndü. "Söyle şuna, beni ilk atışta öldürse iyi eder. Çünkü yıkılmazsam, bu Allah'ın belasını ellerimle parçalarım!"

Kerim'in çevirdiği sözleri dinlerken, askerin kılı kıpırdamadı; hâlâ sırıtıyordu. Silahının emniyet kilidini açtı. Namluyu Baba'nın göğsüne doğrulttu. Güm güm atan yüreğim ağzımda, yüzümü ellerime gömdüm.

Silah patladı.

İşte, oldu. On sekizinde, yapayalnız kaldım. Bu dünyada hiç kimsem kalmadı. Baba öldü, şimdi onu gömmek zorundayım. Nereye gömeceğim? Ondan sonra nereye gideceğim?

Ama gözlerimi hafifçe aralayınca, beynimde hızla, deli gibi dönen düşünce çarkı duruverdi; Baba hâlâ ayaktaydı. Ötekilerin yanında şimdi bir başka Rus subay vardı. Elindeki silahın, havaya dönük namlusundan duman çıkıyordu. Baba'yı vurmakla tehdit eden Rus askerin tabancasıysa çoktan kılıfına girmişti. Ayaklarını yere sürtüyordu. Yaşamımda ilk kez, aynı anda hem gülmek hem ağlamak istedim.

Kır saçlı, ağır yapılı Rus subay bize bozuk bir Farsça'yla seslendi, yoldaşı adına özür diledi. "Rusya onları buraya savaşmaya gönderiyor," dedi. "Ama bunlar henüz çocuk; buraya gelince de uyuşturucu denen zevki keşfediyorlar." Genç askere, oğlunun yaramazlıkları yüzünden çileden çıkmış bir baba gibi esef dolu bir bakış fırlattı. "Bu da şu anda uyuşturucunun etkisinde. Onu yola getirmeye çalışacağım..." Elini 'gidin' dercesine salladı.

Birkaç dakika sonra yeniden yola koyulmuştuk. Bir kahkaha duyuldu, ardından da genç askerin o eski düğün şarkısını söyleyen, çatlak, bozuk sesi.

On beş dakika kadar sessizce yol aldıktan sonra, genç kadının kocası ansızın ayağa kalktı ve daha önce pek çok kişinin yaptığını gördüğüm şeyi yaptı: Baba'nın elini öptü.

Toor'un talihsizliği. Bu sözcükler Mahipar'daki kısa bir konuşmada kulağıma çalınmamış mıydı?

Gün doğumundan bir saat kadar önce, Celalabat'a girdik. Kerim bizi çabucak kamyondan indirdi, iki toprak yolun kesiştiği noktadaki tek katlı bir eve soktu; her iki yolun da iki yanına düz, tek katlı evler, akasya ağaçları ve kapalı dükkânlar sıralanmıştı. Eşyalarımızla birlikte, hızlı hızlı eve doluşurken, soğuğa karşı paltomun yakasını kaldırdım. Nedense, turp kokusu aldığımı anımsıyorum.

Hepimiz yarı karanlık, boş oturma odasına girince, Kerim ön kapıyı kilitledi, perde yerine geçen yırtık pırtık çarşafları çekti. Sonra, derin bir soluk alıp kötü haberi verdi: Kardeşi Toor bizi Peşaver'e götüremeyecekti. Bir hafta önce kamyonu bozulmuştu, Toor hâlâ yedek parçaların gelmesini bekliyordu.

"*Geçen hafta mı?*" diye çığırdı biri. "Madem biliyordun, neden getirdin bizi buraya?"

Gözümün ucuyla bir hareketlilik sezdim. Sonra, odayı neredeyse uçarcasına kat eden, bulanık bir şey ve hızla duvara çarpılan Kerim; sandaletli ayakları yerden iki karış havada, sallanıyordu. Boynuna Baba'nın elleri dolanmıştı.

"Nedenini söyleyeyim," diye hırladı Baba. "Çünkü buraya kadar olan yolculuğun parasını aldı. Tek derdi de buydu." Kerim'in boğazından, boğulmak üzere olan birinin hırıltıları çıkıyordu. Ağzının bir köşesinden salya akıyordu.

"İndir onu, Ağa, öldüreceksin adamı," dedi yolculardan biri.

"Amacım da bu zaten," dedi Baba. Odadakilerin bilmediği şeyse, Baba'nın şaka yapmadığıydı. Kerim kıpkırmızı olmuş, can havliyle bacaklarını sallıyordu. Baba onun boğazını sıkmaya devam etti, ta ki genç anne (Rus subayın göz koyduğu kadın) durması için yalvarıncaya kadar.

Baba onu nihayet bırakınca Kerim kıç üstü yere düştü, hava alabilmek için birkaç kez debelendi. Odaya sessizlik çöktü. Daha iki saat önce, Baba hiç tanımadığı bir kadının onurunu korumak için göğsünü kurşunlara siper etmişti. Şimdiyse bir adamı boğarak öldürmesine ramak kalmıştı; söz konusu kadının ricası olmasaydı, seve seve yapardı da.

Yandaki kapıya vuruldu. Hayır, ses aşağıdan geliyordu.

"Bu da ne?" diye sordu biri.

Hâlâ soluk almaya çalışan Kerim, "Ötekiler," diye hırladı, güçlükle. "Bodrumda."

"Ne kadardır bekliyorlar?" diye sordu Baba, Kerim'in başına dikilerek.

"İki haftadır."

"Kamyonun geçen hafta bozulduğunu söylemiştin!"

Kerim boğazını ovuşturdu. Bir kurbağa gibi vırakladı: "Bir önceki hafta da olabilir."

"Ne zaman?"

"Ne?"

"Parçalar ne zaman gelir?" diye kükredi Baba. Kerim irkildi, ama bir şey söylemedi. Karanlıktan memnundum. Baba'nın yüzündeki ölümcül anlamı görmek istemiyordum.

* * *

Kerim bodruma inen gıcırtılı basamakların üzerindeki kapağı kaldırır kaldırmaz, burnuma küfü andıran nemli, ağır bir koku çarptı. Merdiveni tek sıra halinde indik. Tahta basamaklar Baba'nın ağırlığı altında inledi. Soğuk bodrumda durunca, karanlıkta parlayan gözlerin üzerime dikildiğini hissettim. Odanın şurasında burasında, birbirine sokulmuş karaltılar gördüm; dış çizgileri, bir çift gazyağı lambasının yaydığı kör ışıkta duvara vuruyordu. Bodrumu bir mırıltı dolaştı; bir yerlerde damlayan suyun sesi geliyordu, bir de, bir sürtünme sesi.

Baba arkamda içini çekti, elindeki çantaları yere bıraktı.

Kerim, kamyonun bir-iki güne kalmadan tamir edileceğini söyledi. Ondan sonra, doğru Peşaver'e. Özgürlüğe. Güvenliğe.

Bodrum bir hafta boyunca evimiz oldu; üçüncü gece, o sürtünme seslerinin nedenini anladım: sıçanlar.

Gözlerim karanlığa alışınca, yaklaşık otuz sığınmacı saydım. Duvarın dibine, omuz omuza dizildik; kraker, ekmek, hurma ve elma yedik. İlk gece, erkekler hep birlikte dua ettiler. İçlerinden biri Baba'ya, neden onlara katılmadığını sordu: "Allah hepimizi kurtaracak. Neden ona yakarmıyorsun?"

Baba burnuna bir tutam enfiye çekti. Bacaklarını uzattı. "Bizi kurtaracak olan, sekiz silindirle bir karbüratör," dedi. Bu diğerlerinin Allah konusuna bir daha hiç değinmemelerine yetti.

O ilk gece, daha sonra, bizimle birlikte saklananların arasında Kemal'le babasının da olduğunu keşfettim. Kemal'i birkaç metre ilerimde otururken bulmak, gerçekten sarsıcıydı. Ama babasıyla ikisi bizim oturduğumuz bölüme yaklaşınca, Kemal'in yüzünü görünce, *gerçekten* görünce...

Buruşmuştu – evet, bu yüzü tanımlamak için kullanabileceğim başka bir sözcük yok. Bana boş boş bakan gözlerinde, beni tanıdığına ilişkin en küçük bir işaret yoktu. Omuzları çökmüş, yanakları alttaki kemiğe tutunamayacak kadar bitkinmişçesine sarkmıştı. Kâbil'de bir sinema salonu olan babası, Baba'ya üç ay önce serseri bir kurşunla şakağından vurulan karısının ölümünü anlatıyordu. Sonra, Kemal'den söz etti. Kulağıma bölük pörçük sözcükler çalındı: *Yalnız gitmesine izin vermemeliydim... oldu bitti çok yakışıklıydı, bilirsin... dördü birden... karşı koymaya çalışmış... Tanrım... oracıkta... kan içinde... pantolonu... artık hiç konuşmuyor... öylece bakıyor...*

Kamyon filan gelmeyecekti. Kerim bunu bize, o sıçan kaynayan bodrumda bir hafta bekledikten sonra itiraf etti. Kamyonun onarılması mümkün değildi.

"Bir seçenek daha var," dedi, homurtuları bastırmak için sesini yükselterek. Kuzeninin bir mazot tankeri varmış, onunla birkaç kez insan kaçırmış. Şu anda Celalabat'taymış; belki tankere sığışabilirmişiz.

Yaşlı bir çiftin dışında, herkes öneriyi kabul etti.

O gece oradan ayrıldık; Baba, ben, Kemal, babası ve ötekiler. Kerim'le geniş yüzlü, kel bir adam olan kuzeni Aziz, mazot tankerine binmemize yardım ettiler. Çalışmakta olan aracın arka tarafındaki merdiveni birer birer tırmandık, tankerin içine kaydık. Baba'nın merdiveni yarıya kadar tırmandıktan sonra, gerisin geri yere atladığını, cebindeki enfiye kutusunu arandığını anımsıyorum. Kutuyu boşalttı, yerden, kaldırımsız sokaktan bir avuç toprak aldı. Toprağı öptü. Kutuya doldurdu. Kutuyu göğüs cebine, yüreğinin yanına soktu.

Panik.

Ağzını açıyorsun. Öyle geniş açıyorsun ki, çenelerin çatırdıyor. Ciğerlerine hava çekmelerini emrediyorsun. ŞİMDİ, diyorsun; havaya ŞİMDİ ihtiyacın var. Ama soluk borun, ciğerlerin seni duymazdan geliyor. Kapanıyor, sıkışıyor, sımsıkı kilitleniyorlar; ansızın havayı bir kamıştan çekmeye başlıyorsun. Ağzın kapanıyor, dudakların sıkılıyor, yüzün seğiriyor; becerebildiğin tek şey, boğazlanan biri gibi cıyaklamak. Ellerin titriyor, çırpınıyor. Bir yerlerde bir baraj kapağı açılıyor ve buz gibi bir ter boşanıyor, bedenin sırılsıklam oluyor. Çığlık atmak istiyorsun. Becerebilsen, atacaksın. Ama haykırmak için soluk alman gerek.

Panik:

Bodrum karanlıktı. Mazot tankeriyse zifiri karanlık. Sağa, sola, yukarı, aşağıya baktım, ellerimi gözümün önüne getirip salladım, hiçbir şey göremedim; en küçük bir kıpırtı bile. Gözlerimi kırptım, bir daha kırptım. Hiçbir şey. Hava bir tuhaftı; çok kalın, neredeyse katıydı. İyi ama, hava katı bir şey değildi ki. Ellerimi uzatmak, havayı küçük parçalara ayırmak, sonra da soluk boruma tıkıştırmak istedim. Ve o mazot kokusu. Gözlerimi yakıyordu; biri gözkapaklarımı kaldırmış, gözlerime limon sürüyordu sanki. Burnum her solukta alev alıyordu. İnsan böyle bir yerde ölüp gidebilir, diye düşündüm. Bir çığlık yaklaşıyordu. Yaklaşıyor, yaklaşıyor...

Sonra, küçük bir mucize. Baba paltomun yenini çekti, karanlıkta yeşil bir şey parladı. Işık! Baba'nın kol saati. Gözlerim akreple yelkovanın minicik parıltısına kilitlendi. Onları yitirmekten öylesine korkuyordum ki, göz kırpmaya bile cesaret edemiyordum.

Yavaş yavaş çevremi algılamaya başladım. İniltiler, fısıltılı dualar duydum. Bir bebeğin ağladığını, annesinin onu yatıştırdığını duydum. Biri öğürdü. Bir başkası *Şoravi*'ye lanet okudu. Tanker sarsılıyor, zıplıyordu. Başlar madene çarpıyordu.

İyi bir şey. Mutlu bir şey. Bıraktım, zihnim rahatça aransın. O da buldu zaten:

Paghman'da bir öğleden sonrası. Ara ara, çiçeğe kesmiş dut ağaçlarıyla bezeli, geniş, yemyeşil bir tarla. Hasan'la ikimiz, biçilmemiş otlara bileklerimize kadar gömülmüşüz; ben ipi çekiyorum, Hasan'ın nasırlı avucundaki makara dönüp duruyor; gözlerimiz gökteki uçurtmaya çivilenmiş. Tek kelime etmiyoruz; söyleyecek sözümüz olmadığından değil, gerekmediğinden – birbirinin dünyadaki ilk anısı olan, aynı memeden süt emen kişilerin konuşmaya ihtiyacı yoktur. Bir esinti otları karıştırıyor, Hasan makarayı çeviriyor. Uçurtma dönüyor, alçalıyor, sonra toparlanıyor. İkiz gölgelerimiz dalgalanan çayırların üzerinde dans ediyor. Tarlanın öteki ucundaki alçak duvarın oralardan, kulağımıza neşeli konuşmalar, gülüşmeler geliyor, bir de bir çeşmenin şarıltısı. Ve müzik; eski, tanıdık bir parça, galiba *rubab* tellerinden çıkan *Ya Mevla*. Duvarın üstünden sarkan biri bize sesleniyor, çay vaktinin geldiğini haber veriyor.

Hangi ay olduğunu anımsamıyordum, hatta yılını bile. Yalnızca bu anının içimde yaşadığını biliyordum; mutlu geçmişin kusursuzca mumyalanmış bir parçası; yaşamlarımızın dönüştüğü bu gri, boş tuvale atılan rengârenk bir fırça darbesi.

Yolculuğun geri kalanını bir belirip bir yiten dağınık, bölük pörçük parçacıklar olarak anımsıyorum; çoğunluğunu sesler ve kokular oluşturuyor: Yukarıda kükreyen roketler, bir mitralyözün kesik takırtısı, yakınlarda anıran bir eşek, çan sesleri ve meleyen koyunlar, tankerin tekerlekleri altında ezilen çakıl taşları, karanlıkta mızıldanan bir bebek, mazot, kusmuk ve dışkının ağır kokusu.

Bir sonraki anımsadığım şey, mazot tankerinden çıkarken gün doğumunun gözlerimi kamaştıran, kör edici ışığı. Yüzümü gökyüzüne çevirdiğimi, gözlerimi kısıp dünya havasız kalmak üzereymiş gibi, hırsla soluduğumu anımsıyorum. Toprak yolun bir tarafina, taşlı bir hendeğin kenarına uzandım, gri sabah göğüne baktım; havaya, ışığa, yaşadığıma şükrettim.

"Pakistan'dayız, Emir," dedi Baba. Tepemde dikiliyordu. "Kerim bizi Peşaver'e götürmesi için bir otobüs çağıracağını söylüyor."

Serin toprağın üzerinde, yüzüstü döndüm; Baba'nın ayaklarının dibinde duran bavullarımızı gördüm. Bacaklarının ters V biçimindeki açıklığından, yolun kıyısına park etmiş tankeri görebiliyordum; yolcular arkadaki merdivenden inmekteydi. Onun gerisinden seçilen toprak yol, gri göğün altında kurşun levhalar gibi uzanan tarlaları kıvrılarak geçiyor, çanak biçimindeki tepelerin ardında gözden yitiyordu. Yolunun üzerinde, güneşten kavrulmuş bir bayırın tepesine oturtulmuş, küçük bir köy vardı.

Gözlerimi bavullarımıza çevirdim. Bu görüntü, içimi Baba'ya karşı acımayla doldurdu. Yaptığı, tasarladığı, uğruna dövüştüğü, kaygılandığı, düşlediği onca şeyden sonra, yaşamının özeti işte buydu: Tepeden tırnağa bir hayal kırıklığı olan bir oğul, iki tane de bavul.

Biri bağırıyordu. Hayır, bağırmak değil. Feryat etmek. Yolcuların bir halka oluşturduğunu gördüm, endişeli seslerini duydum. Biri 'mazot buharı' dedi. Bir başkası aynı sözcükleri yineledi. Feryatlar gırtlak paralayan, tiz çığlıklara dönüşmüştü.

Baba'yla hemen o yana seğirttik, seyirci kalabalığını yarıp geçtik. Kemal'in babası halkanın ortasında bağdaş kurmuş oturuyor, öne arkaya sallanıyor, oğlunun kül rengi yanaklarını öpüyordu.

"Nefes alamıyor! Oğlum nefes alamıyor!" diye haykırıyordu. Kemal'in cansız bedeni babasının kucağındaydı. Açık, gevşek sağ eli, babasının hıçkırıklarına uyarak bir aşağı bir yukarı sallanıyordu. "Oğlum! Nefes alamıyor! Allah'ım yardım et!"

Baba onun yanına çömeldi, bir kolunu adamın omzuna doladı. Ama Kemal'in babası bir silkinişte bu koldan kurtuldu, az ileride kuzeniyle birlikte duran Kerim'in üzerine çullandı. Bundan sonrası bir dövüş denemeyecek kadar hızlı, çok da kısaydı. Kerim şaşkınlık dolu bir çığlık attı, geriye doğru sıçradı. Bir kolun, ardından da bir tekmenin savrulduğunu gördüm. Bir an sonra, Kemal'in babası elinde Kerim'in tabancası, öylece duruyordu.

"Sakın ateş etme!" diye haykırdı Kerim.

Ama bizlerin bir şey demesine ya da yapmasına kalmadan, Kemal'in babası namluyu ağzına sokuverdi. O patlamanın yankısını asla unutmayacağım. Ne çakan ışığı, ne de kırmızı püskürmeyi.

Bir kez daha iki büklüm oldum ve içimdeki her şeyi yolun kıyısına boşalttım.

ON BİR

Fremont, California. 1980'ler

Baba Amerika *fikrine* bayılıyordu.

Onu ülser eden, Amerika'da yaşamaktı.

Fremont'ta birlikte, apartmanımızın birkaç sokak aşağısındaki Elizabeth Gölü Parkı'nda yaptığımız yürüyüşleri anımsıyorum; durup top oynayan oğlanları, oyun alanındaki salıncaklarda kıkırdaşan, küçük kızları seyredişimizi. Baba bu yürüyüşlerde beni uzun, bitmek bilmez söylevlerle süslenmiş, politik görüşleriyle aydınlatırdı. "Bu dünyada gerçek erkeklerin sayısı yalnızca üç, Emir," derdi. Parmaklarıyla sayardı: atak, kurtarıcı Amerika, Britanya ve İsrail. "Gerisi" -elini şöyle bir sallayıp *püüf* diye bir ses çıkartırdı- "onlar, dedikoducu kocakarılardan farksız."

İsrail'le ilgili kısım, Fremont'taki Afganları kızdırıyordu; Baba'yı Yahudi yanlısı, buna bağlı olarak da İslam karşıtı olmakla suçluyorlardı. Baba parkta çay içip *rovt* keki yemek için buluştuğu bu mültecileri, siyasi fikirleriyle delirtiyordu. Daha sonra bana şöyle derdi: "Anlamadıkları şey, bunun dinle hiçbir ilgisinin olmaması." Ona göre İsrail, aklı fikri petrolün kaymağını yemekte olduğu için kendisiyle ilgilenmeye vakit bulamayan Arapların ortasında bir 'gerçek erkekler' adasıydı. Alaycı, abartılı bir Arap aksanıyla, "İsrail şunu yaptı, İsrail bunu yaptı," diye sızlanırdı. "Öyleyse bir şeyler yapın, kardeşim! Harekete geçin. Madem Arapsınız, o halde Filistinlilere yardım edin!"

Jimmy Carter'dan nefret eder, ona "koca dişli ahmak" derdi. 1980'de, biz hâlâ Kâbil'deyken ABD, Moskova'daki olimpiyatları boykot edeceğini açıklamıştı. Baba tiksintiyle inledi: "*Vah vah!* Brejnev Afgan halkını katlediyor ve bu fıstıkçının söyleyebildiği tek şey, havuzunuzda yüzmeyeceğim, oluyor." Baba, Carter'ın farkında olmaksızın komünizmin ekmeğine yağ sürdüğünü, bu konuda Brejnev'in bile onun kadar başarılı olamadığını öne sürerdi: "Bu ülkeyi yönetmeye uygun değil. Bisiklete bile binemeyen bir oğlanı, yepyeni bir Cadillac'ın direksiyonuna oturtmak gibi." Amerika'nın ve dünyanın gereksindiği şey, sert, sıkı bir adamdı. Hesap sormasını bilen, ellerini ovuşturmak yerine eyleme geçebilen biri. Bu kişi, Ronald Reagan kılığında boy gösterdi. Reagan televizyona çıkıp *Şoravi*'yi 'İblis İmparatorluk' diye niteleyince, Baba hemen çıkıp Başkan'ı başparmağı havada, sırıtırken gösteren bir poster aldı. Resmi çerçeveletti, hole, kendisinin Zahir Şah'la tokalaşırken çekilmiş eski, siyah-beyaz fotoğrafının yanına astı. Fremont'taki komşularımızın çoğu otobüs sürücüsü, polis, benzin pompacısı ve devlet yardımıyla geçinen, evlenmemiş annelerdi; bir başka deyişle, yakında Reagan ekonomicilerinin yüzlerine bastıracağı yastığın altında boğulacak olan, çalışan, orta sınıf. Baba binamızdaki tek Cumhuriyetçiydi.

Ama Körfez'den gelen duman gözlerini yakıyor, trafiğin gürültüsü başını ağrıtıyor, uçuşan polenler onu öksürtüyordu. Meyve hiçbir zaman yeterince tatlı, su yeterince temiz değildi; hem bütün o ağaçlar, engin düzlükler neredeydi? İki yıl boyunca, Baba'yı bozuk İngilizce'sini geliştirmesi için bir dil kursuna yazdırmaya çalıştım. Ama burun büktü, söylendi: "Belki 'kedi'nin nasıl yazıldığını bilince, öğretmen bana bir yıldız verir, ben de koşa koşa eve gelip sana gösteririm, ha?"

1983 baharında bir pazar günü, tren yolunun Fremont Bulvarı'yla kesiştiği yerin biraz batısında, Hint filmleri gösteren sinemanın bitişiğindeki küçük kitapçıya girdim; eski, ucuz kitaplar satardı. Baba'ya beş dakika sonra çıkacağımı söyledim, omuz silkti. Fremont'taki bir benzin istasyonunda çalışıyordu, izin günüydü. Kırmızı ışık yanmasına karşın, bulvarın karşısına geçtiğini, Vietnamlı, yaşlıca bir karı-koca olan Bay ve Bayan Nguyen'in işlettiği küçük bakkala, *Fast&Easy*'ye girdiğini gördüm. Kır saçlı, cana yakın insanlardı; kadında Parkinson hastalığı vardı, kocasıysa kalçasına protez taktırmıştı. "Artık 'Altı Milyon Dolarlık Adam' oldu," diye takılırdı kadın, dişsiz ağzıyla gülümseyerek. "Altı Milyon Dolarlık Adamı anımsıyorsun, değil mi, Emir?" Bunun üzerine Bay Nguyen, Lee Majors gibi kaşlarını çatar, ağır çekimli bir filmde koşuyormuş gibi yapardı.

Mike Hammer'ın yıpranmış bir kitabını karıştırıyordum ki, kulağıma bağırışlar, kırılan bir camın şangırtısı geldi. Kitabı bıraktım, koşarak yolun karşısına geçtim. Nguyen çifti bet beniz atmış, tezgâhın arkasında, duvarın dibindeydi; Bay Nguyen karısına sarılmıştı. Yerde portakallar, devrilmiş bir dergi rafi, kırılmış bir kavurma kavanozu, Baba'nın ayaklarının dibinde de cam kırıkları.

Anlaşıldığına göre, Baba portakal almış ama yanında nakit yokmuş. Bay Nguyen'e bir çek yazmış, o da kimliğini görmek istemiş. "Nüfus cüzdanımı görmek istiyor!" diye gürledi Baba, Farsça. "Tam iki yıldır o kahrolası meyvelerini alıyoruz, cebini parayla dolduruyoruz ve bu köpekoğluköpek kimliğimi soruyor!"

"Baba, bu kişisel bir şey değil," dedim, Nguyenlere gülümseyerek. "Kimlik sormak zorunda."

"Seni burada istemiyorum," dedi Bay Nguyen, karısının önüne geçerek. Bastonuyla Baba'yı gösteriyordu. Bana döndü. "Sen iyi bir delikanlısın, Emir, ama baban delinin teki. Bir daha buraya gelmesin."

"Beni hırsız mı sanıyor?" dedi Baba, sesini yeniden yükselterek. Kapının önüne insanlar toplanmıştı. Bize bakıyorlardı. "Ne biçim ülke bu? Kimse kimseye güvenmiyor!"

Bayan Nguyen başını uzattı: "Polis çağıracağım. Ya hemen git ya da polis çağırırım."

"Lütfen, Bayan Nguyen, polis çağırmayın. Onu buradan götüreceğim. Sakın polisi aramayın, oldu mu? Lütfen!"

"Tamam, götür onu. İyi olur," dedi Bay Nguyen. Tel çerçeveli gözlüğünün ardındaki gözlerini Baba'dan ayırmıyordu. Baba'yı kapıya doğru çevirdim. Yanından geçerken, bir dergiyi tekmeledi. Dışarıya çıkınca, içeri girmeyeceğine dair söz aldım, dükkâna döndüm ve Nguyenlerden özür diledim. Babamın zor bir dönem geçirdiğini söyledim. Bayan Nguyen'e adresimizi, telefon numaramızı verdim; zararı karşılayacağımızı ekledim. "Lütfen hesabı çıkarınca beni arayın. Çok üzgünüm, gerçekten." Bayan Nguyen kâğıt parçasını aldı, başını olur anlamında salladı. Ellerinin her zamankinden daha çok titrediği gözümden kaçmadı; yaşlı bir kadını böylesine korkuttuğunu görmek, Baba'ya duyduğum öfkeyi artırdı.

"Babam hâlâ Amerika'daki yaşama alışmaya çalışıyor," dedim, açıklamak istercesine.

Onlara, Kâbil'de ağaçtan kopardığımız bir dal parçasını kredi kartı niyetine kullandığımızı anlatmak isterdim. Hasan'la dalı alır, fırına giderdik. Fırıncı bıçağıyla dalın üzerine bir çentik atardı; *tandır*'ın alevleri arasından bizim için çektiği her *nan* somunu için bir çizgi. Ay sonunda Baba çubuktaki çentiklere göre ödeme yapardı. Hepsi bu kadar. Kimlik filan yok.

Ama anlatmadım. Bay Nguyen'e polis çağırmadığı için teşekkür ettim. Baba'yı eve götürdüm. Ben mutfakta haşlanmış tavuk kanadıyla pilav yaparken, o balkonda somurtarak sigara içti. Peşaver'den gelen Boeing'den ineli bir buçuk yılı geçmişti ve Baba hâlâ alışmaya çalışıyordu.

O akşam yemeğimizi sessizce yedik. Baba iki lokma aldıktan sonra, tabağını itti.

Masanın karşısından ona baktım; uçları kırık tırnaklarının altı motor yağı yüzünden simsiyahtı; eklem yerleri sıyrılmış, benzin istasyonunun kokuları (toz, ter, mazot) giysilerine sinmişti. Baba yeniden evlenen ama ölmüş karısını bir türlü unutamayan bir dul gibiydi. Celalabat'ın şeker kamışı tarlalarını, Paghman bahçelerini özlüyordu. Evine girip çıkan insanları, Şor Pazarı'nın tıklım tıklım geçitlerinde yürümeyi, onu, babasını ve büyükbabasını tanıyan, onunla ortak ataları bulunan, geçmişi onunkiyle örtüşen insanlarla selamlaşmayı özlüyordu.

Benim için Amerika, anılarımı gömeceğim yerdi.

Baba için, anılarının yasını tutacağı yer.

"Belki de Peşaver'e dönsek daha iyi olacak," dedim, su bardağımda yüzen buza bakarak. Peşaver'de vizelerimizi alıncaya kadar, altı ay beklemiştik. Bakımsız, tek odalı dairemiz kirli çorap ve kedi pisliği gibi kokuyordu, ama tanıdığımız insanların arasındaydık – en azından Baba'nın tanıdığı. Bütün komşuları akşam yemeğine çağırırdı; bizimle aynı katta oturan, çoğunluğu vize bekleyen Afganlar. İçlerinden biri mutlaka bir tavla, bir başkası da küçük orgunu getirirdi. Çay demlenir, sesi güzel olan biri güneş doğuncaya, sivrisinekler çekilip eller çırpılmaktan acıyıncaya kadar şarkı söylerdi.

"Orada daha mutluydun, Baba. Kendini biraz daha memleketinde hissediyordun."

"Peşaver benim için iyiydi. Senin için değil."

"Burada çok zorlanıyor, çok yoruluyorsun."

"Eskisi kadar değil," dedi; benzincide artık müdür olduğunu kastederek. Ama rutubetli günlerde bileklerini nasıl kıvırdığı, ovuşturduğu gözümden kaçmamıştı. Yemeklerden sonra mide ilacına uzanırken, alnından fışkıran ter de. "Ayrıca, buraya benim için gelmedik, öyle değil mi?"

Masanın üstünden uzandım, elimi onun elinin üzerine koydum. Benim temiz, yumuşak öğrenci elimle onun pürtüklü, nasırlı işçi eli. Kâbil'de bana aldığı bütün o kamyonları, trenleri, bisikletleri düşündüm. Şimdi de Amerika. Emir için son bir armağan.

ABD'ye geldikten bir ay sonra Baba, Washington Bulvarı'nın hemen dışında, Afgan bir tanıdığının benzin istasyonunda çalışmaya başladı – iş aramaya, geldiğimiz hafta başlamıştı. Haftada altı gün, on ikişer saatlik vardiyalar halinde benzin pompalıyor, tezgâha bakıyor, yağ değiştirip ön camları yıkıyordu. Bazen ona öğle yemeği götürür, onu yağ lekeleriyle kaplı tezgâhın önünde bekleyen bir müşteri için raflarda bir paket sigara aranırken bulurdum; parlak, floresan lambaların ışığında Baba'nın yüzü gergin ve soluk görünürdü. Ben içeriye girerken, kapının üstündeki elektronik zil *ding-*

dong öter, Baba da yorgunluktan sulanmış gözleriyle omzunun üstünden bakar, beni görünce gülümser, el sallardı.

İşe alındığı gün, birlikte San Jose'ye, denetim memurumuz Bayan Dobbins'i görmeye gittik. Oldukça şişman, siyah bir kadındı; pırıl pırıl gözleri, derin gamzeleri vardı. Bir keresinde bana, kilise korosunda şarkı söylediğini anlattı, ona inandım; sesi bana hep ılık, ballı sütü çağrıştırırdı. Baba bedava yiyecek kuponlarıyla dolu torbayı Bayan Dobbins'in masasına bıraktı. "Sağ olun, ama artık gereksiz," dedi. "Ben her zaman çalıştım. Afganistan'da çalıştım, Amerika'da da çalışacağım. Çok teşekkür ederim, Bayan Dobbins, ama artık sadaka istemiyorum."

Bayan Dobbins'in gözleri ışıldadı. Yiyecek kuponlarını aldı, ona kötü bir şaka yapıyormuşuz ya da Hasan'ın deyişiyle 'numara çekiyormuşuz' gibi, bir bana bir Baba'ya baktı. "On beş yıldır bu meslekteyim ve ilk kez birinin böyle bir şey yaptığını görüyorum," dedi. Böylece Baba, bir kasanın karşısına geçip yiyecek kuponu uzatırken yaşadığı o küçük düşürücü anlara son vermiş, en büyük korkularından birini bertaraf etmiş oldu: bir Afgan tarafından, yardım parasıyla yiyecek alırken görülme korkusunu. Baba sosyal yardım bürosundan çıkarken, habis bir tümörden kurtulmuş birine benziyordu.

1983 yazında liseyi bitirdim; yirmi yaşındaydım ve futbol sahasında mezuniyet keplerini havaya fırlatan öğrencilerin en yaşlısıydım. Kaynaşıp duran, fotoğraf çeken ailelerin ve mavi cüppelerin arasında bir ara Baba'yı gözden yitirdiğimi anımsıyorum. Onu elleri ceplerinde, fotoğraf kamerası göğsünde, 'yirmi yarda' çizgisinin yanında buldum. Aramıza giren kalabalık yüzünden bir görünüp bir kayboluyordu: kucaklaşan, cıyak cıyak bağıran kızlar, gülen, babalarıyla şakalaşan oğlanlar. Baba'nın sakalı ağarıyor, şakaklarındaki saçlar seyreliyordu; peki ya boyu, Kâbil'deyken daha uzun değil miydi? Afgan düğünlerinde ve cenazelerinde giydiği o tek takım elbisesini, kahverengi takımı giymiş, ona bu yıl, ellinci doğum gününde aldığım kırmızı kravatı takmıştı. Beni gördü, el salladı. Gülümsedi. Eliyle, kepimi takmamı işaret etti; okulun saat kulesinin de arkamdan görünmesine özen göstererek, resmimi çekti. Ona gülümsedim – bir bakıma bu, benden çok onun günüydü. Yanıma geldi, kolunu boynuma doladı, alnıma bir öpücük kondurdu. "Çok *müftehirim*, Emir," dedi. Gururluydu. Bunu söylerken gözleri parlıyordu; bu bakışın muhatabı olmak çok hoşuma gitti.

O akşam beni Hayward'daki bir kebapçıya götürdü, masayı adamakıllı donattı. Lokantanın sahibine, oğlum sonbaharda üniversiteye başlıyor, dedi. Mezuniyetten hemen önce onunla bu konuyu kısaca tartışmış, bir iş bulup çalışmak istediğimi söylemiştim. Niyetim ona destek olmak, para biriktirmek, üniversiteye de belki bir sonraki yıl gitmekti. Ama bana o alev saçan Baba bakışlarını fırlattı, sözcükler dilimde buharlaşıverdi.

Yemekten sonra Baba beni yolun hemen karşısındaki bara götürdü. İçerisi loştu; bir türlü sevemediğim biranın o ekşi kokusu duvarlara sinmişti. Beysbol kepli, tişörtlü adamlar bilardo oynuyor, yeşil çuhalı masaların üstündeki kesif sigara dumanı, neon lambaların ışığında girdap gibi dönüyordu. Dikkat çekmiştik; Baba kahverengi takım elbisesi, bense kareli pantolonum ve spor ceketimle. Bar tezgâhına, yaşlı bir adamın yanına iliştik; kayış gibi yüzünün, tepedeki Michelob tabelasının donuk, mavi ışığında hastalıklı bir görüntüsü vardı. Baba bir sigara yaktı, iki bira söyledi. "Bu akşam mutluluktan uçuyorum," dedi ortaya, herkese. "Bu akşam, oğlumla birlikte içeceğim. Bir tane de dostuma, lütfen," diye ekledi, yaşlı adamın omzuna hafifçe vurarak. Adam kepine dokundu, gülümsedi. Üst dişleri yoktu.

Baba birasını üç yudumda bitirdi, bir tane daha ısmarladı. Ben bardağın dörtte birini, o da güçbela yudumladığımda, o üçüncü birayı bitirmişti bile. Bu arada yaşlı adama bir viski, dört bilardo oyuncusuna da bir sürahi Budweiser ısmarladı. Adamlar onun elini sıkıp sırtına vurdular. Kadehlerini onun şerefine kaldırdılar. Biri onun sigarasını yaktı. Baba kravatını gevşetti, yaşlı adama bir avuç bozukluk verdi. Parmağıyla müzik dolabını gösterdi. "Söyle, en sevdiği parçaları çalsın," dedi bana. Adam başını salladı, Baba'ya bir selam çaktı. Az sonra barı bangır bangır bir folk müziği doldurdu: Baba parti veriyordu.

Bir ara ayağa kalktı, birasını talaş kaplı zemine döke saça bardağını kaldırdı, gürledi: "Kahrolsun Rusya!" Kahkahalar, aynı sövgüyü ağız dolusu yineleyenlerin naraları. Baba herkese bir sürahi bira daha söyledi.

Kalktığımızı görünce çok üzüldüler. Kâbil, Peşaver, Hayward. Hep o bildik Baba, diye düşündüm gülümseyerek.

Eve dönerken, Baba'nın eski, koyu sarı Buick Century'sini ben kullandım. Baba yolda uyukladı, bir kaya matkabı gibi horladı. Tütün ve alkol kokuyordu – ekşimsi, keskin. Ama arabayı durdurduğum an silkinip doğruldu, boğuk bir sesle, "Sokağın sonuna kadar git," dedi.

"Neden, Baba?"

"Sür, hadi." Arabayı sokağın güney ucunda park ettirdi. Paltosunun cebine uzandı, bir anahtar destesi çıkardı. "İşte," dedi, önümüzdeki arabayı göstererek. Eski model bir Ford'du; uzun, geniş, koyu renk. Rengini ayışığında çıkartamıyordum. "Boya istiyor; istasyondaki çocuklardan birine yeni amortisör taktıracağım. Ama çalışıyor."

Anahtarları aldım; afallamıştım. Bir ona, bir arabaya baktım.

"Üniversiteye giderken kullanırsın," dedi. Elini ellerimin arasına aldım. Sıktım. Gözlerim yaşarmıştı; yüzlerimizi gizleyen gölgelere minnettardım. "Teşekkür ederim, Baba."

İndik, Ford'a bindik. Grand Torino'ydu. Lacivert, dedi Baba. Mahallenin çevresinde bir tur attım, frenleri, radyoyu, sinyalleri denedim. Sonra apartmanımızın otoparkına girdim, motoru durdurdum. "*Teşekkür*, Baba can," dedim. Daha fazlasını söylemek istiyordum; bu kibar, düşünceli davranışının beni ne kadar duygulandırdığını, benim için yaptığı, hâlâ da yapmakta olduğu onca şeye ne büyük bir minnet duyduğumu. Ama bunların onu utandıracağını biliyordum. Onun için, yinelemekle yetindim: "*Teşekkür.*"

Gülümsedi, geriye yaslandı; alnı neredeyse tavana değiyordu. Hiçbir şey söylemedik. Karanlıkta öylece oturduk, soğuyan motorun çıkardığı çıtırtıları, uzaklarda bir yerde çalan sirenin tiz çığlığını dinledik. Sonra Baba başını bana çevirdi. "Keşke bugün Hasan da bizimle olsaydı," dedi.

Hasan'ın adını duyar duymaz, soluk boruma bir çift çelik el yapıştı. Camı indirdim. Çelik parmakların gevşemesini bekledim.

* * *

Mezuniyetin ertesi günü Baba'ya, sonbaharda koleje, iki yıllık bir üniversiteye yazılacağımı söyledim. Soğuk, demli çay içiyor, kakule çiğniyordu; akşamdan kalma olup da başı ağrıdığında, en güvendiği tedavi yöntemiydi.

"Galiba İngilizce'yi seçeceğim," dedim. Yüreğimde bir çarpıntı, yanıtını bekledim.

"İngilizce mi?"

"Yaratıcı yazarlık."

Bunu biraz düşündü. Çayını yudumladı. "Öyküler, demek istiyorsun. Öykü uyduracaksın." Gözlerimi ayaklarıma diktim.

"Bunun için para ödüyorlar mı? Öykü uydurmaya, yani?"

"Eğer iyiysen, evet," dedim. "Ve keşfedilirsen."

"Bu keşfedilme olasılığı... yüksek mi?"

"Oluyor işte," dedim.

Başıyla doğruladı. "İyi olmak ve keşfedilmek için ne kadar beklemen gerekecek, peki? Nasıl geçineceksin? Evlendiğin zaman, *hanım*'ına nasıl bakacaksın?"

Başımı kaldırıp gözlerine bakmaya cesaret edemiyordum. "Bu arada... bir iş bulurum."

"Ah," dedi. "*Vah vah*. Anladığım kadarıyla, mezun olmak için yıllarca okuyacak sonra da tıpkı benimki gibi, istesen bugün girebileceğin *çatti* bir işe gireceksin ve diploman sayesinde, bir gün keşfedilmeyi umarak... bu küçücük olasılıkla yaşayacaksın." Derin bir soluk aldı, çayını yudumladı. Tıpla, hukukla ve "gerçek meslekler"le ilgili bir şeyler homurdandı.

Yanaklarım yanıyor, suçluluk duygusu içimi bir kasırga gibi dolanıyordu; ülseri, kararmış tırnakları ve sızlayan bilekleri pahasına kendimi düşünmenin, kendimi oyalamanın suçluluğu. Ama kararlıydım, direnecektim. Baba için özveride bulunmayacaktım artık. Bunu son kez yaptığımda, kendi kendimi mahvetmiştim.

İçini çekti, bir avuç kakuleyi ağzına attı.

* * *

Bazen, Ford'umun direksiyonuna geçer, camları açar, saatlerce dolaşırdım; Doğu Körfezi'nden Güney Körfezi'ne, Yarımada'nın ucuna, sonra geriye. Fremont'taki mahallemizin ızgara biçimindeki, iki yanı kavak ağaçlı yollarında; apartmanlarda oturanların, köhne, tek katlı, pencereleri parmaklıklı evlerde oturanlarla asla tokalaşmadığı, benimki gibi eski püskü arabaların asfalt yollara yağ damlattığı mahallemizde. Birbirine bitişik arka bahçeleri kurşunkalem grisi, zincirleme çitler ayırırdı. Sağa sola saçılmış oyuncakların, iç lastiklerinin, etiketi soyulmuş bira şişelerinin kirlettiği ön bahçelerse bakımsızdı. Ağaç kabuğu kokan gölgeli parkların, aynı anda beş *Buzkaşi* yarışması yapılabilecek büyüklükteki alışveriş merkezlerinin önünden geçerdim. Los Altos'un tepelerine tırmanır, geniş pencereli villaların, dövme demirden, süslü kapıları koruyan mermer aslanların önünde yavaşlar, çimenleri güzelce kırpılmış gezinti yolları, tombul melekli çeşmeleri olan, park yerinde asla bir Ford Torino'ya rastlanmayan malikânelere bakardım. Baba'nın Vezir Ekber Han'daki evi bu köşklerin yanında müştemilat gibi kalıyordu.

Bazı cumartesi sabahları erken kalkar, 17 numaralı karayolundan güneye, Santa Cruz'a yollanırdım; Ford virajlı dağ yolunu tırmanırken epeyce zorlanırdı. Arabayı eski deniz fenerinin yanında durdurur, denizden yuvarlana yuvarlana yükselen pusa bakarak güneşin doğuşunu beklerdim. Afganistan'dayken okyanusu salt filmlerde görmüştüm. Karanlıkta, Hasan'ın yanında otururken, okuduklarımın doğru olup olmadığını merak ederdim: Deniz havası gerçekten de tuz mu kokardı? Hasan'a, bir gün yosun kaplı bir kumsalda yürüyeceğimizi, ayaklarımızı kumlara gömeceğimizi ve ayak parmaklarımızı kaplayan, sonra da çekilen suyu seyredeceğimizi söylerdim hep. Pasifik'i ilk gördüğümde, ağlamamak için kendimi güç tuttum. Çocukluğumun sinema perdelerindeki kadar engin ve maviydi.

Bazı akşamlar arabayı bir çevre yolundaki üst geçitte durdurur, yüzümü parmaklığa yapıştırıp aşağıya bakardım; trafikte ağır ağır ilerleyen, upuzun bir kuyruk oluşturan araçların göz kırpan, kırmızı arka lambalarını sayardım. BMW'ler.

Saab'lar. Porsche'ler. İnsanların genellikle Rus malı Volga, eski Opel ya da İran malı Paikan kullandığı Kâbil'de hiç görmediğim arabalar.

ABD'ye geleli nerdeyse iki yıl olmuştu ve ben bu ülkenin genişliğine, uçsuz bucaksızlığına hâlâ şaşmaktaydım. Her otoyolun ilerisinde bir başka otoyol, her kentin ardında bir başka kent uzanıyordu; tepeleri dağlar, dağları tepeler kovalıyor, onları da başka kentler, başka insanlar izliyordu.

Kâbil benim için, *Roussi* ordusunun Afganistan'ı işgalinden çok önce, köylerin yakılıp okulların yıkılmasından, mayınların toprağa ölüm tohumları gibi bolca ekilmesinden, çocukların gömülüp tepelerine bir öbek taş yığılmasından çok daha önce bir hayaletler kenti olmuştu. Tavşandudaklı hayaletlerin doldurduğu bir kent.

Amerika farklıydı. Amerika geçmişi şu kadarcık umursamadan, gürül gürül akan bir ırmaktı. Bu ırmağa girebilir, günahlarımın dibe çökmesini bekleyebilir, suların beni başka, çok uzak bir yere taşımasına izin verebilirdim. Hayaletlerin olmadığı, anıların, günahların bulunmadığı bir yere.

Başka hiçbir şey için değilse bile, salt bunun için Amerika'yı kucakladım, bağrıma bastım.

Ertesi yaz, yirmi birime bastığım 1984 yazında, Baba Buick arabasını sattı ve Kâbil'deyken bir lisede fen hocası olan eski bir tanışından, beş yüz elli dolara 71 model, külüstür bir Volkswagen otobüs aldı. Bütün komşular camlara koşmuş, sokağı aksıra tıksıra kat eden, osurarak otoparkımıza giren otobüsü seyrediyordu. Baba marşı kapadı, bıraktı otobüs park yerimize doğru yavaşça, sessizce kaysın. Koltuklarımıza gömüldük, gözlerimizden yaş gelinceye kadar, daha da önemlisi, komşuların camlardan çekildiğini görünceye kadar güldük. Otobüs yürekler acısı bir kadavraydı: paslanmış metal, kırık camların yerine yapıştırılmış siyah çöp naylonları, kabak lastikler ve yayları görünen, yırtık pırtık bir döşeme. Ama eski öğretmen Baba'ya motorun ve vitesin sağlam olduğuna güvence vermişti; adamın en azından bu konuda yalan söylemediği anlaşıldı.

Cumartesi günleri Baba beni gün doğarken uyandırırdı. O giyinirken, ben yerel gazetelerdeki küçük ilanları tarar, eski eşyalarını satışa çıkaranları işaretlerdim – bunlara 'garaj satışı' deniyordu. Haritada rotamızı belirlerdik – önce Fremont, Union City, Newark ve Hayward, sonra San Jose, Milpitas, Sunnyvale, zaman kalırsa da Campbell. Otobüsü Baba kullanır, termosundan sıcak çay yudumlardı, ben de rehberlik ederdim. Eski eşyalarını satışa çıkaranlara sırayla uğrar, insanların artık istemediği ıvır-zıvırı satın alırdık. Eski dikiş makinelerine, tek gözlü Barbie bebeklere, tahta tenis raketlerine, telleri kopmuş gitarlara, piyasadan çoktan kalkmış, Electrolux süpürgelere gülerdik. Öğleden sonra, otobüsün arkasını kullanılmış eşyalarla doldurmuş olurduk. Pazar sabahı da erkenden, Berryessa dışındaki San Jose bitpazarına yollanır, kulübemsi bir tezgâh kiralar, bütün o hurdayı küçük bir kâr karşılığında satardık: bir gün önce yirmi beş sente aldığımız bir plak bazen bir dolara, bazen de beş tanesi dört dolara giderdi; on dolara aldığımız bir Singer pedallı dikiş makinesinin biraz pazarlıktan sonra yirmi beş dolara çıktığı bile olurdu.

Afgan aileler San Jose bitpazarının koca bir bölümünü ele geçirmişti. 'Kullanılmış Eşyalar' kısmındaki geçitlerde Afgan müziği duyardınız. Buradaki Afganlar arasında söze dökülmemiş bir antlaşma, bir davranış yasası vardı: Geçidin karşısındaki adamı selamlar, onunla bir parça patates *bolani* ya da biraz *kabuli* paylaşıp gevezelik ederdin. Anne ya da babasının ölümü için başsağlığı diler, bir çocuğun doğumunu kutlar, söz Afganistan ve *Roussi*'lerden açılınca da (ki, açılmadığı görülmemişti), başını esefle sallardın. Ama cumartesi günlerine değinmekten özenle kaçınırdın. Çünkü, geçidin karşısındaki hemşehrinin dün, garaj satışına daha erken ulaşma hırsıyla, otoyol çıkışında sollamaya çalışırken, arabasına toslamana ramak kalan kişi olduğu ortaya çıkabilirdi.

O tezgâhlarda, çayla birlikte bol bol sunulan bir şey de, Afganlar hakkındaki dedikodulardı. Bitpazarı, bilgilendiğin yerdi: Yeşil çayını yudumlayıp bademli *kolça* yerken, kimin kızının nişanı bozup Amerikalı sevgilisiyle kaçtığını, kimin Kâbil'deyken bir *Perçami* (komünist) olduğunu, kimin hâlâ yardım parasıyla geçinirken, yastık altındaki parayla bir ev aldığını öğrenirdin. Çay, politika ve skandal, pazar günlerinin değişmez gıdalarıydı.

Bazen, ben tezgâha göz kulak olurken Baba bir elini göğsüne saygıyla bastırmış bir halde geçitlerde gezinir, Kâbil'den tanıdığı kişileri selamlardı: Bana çok az kullanılmış, yün paltolar satan terzilerin, boyası gitmiş bisiklet başlıkları satan makine ustalarının yanı sıra, eski büyükelçiler, işsiz cerrahlar, üniversite profesörleri.

Temmuz 1984'te, bir pazar sabahı Baba tezgâhı hazırlarken, ben iki fincan kahve almak için büfeye gittim; dönünce Baba'yı yaşlıca, seçkin görünüşlü bir erkekle konuşurken buldum. Fincanları otobüsümüzün arka tamponuna, '84'te REAGAN/BUSH' etiketinin yanına bıraktım.

"Emir," dedi Baba, eliyle beni çağırarak, "bu beyefendi, General İkbal Taheri. Kâbil'de madalyalı bir komutandı. Savunma Bakanlığı'nda görevliydi."

Taheri. Bu ad neden bu kadar tanıdık geliyordu?

General, katıldığı resmi davetlerde önemli kişilerin en küçük şakasına bile anında gülmeye alışmış birinin tez canlılığıyla güldü. Gümüş rengi, seyrelmiş saçlarını güneşten yanmış, pürüzsüz alnından geriye doğru taramıştı; gür, kırçıl kaşları vardı. Kolonya kokuyordu; demir grisi, ütülenmekten parlamış, üç parçalı bir takım elbise giymişti; yeleğinden bir cep saatinin altın köstegi sarkıyordu.

"Bu ne güzel bir takdim böyle," dedi Baba'ya; sesi derin, kültürlüydü. "*Selam, baçem.*" Merhaba, evladım.

"*Selam,* General Efendi," dedim, tokalaşırken. İnce ellerinden umulmayacak kadar sert, güçlü bir el sıkışı vardı; bu kremli deri alttaki çeliği gizliyordu sanki.

"Emir büyük bir yazar olacak," dedi Baba. Bunun anlamını daha sonra kavrayacaktım. "Üniversitedeki ilk yılını bitirdi; üstelik bütün notları A."

"Kolejdeki ilk yılımı," diye düzelttim.

"*Maşallah,*" dedi General Taheri. "Belki ülkemizi, tarihimizi yazarsın, ha? Ekonomimizi?"

"Ben kurgu yazıyorum," dedim. Rahim Han'ın verdiği deri ciltli deftere yazdığım bir düzine kadar kısa öyküyü düşündüm; bu adamın karşısında onlardan ansızın neden utandığımı merak ettim.

"Ah, bir masalcı," dedi general. "Eh, insanlar böyle güç anlarda oyalanmak için öykülere gereksinirler." Elini Baba'nın omzuna koydu, bana döndü. "Öyküden söz etmişken, babanla birlikte, Celalabat'ta sülün avladığımız bir yaz gününü anımsadım," dedi. "Olağanüstü günlerdi. Yanlış anımsamıyorsam, babanın gözleri avda da en az işteki kadar keskindi."

Baba yere serdiğimiz muşambanın üzerindeki tahta tenis raketini botunun ucuyla dürtükledi: "Hangi iş? İş mi kaldı?"

General Taheri'nin yüzünde hem hüzünlü hem de kibar bir gülümseme belirdi; iç geçirdi, Baba'nın omzuna tatlılıkla vurdu. "*Zendagi migzara,*" dedi. Yaşam devam ediyor. Gözlerini bana çevirdi. "Biz Afganlar fena halde abartmaya eğilimliyizdir, *baçem;* pek çok kişinin hiç hak etmediği halde göklere çıkarıldığına tanık oluyorum. Ama baban övülmeyi, yüceltilmeyi gerçekten hak eden bir avuç kişiden biridir." Bu küçük söylev bende, takım giysisiyle aynı izlenimi bıraktı: fazla kullanılmış ve doğal olamayacak kadar parlak.

"Beni pohpohluyorsun," dedi Baba.

"Hiç de değil," dedi general, alındığını göstermek için başını bir yana eğip elini göğsüne götürerek. "Çocuklar babalarını tanımalı, geçmişini öğrenmeli." Bana döndü: "Babanın değerini takdir ediyor musun, *baçem*? Kıymetini gerçekten biliyor musun?"

"*Balay,* General Efendi, biliyorum," dedim. Keşke bana "evladım" demeyi bıraksaydı.

"Öyleyse, seni kutlarım; erkekliğe giden yolu yarılamışsın bile." Sesinde şakacılıktan ya da alaycılıktan eser yoktu; yalnızca yüksekten bakmaya alışmış, kibirli birinin övgüsüydü.

"*Peder* can, çayın soğuyor," dedi, genç bir kadın sesi. Arkamızda duruyordu; dar kalçalı, kömür karası, kadife saçlı, çok güzel bir kadındı; elinde bir termosla suni köpükten yapılma bir bardak vardı. Yüreğim hızlanıverdi; gözlerimi kırpıştırdım. Uçan bir kuşun kıvrık kanatları gibi birleşen, kalın kaşlar; eski bir Pers prensesinin o narin, hafif kemerli burnu – *Şahname*'deki Rüstem'in karısı ve Sohrab'ın annesi olan Tahmine'nin burnu gibi. Uzun, gür kirpiklerin gölgelediği kestane rengi gözleri, benimkilere çevrildi. Bir an durdu. Sonra uçup gitti.

"Çok kibarsın, bir tanem," dedi General Taheri. Bardağı ondan aldı. Kız dönüp gitmeden önce, o nefis cildinde, çenesinin hemen üstünde sol yanda orak biçiminde, küçücük bir doğum lekesi gördüm. İki geçit ileride duran gri bir minibüse gitti, termosu içine koydu. Eski plaklarla, kitaplarla dolu kutuların arasına eğilirken, saçları bir omzundan aşağıya çağlayan gibi döküldü.

"Kızım, Süreyya can," dedi General Taheri. Konuyu değiştirmek için sabırsızlanan biri gibi derin bir soluk aldı, altın cep saatine baktı. "Eh, yerleşme vakti geldi." Baba'yı yanaklarından öptü, elimi ellerinin arasına aldı. "Yazılarında bol şans dilerim," dedi, gözlerimin içine bakarak. Uçuk mavi gözleri, gerideki düşünceleri kesinlikle ele vermiyordu.

Günün kalanını, gri minibüse bakma dürtüsüyle boğuşarak geçirdim.

Eve dönerken, dank etti. Taheri. Bu adı daha önce duyduğumu biliyordum.

"Etrafta Taheri'nin kızı hakkında bir söylenti dolaşmıyor muydu?" dedim, gelişigüzel bir sesle konuşmaya çalışarak.

Otobüsümüz bitpazarından ayrılan araç kuyruğunda milim milim ilerlerken, "Beni bilirsin," dedi Baba. "Sohbet dedikoduya döner dönmez, sıvışırım."

"Ama bazı laflar edilmişti, değil mi?"

"Neden soruyorsun?" Bana haylaz haylaz bakıyordu.

Omuz silktim, zorla gülümsedim. "Yalnızca meraktan, Baba."

"Gerçekten mi? Hepsi bu mu?" Yaramaz gözleri yüzümü tarıyordu. "Yoksa seni etkiledi mi?"

Gözlerimi yuvarladım. "Aman, Baba, lütfen."

Gülümsedi, otobüsü birkaç manevrayla bitpazarından çıkardı. 680 sayılı otoyola çıktık. Bir süre hiç konuşmadan yol aldık. "Tek bildiğim, bir ara bir erkekle... bir talihsizlik yaşadığı." Bunu çok ciddi bir sesle söylemişti; sanki kızın göğüs kanseri olduğunu ifşa eder gibi.

"Ya?"

"Düzgün bir kız olduğunu duydum; elişleri yapan, efendi bir kız. Ama o günden sonra kapısını çalan bir *khastegar*, bir kısmet çıkmamış." Baba iç geçirdi. "Belki haksızlık, ama bazen birkaç günde, hatta tek bir günde olanlar bütün bir ömrün akışını değiştirebiliyor, Emir."

O gece yatakta, Süreyya Taheri'nin orak biçimindeki doğum lekesini, hafif kemerli burnunu, gözlerime bir anlığına kenetlenen, parlak gözlerini düşündüm. Onu düşünmek bile yüreğimin kekelemesine yetiyordu. Süreyya Taheri. Bitpazarında bulduğum prensesim.

ON İKİ

Afganistan'da *yelda, Cadi* ayının, yani kışın ilk, yılın da en uzun gecesidir. *Yelda* gecesi Hasan'la geleneğe uyar, geç saatlere kadar uyumazdık; ayaklarımızı *kürsü*'nün altına sokar, sobaya elma kabukları atan, bu en uzun gecede bize sultanların, hırsızların masallarını anlatan Ali'yi dinlerdik. *Yelda*'yı, çıldıran, kendilerini mum alevine atan pervaneleri, güneşi aramak için dağlara tırmanan kurtları hep Ali'den öğrendim. Ali, *yelda* gecesi karpuz yiyenlerin bir sonraki yaz hiç susamadıklarına yemin ederdi.

Yaşım ilerledikçe, şiir kitaplarında *yelda*'nın gözü uyku tutmayan, bitmek bilmez gecenin sona ermesini, güneşin doğup onları sevdiklerine kavuşturmasını bekleyen âşıklara acı çektiren, yıldızsız bir gece olduğunu okudum. Süreyya Taheri'yi tanıdıktan sonra, haftanın her gecesi benim için *yelda* olup çıktı. Pazar sabahı gelip de yatağımdan indiğimde, Süreyya'nın kahverengi gözleri kafamın içindeki yerini çoktan almış olurdu. Baba'nın otobüsünde kilometreleri sayardım, ta ki onu yalınayak, sararmış ansiklopedilerle dolu kutuları açıp, tezgâha yerleştirirken görünceye kadar; topukları asfaltta daha da beyaz görünür, bileğindeki gümüş bilezikler şıngırdardı. Sırtından aşağıya dökülen, kadife bir perde gibi salınan saçlarının yere vuran gölgesini düşünürdüm. Süreyya. Bitpazarında Bulduğum Prensesim. *Yelda*'mın sonunda doğan güneş.

Geçitte dolanmak, Taherilerin tezgâhının önünden geçmek için (Baba'nın alaycı bir sırıtışla karşıladığı) bahaneler buluyordum. Sırtında yine o ütüden parlamış, gri takım elbisesi bulunan generale el sallardım; o da bana. Bazen oturduğu bez koltuktan kalkar, benimle sohbet ederdi; yazılarımdan, savaştan, o günkü satışlardan konuşurduk. Gözlerimin arka tarafa, oturmuş kitap okuyan Süreyya'ya kaymaması için olanca irademi kullanmam gerekirdi. Generalle birbirimize veda eder, hantal, sakar görünmemeye çalışarak oradan uzaklaşırdım.

Bazen, general bir başka geçide, birileriyle sohbet etmeye gitmişse, kız tezgâhın gerisinde yalnız olurdu; önünden geçip giderken onu tanımıyormuş gibi yapar, içim gitmesine karşın, tek sözcük etmezdim. Bazen yanında orta yaşlı, topluca, soluk tenli, saçları kızıla boyalı bir kadın olurdu. Her seferinde içimden yeminler ederdim: Yaz bitmeden onunla mutlaka konuşacaktım. Ama yaz bitti, okullar açıldı, yapraklar sarardı, sonra döküldü, kış yağmurları bastırıp Baba'nın eklemlerini sızlattı, sonra taze sürgünler yeniden boy gösterdi, ben bir türlü Süreyya'nın gözlerine bakacak cesareti toplayamadım.

Ders yılı 1985 Mayısı'nın sonlarına doğru sona erdi. Derslerin neredeyse tamamından A almıştım, buysa sınıfta Süreyya'nın kemerli burnundan başka bir şey düşünmeyen biri için bir mucizeydi.

Sonra o yaz, bunaltıcı bir pazar günü, Baba'yla bitpazarındaydık, tezgâhımızda oturmuş gazeteyle yüzlerimizi yelpazeliyorduk. Kızgın demir gibi dağlayan güneşe karşın, pazar yeri tıklım tıklım, satışlar da gayet iyiydi – saat daha yarım olduğu halde, yüz altmış dolar kazanmıştık bile. Kalktım, gerindim, Baba'ya Coca-Cola ister misin, diye sordum. Bayılırım, dedi.

Sonra, ekledi: "Dikkatli ol, Emir."

"Neye karşı, Baba?"

"Ben *ahmak* değilim, dolayısıyla beni kandırmaya kalkışma."

"Neden söz ettiğini anlamıyorum."

"Şunu unutma," dedi Baba, parmağını sallayarak. "Adam, iliklerine kadar bir Peştun. *Nang* ve *namus*'una düşkün biri."

Nang ve *namus*. Onur, gurur, namus. Peştun erkeğinin şaşmaz ilkeleri. Özellikle de, söz konusu olan, karısının iffetiyse. Ya da kızının.

"Yalnızca gidip içecek bir şeyler alacağım."

"Senden tek istediğim, beni utandırma, hepsi bu."

"Utandırmam, Baba. Tanrı aşkına!"

Baba bir sigara yaktı, yeniden yelpazelenmeye başladı.

Önce büfeye doğru ilerledim, sonra, tişört tezgâhının oradan sola döndüm – buharlı makineyle beş dolara, beyaz, naylon bir tişörtün göğsüne İsa'nın, Elvis'in, Jim Morrison'ın ya da üçünün birden resimlerini basıyorlardı. Hareketli bir Meksika müziği çalıyor, havada turşu ve mangal kokuları salınıyordu.

Taherilerin gri minibüsünü bizden iki sıra uzakta, bir çubuğa geçirilmiş mango satan küçük kulübenin yanında buldum. Yalnızdı, kitap okuyordu. Sırtında ayak bileğine kadar uzanan beyaz, yazlık bir elbise. Burnu açık sandaletler. Saçı geriye toplanmış, lale biçimindeki bir tokayla tutturulmuştu. Yine öylece geçip gitmeye hazırlandım, yapacaktım da, ama birden kendimi Taherilerin beyaz örtülü tezgâhlarının önüne dikilmiş, saç maşalarının, eski papyonların gerisinden Süreyya'ya bakarken buldum. Başını kaldırıp baktı.

"*Selam,*" dedim. "Seni rahatsız etmek istememiştim."

"*Selam.*"

"General Efendi yok mu?" Kulaklarım yanıyordu. Gözlerinin içine bakmayı başaramıyordum.

"Şu tarafa gitti," dedi, sağ yanı göstererek. Bilezik dirseğine kaydı: zeytin tene değen gümüş.

"Saygılarımı sunmak için uğradığımı kendisine iletir misin?" dedim.

"Elbette."

"Teşekkür ederim. Ah, belki bilmek istersin... Benim adım Emir. Uğramamın nedeni... Şey, saygılarımı sunmak."

"Evet."

Ağırlığımı öteki ayağıma verdim, genzimi temizledim. "Ben artık gideyim. Rahatsız ettiğim için özür dilerim."

"Yo, etmedin," dedi.

"Ah, güzel." Başımı eğdim, yarım ağız gülümsedim. "Artık gidiyorum." Bunu daha önce söylememiş miydim? "*Khoda hafez.*"

"*Khoda hafez.*"

Yürümeye başladım. Durdum, döndüm. Cesaretimi yitirmeden, bir çırpıda söylemeliydim: "Ne okuduğunu sorabilir miyim?"

Gözlerini kırpıştırdı.

Soluğumu tuttum. Ansızın, bitpazarındaki bütün Afganların gözlerini üzerimde hissettim. Ortalığa bir anda, derin bir sessizlik mi çökmüştü? Cümlenin ortasında duruveren dudaklar. Dönen başlar. Büyük bir merakla kısılan gözler.

Neydi bu?

Şu ana kadar, sohbetimiz saygı dolu bir soru-cevap olarak yorumlanabilirdi; bir erkek bir başka erkeğin nerede olduğunu öğrenmek istemişti. Ama şimdi *ona* bir şey sormuştum; yanıtlarsa biz... biz sohbet etmiş olacaktık. Ben bir *mücarat*, yani genç, bekâr bir erkek, o da evlenmemiş, genç bir kadın. Üstelik, bir *geçmişi* olan bir kadın. Bu, bir dedikodu malzemesinin (hem de en lezizinden) sınırlarında, son derece tehlikeli bir biçimde gezinmek demekti. Zehirli diller iştahla yalanacaktı. Ve bu zehrin acısını o çekecekti, ben değil – Afganlara özgü çifte standardın, benim cinsimi fena halde kayıran eğilimin çok iyi bilincindeydim. *Delikanlının kızla konuştuğunu gördünüz mü?* değil. *Vaay, oğlana nasıl yapıştı, gördünüz mü? Ne loçak ama!*

Afgan ölçütlerine göre, benimki küstah bir soruydu. Kendimi ele veriyor, ona duyduğum ilgiyi açıkça belli ediyordum. Ama ben bir erkektim, tehlikeye attığım tek şey, incinen gururum olabilirdi. Yaralar iyileşirdi. Lekelenen adlar, hayır. Bu cüretkârlığa nasıl bir karşılık verecekti?

Kitabı çevirdi, kapağı gösterdi. *Uğultulu Tepeler.* "Okudun mu?" diye sordu.

Başımla doğruladım. Gözlerimin gerisinde zonklayan yüreğimi hissedebiliyordum. "Hüzünlü bir öykü."

"Hüzünlü öykülerden iyi kitaplar çıkıyor," dedi.

"Öyle."

"Sen de yazıyormuşsun."

Nereden biliyordu? Babası mı söylemişti, yoksa kendisi mi sormuştu? Hayır, her iki senaryo da saçmaydı. Babalarla oğullar, kadınlar hakkında rahatça konuşurdu. Ama hiçbir Afgan kızı (an azından hiçbir düzgün, *muhterem* Afgan kızı) babasına genç bir adama ilişkin soru sormazdı. Ve hiçbir baba, özellikle *nang* ve *namus*'una düşkün bir Peştun baba, kızına durup dururken bir *mücarat*'tan söz etmezdi. Tabii bu, kıza talip olan ve tek onurlu şeyi yapıp, babasını gönderen bir delikanlı değilse.

Ağzımdan çıkanı duyunca, en çok ben şaşırdım: "Öykülerimden birini okumak ister miydin?"

"Çok isterim," dedi. Kızın da titreşen, sağa sola sıçramaya başlayan gözlerinde belli belirsiz bir huzursuzluk vardı artık. Belki de generale bakınıyordu. Kızıyla konuştuğumu, lafı böyle uygunsuzca uzattığımı görse, ne derdi acaba?

"Belki bir gün yanımda getiririm," dedim. Başka şeyler de söylemeye hazırlanıyordum ki, arada bir Süreyya'nın yanında gördüğüm kadının geçitte bize doğru geldiğini fark ettim. Meyve dolu, naylon bir torba taşıyordu. Bizi görünce, bakışları bir Süreyya'ya bir bana sıçradı. Gülümsedi.

"Emir can, seni gördüğüme sevindim," dedi, torbayı tezgâh örtüsünün üzerine boşaltırken. Alnında ince bir ter parlıyordu. Bir miğfer gibi kabartılmış, kızıl saçları güneş ışığında parladı – saçların inceldiği noktalarda, yer yer kafatasını görebiliyordum. Bir lahana kadar yuvarlak yüzüne gömülmüş küçük, mavi gözleri, porselen dişleri ve sosise benzeyen, kısa parmakları vardı. Göğsünden sarkan Allah'ın altın zinciri, kat kat gerdanına gömülmüştü. "Ben, Cemile. Süreyya canın annesi."

"*Selam,* Hala can," dedim; beni tanıyan, benimse kim olduğunu kesinlikle çıkartamadığım Afganların yanında hep yaptığım gibi, ansızın çekingenleşerek.

"Baban nasıl?"

"Çok iyi, teşekkür ederim."

"Büyükbaban var ya, Gazi Efendi, yargıç olan. İşte, onun dayısıyla benim büyükbabam kuzendi," dedi. "Gördüğün gibi, akrabayız." Yapılmış dişlerini göstererek gülümsedi; ağzının sağ yanının hafifçe sarktığını fark ettim. Gözleri bir kez daha, bir Süreyya'yı bir beni taradı.

Baba'ya bir keresinde, General Taheri'nin kızının neden hâlâ evlenmediğini sormuştum. Talibi çıkmıyor, dedi Baba. Uygun bir talip yani, diye düzeltti. Başka da bir şey söylemedi – aslı astarı olmayan, ölümcül söylentilerin genç bir kadının kısmetini nasıl kapayıverdiğini iyi bilirdi. Afgan erkekleri, özellikle de saygın ailelerden gelenler, maymun iştahlı yaratıklardı. Üstelik çok da ürkektiler: En küçük bir fısıltı, şöyle bir dokundurma, onları ürkmüş kuşlar gibi kaçırmaya yeterdi. Dolayısıyla, düğünler birbirini izlemiş ama kimse çıkıp da Süreyya'ya *aheste boro* söylememişti; avuçlarına kına süren, duvağının üstünde Kuran tutan olmamıştı; düğünlerde onunla dans eden tek erkek, General Taheri'ydi.

Ve şimdi bu kadın, bu anne, yürek burkan hevesi, çarpık tebessümü ve gözlerinde gizleyemediği umutlarla, karşımdaydı. Yalnızca cinsiyetimi belirleyen genetik piyango sayesinde kazandığım güç, beni bile az çok ürküttü.

Generalin aklından geçenleri kesinlikle okuyamazdım, ama karısı hakkında şu kadarını anlamıştım: Bu konuda -artık bu, her neyse- bana karşı çıkan biri olacaksa bile, o kişi, bu kadın olmayacaktı.

"Otursana, Emir can," dedi. "Süreyya, bir iskemle getir, *baçem*. Şu şeftalilerden birini yıka. Meyveler öyle tatlı, öyle taze ki."

"Ah, teşekkür ederim," dedim. "Ama artık gitmeliyim. Babam bekliyor."

"Ya?" dedi Taheri *Hanım*; gerekeni yapıp davetini geri çevirdiğime memnun olduğunu gizlemeden. "O zaman, hiç olmazsa şunları al." Bir kesekâğıdına bir avuç kiviyle birkaç şeftali koydu, ısrarla elime tutuşturdu. "Babana *selam* söyle. Bizi görmeye yine gel."

"Gelirim. Teşekkür ederim, Hala can." Gözümün ucuyla, Süreyya'nın başka tarafa baktığını görebiliyordum.

"Coca-Cola almaya gittiğini sanıyordum," dedi Baba, kesekâğıdını alırken. Yüzünde yine o hem ciddi hem şakacı anlam vardı. Ben bir şeyler uydurmaya hazırlanırken, o şeftalisini ısırdı, elini salladı. "Hiç zahmet etme, Emir. Yalnızca söylediklerimi anımsa, yeter."

O gece yatakta, Süreyya'nın gözlerinde oynaşan güneş ışığı beneklerini, köprücük kemiğinin üstündeki zarif, kırılgan çukurları düşündüm. Sohbetimizi beynimde tekrar tekrar başa sardım. *Yazıyormuşsun* mu demişti, yoksa *yazarmışsın* mı? Hangisiydi? Örtünün altında dönüp durdum, tavana baktım; onu yeniden görünceye kadar katlanmam gereken altı yorucu, bitimsiz *yelda*'yı düşündükçe canım sıkıldı.

Birkaç hafta şöyle geçti: Generalin gezintiye çıkmasını bekliyor, sonra Taherilerin tezgâhının önünden geçiyordum. Taheri Hanım oradaysa, bana çayla *kolça* ikram ediyor, Kâbil'deki eski günlerden, tanıdığımız kişilerden, romatizmasından konuşuyorduk. Ortaya çıkışımın mutlaka kocasının yokluğuna denk geldiği gözünden kaçmamıştı kuşkusuz, ama hiç belli etmedi. "Ah, Kaka'nı kıl payı kaçırdın," derdi. Aslında, Taheri Hanım'ı orada bulmaktan hoşnuttum, bunun tek nedeni cana yakınlığı da değildi; onun yanındayken Süreyya çok daha rahat, çok daha konuşkandı. Annesinin varlığı, aramızda olup biteni meşrulaştırıyordu sanki – yine de, generalin varlığı kadar değil, elbette. Taheri Hanım'ın refakatçiliği, sohbetimizi dedikodudan bütünüyle kurtarmasa bile, dedikodu değerini azaltıyordu. Öte yandan kadının, bana neredeyse yaltaklanmayı andıran davranış biçiminin Süreyya'yı utandırdığı açıkça ortadaydı.

Bir gün, Süreyya'yla ikimiz satış pavyonunda yalnızdık, konuşuyorduk. Bana okulunu, Fremont'taki Ohlone Koleji'ndeki derslerini anlatıyordu.

"Hangi dalı seçeceksin?"

"Öğretmen olmak istiyorum," dedi.

"Gerçekten mi? Neden?"

"Hep istemişimdir. Virginia'da yaşarken, yardımcı eğitmen belgesi aldım, şimdi bir kütüphanede haftada bir akşam ders veriyorum. Annem de öğretmendi; Kâbil'deki Zargona Kız Lisesi'nde Farsça ve tarih öğretmeniydi."

Üzerinde geyik boynuzları bulunan bir şapka takmış, şiş göbekli bir adam, beş dolarlık bir şamdana üç dolar önerdi, Süreyya kabul etti. Parayı ayağının dibindeki küçük şeker kutusuna attı. Çekingen gözlerle bana baktı. "Sana bir öykü anlatmak istiyorum," dedi. "Ama biraz utanıyorum."

"Anlatsana."

"Saçma bir şey."

"Lütfen anlat."

Güldü. "Ben Kâbil'de, dördüncü sınıftayken, babam ev işlerine yardım etmesi için Ziba adında bir kadın tuttu. İran'da, Meşat'ta bir kız kardeşi vardı; Ziba okuma yazma bilmediği için arada bir, kız kardeşine mektup yazmamı isterdi. Kardeşinden gelen mektupları da bana okuturdu. Bir gün, okuma yazma öğrenmek ister misin, diye sordum. Göz kenarlarını kırıştıran o koca gülümsemesiyle bana baktı, çok isterim, dedi. Böylece çalışmaya başladık; ben ödevlerimi bitirince mutfak masasına oturur ona *Alfabe*'yi öğretirdim. Bazen, defterlerden başımı kaldırınca, Ziba'nın düdüklü tenceredeki eti karıştırdıktan sonra, elinde bir kurşunkalem, masanın başına geçtiğini, ona bir gün önce verdiğim ödevi yaptığını görürdüm.

"Her neyse, bir yıla kalmadan, Ziba çocuk kitaplarını okumayı söktü. Bahçede otururduk, bana Dara ile Sara'nın masallarını okurdu – tane tane ama hatasızca. Bana *Muallim* Süreyya demeye başlamıştı – Süreyya Öğretmen." Hafifçe güldü. "Çocukça olduğunu biliyorum, ama Ziba'nın kendi mektubunu ilk yazdığı gün anladım: İstediğim tek şey öğretmen olmaktı. Onunla öyle gururlanıyordum ki; aynı zamanda da gerçekten değerli bir şey yaptığımı hissediyordum. Anlıyor musun?"

"Evet," diye attım. Okuryazarlığımı Hasan'la alay etmek için kullanışımı düşündüm. Bilmediği bir sözcükle karşılaştığında, onu nasıl işlettiğimi.

"Babam hukuk okumamı istiyor, ama ben öğretmen olacağım. Varsın parası iyi olmasın; tek isteğim bu."

"Annem de öğretmenmiş," dedim.

"Biliyorum. Annem anlattı." Sonra, ağzından kaçan şeyden yüzü kıpkırmızı kesildi; ben yokken aralarında bir 'Emir sohbeti' geçtiği ortaya çıkmıştı. Sırıtmamak için kendimi epeyce zorlamam gerekti.

"Sana bir şey getirdim." Arka cebimdeki, zımbalanmış kâğıt destesini çıkardım. "Söz verdiğim gibi." Kısa öykülerimden birini ona uzattım.

"Ah, unutmadın demek," dedi, yüzü ışıl ışıl. "Teşekkür ederim!" Bana ilk kez, şu resmi "*şoma*" ile değil de, sen anlamına gelen "*tu*" ile hitap ettiğini ayrımsamama kalmadan, yüzündeki gülümseme uçup gitti. Yüzü bembeyaz kesildi, gözleri arkamdaki bir şeye dikildi. Arkama döndüm. Ve General Taheri'yle burun buruna geldim.

"Emir can. Hırslı masalcımız. Bu ne zevk," dedi adam, cılız bir gülümsemeyle.

"*Selam,* General Efendi," dedim, ağırlaşan dudaklarımın arasından.

Yanımdan geçti, tezgâha doğru ilerledi. "Nefis bir gün, değil mi?" Başparmağını yeleğinin cebine sokmuştu, öteki elini Süreyya'ya doğru uzattı. O da kâğıt destesini babasına verdi.

"Bu hafta yağmur yağacak diyorlar. İnanması zor, değil mi?" Kâğıt rulosunu çöp kutusuna attı. Bana döndü, elini tatlılıkla omzuma koydu. Birlikte birkaç adım attık.

"Biliyorsun, *baçem,* senden gerçekten hoşlandım. Sen efendi bir çocuksun, buna içtenlikle inanıyorum, ama..." İçini çekti, bir elini salladı. "Efendi çocukların bile bazen öğüde ihtiyacı olur. Dolayısıyla, sana bu pazardakilerden hiçbir farkın olmadığını anımsatmak, benim görevim." Sustu. Anlamdan yoksun gözleri, gözlerime çivilendi. "Gördüğün gibi, buradaki *herkes* bir masalcı." Gülümsedi, kusursuz dişlerini sergiledi. "Babana saygılarımı ilet, Emir can."

Elini çekti. Bir kez daha gülümsedi.

"Neyin var?" diye sordu Baba. Yaşlıca bir kadına sattığı sallanan, tahta atın parasını almaktaydı.

"Bir şey yok," dedim. Eski bir televizyonun üzerine oturdum. Sonra da anlattım.

İç geçirdi: "Ah, Emir."

Ama olayın üzerinde öyle aman aman duracak vaktim olmadı.

Çünkü birkaç gün sonra, Baba hastalandı.

* * *

Önce, kuru bir öksürük ve nezleyle başladı. Nezleyi atlattı, ama öksürük sürdü. Mendile uzun uzun öksürüyor, mendili cebine sokuyordu. Doktora görünmesi için başının etini yedim, ama ısrarlarımı eliyle savuşturdu. Doktordan da hastaneden de nefret ederdi. Bildiğim kadarıyla Baba bir tek, Hindistan'da sıtmaya yakalandığı zaman doktora gitmişti.

Sonra, iki hafta sonra, onu tuvalete kanlı bir balgam tükürürken yakaladım.

"Ne zamandır sürüyor bu?" diye sordum.

"Akşam yemeğinde ne var?" dedi.

"Seni doktora götürüyorum!"

Baba benzincide müdür olmasına karşın, patronu ona sağlık sigortası yaptırmamış, Baba da her zamanki kayıtsızlığıyla üzerinde durmamıştı. Böylece onu San Jose'deki ilçe hastanesine götürdüm. Bizi kabul eden soluk tenli, şiş gözlü doktor, ihtisasının ikinci yılında olduğunu söyledi. "Senden daha genç, benden daha hasta görünüyor," diye homurdandı Baba. Genç doktor bizi aşağıya, göğüs röntgenine gönderdi. Hemşire bizi yeniden içeriye aldığında, doktor bir formu doldurmaktaydı.

"Bunu kayıt masasına götürün," dedi, aceleyle karalarken.

"Nedir o?" diye sordum.

"Havale kâğıdı." Hâlâ hızlı hızlı çiziktiriyordu.

"Ne için?"

"Akciğer kliniğine."

"Neden?"

Bana şöyle bir baktı. Gözlüğünü alnına itti. Yeniden çiziktirmeye koyuldu. "Sağ ciğerinde bir leke var. Kontrol etmelerini istiyorum."

"Leke mi?" Oda ansızın küçüldü.

"Kanser mi?" dedi Baba, gelişigüzel bir tavırla.

"Olabilir. Sonuçta, kuşku uyandırıyor elbette," diye geveledi doktor.

"Daha fazlasını söyleyemez misiniz?" dedim.

"Şimdilik, hayır. Önce bir CAT tarama gerekiyor, sonra da akciğer uzmanını görmelisiniz." Havale belgesini bana uzattı. "Babanızın sigara içtiğini söylemiştiniz, değil mi?"

"Evet."

Başını salladı. Baba'ya, sonra yine bana baktı. "Sizi iki hafta içinde çağırırlar."

İçimden, bu 'kuşku' sözcüğüyle iki koca hafta nasıl yaşayacağımı sormak geldi. Yiyip içmeyi, çalışmayı, ders çalışmayı nasıl becerecektim? Beni bu sözcükle nasıl eve yollardı?

Belgeyi aldım, cebime soktum. O gece Baba'nın uyumasını bekledim, sonra bir battaniyeyi ikiye katladım. Seccade olarak kullandım. Başımı yere eğdim, Kuran'dan yarım yamalak anımsadığım duaları (Kâbil'de mollanın bize ezberlettiği sureleri) okudum; kısacası, varlığından hiç de emin olmadığım Tanrı'dan yardım diledim. Şu anda mollayı, imanını ve Tanrı'ya duyduğu mutlak güveni fena halde kıskanıyordum.

Aradan iki hafta geçti, arayan olmadı. Ben arayınca da, havale kağıdını kaybettiklerini söylediler. Teslim ettiğimden emin miydim? Üç hafta sonra yeniden arayacaklardı. Kıyameti koparttım; sıkı bir pazarlığın ardından CAT taramayı üç haftadan bire, doktor randevusunu da iki haftaya indirdim.

Akciğer uzmanı Doktor Schneider'le görüşme gayet iyi gidiyordu ki, Baba ona nereli olduğunu sordu. Adam Rusya, dedi. Baba kendini kaybetti.

"Özür dileriz, Doktor," dedim, Baba'yı bir kenara çekerek. Doktor Schneider gülümsedi, geri çekildi; stetoskobu hâlâ elindeydi.

"Baba, bekleme odasında Doktor Schneider'in biyografisini okudum. Michigan'da doğmuş. Michigan! O bir Amerikalı; seninle benim asla olamayacağımız kadar Amerikalı."

Baba yüzünü açık-saçık bir şey söyler gibi buruşturdu: "Nerede doğduğu umurumda bile değil; o bir *Roussi*. Ana-babası, ataları *Roussi*'ydi. Annenin üzerine yemin ederim ki, bana dokunmaya kalkıştığı an, kolunu kırarım."

"Doktor Schneider'in ana-babası *Şoravi*'den kaçmış, anlamıyor musun? Kaçmışlar!"

Ama Baba beni duymuyordu bile. Bazen, merhum karısı kadar çok sevdiği tek şeyin Afganistan, merhum vatanı olduğunu düşünüyorum. Öfkeden az kaldı çığlık atıyordum. Onun yerine derin bir soluk aldım, doktora döndüm: "Özür dilerim, Doktor. Bu iş yürümeyecek."

Bir sonraki akciğer uzmanı, Doktor Amani İranlıydı; Baba onayladı. Sarkık bıyıklı, gür, kır saçlı, yumuşak sesli doktor tarama sonuçlarını aldığını ve 'bronşoskopi' denen bir işlem uygulayacağını söyledi: Ciğerdeki kütleden alacağı bir parçayı tahlil için patolojiye gönderecekti. Bir sonraki haftaya gün verdi. Ona teşekkür ettim, Baba'yı muayenehaneden çıkardım; şimdi bu yeni 'kütle' sözcüğüyle, 'kuşku'dan kat kat uğursuz bir tınısı olan sözcükle bütün bir haftayı nasıl geçireceğimi düşündüm. Keşke Süreyya yanımda olsaydı.

Zamanla, kanserin pek çok adı olduğunu öğrendik – tıpkı şeytan gibi. Baba'nınkine 'Orak Hücre Kanseri' deniyordu. İlerlemiş. Ameliyat edilemez. Baba, Doktor Amani'den hiç olmazsa bir yorumda bulunmasını istedi. Adam dudaklarını ısırdı, 'vahim' sözcüğünü kullandı. "Kemoterapi uygulanabilir, elbette," dedi. "Ama yalnızca hafifletici olur."

"Ne demek bu?" diye sordu Baba.

Doktor iç geçirdi. "Sonucu değiştirmez, yalnızca uzatır, demek."

"Bu dürüst yanıt için teşekkür ederim, Doktor Amani," dedi Baba. "Kemo filan istemiyorum." Yüzünde, yemek kuponlarını Bayan Dobbins'in masasına bırakırkenki kararlılığın aynısı vardı.

"Ama Baba..."

"Sakın bana insanların yanında karşı çıkma, Emir. Asla. Kim olduğunu sanıyorsun sen?"

General Taheri'nin bitpazarında değindiği yağmur, birkaç hafta gecikmeyle de olsa, sonunda bastırmıştı; biz Doktor Amani'nin muayenehanesinden çıkarken, yoldan geçen arabalar kaldırımlara pis su sıçratmaktaydı. Baba bir sigara yaktı. Yol boyunca sigara içti.

O anahtarını apartmanın kapısına sokarken, "Keşke kemoyu bir deneseydin, Baba," dedim.

Baba anahtarı cebine soktu, beni yağmurdan kurtarmak için, binanın çizgili tentesinin altına çekti. Sigarayı tutan elini göğsüme dayadı. "*Bas!* Ben kararımı verdim."

"Peki ya ben, Baba? Ben ne yapacağım?" Gözlerim doldu.

Yağmurdan ıslanmış yüzünü bir tiksinti yaladı. Çocukken düştüğüm, dizlerimi paralayıp ağladığım zaman yüzünü kaplayan anlamın aynısıydı. Bu ifadenin nedeni, ağlamamdı; şimdi de öyle. "Yirmi iki yaşındasın, Emir! Koca adam oldun! Sen..." Ağzını açtı, kapadı, bir daha açtı. Söyleyeceklerini kafasında evirip çeviriyordu. Tepemizde, yağmur damlaları çadır bezinden yapılma tenteyi dövüyordu. "Sana ne olacağını soruyorsun, öyle mi? Bunca yıldır bütün çabamın, sana öğretmeye çalıştığım her şeyin tek amacı, seni bu soruyu asla sormayacak biri yapmaktı!"

Kapıyı açtı. Sırtını bana döndü. "Bir şey daha var. Bunu kimse öğrenmeyecek, anlaşıldı mı? Hiç kimse. Bana acımalarını istemiyorum." Sonra, loş hole girdi. O günü televizyonun karşısında, sigaranın birini söndürüp ötekini yakarak geçirdi. Neye ya da kime meydan okuduğunu bilemiyordum. Bana? Doktor Amani'ye? Yoksa hiç inanmadığı Tanrı'ya mı?

Bir süre, kanser bile Baba'yı bitpazarından uzaklaştıramadı. Cumartesileri garaj satışlarını dolaşıyor -Baba sürücü, ben kılavuz- pazar günleri de sergi tezgâhımızı kuruyorduk. Pirinç lambalar. Beysbol eldivenleri. Fermuarı bozuk kayak anorakları. Baba eski ülkeden tanıdıklarını selamlıyor, ben müşterilerle bir-iki dolar için çekişiyordum. Çok fark edermiş gibi. Tezgâhı her kapatışta, yetim kalacağım güne bir adım daha yaklaşmıyormuşum gibi.

Bazen, General Taheri'yle karısı bizi görmeye gelirdi. Diplomatlığı bir an elden bırakmayan general bana gülümser, tokalaşırken iki elini birden kullanırdı. Ama Hanım'ın sessizliği yeniydi. Zaman zaman, o gizli, hafif çarpık tebessümlerin ve generalin bakmadığı anlarda bana fırlattığı sinsi, af dileyen bakışların bozduğu bir suskunluktu bu.

O günleri, pek çok 'ilkin' yaşandığı dönem olarak anımsıyorum: Baba'nın banyoda inlediğini ilk duyuşum. Yastığında ilk kez kan buluşum. Baba üç yıldır çalıştığı benzin istasyonuna, hastalık nedeniyle bir gün olsun gitmemezlik etmemişti: bir ilk daha.

O yılki Cadılar Bayramı'nda, cumartesi öğle vakti Baba öylesine bitkin düşmüştü ki, ben inip ıvır zıvır için pazarlık ederken, o direksiyonda bekledi. Şükran Günü'nde, daha öğle olmadan tükendi. Ön çimenliklerde Noel Baba kızakları belirip çam ağaçlarını yapay karlar kapladığında, Baba evde kaldı, ben otobüsü tek başıma yarımadanın orasına burasına sürdüm.

Bazen, bitpazarındaki Afgan tanıdıklar Baba'nın çok kilo verdiğinden dem vururdu. Başlarda, övgü olarak. Hangi diyeti uyguladığını soranlar bile çıktı. Ama kilo kaybı bir türlü durmayınca, övgüler de sorular da kesildi. Baba zayıflamayı sürdürdü. Ve sürdürdü. Yanakları çöktü. Şakakları eridi. Gözleri yuvalarına çekildi.

Yılbaşından hemen sonra, serin bir pazar günü Baba tıknaz bir Filipinli'ye bir abajur satmaya çalışıyor, bense otobüste onun dizlerine örtecek bir battaniye arıyordum.

"Hey, ahbap, bu adamın yardıma ihtiyacı var!" dedi Filipinli, korkuyla. Döndüm ve Baba'yı yerde buldum. Kolları, bacakları seğiriyordu.

"*Komak!*" diye haykırdım. "Yardım edin!" Baba'ya koştum. Ağzından köpük geliyor, köpüklü salyalar sakalını ıslatıyordu. Devrik gözlerinin yalnızca akı görünüyordu.

İnsanlar bize doğru seğirtti. Birinin 'nöbet geçiriyor' diye bağırdığını duydum. Bir başkası haykırıyordu: "911'i arayın!" Koşan ayak sesleri duydum. Kalabalık çevremizi sararken, gökyüzü karardı.

Baba'nın tükürüğü kırmızıya döndü. Dilini ısırmıştı. Yanına diz çöktüm, kollarına yapıştım, defalarca yineledim: "Buradayım, Baba, yanındayım, iyileşeceksin, bak, yanındayım." Böylece kasılmalara, sarsılmalara son verebilirmişim gibi. Baba'yı rahat bırakmaları için onları kandırmaya çalışır gibi. Dizlerimin ıslandığını hissettim. Baba'nın mesanesinin boşaldığını gördüm. Şişşt, Baba can, buradayım. Oğlun yanında.

Ak sakallı, dazlak doktor beni odadan dışarıya çekti. "Babanın CAT sonuçlarını birlikte, bir kez daha gözden geçirelim," dedi. Filmleri koridordaki ışıklı kutuya taktı, kurşunkaleminin silgisiyle Baba'nın kanser resimlerine dokundu; kurbanın ailesine katilin karakolda çekilen fotoğraflarını gösterir gibi. Baba'nın beyni bu resimlerde iri bir cevizin kesitine benziyordu; tenis topu biçiminde, gri lekelerle delik deşik.

"Gördüğünüz gibi, kanser sıçramış," dedi. "Beyindeki şişmeyi yavaşlatmak için steroit kullanmalı, nöbeti engelleyen ilaçlar da. Ayrıca, hafifletici radyasyon da öneririm. Bunun anlamını biliyor musun?"

Evet, dedim. Kanser söyleminde uzman olup çıkmıştım.

"Pekâlâ," dedi. Çağrı cihazını kontrol etti. "Gitmeliyim, ama bir şey sormak istediğinde bana ulaşabilirsin."

"Teşekkür ederim."

Geceyi Baba'nın başucunda, bir iskemlede geçirdim.

Ertesi sabah, koridorun sonundaki bekleme odası Afganlarla dolmuştu. Newarklı kasap. Baba'nın yetimhanesinde çalışmış olan bir mühendis. Odaya doluştular, Baba'ya alçak sesle saygılarını sundular. Geçmiş olsun, dediler. Baba uyanıktı; sersemlemiş ve bitkin ama uyanık.

Öğleye doğru, General Taheri'yle karısı geldi. Süreyya arkalarındaydı. Bakıştık, aynı anda gözlerimizi kaçırdık. "Nasılsın, dostum?" dedi General Taheri, babamın elini tutarak.

Baba, kolundan sarkan serum kordonunu gösterdi. Cılız cılız gülümsedi. General de ona.

Baba, "Keşke zahmet etmeseydiniz," dedi, çatallaşmış bir sesle.

"Ne zahmeti," dedi Taheri Hanım.

General atıldı: "Zahmet ne demek? En önemlisi, bir şeye ihtiyacın var mı? Herhangi bir şey? Lütfen çekinme; beni kardeşin say."

Baba'nın bir keresinde Peştunlar için söylediği bir şeyi anımsadım. *Kalın kafalı ve aşırı mağrur insanlar olduğumuzun farkındayım, ama ihtiyaç anında, yanında görmek istediğin tek kişi, bir Peştun'dur.*

Baba yastığın üzerindeki başını salladı. "Buraya gelmen bile gözlerimi açmaya yetti." General gülümsedi, Baba'nın elini sıvazladı.

"Sen nasılsın, Emir can? Bir ihtiyacın var mı?"

Bana bakış biçimi, gözlerindeki sıcaklık... "Hayır, sağ olun, General Efendi. Ben..." Boğazıma bir yumru tıkandı, gözlerim yaşardı. Odadan kaçarcasına çıktım.

Koridorda, bir gece önce katilin yüzünü gördüğüm ışıklı kutunun yanında durup ağladım.

Baba'nın kapısı açıldı, Süreyya dışarıya çıktı. Yanıma gelip durdu. Gri bir bluzla kot pantolon giymişti. Saçları açıktı. Kollarına sığınmak istedim.

"Çok üzgünüm, Emir," dedi. "Hepimiz bir terslik olduğunun farkındaydık, ama bu hiç aklımıza gelmemişti."

Gömleğimin yeniyle gözlerimi sildim. "Kimsenin bilmesini istemedi."

"Bir şeye ihtiyacın var mı?"

"Hayır." Gülümsemeye çalıştım. Elini elimin üzerine koydu. İlk temasımız. Elini tuttum. Yüzüme götürdüm. Gözlerime. Sonra, bıraktım. "İçeriye girsen iyi olur. Yoksa baban peşime düşer."

Gülümsedi, başıyla doğruladı. "Haklısın." Arkasını döndü.

"Süreyya?"

"Evet?"

"Gelmene sevindim. Benim için... öyle anlamlı ki."

Baba'yı iki gün sonra taburcu ettiler. Onu radyasyon tedavisine razı etmek için, 'radyoloji uzmanı' dedikleri birini getirdiler. Baba kabul etmedi. Onu ikna etmem için beni ikna etmeyi denediler. Ama ben Baba'nın yüzündeki anlamı görmüştüm. Onlara teşekkür ettim, formları imzaladım ve Ford Torinomla Baba'yı eve götürdüm.

O gece, Baba üzerine yün bir battaniye alıp divana uzandı. Ona sıcak çayla kavrulmuş badem götürdüm. Kolumu sırtına doladım, onu kolayca kaldırdım. Kürekkemiği parmaklarımın altında bir kuş kanadı gibiydi. Battaniyeyi göğsüne çektim; kaburgalar o ince, sarkık deriyi geriyordu.

"Bir arzun var mı, Baba?"

"Yok, *baçem*. Sağ ol."

Yanına oturdum. "O zaman ben senden bir şey isteyeceğim. Çok yorgun değilsen, elbette."

"Nedir?"

"Senden *khastegari* gitmeni istiyorum. General Taheri'nin kızını istemeni."

Baba'nın kuru dudakları bir gülümsemeyle kıvrıldı. Solmuş bir yapraktaki, yeşil bir benek. "Emin misin?"

"Bugüne kadar hiçbir şeyden bu kadar emin olmadım."

"İyice düşündün mü?"

"*Balay,* Baba."

"Öyleyse ver şu telefonu bana. Bir de küçük defterimi."

Afalladım. "Şimdi mi?"

"Ne zaman, peki?"

Gülümsedim. "Peki." Ona telefonu verdim, sonra da, Baba'nın Afgan dostlarının numaralarını kaydettiği, küçük, siyah not defterini. Taherileri buldu. Numarayı çevirdi. Almacı kulağına götürdü. Yüreğim göğsümde taklalar atıyordu.

"Cemile can? *Selamın aleyküm,"* dedi. Kendini tanıttı. Bekledi. "Daha iyiyim, sağ ol. Gelmeniz öyle büyük bir incelikti ki." Bir süre dinledi. Başını salladı. "Unutmam, teşekkür ederim. General Efendi evde mi?" Duraklama. "Teşekkür ederim."

Bana çevrilen gözleri ışıl ışıldı. Nedense içimden gülmek geldi. Ya da çığlık atmak. Elimin ayasını ağzıma bastırdım, hafifçe ısırdım. Baba usulca kıkırdadı.

"General Efendi, *selamın aleyküm*... Evet, çok daha iyiyim... *Balay*... Çok naziksin, General Efendi. Yarın sabah sizi ve Taheri Hanım'ı ziyarete gelmek istiyordum. Hayırlı bir iş için... Evet... On bir mi; çok güzel. Hoşça kalın. *Khoda hafez."*

Telefonu kapadı. Bakıştık. Kıkır kıkır gülmeye başladım. Baba da öyle.

Baba saçlarını ıslattı, geriye doğru taradı. Temiz, beyaz bir gömlek giymesine yardım ettim, kravatını bağladım; boynuyla yaka arasındaki altı santimlik boşluk gözümden kaçmamıştı. Baba'nın gittiği zaman ardında bırakacağı bütün o boşlukları düşündüm, başka şeyler düşünmek için kendimi zorladım. Gitmemişti ki. Henüz değil. Üstelik bu, güzel şeyler düşünülmesi gereken bir gündü. Mezuniyetime giydiği, kahverengi takım elbisesinin ceketi fena halde bollaşmıştı – daha doğrusu, Baba onu dolduramayacak kadar erimişti. Kolları kıvırmam gerekti. Çömeldim, ayakkabısının bağcıklarını bağladım.

Taheriler, Fremont'un geniş bir Afgan nüfus barındıran bir semtinde, düz, tek katlı bir evde oturuyorlardı. Geniş pencereleri, eğimli bir çatısı, sardunya saksılarıyla süslü, üstü kapalı bir sundurması vardı. Generalin gri minibüsü araba yolundaydı.

Baba'nın Ford'dan inmesine yardım ettim, yeniden direksiyona geçtim. Yolcu camından içeriye eğildi. "Evden ayrılma, bir saat sonra ararım."

"Peki, Baba," dedim. "İyi şanslar."

Gülümsedi.

Uzaklaştım. Dikiz aynasından bakınca, Baba'nın son babalık görevini yerine getirmek üzere, Taherilerin araba yolunu topallayarak çıktığını gördüm.

Baba'nın aramasını beklerken, oturma odamızı arşınladım. Uzunluk on beş adım. Genişlik on buçuk adım. Ya general hayır derse? Ya benden nefret ediyorsa? İkide bir mutfağa gidiyor, saate bakıyordum. Telefon saat tam on ikide çaldı. Baba'ydı.

"Evet?"

"General kabul etti."

Soluğumu bırakıverdim. Oturdum. Ellerim titriyordu. "Ya?"

"Evet, ama Süreyya can yukarıda, odasında. Seninle konuşmak istiyor."

"Peki."

Baba birine bir şey söyledi, bir çıtırtının ardından, telefonu kapadı.

"Emir?" Süreyya'nın sesi.

"*Selam.*"

"Babam olur dedi."

"Biliyorum," dedim. Almacı öteki elime geçirdim. Sırıtıyordum. "Öyle mutluyum ki, ne diyeceğimi bilemiyorum."

"Ben de mutluyum, Emir. Ben... olanlara inanamıyorum."

Güldüm. "Biliyorum."

"Dinle," dedi. "Sana bir şey söylemek istiyorum. Şimdiden bilmen gereken bir şey..."

"Ne olduğu umurumda bile değil."

"Bilmen gerek. Aramızda sır olmamalı. Ayrıca, benden duymanı yeğlerim."

"Kendini iyi hissetmeni sağlayacaksa, söyle tabii. Ama hiçbir şeyi değiştirmeyecek."

Karşı uçta uzun bir sessizlik oldu. "Virginia'da yaşarken, bir Afgan erkeğiyle kaçtım. O sırada on sekiz yaşındaydım... isyankârın... budalanın tekiydim... o uyuşturucu kullanıyordu... Bir ay kadar birlikte yaşadık. Virginia'daki bütün Afganların diline düşmüştük.

"Sonunda, *Peder* bizi buldu. Kapıya dikildi ve... beni eve dönmeye zorladı. Deli gibiydim. Bağırıyor, çağırıyor, ondan nefret ettiğimi haykırıyordum...

"Her neyse, sonuçta eve döndüm ve..." Ağlamaya başladı. "Özür dilerim." Almacı bıraktığını duydum. Burnunu temizledi. "Kusura bakma," dedi, boğuk bir sesle. "Eve dönünce, annemin felç geçirdiğini öğrendim; yüzünün sağ yanına inme inmişti. Ben... öyle büyük bir suçluluk duydum ki. Bunu hak etmemişti.

"Kısa bir süre sonra, *Peder* California'ya taşınmamıza karar verdi." Sessizlik.

"Şimdi babanla aranız nasıl?" diye sordum.

"Her zaman uyuşmazlıklarımız vardı, hâlâ da var, ama o gün gelip beni aldığı için ona minnettarım. O benim hayatımı kurtardı." Durakladı. "Evet, anlattıklarım seni rahatsız etti mi?"

"Biraz," dedim. Ona bir gerçek borçluydum. Ona yalan söyleyemezdim; ben henüz tek bir kadınla bile yatmamışken, onun bir erkekle birlikte olduğunu öğrenmenin *iftikhar*'ımı incittiğini saklayamazdım. Beni az da olsa rahatsız etmişti, ama Baba'dan *khastegari* gitmesini istemeden önceki haftalarda, bu konuyu kafamda yeterince kurcalamıştım. Ve sonuçta şu soruya varmıştım: Bir insanı geçmişinden dolayı eleştirmek *bana* mı düşmüştü?

"Fikrini değiştirtecek kadar mı?"

"Hayır, Süreyya. Kesinlikle değil. Söylediklerin hiçbir şeyi değiştirmez. Evlenmemizi istiyorum."

Yeniden ağlamaya başladı.

Ona imreniyordum. Onun sırrı açığa çıkmıştı. Dile dökülmüştü. Üstesinden gelinmiş, icabına bakılmıştı. Ağzımı açtım, az kaldı ona her şeyi anlatıyordum: Hasan'a nasıl ihanet ettiğimi, yalan söylediğimi, onu evden kovdurduğumu, Baba'yla Ali'nin kırk yıllık ilişkisini tuz buz ettiğimi. Ama anlatamadım. Süreyya Taheri'nin yüzlerce bakımdan, benden kat kat üstün biri olduğunun farkındaydım. Cesaret, bunlardan yalnızca biriydi.

ON ÜÇ

Ertesi akşam *laf* (yani söz kesmek) için Taherilerin evine gittiğimizde, arabayı sokağın karşısına bırakmak zorunda kaldım. Arabalar evin önünü çoktan doldurmuştu. Sırtımda dün, Baba'yı *khastegari*'den alıp eve götürdükten sonra satın aldığım lacivert takım elbise vardı. Dikiz aynasında kravatımı kontrol ettim.

"*Hoşteep* görünüyorsun," dedi Baba. Yakışıklı.

"Sağ ol, Baba. İyi misin? Dayanabilecek misin?"

"Dayanmak mı? Bu benim yaşamımın en mutlu günü, Emir." Yorgun yorgun gülümsedi.

İçeriden kulağıma konuşmalar geliyordu; gülüşmeler, hafif bir Afgan müziği – Sarahang Üstat'tan bir *gazel*'di galiba. Zili çaldım. Kapıdaki gözetleme penceresindeki perde çekildi, bir yüz dışarıya baktı, sonra görünmez oldu. Bir kadın sesi duyuldu: "Geldiler!" Konuşmalar kesildi. Biri müziği kapadı.

Kapıyı Taheri Hanım açtı. *"Selamın aleyküm,"* dedi; yüzü ışıl ışıldı. Saçlarına perma yaptırmış olduğunu fark ettim; ayak bileğine kadar uzanan, siyah, zarif bir elbise giymişti. Ben hole girince, gözleri buğulandı. "Daha kapıda ağlamaya başladım, Emir can," dedi. Baba'nın dün gece tembihlediği gibi eğildim, elini öptüm.

Bizi aydınlık bir koridordan geçirip oturma odasına soktu. Lambrili duvarlarda, yeni ailemin fotoğrafları asılıydı: Kabarık saçlı, genç Taheri Hanım'la general, arkada Niagara Şelalesi. Taheri Hanım, üzerinde bol bir elbise, yanında dar yakalı bir ceket giymiş, ince bir kravat bağlamış, gür, siyah saçlı general; tahta bir dönme dolaba binmeye hazırlanan, el sallayıp gülümseyen, diş teli güneşte parlayan Süreyya. Generali göz alıcı üniformasıyla, Ürdün Kralı Hüseyin'le el sıkışırken gösteren bir fotoğraf. Zahir Şah'ın bir portresi.

Salonda, duvarın dibine sıralanmış olan iskemlelere oturmuş iki düzine kadar konuk vardı. Baba girince herkes ayağa kalktı. Baba önde, ben arkada yavaşça salonu dolaştık, konuklarla tokalaştık. Generalle (yine gri takım elbise) Baba kucaklaştılar, birbirlerinin sırtına pat pat vurdular. Saygılı, alçak bir sesle birbirlerini selamladılar.

General beni bir kol boyu uzakta tutup bilgiç bilgiç gülümsedi: "İşte, bu iş böyle yapılır, *baçem*. Afgan usulü," dercesine. Birbirimizin yanağını üç kez öptük.

Kalabalık salonda yerimize oturduk; Baba'yla yan yana, generalle karısının karşısına. Baba'nın solukları biraz hırıltılıydı; mendiliyle sık sık alnını, kafasını kuruluyordu. Ona baktığımı gördü, yüzüne gergin bir tebessüm oturtmayı becerdi. Dudaklarını, 'ben iyiyim' dercesine oynattı.

Süreyya geleneklere uygun bir biçimde, ortada görünmüyordu.

Birkaç dakikalık hoş beşten sonra, general genzini temizledi. Salon sessizleşti, herkes gözlerini saygıyla kucağına dikti. General başını Baba'ya doğru salladı.

Baba da kendi genzini temizledi. Söze başladı; konuşurken sık sık durup soluklanması gerekiyordu. "General Efendi, Cemile Hanım can... Bugün oğlumla birlikte, evinize büyük bir alçakgönüllülükle geldik. Sizler seçkin ve saygın ailelerden... şerefli bir soydan gelen... onurlu, saygıdeğer insanlarsınız... İçim, evinizde bulunduğum şu an... size, soyadlarınıza ve atalarınızın hatırasına... sonsuz bir *ihtiram* ve... sınırsız bir saygıyla dolup taşmakta." Durdu. Birkaç derin soluk aldı. Alnını kuruladı. "Emir can benim tek oğlum... tek çocuğum... Bana çok iyi bir evlat oldu... Umarım nezaketinize layık olur. Emir canla ben... bizi onurlandırmanızı ve oğlumu... ailenize kabul etmenizi rica ediyoruz."

General başını kibarca salladı.

"Sizin gibi bir insanın oğlunu ailemize katmaktan büyük şeref duyarız," dedi. "Şanınız herkesin malumudur. Kâbil'de sizin aciz bir hayranınızdım, bugün de öyleyim. Ailemizin ailenizle birleşmesi, bizim için onurdur.

"Sana gelince, Emir can, seni evime hem bir evlat hem de gözümün *nur*'u olan kızımın kocası olarak kabul ediyorum. Acın acımız, sevincin sevincimiz olacak. Umarım, Cemile Hala'nla beni ikinci bir ana-baba sayarsın. Biricik Süreyya'mla sana mutluluklar dilerim. Hayır dualarımız sizinle."

Herkes alkışladı; bu işaret üzerine başlar koridora çevrildi. Beklediğim an gelmişti.

Süreyya koridorun ucunda göründü. Şarap renginde, geleneksel, uzun kollu ve sırma işli, göz kamaştırıcı bir Afgan elbisesi giymişti. Baba elimi tuttu, sıktı. Taheri Hanım bir kez daha gözyaşlarına boğuldu. Süreyya, arkasında bir dizi akraba genç kızla, bize doğru ağır ağır ilerledi.

Babamın elini öptü. Sonunda, yanıma oturdu, gözlerini yere dikti.

Alkışlar şiddetlendi.

Geleneğe göre, Süreyya'nın ailesinin bir nişan töreni, *şirini-hori* düzenlemesi gerekiyordu – 'Tatlı Yeme' töreni. Bunu, birkaç aylık bir nişanlılık dönemi izleyecekti. Sonra da sıra, masrafını babamın karşılayacağı düğüne gelecekti.

Şirini-hori fikir birliğiyle atlandı. Nedenini herkes biliyordu, dolayısıyla kimse sözcüklere dökmedi: Baba'nın öyle üçbeş ayı yoktu.

Evlilik hazırlıkları sürerken, Süreyya'yla bir kez olsun yalnız kalamadık – henüz evlenmediğimiz, hatta *şirini-hori* bile yapmadığımız için, uygunsuz karşılanırdı. Ben de, Baba'yla birlikte Taherilere gitmek, ailece akşam yemekleri yemekle yetindim. Sofrada Süreyya'nın karşısına oturmak. Başını göğsüme bastırıp saçlarını koklamanın nasıl bir şey olduğunu hayal etmek. Onu öpmek. Onunla sevişmek.

Baba *evrussi* (düğün töreni) için otuz beş bin dolar harcadı – biriktirdiği paranın neredeyse tamamını. Fremont'ta Afganlara ait büyük bir düğün salonu kiraladı; babayı Kâbil'den tanıyan patron, ona hatırı sayılır bir indirim yaptı. Baba bir örnek alyanslarımızın, *çila*'ların ve elimle seçtiğim pırlanta yüzüğün parasını ödedi. Bana bir smokinle *nikâh* için gereken, geleneksel yeşil takım elbiseyi aldı.

Düğün gecesi için yapılan ve -Tanrı'ya şükür- çoğunluğunu Taheri Hanım'la arkadaşlarının üstlendiği hazırlıklardan, bütün o koşuşturmadan yalnızca bir avuç, bölük pörçük anı anımsıyorum.

Nikâh'ımızı, örneğin. Bir masanın çevresine dizildik; Süreyya da ben de yeşil giymiştik; İslam'ın rengi, ama aynı zamanda da baharın, taze başlangıçların rengi. Süreyya'nın üzerinde uzun kollu bir elbise, yüzünde peçe vardı; masadaki tek kadın oydu. Baba, General Taheri (bu kez smokinli), Süreyya'nın amca ve dayıları masanın çevresindeki iskemlelere dizilmişlerdi. Süreyya'yla ikimiz, ciddi ve saygılı, yere bakıyor, arada bir çaktırmadan bakışıyorduk. Molla tanıklara alışıldık soruları sordu, Kuran okudu. Sırayla yemin ettik. Belgeleri imzaladık. Süreyya'nın dayısı, Virginia'dan gelen Şerif can ayağa kalktı, boğazını temizledi. Süreyya onun yirmi yıldan fazladır Amerika'da yaşadığını söylemişti. Göçmenlik Bürosu'nda çalışıyordu ve Amerikalı bir kadınla evliydi. Kuşa benzeyen bir yüzü, kabarık saçları olan bu ufak tefek adam aynı zamanda bir şairdi; bir otel kâğıdına, Süreyya için yazdığı uzun şiiri okudu. Bitirince, konuklar hayranlıklarını dile getirdi: "*Vay, vay,* Şerif can!"

Sonra, sırtımda smokin, yüzünü örten duvağı, bembeyaz gelinliğiyle bir *peri*'den farksız görünen Süreyya'yla birlikte, ellerimiz kilitlenmiş, sahneye doğru yürüyüşümüzü anımsıyorum. Baba ağır aksak yürüyüşüyle benim yanımda, generalle karısı da Süreyya'nın yanındaydı. Salonda, alkışlayan konuk denizini yararak, patlayan flaşlar yüzünden gözlerimizi kırpıştırarak ilerlerken, amcalar, dayılar, hala ve teyzeler, kuzenlerden oluşan bir geçit alayı bizi izliyordu. Süreyya'nın kuzenlerinden biri, Şerif canın oğlu, biz adım adım ilerlerken, başımızın üstüne bir Kuran tuttu. Hoparlörlerden düğün marşı *ahesta boro* yayıldı; Baba'yla Kâbil'den ayrıldığımız gece, Mahipar kontrol noktasındaki Rus askerin söylediği şarkı:

Sabahı kilitleyip anahtarını kuyuya at,
Usulca git, güzelim ayışığım, usulca git.
Sabah güneşine doğmayı unuttur,
Usulca git, güzelim ayışığım, usulca git.

Sahneye kurulmuş, bir tahta benzeyen divanda oturduğumu anımsıyorum; Süreyya'nın eli elimde, karşımızda bize çevrilmiş üç yüz küsur yüz. *Ayna meshef* yaptık; bize bir ayna verdiler, baş başa, birbirimizin yansılarına bakabilmemiz için de başımızın üstüne bir örtü örttüler. Süreyya'nın aynadaki gülümseyen yansısına bakarken, örtünün sağladığı o bir anlık mahremiyette, ilk kez fısıldadım: Seni seviyorum. Yanakları kıpkırmızı oldu – kına kadar kırmızı.

Tabaklar dolusu, rengârenk yiyecekler anımsıyorum; *çoban kebabı, şoleh-goşti* ve safranlı pilav. Baba divanda aramızda oturuyor, gülümsüyor. Terli erkekler halka olmuş, geleneksel *attan* dansı yapıyor; zıplıyor, eğiliyor, tabla'nın delice ritmine uyup hızlanıyor, daha da hızlanıyor, sonunda bitkin bir halde halkadan kopuyorlar. Keşke Rahim Han da burada olsaydı, dediğimi anımsıyorum.

Bir de, acaba Hasan da evlendi mi, diye merak ettiğimi. Eğer öyleyse, örtünün altındaki aynada kimin yüzüne bakmıştı? Hangi kınalı eli tutmuştu?

Gece saat iki gibi, parti düğün salonundan Baba'nın dairesine taşındı. Bir kez daha çaylar demlendi, müzik komşular polis çağırıncaya kadar sürdü. Sonra, güneşin doğmasına bir saat kala ve konuklar nihayet gittikten sonra, Süreyya'yla ilk kez baş başa kaldık. Yaşamım boyunca, çevremde hep erkekler olmuştu. O gece bir kadının yumuşaklığını, sevecenliğini keşfettim.

Baba'nın dairesinde oturma fikri, Süreyya'dan çıkmıştı.

"Kendi evimizin olmasını istemez misin?" dedim.

"Kaka can bu kadar hastayken mi?" diye karşılık verdi. Gözleri, bir evliliğin bu koşullarda başlatılamayacağını söylüyordu. Onu öptüm. "Teşekkür ederim."

Süreyya kendini babamın bakımına adadı. Sabahları kahvaltısını hazırlıyor, yataktan inmesine yardım ediyordu. Ona haplarını veriyor, giysilerini yıkıyor, her öğleden sonra gazeteden uluslararası haberleri okuyordu. En sevdiği yemeği, güçlükle üç-beş kaşık alabildiği patates *şorva*'yı pişiriyor, her gün onu mahallede kısa bir yürüyüşe çıkartıyordu. Baba yatağa düşünce de, bedeninde yara açılmasın diye, onu her saat başı çevirmeye başladı.

Bir gün, eczaneden Baba'nın morfin haplarını alıp eve döndüm. Tam kapıyı kaparken, Süreyya'nın çabucak Baba'nın battaniyesinin altına bir şey soktuğunu gördüm. "Hey, gördüm! Siz ikiniz ne çeviriyorsunuz, bakalım?"

"Hiçbir şey," dedi Süreyya gülümseyerek.

"Yalancı!" Baba'nın battaniyesini kaldırdım. "Bu da ne?" dedim, deri kaplı defteri görür görmez anladığım halde. Parmaklarımı altın yaldızlı dikişlerinde gezdirdim. Havai fişekleri, Rahim Han'ın defteri verdiği geceyi, on üçüncü doğum günümü, cızırdayan, kırmızı, yeşil, sarı buketler halinde patlayan kıvılcımları anımsadım.

"Bu kadar iyi yazabildiğine inanamıyorum," dedi Süreyya.

Baba yastıktaki başını bin güçlükle kaldırdı. "Onu ben kandırdım. Umarım kızmazsın."

Defteri Süreyya'ya geri verdim, odadan çıktım. Baba ağlamamdan nefret ederdi.

Düğünden bir ay sonra Taheriler, Şerif, karısı Suzy ve Süreyya'nın birkaç teyzesi, akşam yemeğine bize geldiler. Süreyya *sebze çilav* yaptı – ıspanaklı, kuzu etli pilav. Yemekten sonra yeşil çay içtik, dörder kişilik gruplar halinde iskambil oynadık. Süreyya, ben, Şerif ve Suzy aynı sehpada oynuyorduk; Baba hemen yanımızdaki kanepede, yün bir battaniyenin altında yatıyordu. Şerif'le şakalaşmamı, Süreyya'yla küçük parmaklarımızı birbirine dolayışımızı, karımın saçından sarkan bir bukleyi düzeltişimi seyretti. İçten içe gülümsediğini görebiliyordum; kavakların titreştiği, bahçelerin cırcırböceklerinin sesiyle dolduğu Kâbil gecelerindeki gökyüzü kadar geniş bir gülümseme.

Gece yarısına doğru, Baba onu yatırmamızı istedi. Süreyya'yla onu kucakladık, kollarını omuzlarımıza attık. Ben onu yatağa yerleştirirken, Süreyya başucu lambasını söndürdü. Baba eğilmemizi söyledi, her ikimizi de öptü.

"Az sonra morfininle suyunu getiririm, Kaka can," dedi Süreyya.

"Bu gece istemem," dedi Baba. "Bu gece ağrım yok."

"Peki," dedi Süreyya. Battaniyesini üzerine çekti. Kapıyı kapadık.

Baba bir daha hiç uyanmadı.

Hayward'daki caminin araba parkı ağzına kadar doldu. Arabalar, minibüsler binanın arkasındaki kelleşmeye başlamış çimenliğe bile ikili, üçlü sıralar halinde dizildi. Biraz geç kalanlar, bir park yeri bulabilmek için caminin kuzeyine, üç ya da dört sokak ileriye gitmek zorunda kaldılar.

Caminin erkekler kısmı dört köşe, geniş bir salondu; zemin Afgan halıları ve yan yana serilmiş kilimlerle kaplıydı. Ayakkabılarını girişte çıkaran erkekler salonu doldurdu, kilimlerin üzerine bağdaş kurup oturdu. İmam önündeki mikrofona Kuran'dan *sure*'ler okuyordu. Ben, ölen kişinin ailesine yaraşır biçimde, kapının yanına oturdum. General Taheri de yanıma.

Açık kapıdan, gelen araba kuyruğunu görebiliyordum; güneş ışığı dikiz aynalarında parıldıyordu. Durup yolcularını, koyu renk takım elbiseler giymiş, başlarına geleneksel *hicab*'lar takmış erkekleri indiriyorlardı.

Kuran'ın sözcükleri salonda yankılanırken, Baba'nın Belucistan'da bir ayıyla güreştiğini anımsadım. Baba yaşamı boyunca ayılarla güreşmişti. Gencecik karısını kaybetmek. Oğlunu tek başına büyütmek. Sevgili memleketini, *vatan*'ını terk etmek. Yoksulluk. Aşağılanma. Sonunda da, karşısına yenemeyeceği bir ayı çıkmıştı. Ama o zaman bile, Baba güreşi kendi koşullarına göre kaybetmişti.

Her dua dizisinden sonra, cenazeye gelenlerin bir bölümü kalkıp sıraya giriyor, elimi sıktıktan sonra kapıya yöneliyorlardı. Tek tek hepsinin elini sıktım. Çoğunu doğru dürüst tanımıyordum. Kibarca gülümsedim, teşekkür ettim, Baba hakkındaki sözlerini dinledim.

"... Taimani'deki evi onun sayesinde yaptım..."

"... Allah ondan razı olsun..."

"... ondan başka başvurabileceğim kimse yoktu, o da beni geri çevirmedi..."

"... bana iş buldu... beni pek tanımazdı bile..."

"... ağabeyim gibiydi..."

Onları dinlerken, kim olduğumun, ne olduğumun aslında Baba tarafından, onun insanların yaşamında bıraktığı iz tarafından belirlendiğini fark ettim. Bütün hayatım boyunca, 'Baba'nın oğlu' olmuştum. Ama o artık yoktu. Bana yolu gösteremezdi artık; bundan böyle yolu kendim bulmak zorundaydım.

Bu düşünce beni dehşete düşürdü.

Daha önce, mezarlığın Müslümanlara ayrılmış olan bölümünde, Baba'yı çukura indirişlerini seyretmiştim. İmamla bir başka adam, mezarın başında okunması gereken, doğru *ayet* konusunda tartıştılar. General Taheri araya girmeseydi, iş büyüyecekti. İmam bir *ayet* seçti, arada bir öteki adama ters bakışlar fırlatarak, okudu. İlk kürek dolusu toprağı mezara atışlarını izledim. Sonra, uzaklaştım. Mezarlığın öteki ucuna gittim. Kızıl bir akçaağacın gölgesine oturdum.

Artık son taziyeciler de saygılarını sunmuş, mikrofonun fişini çeken, Kuran'ını yeşil bir beze sarmakta olan imamın dışında, cami boşalmıştı. Generalle birlikte öğleden sonra güneşine çıktık. Basamakları indik, gruplar halinde sigara içen erkeklerin yanından geçtik. Kulağıma birkaç sözcük çalındı; gelecek hafta Union City'de oynanacak futbol maçı, Santa Clara'daki yeni Afgan lokantası. Hayat Baba'yı geride bırakıp çoktan akmaya başlamıştı bile.

"Nasılsın, *baçem*?" diye sordu General Taheri.

Dişlerimi sıktım. Beni sabahtan beri tehdit eden gözyaşlarına direndim. "Gidip Süreyya'yı bulayım," dedim.

"Peki."

Caminin kadınlar bölümüne doğru ilerledim. Süreyya, annesi ve düğünden şöyle böyle anımsadığım birkaç hanımla birlikte, basamaklarda duruyordu. Ona bir işaret çaktım. Süreyya annesine bir şeyler söyledi, yanıma geldi.

"Yürüyelim mi?" dedim.

"Elbette." Elimi tuttu.

İki yanı bodur çalılarla kaplı, çakıl taşlı, kıvrımlı bir patikada sessizce yürümeye başladık. Tahta bir sıraya oturduk, birkaç sıra ileride, bir mezarın başına diz çökmüş, mezar taşının yanına bir papatya demeti bırakmakta olan, yaşlıca bir çifte baktık. "Süreyya?"

"Efendim?"

"Onu özleyeceğim."

Elini kucağıma koydu. Yüzük parmağındaki alyans, Baba'nın *çila*'sı parladı. Baba'nın yasını tutanların arabalarıyla

Mission Bulvarı'na doğru uzaklaştığını görebiliyordum. Yakında biz de çekip gidecektik ve Baba tek başına kalacaktı.

Süreyya beni kendine çekti; gözyaşlarım nihayet boşaldı.

* * *

Süreyya'yla nişanlılık dönemi yaşayamadığımız için, Taheriler hakkındaki her şeyi, evlenip aileye girdikten sonra öğrendim. Örneğin, generalin ayda bir kez, yaklaşık bir hafta süren ve dünyasını karartan migren krizleri geçirdiğini. Baş ağrısı başlayınca odasına giriyor, soyunuyor, ışığı kapatıp kapıyı kilitliyor, ağrı geçinceye kadar da odasından çıkmıyordu. Kimsenin, bırakın içeri girmeyi, kapıya vurma izni bile yoktu. Sonunda, sırtında yine o gri takım elbisesi, uyku ve çarşaf kokarak, şiş, kızarmış gözlerle dışarıya çıkardı. Süreyya kendini bildi bileli, annesiyle babasının ayrı odalarda yattığını anlattı. Adamın zaman zaman aksileşen, pireyi deve yapan biri olduğunu öğrendim: Karısının getirip önüne koyduğu *kurma*'dan bir ısırık aldıktan sonra içini çekip tabağını iterdi; Taheri Hanım, "Sana başka bir şey yapayım," der, ama general onu duymazdan gelip somurtur, karnını soğan ekmekle doyururdu. Bu tür huysuzlukları Süreyya'yı kızdırır, annesini ağlatırdı. Süreyya babasının yatıştırıcı ilaçlar aldığını söyledi. Sosyal yardım parasıyla geçindiğini, ABD'de bir kez olsun çalışmadığını da; onun konumundaki birine yakışmayacak bir işte çalışmaktansa devletin verdiği çekleri yeğliyordu – bitpazarı onun için bir hobi, Afgan dostlarıyla bir araya gelme fırsatıydı. General Afganistan'ın er ya da geç özgürlüğüne kavuşacağına, monarşinin yeniden kurulacağına ve onu yine göreve çağıracaklarına inanıyordu. Böylece her gün gri takım elbisesini giyiniyor, köstekli saatini kuruyor ve bekliyordu.

Taheri Hanım'ın (artık ona Cemile Hala diyordum), bir zamanlar Kâbil'de sesinin güzelliğiyle ünlü olduğunu öğrendim. Profesyonel olarak hiç şarkı söylememiş olmasına karşın, çok yetenekliymiş – halk şarkıları, *gazel*'ler, hatta genellikle erkek şarkıcıların tekelindeki *raga*'lar söylermiş. Ama müziğe oldukça düşkün biri olan general (Afgan ve Hindu şarkıcıların klasik *gazel* plaklarından oluşan, çok zengin bir koleksiyonu vardı), bu işi, soyu sopu o kadar da önemsemeyen kişilere bırakmanın daha doğru olacağına inanıyordu. Evlenirken generalin öne sürdüğü şartlardan biri de, karısının halk önünde asla şarkı söylememesiymiş. Süreyya annesinin düğünümüzde şarkı söylemek istediğini, ama generalin tek bir bakışıyla konuyu kapattığını anlattı. Cemile Hala haftada bir kez loto oynar, her akşam Johnny Carson'ı izlerdi. Günlerini bahçede gülleri, sardunyaları, asma ve orkideleriyle ilgilenerek geçirirdi.

Ben Süreyya'yla evlenince, çiçeklerle Johnny Carson'ın pabucu dama atıldı. Ben Cemile Hala'nın yaşamındaki yeni keyiftim. Generalin mesafeli, diplomatik tavırlarının aksine (ona General Efendi demeyi sürdürdüm, beni düzeltmedi), Cemile Hala beni ne kadar sevdiğini hiç gizlemezdi. Her şey bir yana, ben onun etkileyici hastalıklar listesini sabırla dinleyen kişiydim; generalse kulağını bunlara çoktan kapamıştı. Süreyya'nın söylediğine göre, annesi geçirdiği felçten sonra göğsündeki en küçük çarpıntıyı kalp krizine, en hafif sızıyı romatizmal arterite, gözündeki her seğirmeyi de yeni bir inmeye yoruyordu. Cemile Hala'nın bana boynundaki bir şişlikten söz edişini anımsıyorum. "Yarın okulu kırar, sizi doktora götürürüm," dedim. Bunun üzerine general gülümsedi, şöyle dedi: "Bu durumda okulla ilişiğini temelli kessen iyi edersin, *bachem*. Hala'nın sağlık raporları, Rumi'nin eserleri gibidir – ciltler halinde."

Ama tek neden, sayısız şikâyetine kulak verecek bir dinleyici bulması değildi. En küçük bir kuşkum yoktu: Elime bir tüfek alıp önüme gelene ateş etseydim bile, o beni bir an sendelemeyen bir sevgiyle sevmeyi sürdürürdü. Çünkü ben onun yüreğindeki en ciddi hastalığı sağaltmıştım. Onu, her Afgan annenin en büyük kâbusundan kurtarmıştım: saygın, onurlu bir *khastegar*'ın kızına talip olmayacağı, kızının tek başına, kocasız, çocuksuz öleceği korkusundan. Her kadının bir kocaya ihtiyacı vardı. Bu, onun içindeki şarkıyı susturan biri olsa bile.

Süreyya'dan, Virginia'da olup bitenlerin ayrıntılarını da öğrendim.

Bir düğündeydik; Süreyya'nın dayısı Şerif, oğlunu Newarklı bir Afgan kızla evlendiriyordu. Tören, altı ay önce Süreyya'yla *evrusi* yaptığımız salondaydı. Konukların arasında duruyor, damadın ailesinin geline yüzük takışını seyrediyorduk; sırtı bize dönük, iki orta yaşlı kadının konuşmalarını duyduk.

"Ne güzel bir gelin," dedi, bir tanesi. "Şuna bir baksana. Nasıl da *makbul*; mehtap gibi."

"Evet," dedi öteki. "Hem de tertemiz. Erdemli. Eline erkek eli değmemiş."

"Biliyorum. Oğlan iyi ki kuzeniyle evlenmedi."

Süreyya eve dönerken, kendini koyverdi. Ford'u Fremont Bulvarı'nda, kaldırımın kenarına, bir sokak lambasının altına yanaştırdım.

"Boş ver," dedim, saçlarını sıvazlayarak. "Kimin umurunda?"

"Allah kahretsin; haksızlık bu!" diye bağırdı.

"Aldırma. Unut gitsin."

"Oğulları her gece diskolarda, et peşinde. Kız arkadaşlarını gebe bırakır, evlilik dışı çocuk sahibi olurlar ama kimse ağzını açıp bir şey söylemez. Eh, delikanlılar eğleniyor işte! Ben tek bir hata yaparım ve ansızın herkes *nang*, *namus* diye cıyaklamaya başlar; ömrümün sonuna kadar da başıma kakar!"

Çenesine doğru akan, doğum lekesinin hemen üstündeki gözyaşını başparmağımla aldım.

"Sana anlatmamıştım," dedi Süreyya, gözlerini kurulayarak, "ama babam o gece karşımıza dikildiğinde, elinde bir tüfek vardı. Ona... yuvada iki kurşun olduğunu söyledi; biri ona, biri de eve dönmeyi kabul etmezsem, kendine. Avaz avaz bağırıyor, babama hakaretler yağdırıyordum; beni sonsuza kadar kilit altında tutamazdı, keşke ölseydi, filan." Gözlerinden yeni yaşlar boşandı. "Ona bunu bile söyledim, yani keşke ölseydin, dedim.

"Eve döndüğümüzde, annem boynuma sarıldı; hüngür hüngür ağlıyordu. Ne dediğini anlayamıyordum, çünkü ağzı ikide bir kayıyor, sözcükler birbirine karışıyordu. Babam beni yatak odama götürdü, tuvalet masasına oturttu. Bana bir makas verdi, sakin bir sesle, saçlarını kes, dedi. Ben dediğini yaparken de izledi.

"Haftalarca evden çıkmadım. Çıktığım zaman da, nereye gitsem fısıltılar duydum ya da duyduğumu sandım. Bunlar dört yıl önce ve beş bin kilometre uzakta yaşandı, ama onları hâlâ duyabiliyorum."

"Siktir et," dedim.

Yarı hıçkırığı yarı kahkahayı andıran bir ses çıkardı. "Babanın beni istemeye geldiği gece, telefonda sana bunu anlatırken, fikrini değiştireceğinden emindim."

"Bu mümkün değildi, Süreyya."

Gülümsedi, elimi tuttu. "Seni bulduğum için öyle şanslıyım ki. Tanıdığım bütün Afgan erkeklerinden farklısın."

"Bir daha bundan hiç söz etmeyelim, tamam mı?"

"Tamam."

Yanağını öptüm, kaldırımdan uzaklaştım. Arabayı sürerken, neden farklı olduğumu düşündüm. Belki de nedeni, erkekler tarafından yetiştirilmemdi; kadınların arasında büyütülmemiş, Afgan toplumunun onlara uyguladığı çifte standarda doğrudan maruz kalmamıştım. Belki de nedeni, Baba'nın bir Afgan olarak kesinlikle sıradışı bir baba olmasıydı: Kendi kurallarına göre yaşayan, toplumsal âdetleri ancak uygun görürse benimseyen, dayatmaları reddeden bir liberal, başına buyruk biri.

Ama bence, Süreyya'nın geçmişini umursamayışımın en önemli nedeni, benim de kendime ait bir geçmişimin olmasıydı. Pişmanlık nedir, çok iyi biliyordum.

Baba'nın ölümünden kısa bir süre sonra, Süreyya'yla Fremont'ta tek yatak odalı bir daireye taşındık; apartman, generalle Cemile Hala'nın evinden bir-iki sokak aşağıdaydı. Süreyya'nın ana-babası bize ev hediyesi olarak kahverengi deriden bir kanepeyle bir Mikasa yemek takımı aldı. General bana bir armağan daha verdi; yepyeni bir IBM daktilo. Kutuya, Farsça yazdığı bir not iliştirmişti:

Emir can,
Bu tuşlarda pek çok öykü bulmanı dilerim.
General İkbal Taheri

Baba'nın VW otobüsünü sattım, bir daha da bitpazarına gitmedim. Her cuma mezarına gidiyordum; bazen, mezar taşında bir buket taze süsen bulunca, Süreyya'nın da uğradığını anlıyordum.

Süreyya'yla, evlilik yaşamına özgü sıradan -ve mucizevi- bir düzen tutturduk. Diş fırçalarını, çorapları paylaşıyor, sabahları gazeteyi elden ele geçiriyorduk. Yatağın sağ tarafında yatıyordu, ben solu yeğliyordum. Kabarık yastık seviyordu, ben sert yastık. Mısır gevreğini kuru yemeyi seviyordu (çerez atıştırır gibi); ben sütle karıştırıp.

O yaz San Jose Devlet Üniversitesi'ne, İngilizce bölümüne kabul edildim. Bir de iş buldum; Sunnyvale'deki bir mobilya mağazasında güvenlik görevlisi olarak, vardiya usulü çalışmaya başladım. Korkunç sıkıcı bir işti, ama büyük bir avantajı vardı: Saat altı olup da herkes gidince ve gölgeler mağazayı tıka basa dolduran, naylon örtülü koltukların, divanların arasına süzülünce kitaplarımı çıkartıyor, çalışıyordum. İlk romanıma işte orada, o mobilya mağazasının çam ve koloit kokulu ofisinde başladım.

Ertesi yıl Süreyya da San Jose Üniversitesi'ne yazıldı; babasını hayal kırıklığına uğratan bir kararla, öğretmenliği seçmişti.

"Yeteneklerini neden boşa harcadığını anlayamıyorum," dedi general, bir akşam yemeğinde. "Lisede bütün notlarının A olduğunu biliyor muydun, Emir can?" Yeniden kızına döndü. "Senin kadar zeki bir kız avukat ya da siyasal bilimci olabilir. Ve, *inşallah,* Afganistan özgürlüğüne kavuşunca da, yeni anayasanın hazırlanmasına yardım edebilirsin. Sizler gibi genç Afgan yeteneklere ihtiyaç duyulacak. Aile adın düşünüldüğünde, sana bir bakanlık bile önermeleri mümkün."

Süreyya'nın gerildiğini, yüzünün sertleştiğini hissedebiliyordum. "Ben küçük bir kız değilim, *Peder*. Evli bir kadınım. Ayrıca, öğretmenlere de ihtiyaç duyulacak."

"Herkes öğretmenlik yapabilir."

"Biraz daha pilav alabilir miyim, Anne?" diye sordu Süreyya.

General, Hayward'da bazı dostlarıyla buluşacağını söyleyip ayrıldıktan sonra, Cemile Hala kızını yatıştırmaya çalıştı. "Senin iyiliğini düşünüyor," dedi. "Başarılı olmanı istiyor."

"Arkadaşlarına böbürlenmek, avukat kızıyla övünmek istiyor. Generale bir madalya daha," dedi Süreyya.

"Bu ne saçmalık!"

"Başarılıymış," diye tısladı Süreyya. "Hiç olmazsa onun gibi değilim; herkes *Şoravi*'yle savaşırken öylece oturup ortalığın yatışmasını bekleyen, toz duman dağılınca da harekete geçip hükümetteki o küçük, şık koltuğunu geri isteyen biri... Öğretmenlik fazla para getirmeyebilir, ama yapmak istediğim iş, o! Öğretmenliği seviyorum, ayrıca sadakayla geçinmekten çok daha iyidir."

Cemile Hala dilini ısırdı. "Bunları bir duysa, seninle bir daha asla konuşmaz."

"Merak etme," diye yapıştırdı Süreyya, peçetesini tabağa fırlatırken, "o değerli egosunu incitmem."

1988 yazında, Sovyetler'in Afganistan'dan çekilmesinden altı ay kadar önce, ilk romanımı bitirdim; Kâbil'de geçen bir baba-oğul hikâyesiydi, çoğunluğu generalin verdiği daktiloda yazılmıştı. Bir düzine kadar ajansa başvuru mektubu gönderdim; bir ağustos günü posta kutumu açıp da New Yorklu bir ajanstan metnin tamamını isteyen bir mektup bulunca, donup kaldım. Ertesi gün yolladım. Süreyya özenle paketlenmiş müsveddeyi öptü, Cemile Hala da Kuran'ın altından geçirmemiz için ısrar etti. Benim için bir *nazr* yapacağını söyledi; kitap kabul edilirse bir kurban kesip etini yoksullara dağıtacaktı.

"Lütfen, *nazr* olmasın, Hala can," dedim, yanağını öperek. "Yalnızca *zekât* yeter; parayı ihtiyacı olan birine verirsin, tamam mı? Koyun kesmek yok."

Altı hafta sonra, Martin Greenwalt New York'tan arayıp beni temsil etmek istediğini söyledi. Bundan bir tek Süreyya'ya söz ettim. "Bir menajerimin olması demek, kitabımın basılacağı anlamına gelmez. Martin romanı satmayı başarırsa, o zaman kutlarız."

Bir ay sonra Martin aradı ve kitabın yayınlanacağını bildirdi. Haberi duyan Süreyya sevinçten çığlıklar attı.

O gece Süreyya'nın ana-babasıyla birlikte bir kutlama yemeği yedik. Cemile Hala *köfte* ve beyaz *ferni* pişirmişti. Gözleri nemli general benimle gurur duyduğunu söyledi. Sonra, Süreyya'yla ikimiz, eve dönerken satın aldığım bir şişe pahalı Merlot'yu açtık – general kadınların içki içmesini hoş karşılamıyor, Süreyya da onun yanında içmiyordu.

"Seninle öyle gururlanıyorum ki," dedi karım, kadehini kaldırırken. "Kaka burada olsa, o da gururlanırdı."

"Biliyorum," dedim, Baba'yı düşünerek. Keşke beni görebilseydi.

Gece Süreyya uyuduktan sonra (şarap hep uykusunu getirirdi), balkona çıktım, serin yaz havasını içime çektim. Rahim Han'ı, ilk öykümü okuduktan sonra yazdığı o küçük destek pusulasını düşündüm. Ve Hasan'ı. *Bir gün, inşallah, büyük bir yazar olacaksın,* demişti. *Dünyanın her yerindeki insanlar senin kitaplarını okuyacak.* Yaşamımda öyle çok iyilikle karşılaşmıştım ki. Ve mutlulukla. Bunları hak edip etmediğimi merak ediyordum.

Roman ertesi yıl, 1989 yazında yayınlandı; yayıncı benim için beş kenti kapsayan bir imza turnesi düzenledi. Afgan toplumunda ünlü biri olup çıkmıştım. Bu, *Şoravi*'nin Afganistan'dan bütün bütüne çekildiği yıldı. Afganlar için bir zafer, bir huzur dönemi olması gerekirdi. Oysa savaş bütün şiddetiyle sürdü; bu kez de Afgan *Mücahitlerle,* Sovyet kuklası Necibullah Hükümeti savaşıyordu. Afgan sığınmacılar akın akın Pakistan'a akmaya başladı. Bu, soğuk savaşın sona erdiği, Berlin Duvarı'nın yıkıldığı yıldı. Bu, Tiananmen Meydanı yılıydı. Bütün bunların arasında Afganistan unutuldu. Sovyetler'in çekilmesi üzerine bir süreliğine umutları canlanan General Taheri, yeniden giyinip kuşanıp köstekli saatini kurmaya döndü.

Bu aynı zamanda, Süreyya'yla çocuk sahibi olmaya çalıştığımız yıldı.

Baba olma düşüncesi, içimde bir duygu karmaşası yaratıyordu. Pek çok duyguyu aynı anda yaşıyordum: korku, heves, yılgınlık ve heyecan. Kendi kendime soruyordum: Ben nasıl bir baba olurum? Tıpkı Baba gibi olmak istiyordum; ona hiç mi hiç benzemek istemiyordum.

Ama bir yıl geçti, hiçbir şey olmadı. Her aybaşı oluşunda Süreyya'nın hayal kırıklığı, sabırsızlığı, kızgınlığı biraz daha arttı. Şimdiye kadar alttan alta dokundurmakla yetinen Cemile Hala da artık iyice dile gelmişti. "*Kho dega!*" diyordu: "Evet? Minik *navasa*'ma ne zaman *alahoo* söyleyeceğim?" İliklerine kadar Peştun olan general, bu konuyu ağzına bile almıyordu elbette; bu durumda, kızıyla bir erkeğin arasındaki cinsel eylemi açık açık dile getirmiş olurdu – her ne kadar bu erkek, dört yıldır kızıyla evli olsa da. Ama Cemile Hala bizi bebek konusunda sıkıştırırken, generalin gözleri parlıyordu.

Bir gece Süreyya'ya şöyle dedim: "Bu işler bazen biraz zaman alır."

"Bir yıla, biraz mı diyorsun, Emir?" dedi, onda alışık olmadığım, ters bir sesle. "Bir sorun var, biliyorum."

"O zaman doktora gidelim."

Doktor Rosen irice bir göbeği, tombul bir yüzü ve küçük, düzgün dişleri olan, belli belirsiz bir Doğu Avrupa aksanıyla konuşan bir adamdı; onda Slav ırkına özgü bir hava seziliyordu. Trenlere karşı belli bir tutkusu vardı – muayenehanesi demiryollarının tarihine ilişkin kitaplar, maket lokomotifler, yeşil tepelerden, köprülerden yuvarlanarak geçen tren resimleriyle doluydu. Masasının üzerindeki bir levhada şöyle yazıyordu: YAŞAM BİR TRENDİR, ATLA.

Bize bir rota çizdi: Önce ben kontrol edilecektim. "Erkekler kolaydır," dedi, parmaklarıyla maun masasına hafif hafif vurarak. "Bir erkeğin 'tohumlaması', zihninin işleyişi gibidir: basit, dolaysız, sürprizsiz. Oysa siz hanımlar... eh, Tanrı sizi yaratırken epeyce uğraşmış." Bu tohum benzetmesini bütün çiftlere yapıyor muydu acaba?

"Ne mutlu bize," dedi Süreyya.

Doktor Rosen güldü. İçten bir kahkahadan yalnızca birkaç tını kısaydı. Bana bir laboratuar etiketiyle plastik bir kap verdi, Süreyya'ya da bir dizi kan testi için bir form. El sıkıştık. "Trene hoş geldiniz," dedi, bizi geçirirken.

Ben sınavdan başarıyla geçtim.

Ama Süreyya'nın testleri birkaç ay sürdü: Bazal ısı ölçümleri, akla gelebilecek her hormon için kan testleri, idrar testleri, 'Rahim Salgısı Testi' denen bir şey, ultrasonlar, başka kan tahlilleri ve başka idrar testleri. Süreyya'ya 'histeroskopi' denen bir şey uygulandı; Doktor Rosen onun rahmine bir teleskop sokup içine baktı. Hiçbir şey bulamadı. "Tohumlanma kanalları açık," dedi, lastik eldivenlerini çıkartırken. Bu deyimi kullanmasa olmaz mıydı – burada tarımla mı uğraşıyorduk? Testler bitince, bize neden çocuk sahibi olamadığımızı anlayamadığını söyledi. Sonra, ekledi: Bu hiç de alışılmadık bir durum değildi. Buna "Açıklanamayan ya da Nedensiz Kısırlık" deniyordu.

Sonra sıra tedavi aşamasına geldi. Önce Clomifen, sonra hMG denen, Süreyya'nın kendi kendine vurduğu bir dizi iğneyi denedik. İşe yaramayınca, Doktor Rosen bize 'vitro' dölleme yöntemini önerdi. Ama özel sağlık sigortamızı yapan şirket gönderdiği kibar mektupta, tedavi giderlerini karşılayamayacağını üzülerek bildiriyor, bize iyi şanslar diliyordu.

Bunun üzerine, roman için aldığım avansı kullandık. IVF dölleme, uzun, zahmetli, moral bozucu ve başarısız oldu. Bekleme odalarında saatlerce oturup *Good Housekeeping* ya da *Reader's Digest* gibi dergileri okumakla, kâğıttan yapılma önlükleri defalarca giyip floresan lambalı, steril, buz gibi muayene odalarına girip çıkmakla, cinsel yaşamınızı bir yabancıyla en mahrem ayrıntılarına kadar konuşma rezilliğine katlanmakla, sayısız iğne, sonda ve numuneyle geçen aylardan sonra, Doktor Rosen'le trenlerine döndük.

Karşımıza oturdu, parmaklarıyla masasında tempo tutarak, ilk kez 'evlat edinme' sözcüklerini kullandı. Süreyya eve dönünceye kadar ağladı.

Haberi ana-babasına, doktoru son ziyaretimizden bir hafta sonra, pazar günü verdi. Taherilerin arka bahçesinde piknik iskemlelerinde oturuyor, ayran içiyorduk; mangaldaki alabalıklar pişmekteydi. 1991 yılının Mart ayındaydık. Cemile Hala güllerini, yeni ektiği hanımelilerini sulamıştı; çiçeklerin rayihası pişen balığın kokusuna karışıyordu. İki kez uzandı, Süreyya'nın saçlarını okşadı, "En iyisini Tanrı bilir, *baçem,*" dedi. "Demek ki böyle yazılmış."

Süreyya sürekli ellerine bakıyordu. Yorgundu, biliyordum; bütün bunlar onu bitkin düşürmüştü. "Doktor evlat edinebileceğimizi söyledi," diye mırıldandı.

General Taheri başını hızla kaldırdı. Mangalın kapağını kapadı. "Öyle mi?"

"Bu da bir seçenek, dedi."

Evlat edinme konusunu evde de konuşmuştuk. Süreyya en hafif tanımıyla, kararsızdı. Ailesine giderken, yolda, "Aptalca, üstelik boşuna olduğunu biliyorum," demişti, "ama elimde değil. Hep bir gün onu, dokuz ay boyunca kendi kanımla beslediğimi bilerek, kollarımın arasında tutacağımı hayal ettim; bir gün gözlerine bakmayı ve orada seni ya da kendimi görüp şaşırmayı, sonra, bebek büyüdüğünde o yüzde senin ya da benim gülümseyişimi görmeyi... Bunlar olmayınca... Yanılıyor muyum?"

"Hayır," dedim.

"Bencillik mi ediyorum?"

"Hayır, Süreyya."

"Bak, eğer bunu gerçekten yapmak istiyorsan..."

"Hayır," dedim. "Eğer yapacaksak, en küçük bir kuşkumuz olmamalı; ikimizin ortak kararı olmalı. Aksi halde bebeğe haksızlık etmiş oluruz."

Başını cama dayamış, başkaca bir şey söylememişti.

General geldi, onun yanına oturdu. "*Baçem,* şu evlatlık... meselesi. Biz Afganlara uygun olup olmadığından emin değilim." Süreyya bıkkın gözlerle bana baktı, içini çekti.

"Öncelikle, büyüyünce gerçek ana-babalarını öğrenmek istiyorlar," dedi general. "Onları suçlayamazsın. Bazen, sırf onları dünyaya getirenleri bulmak için, senin onların uğruna yıllarca uğraşıp didindiğin evi terk ediyorlar. Kan çok güçlü bir şeydir, *baçem,* bunu asla unutma."

"Bunu konuşmak istemiyorum artık," dedi Süreyya.

"Tek bir şey daha söyleyeceğim," dedi babası. Celallenmeye başladığını görebiliyordum; generalin o küçük söylevlerinden biri yoldaydı. "Emir canı ele alalım. Babasını hepimiz tanırız. Kâbil'de büyükbabasını tanırdım, onun büyükbüyükbabasının kim olduğunu bilirdim. İstersen, hemen şuracıkta kuşaklarca geriye gidip bütün atalarını sayıp dökebilirim. İşte bu yüzden babası -Allah rahmet eylesin- *khastegari*'ye gelince, bir an bile duraksamadım. Ve inan bana, eğer babası senin soyunu sopunu bilmeseydi, buraya gelip seni istemezdi. Kan çok güçlü bir şeydir, *baçem,* ama evlat edindiğin zaman, yuvana kimin kanını soktuğunu asla bilemezsin.

"Bak, Amerikalı olsaydın fark etmezdi. Burada insanlar aşk için evleniyor; aile adı, ecdat filan söz konusu bile olmuyor. Evlat edinirken de aynı şey; bebek sağlıklı olduğu sürece herkes mutlu. Ama biz Afganız, *baçem.*"

"Balık pişti galiba?" dedi Süreyya. General Taheri bir süre onu süzdü. Sonra, dizine dokundu. "Sağlıklı olduğun ve iyi bir kocan olduğu için şükret."

"Sen ne düşünüyorsun, Emir can?" diye sordu Cemile Hala.

Bardağımı sardunya saksılarının durduğu çıkıntıya bıraktım; saksıların altından su damlıyordu. "Galiba General Efendi'ye katılıyorum," dedim.

General rahatlamış bir halde başını salladı, mangalın başına döndü.

Evlat edinmeye hepimiz farklı nedenlerle karşıydık. Süreyya'nın kendi nedenleri vardı, generalin kendi nedenleri, benim de kendi nedenlerim: Belki bir şey, biri, bir yerlerde yaptıklarım yüzünden baba olma hakkımı elimden almıştı. Belki bana kesilen ceza buydu; doğrusu çok da adil bir cezaydı. *Belki kaderinize böyle yazılmıştır,* demişti Cemile Hala. Evet, belki de kaderimize çocuk *yazılmamıştı.*

Birkaç ay sonra, ikinci romanımın nakit avansıyla, San Francisco'nun Bernal Tepeleri'nde iki yatak odalı, Victoria tarzı, çok güzel bir evin peşinatını ödedik. Sivri bir çatısı, parke zemini ve küçük bir arka bahçesi vardı; bahçede de toprağa gömülü bir tandırla minicik bir güneşlenme terası. General terası bitirmeme, duvarları boyamama yardım etti. Cemile Hala, özellikle Süreyya'nın sevgiye ve desteğe en çok gereksindiğine inandığı böyle bir dönemde, bir saatlik mesafeye taşındığımız için sitemler etti, Süreyya'yı kaçırtan şeyin, tam da bu bunaltıcı ilgi olduğunun farkında bile değildi.

Bazen, Süreyya yanımda uyurken öylece yatar, esintide bir kapanıp bir açılan tahta kepenklerin gıcırtısını, cırcırböceklerinin bahçeyi dolduran cıvıltısını dinlerim. Ve Süreyya'nın rahmindeki boşluğu neredeyse elimle dokunurcasına hissederim; yaşayan, soluk alan bir şey gibi. O boşluk evliliğimize, kahkahalarımıza ve sevişmelerimize sinsice sızdı. Gecenin ilerleyen saatlerinde, yatak odamızın karanlığında onun Süreyya'nın bedeninden ayrılıp aramıza girdiğini, yerleştiğini hissederim. Aramızda uyuduğunu. Yeni doğmuş bir bebek gibi.

ON DÖRT

Haziran 2001

Ahizeyi yuvasına yerleştirdim, uzunca bir süre, öylece baktım. Ancak Eflatun'un havlamasını duyup irkildikten sonradır ki, odanın ne kadar sessizleştiğini ayrımsayabildim. Süreyya televizyonun sesini kapamıştı.

"Rengin soldu, Emir," dedi, oturduğu kanepeden; anababasının ev hediyesi olarak verdiği kanepeydi. Süreyya uzanmış, Eflatun da başını onun göğsüne yaslamıştı; bacakları yıpranmış minderlerin altındaydı. PBS'nin Minnesota'daki kurtların kötü durumuyla ilgili bir belgeselini yarım yamalak izliyor, bir yandan da yaz okulundaki öğrencilerinin yazdığı kompozisyonları düzeltiyordu – altı yıldır aynı okulda çalışıyordu. Doğrulup oturdu, Eflatun bir sıçrayışta divandan atladı. Spanyel cinsi köpeğimizin adını general koymuştu, Plato'nun Farsçası'ydı. Çünkü, demişti, bu köpeğin ince bir zarla kaplı, siyah gözlerine yeterince dikkatli ve uzun bakarsan, bilgece şeyler düşündüğüne yemin edebilirsin.

Süreyya'nın gıdığında şimdi incecik, belli belirsiz bir yağ katmanı vardı. Aradan geçen on yıl kalçalarını azıcık dolgunlaştırmış, o kömür karası saçlarına birkaç kül grisi tel katmıştı. Ama yüzü, 'kanat açmış kuş' kaşları ve çok eski bir Arapça yazıdaki harfler kadar zarifçe kıvrılan burnuyla, hâlâ bir prensesin yüzüydü.

"Solgun görünüyorsun," diye yineledi, kâğıt destesini sehpaya bırakarak.

"Pakistan'a gitmem gerekiyor."

Ayağa kalktı. "Pakistan mı?"

"Rahim Han çok hastaymış." İçimdeki bir yumruk, her sözcükte biraz daha sıkılıyordu.

"Kaka'nın eski iş ortağı mı?" Rahim Han'la hiç karşılaşmamış ama benden çok dinlemişti. Başımla doğruladım.

"Ah," dedi Süreyya. "Çok üzüldüm, Emir."

"Birbirimize çok yakındık," dedim. "Ben çocukken, dostum olarak gördüğüm tek yetişkindi o." Süreyya'ya bir çırpıda betimleyiverdim: Baba'nın çalışma odasında, Baba'yla birlikte çay içiyorlar; sonra Rahim Han bir sigara yakıp pencerenin önüne dikiliyor; bahçeden gelen yabani gül kokulu esinti, sigarasının dumanını karıştırıyor.

"Bunu anlattığını anımsıyorum," dedi karım. Durakladı. "Ne kadar kalacaksın?"

"Bilmiyorum. Beni görmek istiyor."

"Peki, bu..."

"Evet, güvenli. Merak etme, Süreyya." Ne sormak istediğini anlamıştım – on beş yıllık evliliğin sonunda, birbirimizin aklından geçeni okur olmuştuk. "Ben yürüyüşe çıkacağım."

"Seninle gelmemi ister misin?"

"Yo, yalnız kalmayı yeğlerim."

Arabayla Golden Gate Park'a gittim, sonra parkın kuzey ucundaki Spreckels Gölü'nün kıyısında yürüdüm. Nefis bir pazar öğleden sonrasıydı; gevrek bir San Francisco yeli, gölün ışıltılı sularında gezinen minicik, düzinelerce tekneyi tatlı tatlı sallıyordu. Bir tahta sıraya oturdum, oğluyla top atıp-tutma alıştırması yapan adamı seyrettim; kolunu yana açmamasını, topu omzunun üstünden fırlatmasını tembihliyordu. Başımı kaldırıp bakınca, uzun mavi kuyruklu bir çift kırmızı uçurtma gördüm. Parkın batı tarafında, ağaçların, yel değirmenlerinin epeyce üstünde salınıyorlardı.

Telefonu kapatmadan hemen önce Rahim Han'ın söylediği şeyi düşündüm. Son anda aklına gelivermiş gibi, rasgele bir sesle söylemişti. Gözlerimi kapadım, o uluslararası, cızırtılı hattın öteki ucunda Rahim Han'ı gördüm. Dudakları hafif aralık, başı bir yana eğik. Yine de, o bitimsiz, siyah gözlerindeki bir şey, aramızdaki dillendirilmemiş sırdan dem vuruyor. Evet, artık biliyorum – bildiğini biliyorum. Bunca yıldır kuşkularımda haklıymışım. Assef'i, uçurtmayı, zarftaki parayı, akreple yelkovanı fosforlu kol saatini biliyor. Baştan beri biliyordu.

Gel. Yeniden iyi biri olmak mümkündür, demişti Rahim Han tam telefonu kapatırken. Öylesine söyleyivermişti; son anda aklına gelmiş gibi.

Yeniden iyi biri olmak.

Eve döndüğümde, Süreyya telefonda annesiyle konuşuyordu. "Çok kalmayacak, Anne can. Bir, belki iki hafta... Evet, *Peder*'le sen elbette bende kalabilirsiniz..."

General iki yıl önce düşüp kalçasını kırmıştı. Bir migren krizinin ardından, kararmış gözleriyle, sersem gibi odasından çıkarken ayağı halının kıvrık kenarına takılmıştı. Çığlığını duyan Cemile Hala mutfaktan fırlamıştı. Tarif ederken, "Tıpkı ortadan ikiye ayrılan bir *jaroo*'nun, bir süpürge sapının çatırtısı gibiydi," demeyi severdi; her ne kadar doktor, kırılma sesini işitmesinin olanaksız olduğunu ileri sürse de. Generalin kırılan kalçası -ve bunu izleyen öteki sorunlar, zatürree, kan zehirlenmesi, hastanedeki uzun kalış- Cemile Hala'nın kendi sağlığına ilişkin, ezeli sızlanmalarına son verdi. Onların yerini generalle ilgili yeni yakınmalar aldı. Bir dinleyici bulur bulmaz, doktorların generalin böbreklerinin durumunu beğenmediğini söylüyordu. Sonra, övünerek ekliyordu: "İyi ama, onlar hiç Afgan böbreği görmedi ki!" Generalin hastane günlerinden en çok aklımda kalan şey, Cemile Hala'nın onun başından bir an olsun ayrılmadığı, o uyur uyumaz da ona şarkı söylemeye başladığı – Kâbil'den, Baba'nın bol cızırtılı, transistorlu radyosundan kulağımda kalan şarkılar.

Generalin bozulan sağlığı -ve zaman- Süreyya'yla aralarını yumuşatmıştı. Birlikte yürüyüşe çıkıyor, cumartesi günleri öğle yemeğine gidiyorlardı, bazen de general onun derslerine giriyordu. Sırtında o parlamış, gri takım elbisesi, kucağında bastonu, sınıftaki en arka sırada gülümseyerek otururdu. Arada bir, not aldığı bile olurdu.

O gece yatakta, Süreyya'nın sırtına sarıldım, yüzümü saçlarına gömdüm. Yüz yüze yattığımız, birbirimize minik öpücükler kondurduğumuz, gözlerimiz kapanıncaya kadar fısıldaştığımız, mırıl mırıl, minik, tombul ayak parmaklarından, ilk tebessümden, ilk sözcüklerden, ilk adımlardan konuştuğumuz günleri anımsadım. Zaman zaman yine yapıyorduk, ama artık fısıltılar okulla, yeni kitabımla, birinin bir partideki gülünç giysisiyle ilgiliydi. Sevişmelerimiz hâlâ iyiydi, bazen iyiden de öte, ama kimi geceler yalnızca bir rahatlama hissederdim – her şey olup bittiği için rahat bir soluk almak, sevişmenin rehavetine kapılıp sürüklenmek, bir süreliğine de olsa, az önce yaptığımız şeyin yararsızlığını unutmak. Hiçbir zaman söylemedi, ama bazen, Süreyya'nın da aynı şeyi hissettiğini biliyordum. Öylesi gecelerde, herkes yatağın kendi tarafına çekilir, onu alıp götürecek olan, kendi kurtarıcısına sığınırdı. Süreyya'nınki uykuydu. Benimki, her zamanki gibi, bir kitap.

Rahim Han'ın aradığı gece karanlıkta yattım, gözlerimi panjurların arasından sızan ayışığının duvarlara çizdiği koşut, gümüş çizgilere diktim. Bir ara, galiba şafaktan hemen önce, uyuyakaldım. Ve rüyamda Hasan'ı gördüm; karda koşuyor, yeşil *çapan*'ının ucu yere sürtünüyordu; siyah, kauçuk botlarının ezdiği kar çıtırdıyordu. Omzunun üstünden geriye bağırdı: *Senin için, bin tane olsa yakalarım!*

Bir hafta sonra, Pakistan Havayolları'nın uçağında cam kenarında oturmuş, üniformalı iki havalimanı işçisinin tekerlekli merdiveni çekişini izliyordum. Uçak terminalden uzaklaştı, az sonra havadaydık, bulutları yarıyorduk. Başımı cama yasladım. Boşu boşuna olduğunu bile bile, uykumun gelmesini bekledim.

ON BEŞ

Uçağım Peşaver'e indikten üç saat sonra, sigara dumanıyla dolu bir taksinin, döşemesi yırtık arka koltuğunda oturuyordum. Kendini Gholam diye tanıtan şoför zincirleme sigara içen, terli, ufak tefek biriydi; arabayı kayıtsız hatta pervasızca sürüyor, çarpışmalardan kıl payı kurtuluyor ve durmadan konuşuyordu; sözcükler ağzından bir sel gibi boşalmaktaydı:

"... ülkende olup bitenler korkunç, *yar*. Afgan halkıyla Pakistan halkı kardeş gibidir. Böyle bilir, böyle söylerim. Müslümanlar birbirine yardım etmeli, dolayısıyla..."

Kulağımı adamın sesine kapattım, kendimi de kibarca baş sallama konumuna ayarladım. 1981'de Baba'yla birkaç ay kaldığım Peşaver'i gayet iyi anımsıyordum. Şu anda Camrud yolunda batıya doğru ilerliyorduk; az önce büyük Kışla'nın ve yüksek duvarlı, sıkışık nizamlı subay evlerinin önünden geçmiştik. Yanımdan bulanık lekeler halinde akıp giden kent bana Kâbil'in -benim tanıdığım Kâbil'in- çok daha kalabalık, cıvıl cıvıl bir çeşitlemesini çağrıştırdı; özellikle de Koçeh-Morgha'yı ve Hasan'la sık sık, turşu suyuna batırılmış patatesle vişne suyu aldığımız Tavuk Pazarı'nı. Bisikletler, yayalar, mavi duman püskürten çekçek arabaları yolları tıkamıştı; hepsi birden, bir labirenti andıran dar sokaklarda, geçitlerde zikzaklar çizerek ilerlemeye çalışıyordu. İnce örtülere sarınmış, sakallı satıcıların dizi dizi sıralanmış küçük tezgâhları hayvan derisinden yapılma abajurlar, kilimler, işlemeli şallar, bakır eşyalarla tepeleme doluydu. Kente bir ses cümbüşü egemendi: Satıcıların kulaklarımda çınlayan haykırışları, yanık bir Hint müziği, çekçek arabalarının cayırtısı, at arabalarının çıngırakları birbirine karışıyordu. Hem hoş hem de tatsız, ağır kokular arabanın açık camlarından bana ulaşıyordu; mazot dumanı, çürümüş sebze, pişen lahana ve dışkı kokuları, *pakora*'nın ve Baba'nın çok sevdiği *nihari*'nin baharatlı rayihasını bastıramıyordu.

Peşaver Üniversitesi'nin kırmızı tuğla binalarını geçince, çenesi düşük şoförümün 'Afgan Mahallesi' dediği bir bölgeye girdik. Tatlı dükkânları, halıcılar, kebap tezgâhları, kirli, esmer elleriyle sigara satan çocuklar, iki-üç masalık lokantalar (camlara Afganistan haritaları asılmıştı), küçücük ilan büroları iç içeydi. Şoför "Kardeşlerinin çoğu burada yaşar, *yar*. Dükkân açanlar var elbette, ama çoğunluğu çok yoksul," dedi. Dilini şaklattı, iç geçirdi. "Her neyse, iyice yaklaştık."

Rahim Han'ı son görüşümü düşündüm; 1981 yılıydı. Baba'yla Kâbil'den kaçtığımız gece, bize veda etmeye gelmişti. Baba'yla holde kucaklaştıklarını, usul usul ağladıklarını anımsıyorum. Baba, ABD'ye göçmemizden sonra, Rahim Han'la bağını koparmadı. Yılda dört-beş kez konuşurlar, bazen Baba ahizeyi bana geçirirdi. Rahim Han'la telefonda son kez, Baba'nın ölümünden hemen sonra konuşmuştuk. Haber Kâbil'e ulaşmış, Rahim Han da beni aramıştı. Konuşmaya başlayalı birkaç dakika olmuştu ki, hat kesildi.

Şoför arabayı bol dönemeçli iki sokağın kesiştiği, işlek köşe başındaki dar bir binanın önüne yanaştırdı. Parasını ödedim, bavulumu aldım, girift oymalarla süslü, tahta kapıya doğru ilerledim. Binanın kepenkleri ardına kadar açık, ahşap balkonları vardı; pek çoğuna güneşte kuruması için çamaşır asılmıştı. İkinci kata çıkan gıcırtılı basamakları tırmandım, loş koridorda sağdaki son kapıya doğru ilerledim. Avucumdaki küçük adres kâğıdına bir kez daha baktım. Kapıyı çaldım.

Kapıyı, Rahim Han'mış gibi yapan, bir deri bir kemik bir karaltı açtı.

San Jose Üniversitesi'ndeki yaratıcı yazarlık öğretmenimiz, basmakalıp deyimler için şöyle derdi: "Onlardan vebadan kaçar gibi kaçın." Sonra da, kendi şakasına gülerdi. Sınıf da onunla birlikte gülerdi, ama ben yerinde kullanılan klişelerin şu 'cuk oturma' özelliğiyle insana bir kestirme yol sunduğunu düşünürüm. Onlar insanın işini kolaylaştırır. Ne yazık ki, yinelene yinelene içi boşalan deyimler, bir klişenin her şeyi kısaca, birkaç sözcükle anlatıverme özelliğini gölgeliyor. Örneğin şu 'eli ayağına dolaşmak' deyişi. Hiçbir şey, Rahim Han'la kavuşmamın ilk dakikalarını bundan daha iyi anlatamaz.

Aşağıdaki gürültülü sokağa bakan pencerenin karşısındaki duvarın dibinde duran ince şiltenin üzerine oturduk. Dilim dilim odaya akan güneş ışığı yerdeki Afgan kilimine vuruyor, keskin hatlı bir üçgen oluşturuyordu. İki iskemle katlanmış, bir duvara yaslanmış, karşı köşeye de küçük, bakır bir semaver yerleştirilmişti. Semaverden iki bardağa çay doldurdum.

"Beni nasıl buldun?" diye sordum.

"Amerika'da birini bulmak zor değil. Bir ABD haritası aldım, Kuzey California'daki kentleri kapsayan danışma bürosunu aradım. Seni karşımda böyle yetişkin bir erkek olarak bulmak, hem tuhaf hem de harika bir duygu."

Gülümsedim, çayıma üç şeker attım. O çayını demli, şekersiz severdi. "Baba sana haber verme fırsatı bulamadı, ama on beş yıl önce evlendim." İşin aslı, Baba'nın beynindeki kanser onu unutkan, dikkatsiz biri yapmıştı.

"Evlendin demek? Kiminle?"

"Adı Süreyya Taheri." Evde bekleyen, benim için endişelenen karımı düşündüm. Yalnız olmadığına memnundum.

"Taheri... kimin kızı?"

Söyledim. Gözleri parladı. "Ah, evet, şimdi anımsadım. General Taheri, Şerif canın kız kardeşiyle evli değil miydi? Adı neydi..."

"Cemile can."

"*Balay!*" dedi, gülümseyerek. "Şerif canı Kâbil'den tanırdım; çok uzun zaman önce... daha Amerika'ya yerleşmeden."

"Şimdi Göçmenlik Bürosu'nda çalışıyor, bir sürü Afganın davasına bakıyor."

Derin derin iç geçirdi. "Süreyya canla çocuklarınız var mı?"

"Hayır."

"Ah." Çayını yudumladı, başka soru sormadı; Rahim Han tanıdığım en duyarlı, sezgileri en güçlü insanlardan biriydi.

Ona uzun uzun Baba'yı anlattım; işini, bitpazarını, sonunda da huzur içinde öldüğünü. Okulumdan, kitaplarımdan söz ettim – yayınlanan romanlarımın sayısı dörde ulaşmıştı. Bunu duyunca gülümsedi, zaten hiç kuşku duymadığını söyledi. Bana verdiği deri ciltli deftere kısa öyküler yazdığımı söyledim, ama defteri anımsayamadı.

Sohbet kaçınılmaz olarak Taliban'a geldi.

Sordum: "Duyduğum kadar kötü mü?"

"Hayır, daha da kötü. Çok daha kötü," dedi. "İnsan olmana izin vermiyorlar." Sağ şakağından başlayıp gür kaşlarına doğru uzanan, eğri yara izini gösterdi. "1998'te, Gazi Stadyumu'nda bir futbol maçındaydım. Kâbil'le Mezar-ı Şerif oynuyordu, yanılmıyorsam; futbolcuların şort giymesine izin verilmemişti. Vücutlarını ahlaksızca teşhir etmesinler diye, herhalde." Bitkin bir kahkaha attı. "Her neyse, Kâbil bir gol attı, yanımdaki adam sevinçle haykırdı. Ansızın, tribünlerde devriye gezen sakallı, taş çatlasın on sekizinde gösteren delikanlı yanıma geldi ve Kalaşnikof'unun dipçiğini alnıma indirdi. 'Bunu bir daha yaparsan, dilini keserim, seni yaşlı maymun!' dedi." Rahim Han yamru yumru parmağıyla yarasını ovuşturdu. "Büyükbabası olacak yaştaydım; orada, yüzümden kanlar akarak öylece oturdum ve o köpekoğluköpekten özür diledim."

Ona biraz daha çay doldurdum. Rahim Han biraz daha anlattı. Bazılarını biliyordum, bazılarını duymamıştım. Baba'yla aralarındaki anlaşmaya göre, 1981'den beri Baba'nın evinde oturduğunu söyledi – bundan haberliydim. Baba, biz Kâbil'den kaçmadan kısa bir süre önce evi Rahim Han'a 'satmıştı'. Baba o günlerde Afganistan'daki karmaşanın yaşamımızı geçici bir süre için kesintiye uğrattığına inanıyordu – Vezir Ekber Han'daki partilere, Paghman pikniklerine kesinlikle geri dönülecekti. Böylece evi, o gün gelinceye kadar göz kulak olması için Rahim Han'a vermişti.

Rahim Han, Kuzey İttifakı 1992-1996 yılları arasında Kâbil'i ele geçirince, farklı hiziplerin kentin farklı bölümlerine el koyduğunu anlattı. "Şar-u-Nau'dan bir halı almak için Kerteh-Parwan'a gitmeye kalkıştığında, bir keskin nişancı tarafından vurulma ya da bir roket tarafından havaya uçurulma tehlikesini göze alman gerekiyordu – bütün o kontrol noktalarını geçmeyi becerebilirsen, elbette. Bir mahalleden ötekine gidebilmek için, ciddi ciddi vize almak zorundaydın. Bunun üzerine kimse evinden çıkmaz oldu; bir roketin evlerine isabet etmemesi için dua etmeye başladı." İnsanların evlerinin duvarlarına delik açtığını, tehlikeli sokaklardan uzak kalabilmek için, bu delikler sayesinde evden eve geçtiklerini, böylece sokağın sonuna kadar gidebildiklerini anlattı. Bazı mahalle sakinleri de, sağa sola gidebilmek için, yer altına kazdıkları tünellerden yararlanıyorlarmış.

"Neden çekip gitmedin?" diye sordum.

"Kâbil benim yuvamdı. Hâlâ da öyle." Alayla güldü. "Sizin evden *Kışla*'ya, İstiklal Okulu'nun yanındaki askeri barakalara uzanan sokağı anımsıyor musun?"

"Evet." Okula giden kestirme yoldu. Hasan'la oradan geçerken, askerlerin Hasan'a sataştığı, annesiyle ilgili çirkin sözler söylediği gün, bugün gibi aklımdaydı. Hasan daha sonra sinemada ağlamış, ben kolumu onun omzuna dolamıştım.

"Taliban başa geçip İttifak'ı Kâbil'den atınca, çıkıp sokaklarda dans etmiştim. Ve inan bana, yalnız değildim. Halk Çaman'da, Deh-Mazang'da bu olayı kutluyor, caddelerde Taliban'ı alkışlıyor, tanklarına tırmanıp onlarla birlikte resim çektiriyordu. Hiç bitmeyen savaştan, roketlerden, patlamalardan, Gülbettin'den ve onun kıpırdayan her şeye ateş eden yardakçılarından bıkıp usanmıştık. Kuzey İttifakı Kâbil'e *Şoravi*'den bile fazla zarar verdi. Babanın yetimhanesi de yıkıldı; bunu biliyor muydun?"

"Neden?" dedim. "Bir yetimhane neden yıkılır?" Açılış gününü, Baba'nın arkasında oturuşumu anımsadım. Rüzgâr kalpağını uçurmuş, herkes gülmüş, konuşması bitince de ayağa kalkıp onu alkışlamışlardı. Şimdiyse bir enkaz yığınıydı demek! Baba'nın harcadığı onca para, projeler için ter döktüğü uykusuz geceler, her tuğlanın, her kirişin, her kiremidin doğru yerleştirilip yerleştirilmediğini denetlemek için inşaat alanına yapılan bütün o ziyaretler...

"Yan binalarla birlikte yıkıldı," dedi Rahim Han. "O yetimhanenin yıkıntıları arasında dolaşıp canlı aramanın nasıl bir şey olduğunu bilmek istemezsin, Emir can. Çocukların parçalanmış bedenleri..."

"Evet, Taliban ilk geldiğinde..."

"Onları birer kahraman olarak karşıladık."

"Sonunda barış, dediniz."

"Evet. Umut hiç tükenmiyor. Nihayet barış, dedik. Ama ya bedeli?" Güçlü bir öksürük nöbeti Rahim Han'ın zayıf bedenini öne arkaya salladı. Mendiline tükürünce, mendil kıpkırmızı kesildi. İşte o an, aklıma yine basmakalıp deyişlerden biri geldi: Odada bizimle birlikte soluk alıp veren, terleyen bir şey daha vardı: geçmiş.

"Nasılsın?" diye sordum. "Demek istediğim, *gerçekten* nasılsın?"

"İşin doğrusu, ölüyorum," dedi, hırıltılı bir sesle. Yeniden öksürmeye başladı. Mendil bir kez daha kanlandı. Ağzını sildi, terli alnını yeniyle kuruladı, bana çabucak bir göz attı. Başını sallayınca, yüzümdeki yeni soruyu okuduğunu anladım. "Fazla değil," dedi, soluk soluğa.

"Ne kadar?"

Omuzlarını silkti. Yeniden öksürdü. "Bu yazın sonunu görebileceğimi sanmıyorum," dedi.

"İzin ver de seni evime götüreyim. Sana iyi bir doktor bulurum. Habire yeni tedavi yöntemleri buluyorlar. Yeni ilaçlar, deneysel tedaviler var. Bunlardan birini deneyebiliriz..." Boşa konuşuyordum; farkındaydım. Ama ağlamaktan iyiydi – ki, sonunda onu da yapacağım kesindi.

Öksürür gibi güldü; ön dişlerinin eksik olduğunu gördüm. Duyduğum en bitkin gülüştü. "Gördüğüm kadarıyla, Amerika onu böylesine büyük yapan iyimserliğini sana da aşılamayı başarmış. Bu harika. Biz Afganlar hep aşırı hüzünlüyüzdür, değil mi? Bazen *gamkâri*'ye öyle bir gömülürüz ki, kendimize acımaktan boğulacak gibi oluruz. Kaybetmeyi, acı çekmeyi yaşamın gerçeği sayar, hatta gerekli görürüz. Sonra da, *zendagi migzara*, deriz: Hayat devam ediyor. Ama benim şu anda yaptığım, kadere boyun eğmek değil; yalnızca gerçekçi olmak. Burada bir sürü iyi doktora göründüm, hepsinden aynı yanıtı aldım. Onlara güveniyor, inanıyorum. Allah'ın takdiri diye bir şey gerçekten var."

"Yalnızca yaptıkların ve yapmadıkların vardır," dedim.

Rahim Han güldü. "Tıpkı baban gibi konuştun. Ah, onu öyle çok özlüyorum ki. Ama bu, Allah'ın takdiri, Emir can. Gerçekten öyle." Durakladı. "Ayrıca, seni buraya çağırmamın bir nedeni daha vardı. Seni son bir kez görmek istedim, tamam, ama bir şey daha var."

"Ne istersen."

"Siz gittikten sonra yıllarca babanın evinde oturdum, biliyorsun."

"Evet."

"Orada yalnız değildim. Hasan yanımdaydı."

"Hasan," dedim. Bu adı en son ne zaman telaffuz etmiştim? Suçluluğun epeyce gerilerde kalmış, sivri uçlu dikenleri içimi bir kez daha yokladı, acıttı; bu adı yüksek sesle söylemek bir büyüyü bozmuştu da bütün o dikenler, iğneler içime batmak için özgür kalmıştı sanki. Ansızın Rahim Han'ın küçük dairesindeki hava kalınlaştı, ısındı, sokağın kokularıyla ağırlaşıverdi.

"Sana daha önce yazıp haber vermek istedim, ama öğrenmek ister misin, emin olamadım. Yanıldım mı, ne dersin?"

Gerçek yanıt, hayırdı. Yalansa, evet. İkisinin ortasında karar kıldım: "Bilmiyorum."

Mendiline bir parça kan daha tükürdü. Tükürmek için başını eğince, kafasındaki kabuk bağlamış yaraları gördüm. "Seni buraya çağırdım, çünkü senden bir şey isteyeceğim. Benim için bir şey yapmanı isteyeceğim. Ama bunu yapmadan önce, sana Hasan'ı anlatmak istiyorum. Anlıyor musun?"

"Evet," diye mırıldandım.

"Onu anlatacağım. Her şeyi anlatacağım. Dinleyecek misin?"

Başımı evet anlamında salladım.

Rahim Han çayından birkaç yudum aldı. Başını duvara dayadı ve anlatmaya başladı:

ON ALTI

1986'da Hasan'ı bulmak için Hazaracat'a gitmemin pek çok nedeni vardı. Birincisi de, Allah beni affetsin, yalnızlığa artık dayanamamamdı. Arkadaşlarımın, akrabalarımın çoğu artık ya öldürülmüş ya da ülkeden kaçıp Pakistan'a, İran'a sığınmıştı. Kâbil'de, bütün yaşamımı geçirdiğim kentte hiç kimsem kalmamış gibiydi. Herkes kayıplara karışmıştı. Karteh-Parwan bölgesinde (eskiden kavun-karpuz satıcılarının toplaştığı yer, anımsıyor musun?) geziniyor, tek bir tanıdığa rastlamıyordum. Selamlaşacak, oturup *çay* içecek, dertleşecek tek bir Allah kulu yoktu; yalnızca sokaklarda devriye gezen *Roussi* askerleri. Böylece, sonunda hiç sokağa çıkmaz oldum. Günlerimi babanın evinde, üst kattaki çalışma odasında geçirmeye başladım; annenin kitaplarını okuyor, haberleri dinliyor, televizyondaki komünist propagandayı izliyordum. Sonra *namaz*'ımı kılar, bir şeyler pişirip yer, yine kitaplara dönerdim; duamı ettikten sonra da yatardım. Sabah kalkar, *namaz* kılar, tekrar okumaya koyulurdum.

Romatizmam azdıkça, ev işleriyle başa çıkamaz oldum. Dizlerim, sırtım sürekli ağrıyordu; sabah kalkınca eklemlerimi açmak, yumuşatmak en az bir saatimi alıyordu – hele kışları. Babanın evinin çürümesini istemiyordum; orada hepimizin öyle güzel anıları vardı ki, Emir can. Haksızlıktı bu... baban o evi kendi eliyle yapmıştı, o eve çok düşkündü; ayrıca, Pakistan'a gittiğiniz gün ona söz vermiştim, evine bakacaktım. İşin doğrusu, elimden geleni de yapıyordum. Gün aşırı ağaçları suluyor, çimleri biçiyor, çiçeklerle ilgileniyor, ufak tefek tamiratlar yapıyordum, ama o günlerde bile, genç bir erkek değildim artık.

Belki bir süre daha idare edebilirdim. Ama babanın ölüm haberini alınca... işte o zaman, o evde korkunç bir yalnızlık hissettim. Katlanılmaz bir boşluk...

Böylece bir gün Buick'in deposunu doldurdum, Hazaracat'a yollandım. Baban bana, Ali'nin Hasan'la birlikte Bamiyan'ın hemen dışındaki küçük bir köye yerleştiğini söylemişti. Ali'nin orada bir kuzeni olduğunu anımsıyordum. Hasan'ın hâlâ orada olup olmadığını ya da yerini bilen birini bulup bulamayacağımı bilmiyordum tabii. Ne de olsa, baba-oğul sizin evi terk edeli on yıl olmuştu. 1986'da Hasan yirmi iki-yirmi üç yaşlarında, yetişkin bir erkek olmalıydı. Eğer hâlâ sağsa, elbette... *Şoravi* onca genç erkeğe kıyarak *vatan*'ımıza yaptıklarının cezasını cehennemde çeker inşallah!

Neyse ki, Allah'ın izniyle Hasan'ı buldum. Hem de hiç uğraşmadan; Bamiyan'da birkaç soru sormam yetti; insanlar bana onun köyünü gösterdiler. Köyün adını anımsamıyorum; bir adı olup olmadığını da. Ama kavurucu bir yaz günü olduğunu çok iyi anımsıyorum; arabayla iki yanı kavrulmuş çalılar, yamru yumru, kıvrık ağaç gövdeleri ve saman sarısı, kurumuş otlar dışında çıplak, delik deşik, tozlu bir yolu tırmandığımı da. Yolun kenarında çürümeye başlamış bir eşek leşi yatıyordu. Sonra bir köşeyi döndüm ve o boş, çıplak arazinin ortasında birbirine sokulmuş birtakım toprak evler gördüm; arkalarında, engin gökyüzünden ve tırtıklı dişleri andıran bir dağ sırasından başka hiçbir şey yoktu.

Bamiyan'dakiler bana onu kolayca bulacağımı söylemişti; köyde duvarla çevrili tek ev, demişlerdi. Alçak, delikli bir toprak duvar minik evi çeviriyordu – kulübeyi demek daha doğru olur. Sokakta yalınayak çocuklar koşuşturuyor, ellerinde değnek, yırtık pırtık bir tenis topunu kovalıyorlardı; ben arabayı duvara yanaştırırken, durup bana baktılar. Tahta kapıya vurdum; sıcaktan mahvolmuş bir çilek tarhıyla, çıplak bir limon ağacı sayılmazsa kıraç denebilecek, küçük bir bahçeye girdim. Köşede, bir akasya ağacının altında bir *tandır* vardı; yanına bir adam çömelmişti. Geniş, tahta bir fırın küreğine hamur yerleştiriyor, hamuru *tandır*'ın duvarlarına vuruyordu. Beni görünce, elindeki hamuru düşürdü. Elimi öpmeye çalıştı, onu engelledim.

"Dur da sana bir bakayım," dedim. Bir adım geri çekildi. Boyu çok uzamıştı; parmak uçlarımda yükselmeme karşın, ancak çenesine gelebiliyordum. Bamiyan güneşi derisini sertleştirmiş, anımsadığımdan birkaç ton daha esmerleştirmişti; ön dişlerinin birkaç tanesi de dökülmüştü. Çenesinde seyrek kıllar vardı. Bunun dışında, yine o çekik, yeşil gözler, üstdudaktaki belli belirsiz dikiş izi, o yuvarlak yüz, o içten gülümseme. Onu görür görmez tanırdın, Emir can. Bundan eminim.

İçeriye girdik. Genç, açık tenli bir kadın odanın bir köşesinde oturmuş şal dikiyordu. Hamileliği belirgindi. "Bu benim karım, Rahim Han," dedi Hasan gururla. "Adı, Ferzane can." Utangaç, son derece saygılı, zarif bir kadındı; konuşurken sesi bir fısıltıdan farksızdı, o güzelim kestane rengi gözlerini kaldırıp da yüzüme bakamıyordu. Ama Hasan'a bakışlarını gören biri, onun Arg'daki tahtta oturan birine baktığını sanırdı.

"Bebek ne zaman doğacak?" dedim, hepimiz kerpiç odaya yerleşince. Odada hiçbir şey yoktu; yalnızca yıpranmış bir kilim, birkaç tencere, bir çift döşek, bir de fener.

"Bu kış, *inşallah,*" dedi Hasan. "Oğlan olsun diye dua ediyorum; babamın adını devam ettirmesi için."

"Ali'den söz etmişken; o nerede?"

Hasan bakışlarını kaçırdı. Ali'yle kuzeninin (bu evin sahibi) iki yıl önce, Bamiyan'ın hemen dışında bir kara mayınına basıp öldüklerini söyledi. Bir mayın. Afganistan'da bundan daha yaygın bir ölüm nedeni var mı, Emir can? Aynı anda, neden bilmem, aklımdan çılgınca bir düşünce geçti: Ali'nin sağ bacağı, yani aksak olan, sonunda ona ihanet etmişti; mayına basan ayak, oydu. Bundan kesinkes emindim. Ali'nin ölümü beni derinden sarsmıştı. Babanla birlikte büyüdük, biliyorsun, Ali de kendimi bildim bileli bizimleydi. Üçümüz de küçükken, Ali'nin çocuk felcine yakalanışını çok iyi anımsıyordum; az kaldı ölüyordu. Baban bütün gün evin içinde ağlayarak dolanıp durmuştu.

Ferzane bize fasulye, şalgam ve patatesli *şorva* yaptı. Ellerimizi yıkadık, *tandır*'dan yeni çıkmış *nan*'larımızı *şorva*'mıza doğradık – aylardır yediğim en nefis yemekti. İşte o zaman, Hasan'dan Kâbil'e, benim yanıma taşınmasını istedim. Ona evi, artık altından kalkamadığımı anlattım. Ona dolgun bir maaş ödeyeceğimi, *hanım*'ıyla birlikte rahat ettireceğimi söyledim. Bakıştılar, bir şey demediler. Daha sonra Ferzane bize üzüm getirdiğinde, Hasan, burası artık benim yuvam, dedi; Ferzane'yle ikisi kendilerine bir yaşam kurmuşlardı.

"Hem Bamiyan'a çok yakınız. Orada bir sürü tanıdığımız var. Beni bağışla, Rahim Han. Yalvarırım beni anla."

"Elbette," dedim. "Özür dilenecek bir şey yok. Çok iyi anlıyorum."

Çaylarımızı yarılamıştık ki, Hasan seni sordu. Amerika'da olduğunu, bundan fazlasını da bilmediğimi söyledim. Hasan'ın senin hakkında öğrenmek istediği çok şey vardı. Evlenmiş miydin? Çocukların var mıydı? Boyun ne kadardı? Hâlâ uçurtma uçuruyor, sinemaya gidiyor muydun? Mutlu muydun? Bamiyan'da dost olduğu bir Farsça öğretmeninin ona okuma-yazma öğrettiğini anlattı. Sana bir mektup yazsa, eline geçmesini sağlar mıydım? Peki, mektubunu yanıtlar mıydın? Seni, babanla yaptığımız birkaç telefon görüşmesinden tanıdığımı, dolayısıyla bu soruların çoğunun yanıtını bilmediğimi söyledim. O zaman bana babanı sordu. Duyunca da, yüzünü ellerinin arasına gömdü, ağlamaya başladı. Gecenin sonuna kadar, bir çocuk gibi, hıçkıra hıçkıra ağladı.

Gece orada kalmam için ısrar ettiler. Ferzane benim için katlanan, bez bir yatak hazırladı, gece susarım diye, başucuma bir bardak kuyu suyu bıraktı. Bütün gece, Hasan'la fısıldaştıklarını, Hasan'ın hıçkırdığını duydum.

Sabah olunca Hasan, Ferzane'yle karar verdiklerini bildirdi: Benimle Kâbil'e geliyorlardı.

"Buraya hiç gelmemeliydim," dedim. "Haklıydın, Hasan can, burada bir *zendagi*, bir yaşam kurmuşsun. Böyle ortaya çıkıp her şeyi bırakmanı istemekle, düşüncesizlik ettim. Asıl bağışlanması gereken, benim."

"Bırakacak pek bir şeyimiz yok, Rahim Han," dedi. Gözleri hâlâ şiş, kanlıydı. "Seninle geliyoruz. Evde sana yardım edeceğiz."

"Kesinlikle emin misin?"

Başıyla doğruladı. "Ağa efendi benim için ikinci bir babaydı... Allah rahmet eylesin."

Eşyalarını birkaç solmuş örtüye sardılar, uçlarını bağlayıp bohça yaptılar. Bohçaları Buick'in bagajına koyduk. Hasan kapının eşiğinde durdu, Kuran'ı kaldırdı; sırayla öptük, altından geçtik. Sonra, Kâbil'e doğru yola çıktık. Uzaklaşırken, Hasan'ın dönüp evine son bir kez baktığını anımsıyorum.

Kâbil'e varınca, Hasan'ın *eve* taşınmaya niyeti olmadığını öğrendim. "Peki ama, bütün odalar boş, Hasan can," dedim. "Kimse gelip o odalara yerleşmeyecek ki."

Ama kabul etmedi. Bunun bir *ihtiram*, bir saygı meselesi olduğunu söyledi. Ferzane'yle birlikte eşyalarını arka bahçedeki müştemilata, Hasan'ın doğduğu kulübeye taşıdılar. Üst kattaki konuk odalarından birine yerleşmeleri için yalvardım, ama Hasan dinlemedi bile. "Emir Ağa ne der sonra?" dedi. "Savaştan sonra Kâbil'e dönüp de eve, onun evine yayıldığımı görünce, ne der?"

Babanın yasına hürmeten, kırk gün boyunca siyahlar giydi.

Onlardan böyle bir şey istememiş olsam da, yemeği, temizliği, kısacası bütün işleri üstlendiler. Hasan bahçedeki çiçeklere bakıyor, suluyor, sararan yaprakları ayıklıyor, yeni gül fidanları dikiyordu. Duvarları boyadı. Yıllardır kimsenin uyumadığı yatak odalarını sildi süpürdü, kimsenin yıkanmadığı banyoları temizledi. Evi birinin dönüşüne hazırlıyordu sanki. Babanın ektiği mısırların arkasındaki duvarı anımsıyor musun, Emir can? Hasan'la ona, 'Hastalıklı Mısır Duvarı' derdiniz, hani? Güz başında, bir gece yarısı bir roket duvarın yarısını yıkmıştı. Hasan duvarı kendi elleriyle onardı; tuğlaları tek tek, özenle yerleştirdi. O yanımda olmasaydı ne yapardım, bilmem.

Sonbaharın ortalarında, Ferzane düşük yaptı; bebek kızdı. Hasan bebeğin cansız yüzünü öptü, onu arka bahçeye, yabani güllerin yanına gömdük. Küçük tümseğin üzerini servi yapraklarıyla örttük. Bir dua okudum. Ferzane o gün kulübeden hiç çıkmadı, ağıtlar yaktı; bir annenin feryatları insanın yüreğini dağlıyor, Emir can. Allah'tan, bu sesi asla duymamanı dilerim.

Duvarların dışında, savaş sürüp gidiyordu. Ama üçümüz, babanın evinde kendimize ait küçük bir cennet kurmuştuk. 1980'lerin sonunda, gözlerim iyice zayıflamıştı; annenin kitaplarını bana Hasan okuyordu. Holde, sobanın karşısında otururduk, Hasan bana Mesnevi'yi ya da Hayyam'ı okur, Ferzane mutfakta yemek pişirirdi. Ve her sabah Hasan yabani güllerin yanındaki o küçük tümseğe bir çiçek bırakırdı.

1990'ların başında, Ferzane yeniden gebe kaldı. Aynı yıl yaz ortasında, gök mavisi *burka*'lı bir kadın, sabah erkenden ön kapıyı çaldı. Kapıya gidince, ayakta duramayacak kadar güçsüzmüş gibi, sağa sola sallandığını gördüm.Ne istediğini sordum, ama yanıt vermedi.

"Kimsiniz?" dedim. Oracığa, araba yolunun ortasına yığılıverdi. Hasan'a seslendim, birlikte kadını eve, oturma odasına taşıdık. Divana yatırdık, *burka*'sını çıkardık. Altından, cılız, kır saçlı, dişsiz, kolları yara bere içinde bir kadın çıktı. Günlerdir hiçbir şey yememiş gibi görünüyordu. Ama en kötüsü, yüzüydü. Biri bir bıçakla bu yüzü... Emir can, yüz paramparçaydı; kesikler uzun, çaprazdı. Kesiklerden biri yanağından saçının dibine kadar uzanıyordu; geçerken sol gözü de atlamamıştı. Korkunç bir görüntüydü. Nemli bir bezi alnına bastırdım, gözlerini açtı. "Hasan nerede?" diye fısıldadı.

"Buradayım," dedi Hasan. Kadının elini tuttu, sıktı.

Kadının bakışları ona çevrildi. "Rüyalarımdaki kadar güzel olup olmadığını görmek için, çok uzaklardan geldim. Evet, öylesin. Hatta daha da güzelsin." Hasan'ın elini, yaralı yanağına bastırdı. "Gülümse bana. Lütfen."

Hasan gülümsedi, yaşlı kadın ağlamaya başladı. "İçimden gülümseyerek çıktın, biliyor musun? Bunu sana söyleyen oldu mu? Ve ben seni kucaklamadım bile. Allah beni affetsin, sana bir kez olsun sarılmadım."

Sanaubar'ı 1964'te, Hasan'ı doğurduktan az sonra gezici kumpanyayla kaçtığı günden bu yana hiçbirimiz görmemiştik. Sen bilmezsin, Emir, ama gençken dünyalar güzeli bir kadındı. Gamzeli bir gülüşü, erkekleri çıldırtan bir yürüyüşü vardı. Sokakta yanından geçen biri, ister erkek olsun isterse kadın, durup ona bakakalırdı. Şimdiyse..."

Hasan kadının elini bıraktı, fırlayıp gitti. Peşinden koştum, ama çok hızlıydı. İkinizin sık sık gittiği tepeyi yerden toz bulutları kaldırarak, bir koşuda tırmandığını gördüm. Peşini bıraktım. Bütün gün Sanaubar'la oturdum; ta ki gökyüzü parlak maviden mora dönünceye kadar. Gece çöktü, ay- ışığı bulutları yıkamaya başladı, ama Hasan dönmedi. Sanaubar ağlıyor, buraya dönmekle hata ettiğini, bunun, gitmekten bile daha büyük bir hata olduğunu söylüyordu. Ama kalması için onu zorladım. Hasan dönecekti, biliyordum.

Ertesi sabah döndü; bütün gece gözünü kırpmamış gibi yorgun, bitap görünüyordu. Sanaubar'ın elini iki elinin arasına aldı, isterse ağlayabileceğini ama buna gerek olmadığını söyledi; "Artık yuvanda, ailenin yanındasın," dedi. Kadının yüzündeki yara izlerine dokundu, saçlarını okşadı.

Hasan'la Ferzane ona baktılar, sağlığına kavuşturdular. Yedirip içirdiler, giysilerini yıkadılar. Ona üst kattaki konuk odalarından birini verdim. Bazen camdan dışarıya, bahçeye bakar, Hasan'la annesinin çömelmiş bir yandan konuşurken bir yandan da domates topladığını ya da bir gül fidanını budadığını görürdüm. Kaybolan yılları telafi etmeye çalışıyorlardı, sanırım. Bildiğim kadarıyla, annesine bir kez olsun nerede olduğunu ya da neden gittiğini sormadı; o da hiç anlatmadı. Galiba bazı öykülerin anlatılması gerekmiyor.

1990 kışında Hasan'ın oğlunu doğurtan, Sanaubar oldu. Henüz kar başlamamıştı, ama kış rüzgârları bahçede esiyor, çiçek tarhlarını eğip yaprakları karıştırıyordu. Sanaubar'ın kucağında yün bir battaniyeye sardığı torunuyla kulübeden çıkışını anımsıyorum. Gri, kasvetli göğün altında ışıl ışıl parlayarak durdu; yaşlar yanaklarından yuvarlanıyor, iğneli, buz gibi esinti saçlarını uçuruyordu; bebeği göğsüne bir daha asla bırakmayacakmış gibi, sımsıkı bastırmıştı. Bu kez, hayır. Bebeği Hasan'a verdi, o da bana uzattı; minik oğlanın kulağına *Ayet-ül-kürsi* duasını okudum.

Adını Sohrab koydular; Hasan'ın *Şahname*'deki en sevdiği kahramanın adı, bilirsin, Emir can. Çok güzel bir çocuktu, şeker gibi tatlı, tıpkı babası gibi sevimli, iyi huylu. Sanaubar'ı o bebekle görmeliydin, Emir can. Oğlan onun yaşamının merkezi olmuştu. Ona giysiler dikiyor, tahta parçaları, çaputlar, kurumuş çiçeklerden oyuncaklar yapıyordu. Çocuk ateşlenince, bütün gece başını bekler, üç gün ağzına tek lokma koymazdı. Onu *nazar*'dan korumak, kem gözleri kovmak için bir tavada *isfand* yakardı. Sohrab iki yaşına geldiğinde, babaannesine *Sasa* demeye başladı. İkisi bir an olsun ayrılmıyordu.

Sanaubar, oğlanın dört yaşına bastığını görene kadar yaşadı, sonra, bir sabah uyanmadı. Yüzü sakin, huzurluydu; artık ölmeye hazır gibi. Onu tepedeki mezarlığa, nar ağacının yakınına gömdük; son duasını okudum. Hasan için ağır bir kayıptı – sonradan bulduğun bir şeyi yitirmek, her zaman daha zordur. Ama küçük Sohrab için daha yıkıcı oldu. Evin içinde dolanır, *Sasa*'yı arardı. Öte yandan, çocukları bilirsin; öyle çabuk unuturlar ki.

1995 yılındaydık; *Şoravi* çoktan püskürtülmüştü, Kâbil artık Mesut, Rabbani ve *Mücahitler* arasında paylaşılmaya çalışılıyordu. Hizipler arasında son derece şiddetli çatışmalar sürüyor, hiç kimse o günü sağ salim atlatıp atlatamayacağını bilmiyordu. Kulaklarımız düşen bombaların ıslığına, makineli tüfeklerin takırtısına alışmıştı; enkaz kazan, altından ceset çıkartan erkekler artık sıradan görüntülerdi. O günlerde Kâbil, Emir can, yeryüzündeki cehennemdi. Neyse ki, Allah bize acıdı. Vezir Ekber Han bölgesi büyük saldırılara hedef olmadı; bizler öteki mahallelere göre biraz daha şanslıydık.

Roket saldırılarının az çok hafiflediği, çatışmaların azaldığı günlerde Hasan, Sohrab'ı aslan Mercan'ı görmesi için hayvanat bahçesine ya da sinemaya götürürdü. Ona sapan kullanmayı öğretti; Sohrab sekizine bastığında bir sapan uzmanı olup çıkmıştı. Balkonda durur, bahçenin ta ortasına, bir kovanın üzerine yerleştirilmiş olan çam kozalağını vururdu. Hasan ona okumayı, yazmayı öğretti – oğlu onun gibi cahil büyümeyecekti. O küçük çocuğa fena halde bağlanmıştım; onun ilk adımlarını görmüş, ilk sözcüklerini duymuştum. Cinema Park'ın oradaki kitapçıdan ona çocuk kitapları alırdım (orayı da yıktılar); Sohrab kitapları bir solukta okuyup bitirirdi. Bana seni anımsatıyordu; sen de küçükken tam bir kitap kurduydun, Emir can. Bazı geceler ona masal okur, bulmaca sorar, iskambil numaraları öğretirdim. Ah, onu öyle çok özlüyorum ki.

Kışları Hasan oğlunu uçurtma avına götürürdü. O eski turnuvaların yerinde yeller esiyordu elbette -kimse dışarıda fazla uzun kalamıyordu- ama yine de, şurada burada, tek tük yarışma düzenleniyordu. Hasan, Sohrab'ı omuzlarına alır, birlikte sokak sokak koşup uçurtma kovalarlar, uçurtmaların konduğu ağaçlara tırmanırlardı. Hasan'ın ne kadar iyi bir uçurtma avcısı olduğunu anımsıyorsundur. Hâlâ bir numaraydı. Kış sonunda, baba-oğul yakaladıkları uçurtmaları ana koridorun duvarlarına asarlardı. Değerli tablolar gibi.

1996'da Taliban yönetime el koyup çatışmalara son verince, nasıl kutladığımızı anlatmıştım. O gece eve gelince Hasan'ı mutfakta radyo dinlerken buldum. Gözleri ciddi, yüzü asıktı. Neyin var, dedim, başını salladı. "Allah şimdi Hazaraların yardımcısı olsun, Rahim Han Efendi," dedi.

"Savaş bitti, Hasan," dedim. "Artık yeniden barış olacak, *inşallah,* huzura, mutluluğa kavuşacağız. Roket yok, ölüm yok, cenaze yok artık!" Ama o radyoyu kapadı, yatmadan önce bir şey isteyip istemediğimi sordu.

Birkaç hafta sonra, Taliban uçurtma yarışlarını yasakladı. İki yıl sonra, 1998'de de Mezar-ı-Şerif'teki Hazaraları katletti.

ON YEDİ

Rahim Han bacaklarını yavaşça indirdi, her devinimi bıçaksı bir sancıyı tetikleyen birinin özeniyle, sırtını çıplak duvara yasladı. Dışarıda bir eşek anırıyor, biri Urdu dilinde bir şeyler haykırıyordu. Güneş alçalmaya başlamıştı; köhne binaların çatlaklarından sızan güneş ışığı kızıldı.

O kış ve onu izleyen yaz yaptıklarımın iğrençliği beni bir kez daha vurdu. Adlar beynimde çınlıyordu: Hasan, Sohrab, Ali, Ferzane, Sanaubar. Rahim Han'dan Ali'nin adını duymak, yıllardır açılmamış, tozlu bir müzik kutusu bulmak gibiydi; kapak açılır açılmaz melodi başlamıştı: *Bugün kimi yedin bakalım, Babalu? Kimi yedin, ha, seni çekik gözlü soytarı?* Ali'nin donmuş yüzünü gözümün önüne getirmek, o dingin gözlerini *gerçekten* görmek için kendimi zorladım, ama zaman çok açgözlü bir şey – bazen, bütün ayrıntıları çalıp kendine saklıyor.

"Hasan hâlâ o evde mi?" diye sordum.

Rahim Han çay bardağını çatlamış dudaklarına götürdü, çayından iri bir yudum aldı. Sonra, yeleğinin göğüs cebinden bir zarf çıkardı, bana uzattı: "Bu sana."

Kapalı zarfı yırttım. İçinden Polaroid bir fotoğrafla katlanmış bir mektup çıktı. Fotoğrafa uzun uzun baktım.

Beyaz türbanlı, yeşil çizgili *çapan*'lı, uzun boylu bir erkek çift kanatlı, demir bir kapının önünde duruyordu; yanında bir erkek çocuk vardı. Güneş ışığı soldan çizgiler halinde vuruyor, toparlak yüzünün yarısını gölgede bırakıyordu. Gözlerini kısmış, gülümseyerek kameraya bakıyordu; öndeki dişleri eksikti. Bu bulanık Polaroid'de bile *çapan*'lı adamdan belli bir kendine güven, bir rahatlık yansıyordu. Bu izlenimi veren, duruşuydu: bacaklar hafif ayrık, kollar rahatça göğüste kavuşturulmuş, baş güneşe doğru eğik. Özellikle de, gülümseyişi. Fotoğrafa bakan biri, dünyayla barışık, dünyanın kendisine iyi davrandığına inanan biriyle karşı karşıya olduğu sonucuna varırdı. Rahim Han haklıydı: Ona yolda rastlasaydım, derhal tanırdım. Küçük oğlan yalınayaktı, bir kolunu babasının baldırına dolamış, tıraşlı kafasını onun kalçasına dayamıştı. O da gülümsemiş, gözlerini kısmıştı.

Mektubu açtım. Farsça yazılmıştı. Tek bir virgül atlanmamış, hiçbir noktalama işareti unutulmamış, sözcükler tek tek vurgulanmıştı – el yazısının düzgünlüğü neredeyse çocuksuydu. Okumaya başladım:

> Rahman ve rahim olan Allah'ın adıyla
> ve en derin saygılarımla, Emir Ağa;
>
> Ferzane can, Sohrab ve ben bu mektubun eline geçmesi, seni sağlıklı ve Allah'ın nuruyla aydınlanmış bir hal-

de bulması için duacıyız. Lütfen, mektubu sana ulaştırdığı için Rahim Han Efendi'ye en içten teşekkürlerimi ilet. Bir gün, umarım ben de senden bir mektup alır, Amerika'daki yaşamını okurum. Belki içinden bir fotoğrafın da çıkar, gözlerimizi aydınlatır. Ferzane canla Sohrab'a seni o kadar çok anlattım ki; birlikte büyüdüğümüzü, oynadığımız oyunları, sokaklardaki koşuşturmalarımızı. Yaptığımız haylazlıklar ikisini de güldürüyor.

Emir Ağa,

Çocukluğumuzun Afganistan'ı ne yazık ki çoktan öldü. İyilik bu toprakları terk etti; ölümlerden kaçmanın yolu kalmadı. Ölüm, her an, her yerde ölüm. Kâbil'i korku sardı; sokaklar, stadyum, pazar yerleri korku dolu; o artık hayatımızın bir parçası, Emir Ağa. *Vatan*'ımızı ele geçiren vahşiler, insan onurunu hiçe sayıyor. Daha geçen gün, Ferzane'yle birlikte patatesle *nan* almak için pazara gitmiştik. Satıcıya patatesin fiyatını sordu, ama adam onu duymadı – galiba bir kulağı sağırdı. Bunun üzerine Ferzane biraz daha yüksek sesle sordu, ansızın genç bir Talib koşarak yanımıza geldi ve elindeki sopayı Ferzane'nin baldırına var gücüyle indirdi. Öyle sert vurmuştu ki, karım yere yığıldı. Adam avaz avaz bağırıyor, Ahlak ve İffet Bakanlığı'nın kadınların yüksek sesle konuşmasını yasakladığını haykırıyordu. Ferzane'nin bacağındaki geniş morluk günlerce geçmedi; bense öylece durup karımın dayak yiyişini izlemekten başka hiçbir şey yapamadım. Karşı koysaydım, o köpek hiç kuşkusuz beynime kurşunu sıkardı; hem de seve seve! O zaman Sohrab'ım ne yapardı? Sokaklar aç yetimlerden geçilmiyor zaten; sağ olduğum için her gün Allah'a şükrediyorum. Ölümden korktuğum için değil, karımın bir kocası olduğu, oğlum da yetim kalmadığı için.

Keşke Sohrab'ı görebilseydin. Çok iyi bir çocuk. Babası gibi cahilin teki olmasın diye, Rahim Han Efendi'yle ben ona okuyup yazmayı öğrettik. Hele sapanı kullanışını bir görsen! Arada bir, Sohrab'a Kâbil'i gezdiriyor, şeker filan alıyorum. Şar-e-Nau'daki maymun adam hâlâ duruyor; ona rastlayınca para veriyor, maymun dansını Sohrab için yapmasını istiyorum. Gülmekten yerlere yatıyor! Sık sık, tepedeki mezarlığa gidiyoruz. Oradaki nar ağacının altına oturup *Şahname*'yi okurduk, anımsıyor musun? Kuraklık tepeyi kuruttu, ağaç yıllardır meyve vermiyor, ama Sohrab'la ikimiz yine de gölgesinde oturuyoruz, ona *Şahname*'yi okuyorum. En sevdiği bölümün, Rüstem'le Sohrab olduğunu söylememe bile gerek yok. Yakında kitabı kendi başına okuyabilecek. Ben çok gururlu, çok şanslı bir babayım.

Emir Ağa,

Rahim Han Efendi çok hasta. Bütün gün öksürüyor; ağzını sildiği zaman yenine kan bulaştığını görüyorum. Çok zayıfladı; Ferzane canın onun için pişirdiği *şorva*'yı, pilavı yemesi için yalvarıyorum. Ama o bir-iki lokma alıp bırakıyor, o da sırf Ferzane canın hatırına. Bu sevgili adam için öyle endişeleniyorum ki, her gün dua ediyorum. Birkaç gün sonra, oradaki doktorlara görünmek için Pakistan'a gidecek; *inşallah* iyi haberlerle döner. Ama yüreğim korku dolu. Sohrab'a, Rahim Han Efendi'nin iyileşeceğini söylüyoruz. Başka ne yapabiliriz? Henüz on yaşında ve Rahim Han Efendi'ye tapıyor. Birbirlerine çok yakın, çok düşkünler. Rahim Han Efendi onu çarşıya götürür, ona balon, bisküvi alırdı, ama artık bunu yapamayacak kadar halsiz.

Son zamanlarda sık sık rüya görüyorum, Emir Ağa. Kimisi tam bir kâbus; örneğin, çimleri kan kırmızı bir futbol sahasında asılmış, çürüyen cesetler. Soluk soluğa, ter içinde uyanıyorum. Ama genellikle güzel düşler görüyor, bunun için de Allah'a şükrediyorum. Rahim Han Efendi'nin sağlığına kavuştuğunu görüyorum. Oğlumun büyüyüp iyi bir insan olduğunu, özgür ve önemli biri olduğunu görüyorum. *Lale*'lerin Kâbil sokaklarını yeniden doldurduğunu, çayhanelerden *rubab* müziği yayıldığını, uçurtmaların gökyüzünde süzüldüğünü. Ve senin bir gün Kâbil'e, çocukluğunun yurduna döndüğünü görüyorum. Bunu yaparsan, eski ve sadık bir dostun seni beklediğini göreceksin.

Allah her zaman yanında olsun.
Hasan

Mektubu iki kez okudum. Sonra katladım, bir dakika kadar yeniden fotoğrafa baktım. İkisini de cebime soktum. "Nasıl, iyi mi?" diye sordum.

"O mektup altı ay önce yazılmıştı; benim Peşaver'e gelmemden bir-iki gün önce," dedi Rahim Han. "Fotoğrafı da son gün çektim. Peşaver'e varışımdan bir ay sonra, Kâbil'deki komşularımdan biri beni aradı. Ve olup biteni anlattı: Ben ayrıldıktan hemen sonra, bir Hazara ailenin Vezir Ekber Han mahallesindeki büyük bir evde, tek başına yaşadığı duyulmuş – daha doğrusu, Taliban'ın iddiası, buymuş. Durumu araştırmak için birkaç Talib yetkili gelmiş, Hasan'ı sorguya çekmiş. Hasan benimle birlikte oturduğunu söylemiş, beni arayan komşu dahil, bütün komşular da onu doğrulamış, ama yetkililer ona inanmamış. Ona bütün Hazaralar gibi yalancı ve hırsız olduğunu söylemişler; ailesiyle birlikte günbatımına kadar def olup gitmesini emretmişler. Hasan karşı çıkmış. Ama komşumun dediğine göre Taliban o büyük eve -nasıl demişti?- ha, evet, 'aç kurtlar gibi', ağzı sulanarak bakıyormuş. Hasan'a, eve kendilerinin yerleşeceğini ve güya ben dönünceye kadar da göz-kulak olacaklarını söylemişler. Hasan direnmiş. Onlar da onu alıp sokağa çıkartmışlar..."

Soluğumu tuttum. "Hayır."

"... diz çökmesini emretmişler..."

"Yo, Tanrım, hayır."

"ve ensesinden kurşunlamışlar."

"Hayır."

"Ferzane çığlıklar atarak üzerlerine saldırmış..."

"Hayır."

"... onu da vurmuşlar. Daha sonra da kendilerini, nefsi müdafaa diye savunmuşlar."

Yapabildiğim tek şey, defalarca, üst üste fısıldamaktı: "Hayır. Hayır. Hayır."

Sürekli 1974 yılındaki o günü, hastane odasını, Hasan'ın dudak ameliyatından sonraki uyanışını düşünüyordum. Baba, Ali, Rahim Han onun yatağının çevresinde toplaşmış, bir el aynasında yeni dudağını inceleyen Hasan'ı izlemiştik. O odadakiler şimdi ya ölmüştü ya da ölmek üzere. Ben hariç.

Sonra, bir şey daha gördüm: Çizgili kumaştan bir yelek giymiş bir adam, Kalaşnikof'unun namlusunu Hasan'ın ensesine bastırıyor. Patlama babamın evinin bulunduğu sokakta yankılanıyor. Hasan asfalta devriliyor; karşılıksız bağlılığa adanmış yaşamı ondan ayrılıyor, hızla uzaklaşıyor – tıpkı kovaladığı, rüzgâra kapılmış uçurtmalar gibi.

"Taliban eve yerleşti," diye sürdürdü Rahim Han sözünü. "Buldukları kılıfsa, evi bir işgalciden kurtardıklarıydı. İşledikleri cinayetleri de, nefsi müdafaa savıyla geçiştirdiler. Kimse bu konuda tek kelime etmedi. Taliban'dan ödleri kopuyordu. Ayrıca, hiç kimse bir çift Hazara hizmetçi için kendini tehlikeye atmak istemedi."

"Sohrab'ı ne yaptılar?" diye sordum. Kendimi bitkin, boşalmış hissediyordum. Bir öksürük nöbeti Rahim Han'ı pençesine aldı, uzunca bir süre de bırakmadı. Sonunda başını kaldırıp baktığında, yüzü kızarmış, gözlerine kan oturmuştu. "Bildiğime göre, Karteh-Seh'teki bir yetimhanedeymiş. Emir can..." Yeniden öksürmeye başladı. Öksürük kesildiğinde, Rahim Han birkaç dakika öncesinden daha ihtiyar görünüyordu; her öksürük onu biraz daha yaşlandırıyordu sanki. "Emir can, seni buraya çağırdım, çünkü ölmeden önce seni görmek istiyordum. Ama tek nedeni bu değil."

Bir şey demedim. Ne söyleyeceğini biliyordum.

"Kâbil'e gitmeni istiyorum. Sohrab'ı alıp buraya getirmeni istiyorum."

Doğru sözcükleri bulmak için kendimi zorladım, bulamadım. Hasan'ın ölümünü, bu gerçeği sindirecek zamanım bile olmamıştı.

"Lütfen dinle beni. Burada, Peşaver'de Amerikalı bir çift var; Thomas ve Betty Caldwell adında Hıristiyan bir karı-koca. Özel bağışlarla ayakta tuttukları, küçük bir hayır kurumu işletiyorlar. Çoğunlukla, ana-babasını yitirmiş Afgan çocuklara barınak sağlıyor, karınlarını doyuruyorlar. Orayı gördüm. Temiz ve güvenli bir yuva; çocuklara çok iyi bakılıyor. Bay ve Bayan Caldwell gerçekten iyi, tatlı insanlar. Sohrab'ı yuvaya memnuniyetle kabul edeceklerini söylediler..."

"Rahim Han, ciddi olamazsın."

"Çocuklar kırılgandır, Emir can. Kâbil zaten kırılmış çocuklarla dolu; Sohrab'ın onlardan biri olup çıkmasını istemiyorum."

"Rahim Han, Kâbil'e gitmek istemiyorum. Gidemem!"

"Sohrab çok akıllı, yetenekli bir çocuk. Ona burada, onu seven insanların arasında yepyeni bir yaşam verebiliriz... yeni umutlar. Thomas Ağa iyi biri, Betty Hanım da öyle şefkatli ki... o yetimlerin üstüne nasıl titrediklerini görmelisin."

"Neden ben? Buradan birini bulup gönderemez miydin? Sorun buysa, parasını ben veririm."

"Konu para değil, Emir!" diye kükredi Rahim Han. "Ben ölmek üzere olan biriyim ve aşağılanmayı kabul edemem! Ben parayı *hiçbir zaman* önemsemedim, bunu gayet iyi bilirsin. Neden sen, öyle mi? Nedenini ikimiz de biliyoruz, öyle değil mi?"

Bu yorumun anlamını anlamak istemiyordum, ama anladım; hem de çok iyi anladım. "Amerika'da bir karım, bir evim, mesleğim ve bir ailem var. Kâbil çok tehlikeli bir yer; benden her şeyimi tehlikeye atmamı istiyorsun..."

Rahim Han sözümü kesti: "Biliyor musun, bir gün sen ortalarda yokken, babanla konuşuyorduk. O sıralarda senin için çok kaygılanıyordu, bilirsin. Bana şöyle dedi: 'Rahim, kendini savunmayan bir çocuk, erkek olduğunda hiçbir şeyi savunamaz.' Haklı mı çıktı yoksa?"

Gözlerimi yere eğdim.

"Ölen birinin son arzusunu yerine getirmeni istiyorum, hepsi bu," dedi tane tane.

Az önceki yorumuyla bir kumar oynamıştı. Kozunu kullanmıştı. Ya da o anda, ben öyle düşündüm. Sözcükleri aramızda asılı kalmıştı, ama o hiç olmazsa ne söyleyeceğini biliyordu. Oysa ben hâlâ uygun sözcükleri aranıyordum, üstelik odadaki yazar bendim. Sonunda, şunda karar kıldım: "Belki de Baba haklıydı."

"Böyle düşünmene üzüldüm, Emir."

Ona bakamıyordum. "Sen aynı fikirde değil misin?"

"Olsaydım, seni buraya çağırmazdım."

Alyansımla oynadım. "Beni her zaman gözünde büyütmüşsündür, Rahim Han."

"Sense kendine karşı her zaman acımasız olmuşsundur." Durakladı. "Bir şey daha var. Bilmediğin bir şey."

"Rahim Han, lütfen..."

"Sanaubar, Ali'nin ilk karısı değildi."

Bunun üzerine, başımı kaldırıp ona baktım.

"Daha önce de bir kez evlenmişti; Cagori bölgesinden bir Hazara'yla. Sen doğmadan çok önce. Üç yıl evli kaldılar."

"Bunun konumuzla ne ilgisi var?"

"Çocukları olmadı. Kadın üç yıl sonra Ali'yi terk etti ve Khostlu bir adamla evlendi. *Ona* üç kız doğurdu. Sana anlatmaya çalıştığım şey, işte bu."

Lafin nereye gittiğini görebiliyordum artık. Ama duymak istemiyordum. California'da harika bir yaşamım vardı; sivri çatılı, Victoria tarzı, güzel bir evim, mutlu bir evliliğim, gelecek vaat eden bir yazarlığım, beni seven bir kayınvalideyle kayınpederim. Bu zırvalara hiç ihtiyacım yoktu.

"Ali kısırdı," dedi Rahim Han.

"Hayır, değildi. Sanaubar ona Hasan'ı doğurdu, öyle değil mi? Dolayısıyla, bir çocukları oldu."

"Hayır, *onların* çocuğu olmadı," dedi Rahim Han.

"Evet, oldu."

"Hayır, olmadı, Emir."

"Peki, o zaman kim..."

"Bence yanıtı biliyorsun."

Dik bir yamaçtan aşağıya kayan, tutunabileceği bir ot, bir çalı arayan ama eli boş kalan biri gibiydim. Oda sallanıyor, yalpalıyordu – aşağı yukarı, sağa sola. "Hasan biliyor muydu?" dedim bin güçlükle; dudaklarım bana ait değildi sanki. Rahim Han gözlerini yumdu. Başını salladı.

"Sizi adiler," diye tısladım. Ayağa kalktım. Haykırdım. "Sizi aşağılık piçler! Hepiniz... adi, iğrenç yalancılar!"

"Lütfen otur," dedi Rahim Han.

Kükredim: "Bunu benden nasıl gizlersiniz? Hele *ondan?*"

"Lütfen düşün, Emir can. Utanç verici bir durumdu. Rezillik. Millet konuşmaya başlayacaktı. Baban gibi bir adam, onurunu, adını her şeyin üstünde tutan biri... Kimseye tek kelime edemezdik; bunu en iyi senin anlaman gerekir." Bana uzandı, ama elini ittim. Kapıya yöneldim.

"Emir can, lütfen gitme."

Kapıyı açtım, sonra döndüm: "Neden? Kalmam için bana söyleyebileceğin herhangi bir şey var mı? Olabilir mi? Otuz sekiz yaşındayım ve az önce bütün hayatımın koca, kahrolası bir yalan olduğunu öğreniyorum! Durumu düzeltebilecek, gönlümü alabilecek tek bir sözcük olsun bulabilir misin? Hayır. Lanet olsun, elbette hayır!"

Döndüm, oradan kaçtım.

ON SEKİZ

Güneş neredeyse batmış, gökyüzünde mor ve kızıl renklerde, kalın, boğucu bir battaniye bırakmıştı. Beni Rahim Han'ın apartmanından uzaklaştıran hareketli, dar sokakta yürüdüm. Sokak yayaların, bisiklet ve çekçek arabalarının tıkadığı, karman çorman bir geçitler, çıkmaz sokaklar labirentiydi. Köşe başlarından Coca-Cola ve sigara tabelaları sarkıyor, Lollywood film afişlerindeki ihtiraslı kadınlar yakışıklı, esmer erkeklerle kadife çiçeği tarlalarında dans ediyordu.

Küçük, dumanlı bir çayevine girdim, bir bardak çay söyledim. Katlanır iskemlemi geriye ittim, yüzümü sıvazladım. Bir duvardan aşağıya kayma duygusu hafiflemişti. Onun yerini, kendi evinde uyanıp da bütün eşyaların yer değiştirdiğini gören ve artık hiçbir köşe bucağı tanıyamayan birinin yabancılaşma duygusu almıştı. Nerede olduğunu çıkartamıyor, çevresini yadırgıyordu; ait olduğu yeri yeniden bulabilmesi için, her şeyi sil baştan düzenlemesi gerekiyordu.

Nasıl bu kadar kör olabilmiştim? Oysa bütün işaretler ortada, gözümün önündeydi; şimdi hepsi birden, uçarak bana doğru geliyorlardı: Hasan'ın tavşandudağını düzeltmesi için Doktor Kumar'ı getirten Baba. Hasan'ın doğum gününü bir kez olsun atlamayan Baba. Lale ektiğimiz günü çok iyi anımsıyordum; Baba'ya hizmetçileri değiştirmeyi düşünmez misin, diye sormuştum. *Hasan hiçbir yere gitmiyor,* diye gürlemişti. *Burada, bizimle kalıyor, ait olduğu yerde! Burası onun yuvası, biz de ailesiyiz.* Ali, Hasan'la birlikte gideceğini söylediği zaman Baba ağlamıştı, *ağlamıştı.*

Garson bir fincan çay getirip masaya bıraktı. Masanın ayaklarının bir çarpı işareti biçiminde kesiştiği noktaya her biri ceviz büyüklüğünde, bir dizi pirinç top asılmıştı. Toplardan biri gevşemişti. Eğildim, sıkıştırdım. Keşke kendi yaşamımı da böyle bir çırpıda onarabilseydim. Yıllardır gördüğüm en demli, en koyu çaydan bir yudum aldım, Süreyya'yı düşünmeye çalıştım; generali, Cemile Hala'yı, bitirilmeyi bekleyen romanı. Sokaktaki curcunayı, karman çorman trafiği, küçük dükkânlara girip çıkan insanları seyrettim. Yan masadaki transistorlu radyodan yayılan *kaval* sesini dinlemeye çalıştım. Ne olursa. Ama yine de, mezun olduğum günün gecesi, bana az önce hediye ettiği Ford'da yanımda oturan, bira kokan Baba gözümün önünden gitmiyordu: *Keşke Hasan da bugün yanımızda olsaydı.*

Bunca yıldır bana nasıl yalan söyleyebilmişti? Hasan'a? Küçükken beni kucağına oturtmuş, gözlerimin içine bakmış ve şöyle demişti: *Tek bir günah vardır. O da hırsızlıktır... Yalan söylediğin zaman, birinin gerçeğe ulaşma hakkını çalmış olursun.* Bunları söyleyen, o değil miydi? Ve şimdi, onu gömmemden on beş yıl sonra, Baba'nın bir hırsız olduğunu öğreniyordum. Hem de hırsızların en kötü türünden, çünkü onun çaldığı şeyler kutsaldı: Benden, bir erkek kardeşim olduğunu bilme hakkını, Hasan'dan kimliğini, Ali'den de onurunu çalmıştı. *Nang*'ını. *Namus*'unu.

Sorular art arda saldırıyordu: Baba, Ali'nin gözlerine bakmayı nasıl becermişti? Ali o evde, bir Afgan erkeğine yapılabilecek en çirkin hakarete, aşağılanmaya maruz kaldığını bile bile, nasıl yaşayabilmişti? Peki ben, zihnime bu kadar uzun zamandır kazınmış olan Baba imgesini, sırtında kahverengi takım elbisesi, Süreyya'yı istemek için Taherilerin araba yolunu topallayarak çıkan erkeğin görüntüsünü bu yeni imgeyle değiştirmeyi nasıl başaracaktım?

İşte, yaratıcı yazarlık öğretmenimin burun bükeceği bir klişe daha – azıcık değiştirilmiş haliyle: Babasına bak, oğlunu al. İyi ama, doğru değil miydi? Sonuçta, Baba'yla birbirimize hiç tahmin etmediğim kadar çok benzediğimiz ortaya çıkmıştı. İkimiz de, yaşamlarını bizim için feda eden insanlara ihanet etmiştik. Aynı anda, dank etti: Rahim Han beni buraya sırf kendi günahlarımın değil, babamınkilerin de kefaretini ödemem için çağırmıştı.

Rahim Han, kendime karşı hep çok katı olduğumu söylemişti. Ama ben bundan kuşkuluydum. Evet, Ali'nin ayağının altına o mayını yerleştiren ben değildim; Hasan'ı vurması için Taliban'ı çağıran da. Ama Ali'yle Hasan'ın evden gitmesine ben neden olmuştum. Bunu yapmasaydım bütün bunlar olmazdı, olaylar başka türlü gelişirdi. Bu, çok mu zorlama bir varsayımdı? Belki Baba, Amerika'ya giderken onları da yanına alırdı. Belki Hasan şimdiye kendi evini kurar, onun bir Hazara olduğunu şu kadarcık umursamayan, daha doğrusu Hazara'nın ne olduğunu bile bilmeyen bir ülkede bir iş, bir aile, bir yaşam sahibi olurdu. Belki olmazdı. Ama olabilirdi de.

Kâbil'e gidemem, demiştim Rahim Han'a. *Amerika'da bir karım, bir mesleğim, bir ailem var.* İyi ama, eylemlerimin Hasan'ı tam da bunlardan yoksun bıraktığını bilerek, eşyalarımı toplayıp oraya nasıl dönerdim?

Keşke Rahim Han beni hiç aramasaydı. Keşke kayıtsızlığa, unutuşa gömülmüş bir halde yaşamama izin verseydi. Ama aramıştı. Ve bana, her şeyi değiştiren şeyler anlatmıştı. Bana, bütün yaşamımın, o 1975 kışından önce, o şarkı söyleyen Hazara dadıdan önce bile bir yalanlar, ihanetler ve sırlar döngüsü olduğunu göstermişti.

Yeniden iyi biri olunabilir, demişti. Bunun bir yolu vardır.

Döngüyü kırmanın bir yolu.

Küçük bir çocukla. Bir yetim. Hasan'ın oğlu. Kâbil'de bir yerde.

Rahim Han'ın apartmanına dönmek için bindiğim çekçek arabasında, Baba'nın söylediği bir şeyi anımsadım. Senin sorunun, kavgalarını senin yerine hep bir başkasının yapmış olması, demişti. Artık otuz sekiz yaşındaydım. Saçlarım seyrelmeye, kırlaşmaya başlamıştı; son zamanlarda gözlerimin etrafında kaz ayağı biçiminde, küçük çizgiler görüyordum. Artık daha yaşlı olabilirdim, ama kendi kavgamı üstlenemeyecek kadar ihtiyarlamamıştım henüz. Baba'nın pek çok yalan söylediği anlaşılmıştı, ama bu konuda yalan söylememişti.

Polaroid'deki yuvarlak yüze, güneşin bu yüze vuruşuna bir kez daha baktım. Erkek kardeşimin yüzü. Hasan beni bir zamanlar sevmişti; hiç kimsenin sevmediği ve sevmeyeceği bir biçimde. O artık yoktu ama onun küçük bir parçası hayattaydı. Kâbil'deydi.

Bekliyordu.

Rahim Han'ı odanın bir köşesinde *namaz* kılarken buldum. Kan kırmızı göğe, doğuya karşı eğilmiş bir karaltı.

Ona Kâbil'e gideceğimi, sabah Caldwell çiftini aramasını söyledim.

"Senin için dua edeceğim, Emir can," dedi.

ON DOKUZ

Yine aynı şey oldu; araba tuttu. Üzerinde HAYBER GEÇİDİ'NE HOŞ GELDİNİZ yazan, mermilerle delik deşik olmuş tabelayı geçmiştik ki, midem kasılmaya, ağzıma safra dolmaya başladı. Bir şey midemi çalkalıyor, buruyordu. Şoförüm Ferit bana buz gibi bir bakış fırlattı. Gözlerinde anlayıştan, sevecenlikten eser yoktu.

"Camı indirebilir miyiz?" diye sordum.

Bir sigara yaktı, direksiyona dayadığı sol elinin sağlam kalmış iki parmağının arasına kıstırdı. Kara gözlerini yoldan ayırmaksızın öne eğildi, ayaklarının arasındaki tornavidayı aldı, bana uzattı. Tornavidayı kapıdaki cam kolundan kalma küçük deliğe soktum, döndüre döndüre camı indirdim.

Ferit bana hoşnutsuz bir bakış daha fırlattı, ama bu seferkinde pek de gizleyemediği, belli belirsiz bir düşmanlık vardı; sonra sigarasına döndü. Cemrud Kalesi'nden ayrıldığımızdan bu yana ağzından yalnızca üç-beş sözcük çıkmıştı.

"*Teşekkür,*" diye mırıldandım. Başımı camdan dışarıya uzattım, yüzümü serin öğleden sonra rüzgârına bıraktım. Hayber Geçidi'nde yer alan Kâbile topraklarındaki bu yolculuk, şist ve kireçtaşından oluşan, sarp kayalıkları keskin kıvrımlarla delen yol, tıpkı anımsadığım gibiydi – Baba'nın arabasıyla bu haşin araziden ta 1974'te geçmiştik. Derin koyaklara oturmuş kıraç, görkemli dağların sivri zirveleri gökyüzüne yükseliyordu. Uçurumların tepesinde kerpiç surlu, çok eski kalelerin yıkıntıları seçiliyordu. Gözlerimi kuzey yandaki doruğu karlı Hindikuş'tan ayırmamaya çalışıyordum, ama ne zaman midem azıcık yatışır gibi olsa, kamyon bir viraja daha dalıyor, yeni bir öğürtü dalgasını harekete geçiriyordu.

"Limonu dene."

"Ne?"

"Limon. Bulantıya iyi gelir," dedi Ferit. "Bu yolda her zaman yanıma bir limon alırım."

"Yo, teşekkür ederim," dedim. Mideme yeni asit eklemenin düşüncesi bile, beni yeniden öğürtmüştü. Ferit dudak büktü. "Eh, Amerikan ilaçları kadar cicili bicili değil, biliyorum; yalnızca annemden öğrendiğim eski bir çare."

Aramızı ısıtma fırsatını kaçırdığıma pişman olmuştum. "Madem öyle, bir denesem iyi olacak."

Arka koltuktan bir kesekağıdı aldı, içinden yarım bir limon çıkardı. Limonu ısırdım, bir-iki dakika bekledim. "Haklıymışsın. İyi geldi," diye salladım. Kabalık etmektense acı çekmenin daha doğru olacağını bilecek kadar Afgan'dım. Zorla gülümsedim.

"Bildik *vatan* usulünden şaşmayacaksın; süslü püslü ilaçlara gerek yok," dedi. Ses tonu hâlâ aksi, tersti. Sigarasının külünü silkeledi, dikiz aynasında kendini hoşnut bir ifadeyle süzdü. Bir Tacik'ti; uzun boylu, zayıf, esmer; açık havanın yıprattığı bir yüzü, dar omuzları ve uzun bir boynu vardı; başını çevirdiği zaman sakalının arasından bir âdemelması fırlıyordu. Giyimi benimkine benziyordu; gri bir *pirhan-tumban*, bir yelek, üzerinde de el dokuması, yün bir şal. Başındaki kahverengi *pakol*'u, Tacik kahraman (Taciklerin 'Pencer Aslanı' dediği) Ahmet Şah Mesut'un yaptığı gibi, bir yana eğmişti.

Ferit'le beni Peşaver'de, Rahim Han tanıştırmıştı. Ferit'in o yıpranmış, derin çizgilerle dolu yüzüne karşın, henüz yirmi dokuz yaşında olduğunu söyledi. Mezar-ı Şerif'te doğmuş, on yaşına, yani babası ailesini toplayıp Celalabat'a göçünceye kadar orada yaşamıştı.On dördünde, babasıyla birlikte *Şoravi*'ye karşı *cihat*'a katılmıştı. İki yıl Pencer Vadisi'nde çarpışmışlardı; ta ki bir helikopterden açılan yaylım ateşi yaşlı adamı paramparça edinceye kadar. Ferit'in iki karısı, beş çocuğu vardı. "Aslında yedi taneydi," dedi Rahim Han, esefle. Birkaç yıl önce, iki kızını Celalabat'ın hemen dışındaki bir mayın patlamasında yitirmişti; aynı patlamada kendisi de ayak parmaklarının bir kısmını ve sol elinin üç parmağını kaybetmişti. Bunun üzerine karısını ve çocuklarını alıp Peşaver'e yerleşmişti.

"Kontrol noktası," diye homurdandı Ferit. Koltuğuma azıcık gömüldüm, kollarımı göğsümde kavuşturdum; bir anlığına da olsa mide bulantısını filan unuttum. Ama kaygılanmam gereksizmiş. İki Pakistanlı milis her yanı dökülen Land Cruiser'ımıza yaklaştılar, içine şöyle bir bakıp ellerini 'geç' dercesine salladılar.

Ferit, Rahim Han'la yaptığımız hazırlık listesinin birinci sırasındaydı; öteki maddelerse, dolarlarımı Kaldar ve Afgan parasıyla değiştirmek, kılık kıyafetimi düzenleyip *pakol*'umu yanıma almak (işin komik yanı, Afganistan'da yaşarken bile onu bir kez olsun takmamıştım), Hasan'la Sohrab'ın fotoğrafını çantama koymak ve en önemli malzemeyi edinmekti: siyah, göğse kadar uzanan bir takma sakal; Şii tarzı – ya da, Taliban'ın Şiiliğe uygun bulduğu tarz. Rahim Han Peşaver'de tam da bu tarife uyan sakallar yapan birini tanıyordu; adamın müşterileri arasında, Batılı savaş muhabirleri de vardı.

Rahim Han yanında birkaç gün daha kalmamı istemiş, daha ayrıntılı bir plan yaparız, demişti. Ama ben, yola en kısa zamanda çıkmam gerektiğinin farkındaydım. Fikrimi değiştirmekten korkuyordum. Ölçüp biçmekten, evirip çevirmekten, büyütmekten, usa vurmaktan ve kendi kendimi caydırmaktan korkuyordum. Amerika'daki yaşamımın cazibesine kapılıp geri dönmekten, kendimi o büyük, engin ırmağa bırakmaktan, unutmaktan, son birkaç günde öğrendiklerimi elimden bırakıp dibe çökmelerini beklemekten korkuyordum. Kendimi akıntıya bırakıp yapmam gereken şeyden uzaklaşmaktan. Hasan'dan. Çağrısına uyup geldiğim geçmişten. Ve bu son kefaret fırsatını kaçırmaktan. Hayır, işi şansa bırakamazdım; derhal yola çıktım. Süreyya'ya, Afganistan'a geri döndüğümü haber vermek, söz konusu bile değildi. Verseydim, Pakistan'a kalkan ilk uçağa binerdi.

Sınırı geçmiştik; dört bir yan yoksulluğun işaretleriyle doluydu. Yolun iki yanında, şuraya buraya serpiştirilmiş, kayalıkların arasına eski oyuncaklar gibi fırlatılmış küçük köyler vardı; aslında dört kazıkla üzerine çatı niyetine gerilmiş bir sayvandan oluşan kulübeler, her yanı dökülen, toprak evler. Kulübelerin önünde top oynayan, üstleri başları yırtık pırtık çocuklar. Birkaç kilometre sonra gözüme eski, yanmış bir Sovyet tankının çevresine bir dizi karga gibi tünemiş bir grup erkek ilişti; sırtlarına aldıkları örtülerin uçları rüzgârda çırpınıyordu. Arkalarında, kahverengi *burka*'lı, omzunda iri bir testi taşıyan bir kadın, delik deşik bir yoldan, sırt sırta vermiş toprak evlere doğru ilerliyordu.

"Tuhaf," dedim.

"Ne?"

"Kendimi, kendi ülkemde bir turist gibi hissediyorum," diye açıkladım; yolun kenarında, yarım düzine kadar keçiyi güden çobana bakarak. Ferit alayla güldü. Sigarasını fırlattı. "Burayı hâlâ ülken olarak mı görüyorsun?"

"Bir parçam, her zaman öyle görecek." Sesim amaçladığımdan çok daha savunmacı çıkmıştı.

"Amerika'da yirmi yıl yaşadıktan sonra, ha?" dedi, bir deniz topu büyüklüğündeki çukurdan sakınmak için direksiyonu hızla çevirirken.

Başımı salladım. "Ben Afganistan'da büyüdüm."

Ferit yine kesik, alaycı bir ses çıkardı.

"Neden öyle yaptın?" diye sordum.

"Boş ver," diye mırıldandı.

"Yo, öğrenmek istiyorum. Neden yaptın?"

Dikiz aynasındaki gözlerinde kısacık bir ışık çakıp söndü. "Bilmek istiyorsun, demek?" diye çemkirdi. "Dur da bir tahmin edeyim, Ağa Efendi. Büyük bir olasılıkla, iki ya da üç katlı, kocaman bir evde yaşıyordun; bahçıvanınız güzel bahçenizi çiçeklerle, meyve ağaçlarıyla donatmıştı. Sokak kapınız kalın, ağırdı, tabii. Baban Amerikan malı bir araba kullanıyordu. Hizmetkârlarınız vardı; muhtemelen Hazara. Annenle baban evi süslesinler, verdikleri gösterişli *mehmeni*'lere hazırlasınlar diye bir sürü işçi tutuyorlardı; sonra arkadaşları geliyor, içki içip Avrupa'ya, Amerika'ya yaptıkları seyahatleri anlatıyorlardı. Hayatında ilk kez, şu anda *pakol* taktığına, ilk oğlumun gözleri üzerine bahse girerim." Bana bakıp sırıttı; vaktinden önce çürümüş dişleri göründü. "Evet, iyi tahmin yürütebildim mi?"

"Neden böyle şeyler söylüyorsun?" diye sordum.

"Çünkü sen sordun; öğrenmek istedin," diye yapıştırdı. Toprak bir yolda güçlükle ilerleyen, üstü başı perişan, yaşlı bir adamı gösterdi; omzuna çalı çırpıyla dolu, kocaman bir çuval vurmuştu. "İşte, gerçek Afganistan bu, Ağa Efendi. Benim bildiğim Afganistan. Sen mi? Sen burada *her zaman* bir turisttin, yalnızca haberin yoktu."

Rahim Han beni, burada kalıp yıllarca savaşan insanlardan sıcak bir karşılama, güler yüz beklememem için uyarmıştı. "Babana üzüldüm," dedim. "Kızlarına üzüldüm, eline de."

"Bunun benim için hiçbir değeri yok," dedi, elini göstererek. "Hem buraya neden döndün ki? Baba'nın arazisini satmak için mi? Parayı cebine atıp Amerika'daki annenin yanına koşmak için mi?"

"Annem beni doğururken ölmüş."

İçini çekti, bir sigara yaktı. Bir şey demedi.

"Kenara çek."

"Ne?"

"Kenara çek, Allah kahretsin!" dedim. "Kusacağım." Kamyon yolun çakıl taşlı kıyısına yanaşırken, kendimi yuvarlanırcasına dışarıya attım.

Akşamüstüne doğru arazi değişti; kıraç zirvelerin, çıplak yamaçların yerini daha yeşil, daha kırsal bir manzara aldı. Landi Kotal'dan sonra alçalmaya başlayan ana geçit, Şinvari bölgesinden geçip Landi Khana'ya ulaşmıştı. Torkham'da Afganistan'a girdik. Yolun iki yanındaki çam ağaçları anımsadığımdan daha seyrek, daha cılızdı, ama Hayber Geçidi'ndeki bu çetin yolculuğun ardından ağaçları yeniden görmek yine de güzeldi. Giderek Celalabat'a yaklaşıyorduk; geceyi Ferit'in orada yaşayan erkek kardeşinin evinde geçirecektik.

Nangarhar eyaletinin başkenti olan, meyvesi ve ılık iklimiyle ünlü Celalabat'a girerken, güneş henüz tam anlamıyla batmamıştı. Ferit kent merkezindeki binaların, taş evlerin önünden geçti. Palmiye ağaçları hiç de aklımda kaldığı kadar sık değildi, evlerin kimisi de artık yalnızca çatısız duvarlardan, eğri büğrü tuğla yığınlarından ibaretti.

Ferit dar, kaldırımsız bir sokağa saptı, Land Cruiser'ı kurumuş bir hendeğin kenarına çekti. Kamyondan indim, gerindim, derin bir soluk aldım. Eskiden Celalabat'ın çevresini saran, çiftçilerin şekerkamışı yetiştirdiği, bakımlı tarlalardan gelen rüzgâr kente baygın bir koku taşırdı. Gözlerimi yumdum, o tatlı kokuyu aradım. Bulamadım.

"Hadi, gidelim," dedi Ferit sabırsızca. Toprak yolu tırmandık, birkaç yapraksız kavak ağacının, yıkık dökük, toprak duvarın önünden geçtik. Ferit tek katlı, bakımsızlıktan dökülen bir evin önünde durdu, tahta kapıya vurdu.

Okyanus yeşili gözlü, beyaz eşarplı genç bir kadının yüzü göründü. Önce beni gördü, irkildi, Ferit'i seçince, gözleri parladı. "*Selamın aleyküm,* Ferit Kaka!"

"*Selam,* Meryem can," diye karşılık veren Ferit, benden bütün gün esirgediği bir şey yaptı: tatlı tatlı gülümsedi. Kadının başının tepesine bir öpücük kondurdu. Genç kadın bize yol vermek için geri çekildi; Ferit'in peşinden küçük eve girerken, beni merakla süzüyordu.

Kerpiç tavan alçak, toprak duvarlar çıplaktı; odayı yalnızca bir köşeye konmuş, bir çift fener aydınlatıyordu. Ayakkabılarımızı çıkardık, zemini kaplayan hasırın üzerinde ilerledik. Üç erkek çocuk, bir duvarın dibinde duran, üzerine kenarları yırtık bir battaniye atılmış ince şiltenin üzerinde bağdaş kurmuş oturuyordu. Uzun boylu, geniş omuzlu, sakallı bir erkek bizi selamlamak üzere doğruldu. Ferit'le kucaklaştılar, öpüştüler. Ferit onu bana tanıttı: "Vahit, ağabeyim." Vahit'e döndü. "Amerika'dan geldi," dedi, başparmağını bana doğru sallayarak. Sonra çocukların yanına gitti.

Vahit'le birlikte, çocukların karşısındaki duvarın dibine çöktük; çocuklar Ferit'i kuşatmış, bir tanesi omzuna tırmanmıştı. Vahit karşı çıkmama aldırmadı ve yerde daha rahat etmem için, oğlanların birinden bir battaniye daha istedi, Meryem'e de çay getirmesini söyledi. Yolculuğumuzun nasıl geçtiğini sordu.

"Umarım *dozd*'a filan rastlamamışsınızdır," dedi. Hayber Geçidi, çetin arazisiyle olduğu kadar yolcuları soyan haydutlarıyla da ünlüydü. Yanıt vermeme kalmadan, göz kırptı, yüksek sesle şöyle dedi: "Eh, hiçbir *dozd* kardeşimin o çirkin arabası için zaman harcamaz, elbette."

Ferit en küçük oğlanı yere devirmiş, sağlam eliyle gıdıklamaktaydı. Çocuk kıkırdıyor, tekmeler savuruyordu. "Hiç olmazsa benim bir arabam var," dedi, soluk soluğa. "Senin eşek nasıl?"

"Eşeğim senin arabadan çok daha iyi durumda."

"Khar khara mişnassah," diye yapıştırdı Ferit: Eşeğin halinden eşekler anlar. Hep bir ağızdan kahkahaları koyuverdiler, ben de onlara katıldım. Yan odadan kadın sesleri geliyordu. Oturduğum yerden, odanın bir bölümünü görebiliyordum. Meryem'le, kahverengi *hicap*'lı, daha yaşlıca bir kadın (muhtemelen, annesi) alçak sesle konuşuyor, bir çaydanlıktan demliğe sıcak su dolduruyorlardı.

Vahit sordu: "Amerika'da ne yapıyorsun, Emir Ağa?"

"Ben yazarım," dedim. Bunun üzerine Ferit'in kıkırdadığını duyar gibi oldum.

"Yazar mı?" dedi Vahit; etkilendiği açıkça belliydi. "Afganistan'ı mı yazıyorsun?"

"Şey, yazdım. Ama son zamanlarda değil." Son romanım, *Küllerin Mevsimi,* karısını yatakta bir öğrencisiyle yakaladıktan sonra, bir çingene kervanına katılan bir üniversite hocası hakkındaydı. Fena sayılmazdı. Bazı eleştirmenler 'iyi' bir kitap demiş, bir tanesi de 'sürükleyici' olarak nitelemişti. Ama ansızın, kitaptan utanmıştım. Vahit'in daha fazla soru sormamasını diledim.

"Belki yine Afganistan'ı yazarsın," dedi. "Dünyaya Taliban'ın ülkemize neler yaptığını anlatırsın."

"Şey, ben pek... yani o türde bir yazar değilim."

Vahit başını salladı. "Ah," dedi, azıcık kızararak. "En iyisini sen bilirsin, tabii. Fikir yürütmek bana düşmez..."

Aynı anda, Meryem'le yaşlı kadın içeriye girdiler; ellerindeki küçük tepside bir çift çay fincanıyla bir demlik vardı. Saygıyla ayağa kalktım, elimi göğsüme bastırdım, başımı eğdim. "*Selamın aleyküm,*" dedim.

Yüzünün alt kısmını gizlemek için *hicap*'ını yüzüne dolamış olan, yaşlıca kadın da başını eğdi. Zor duyulur bir sesle, "*Selam,*" diye karşılık vardi. Hiç göz göze gelmedik. Ben beklerken, fincana çay doldurdu.

Kadın dumanı tüten fincanı önüme koydu, odadan çıktı; çıplak ayakları en küçük bir ses çıkarmamıştı. Oturdum, demli çayı yudumladım. Vahit rahatsız edici sessizliği sonunda bozdu.

"Seni Afganistan'a getiren ne?"

"*Hepsini* ne getiriyor, sevgili kardeşim?" diye atıldı Ferit. Vahit'le konuşuyordu, ama küçümseme dolu gözleri bana dikiliydi.

Vahit onu payladı: "*Bas!*"

"Nedeni hep aynı," diye sürdürdü Ferit sözünü. "Toprağı ya da evi sat, parayı cebine at, sonra da fare gibi kaç. Amerika'ya dön, o parayla aileni Meksika'ya tatile götür."

"Ferit!" diye gürledi Vahit. Çocukları, hatta Ferit bile korkuyla irkildi. "Terbiyeyi filan unuttun galiba! Burası *benim* evim! Emir Ağa bu gece benim konuğum; beni bu şekilde rezil etmene izin veremem!"

Ferit ağzını açtı, bir şey söylemeye hazırlandı, sonra düşündü ve vazgeçti. Sırtını duvara yasladı, soluğunun altından bir şeyler mırıldandı, sakat ayağını sağlam olanın üzerine attı. Suçlayan gözleri bir an olsun benden ayrılmamıştı.

"Bizi bağışla, Emir Ağa," dedi Vahit. "Çocukluğundan beri, kardeşim konuşmadan önce durup da iki dakika düşünmez."

"Aslında hata bende," dedim, Ferit'in keskin bakışları altında gülümsemeye çalışarak. "Alınmadım. Afganistan'da ne aradığımı ona açıklamam gerekirdi. Buraya arazi satmaya gelmedim. Kâbil'e bir erkek çocuğunu bulmaya gidiyorum."

"Çocuk mu," diye yineledi Vahit.

"Evet." Gömleğimin cebindeki Polaroid'i çıkardım. Hasan'ın resmini görmek, ölüm yarasının o ince, taze kabuğunu bir kez daha kaldırdı. Başımı çevirmek zorunda kaldım. Fotoğrafı Vahit'e verdim. Dikkatle inceledi. Bir bana, bir fotoğrafa baktı. "Bu çocuk mu?"

Başımla doğruladım.

"Bu Hazara çocuğu."

"Evet."

"Neyin oluyor?"

"Babası benim için çok değerliydi. Resimdeki adam. Ne yazık ki öldü."

Vahit gözlerini kırpıştırdı. "Arkadaşın mıydı?"

İçgüdülerim 'evet' dememi tembihliyordu; yüreğim Baba'nın sırrını saklamak istiyordu. Artık yeterince yalan söylenmişti. "Üvey kardeşimdi." Yutkundum. "Gayri meşru kardeşim." Çay fincanını çeviriyor, kulpuyla oynuyordum.

"Burnumu sokmak istememiştim."

"Burnunu sokmuyorsun," dedim.

"Çocuğu ne yapacaksın?"

"Peşaver'e götüreceğim. Onunla ilgilenecek birileri var."

Vahit resmi bana geri verdi, iri elini omzuma koydu. "Sen şerefli bir adamsın, Emir Ağa. Gerçek bir Afgan'sın."

İçim korkuyla siniverdi.

Sonra, ekledi: "Bu gece seni evimde ağırlamaktan onur duyuyorum." Ona teşekkür ettim, Ferit'e bir göz attım. Şimdi önüne bakıyor, hasır kilimin lime lime olmuş kenarıyla oynuyordu.

Az sonra, Meryem'le annesi sebze *çorba*'sıyla dolu, dumanı tüten iki kâseyle iki somun ekmek getirdiler. "Et sunamadığımız için kusura bakma," dedi Vahit. "Bugünlerde ete bir tek Taliban'ın gücü yetiyor."

"Bu harika görünüyor," dedim. Gerçekten öyleydi. Hep beraber yiyelim, dedim, ama Vahit biz gelmeden karınlarını doyurduklarını söyledi. Ferit'le kollarımızı sıvadık, ekmeğimizi *çorba*'ya batırdık, ellerimizle yedik.

Ben yerken, Vahit'in üçü de cılız, kavruk yüzlü, kahverengi saçları kısacık kesilmiş oğlunun, dijital kol saatime kaçamak bakışlar fırlattığını fark ettim. En küçüğü, ağabeyinin kulağına bir şey fısıldadı. Ağabeyi başını salladı; gözünü saatimden ayırmıyordu. En büyükleri (sanırım on ikisindeydi) gözlerini elime dikmiş, öne arkaya sallanıyordu. Yemekten sonra ellerimi Meryem'in bir testiden döktüğü suyla yıkadım, Vahit'ten oğluna bir *hediye* vermek için izin istedim. Olmaz, dedi, ama ben ısrar edince, duraksayarak kabul etti. Kol saatimi çıkardım, çocukların en küçüğüne verdim. Duyulur duyulmaz bir sesle mırıldandı: "*Teşekkür.*"

"Dünyadaki bütün büyük kentlerin saatini gösteriyor," dedim. Oğlanlar başlarını kibarca salladılar, saati elden ele geçirip sırayla denediler. Ama az sonra ilgileri söndü, saat hasırın üzerinde unutuldu.

"Bana söyleyebilirdin," dedi Ferit, daha sonra. Vahit'in karısının yere bizim için yaydığı iki şiltede, yan yana yatıyorduk.

"Neyi?"

"Afganistan'a neden geldiğini." Sesinde, onunla tanıştığımızdan beri duyduğum o ters, aksi tınıdan eser yoktu.

"Sormadın ki," dedim.

"Bana söylemen gerekirdi."

"Sormadın."

Yüzünü bana döndü. Bir kolunu kıvırdı, başının altına soktu. "Belki çocuğu bulmana yardım ederim."

"Sağ ol, Ferit."

"Öyle kafadan tahmin yürütmekle hata ettim."

İçimi çektim. "Üzülme. Sandığından çok daha haklıydın."

Elleri arkadan kalın, tırtıklı bir sicimle bağlı; ip bileklerini kesiyor. Gözü siyah bir bezle kapatılmış. Sokağa, durgun, pis bir suyla dolu hendeğin kenarına diz çökmüş, başı omuzlarının arasından sarkıyor. Çakıl taşlarının üzerine öne arkaya sallanırken, dizleri sert zemine sürtünmekten kanıyor. Vakit akşama yakın; çakılların üzerindeki uzun gölgesi öne arkaya deviniyor. Duyulur duyulmaz bir sesle, bir şeyler mırıldanıyor. Yaklaşıyorum. Bin tane olsa, yine, *diyor.* Senin için bin tane olsa yakalarım. *Öne arkaya uğunuyor. Başını kaldırıyor. Üstdudağında belli belirsiz bir yara izi.*

Yalnız değiliz.

Önce namluyu görüyorum. Sonra da, onun arkasındaki adamı. Uzun boylu; çizgili bir yelek giymiş, siyah bir türban takmış. Yere, gözleri bağlı erkeğe bakıyor; gözlerinde engin, mağaramsı bir boşluktan başka hiçbir şey yok. Bir adım geri çekiliyor, tüfeği kaldırıyor. Namluyu, diz çökmüş adamın ensesine dayıyor. Solan güneş ışığı bir an madene vuruyor, kısacık parıldıyor.

Tüfek sağır edici bir çatırtıyla gürlüyor.

Namlunun ucundan geriye, kabzaya doğru bakıyorum. Kıvrılarak yükselen dumanın gerisindeki adamın yüzünü görüyorum. Çizgili yelekli adam, benim.

Boğazımda düğümlenmiş bir çığlıkla uyandım.

Dışarıya çıktım. Yarımayın gümüş, donuk ışığında durdum, silme yıldız dolu gökyüzüne baktım. Karanlıkta cırcırböcekleri ötüyor, hafif bir esinti yaprakları karıştırıyordu. Çıplak ayaklarımın altındaki toprak serindi; ansızın, sınırı geçmemizden bu yana ilk kez, geri döndüğümü hissettim. Bunca yıldan sonra yine memleketimdeydim, atalarımın toprağına basıyordum. Bu, büyük büyükbabamın üçüncü karısını gömdüğü, bir yıl sonra, 1915'te de Kâbil'i vuran kolera salgınında can verdiği topraktı. Kadın ona ilk iki karısının veremediğini vermişti: bir erkek evlat. Büyükbabam, Nadir Şah'la bu topraklarda ava çıkmış, bir geyik vurmuştu. Annem bu topraklarda ölmüştü. Ve ben, babamın sevgisini kazanmak için bu topraklarda mücadele etmiştim.

Sırtımı evin tuğla duvarlarından birine verdim. Eski yurduma ansızın duyduğum bu yakınlık... beni şaşırtmıştı. Unutacak, unutulacak kadar uzun zamandır yurtdışındaydım. Şu yaslandığım duvarın gerisinde uyuyanlar için bambaşka bir gezegen olan bir başka ülkede bir evim vardı. Bu toprakları çoktan unuttuğumu düşünüyordum. Oysa unutmamışım. Yarımayın o kemiksi, donuk ışığında dururken, Afganistan'ın ayağımın altında soluduğunu hissetmiştim. Belki Afganistan da beni unutmamıştı.

Batıya baktım ve şu dağların ardında bir yerde Kâbil'in hâlâ var olduğuna şaştım. Gerçekten de vardı; yalnızca eski bir anı ya da *San Francisco Chronicle* gazetesinin on beşinci sayfasındaki bir *Associated Press* haberinin başlığı değildi. Batıda, dağların gerisinde, tavşandudaklı kardeşimle birlikte uçurtma kovaladığımız kent yatıyordu. Oralarda bir yerde, rüyama giren, gözleri bağlı bir adam boşu boşuna ölmüştü. Bir keresinde, o dağların ardında bir seçim yapmıştım. Ve o seçim şimdi, çeyrek yüzyıl sonra, beni doğruca aynı topraklara getirmişti.

Tam içeriye girmeye hazırlanırken, evden gelen bazı sesler duydum. Bir tanesi, Vahit'in sesiydi.

"... çocuklara bir şey kalmadı," diye fısıldadı karısı.

"Aç olabiliriz ama yabani değiliz! O bir konuk! Ne yapmalıydım, yani?" dedi Vahit, gergin bir sesle.

"Yarına bir şeyler bulmalı," dedi karısı; sesi ağlamaklıydı. "Ne yedireceğim..."

Parmak uçlarıma basarak sessizce uzaklaştım. Çocukların saatle neden fazlaca ilgilenmediklerini şimdi anlıyordum. Onlar saate bakmıyordu ki. Yemeğime bakıyorlardı.

Ertesi sabah erkenden vedalaştık. Land Cruiser'a binmeden önce, Vahit'e konukseverliği için teşekkür ettim. Arkasındaki küçük evi gösterdi. "Burası artık senin de evin," dedi. Kapının eşiğine dizilmiş üç oğlu bizi seyrediyordu. Küçük olan, saati takmıştı, kayış zayıf bileğinden sarkıyordu.

Uzaklaşırken, yandaki dikiz aynasından geriye baktım. Vahit üç oğluyla birlikte, kamyonun kaldırdığı toz bulutunun içinde duruyordu. Birden aklıma bir şey geldi: Bir başka dünyada olsaydı, bu çocuklar kamyonun arkasından koşamayacak kadar aç olmazlardı.

O sabah, gündoğumuna yakın, sağı solu kolaçan edip kimsenin bakmadığına emin olunca, yirmi altı yıl önce yaptığım bir şeyi yinelemiştim: Bir şiltenin altına, bir deste buruşuk banknot sokmuştum.

YİRMİ

Ferit beni uyarmıştı. Ama anladım ki, nefesini boşa harcamış.

Celalabat'tan döne döne Kâbil'e ulaşan, bombalarla delik deşik olmuş, sarp yolda ilerliyorduk. Buradan son kez, aksi yöne giden bir kamyonun, muşambası sımsıkı kapalı kasasında geçmiştim. Baba'nın şarkı söyleyen, kafayı bulmuş bir *Roussi* subay tarafından vurulmasına ramak kalmıştı – Baba o gece beni öyle kızdırmış, öyle korkutmuş, öyle gururlandırmıştı ki. Kâbil'le Celalabat arasındaki bu dağ yolu, kayalıkların arasında bir yılan gibi kıvrılan, insanın kemiklerini sarsan bu sallantılı yolculuk benim için artık kutsal bir hatıraydı; iki savaşın izlerini taşıyan, değerli bir anı. Yirmi yıl önce ilk savaşın bir bölümüne tanık olmuştum. Ondan kalan çirkin izler yola saçılmıştı: eski Sovyet tanklarının yanmış enkazları, ters dönmüş, paslanmış askeri kamyonlar, dağa yaslanmış, ezilmiş bir Rus cipi. İkinci savaşı televizyonumun ekranından izlemiştim. Şimdi de onu, Ferit'in gözlerinden görüyordum.

Bozuk yoldaki çukurları telaşsız, kendinden emin manevralarla atlatan Ferit, ait olduğu yere dönmüş biriydi artık. Vahit'in evinde geçirdiğimiz geceden sonra, çok daha konuşkandı. Beni yanına, yolcu koltuğuna oturtmuş, konuşurken yüzüme bakmaya başlamıştı. Bir-iki kez gülümsedi bile. Sakat eliyle direksiyonu ustaca çevirirken, önünden geçtiğimiz köyleri, yıllar öncesinden tanıdığı kişilerin yaşadığı, çamur damlı kulübeleri gösteriyordu. Bu insanların çoğu, dedi, ya öldü ya da Pakistan'daki göçmen kamplarına sığındı. "Ölenler daha şanslıydı," diye ekledi.

Yanmış, yerle bir olmuş, minicik bir köyü işaret etti. Köy kararmış, çatısız duvarlardan ibaret kalmıştı. Gözüme bir duvarın dibinde uyuyan bir köpek ilişti. "Bu köyde bir dostum vardı," dedi Ferit. "Usta bir bisiklet tamircisiydi. Çok da iyi *tabla* çalardı. Taliban onu da ailesini de öldürdü, köyü yaktı."

Yanmış köyün içinden geçtik; köpek kımıldamadı bile.

Eskiden, Celalabat-Kâbil yolu iki saat sürerdi, belki biraz daha fazla. Ferit'le Kâbil'e ulaşmak, dört saatimizi aldı. Ulaşınca da... Ferit beni, Mahipar Barajı'nı geçtiğimiz zaman uyarmıştı.

"Kâbil senin anımsadığın yer değil."

"Biliyorum, duydum," dedim.

Ferit bana, duymakla görmenin aynı şey olmadığını belirten bir bakış fırlattı. Ve haklı çıktı. Çünkü Kâbil nihayet karşımda belirdiğinde, Ferit'in bir yerlerde yanlış yola saptığı duygusuna kapıldım; hayır, bundan kesinlikle emindim. Ferit yüzümdeki şaşkınlığı, aptallaşmış ifadeyi daha önce defalarca görmüş olmalıydı – buraya taşıdığı yolcuların arasında, Kâbil'i uzun zamandır görmemiş olanlar vardı.

Omzuma pat pat vurdu. "Ülkene hoş geldin," dedi, suratsızca.

Yıkıntılar ve dilenciler. Nereye baksam, bunları görüyordum. Dilenciler eskiden de vardı – Baba onlar için yanında hep fazladan bozuk para taşırdı; bir dilenciyi eli boş çevirdiğini hiç görmedim. Ama şimdi, lime lime olmuş, çuval bezinden giysileri, bir metelik için uzanmış, esmer, kirli elleriyle her köşe başında öbek öbektiler. Bir fark daha: Şimdi dilencilerin çoğunluğu çocuktu; zayıf, asık yüzlü, kimisi taş çatlasın dört-beş yaşında. İşlek yolların kaldırımlarında, *burka*'lı annelerinin kucağında, inliyorlardı: *"Bahşiş, bahşiş!"* Bir şey daha vardı; ilk anda fark edemediğim bir şey: Yanlarında yetişkin bir erkek görmek, neredeyse olanaksızdı. Savaşlar Afganistan'da babaları, çok az bulunan bir mala, değerli bir ayrıcalığa dönüştürmüştü.

Yetmişli yıllarda kentin en büyük caddelerinden biri olan Maywand'da batıya, Karteh-Seh yöresine doğru ilerliyorduk. Hemen kuzeyimizde, bütünüyle kurumuş Kâbil Irmağı. Güneydeki tepelerde, eski kentin yıkık surları. Onun doğusunda, savaş lordu Dostum'un 1992'de işgal ettiği antik kale, Bala Hisar. Kalenin bulunduğu Şirdarveze dağ sırası, 1992 ile 1996 arasında *Mücahit* güçlerinin Kâbil'e roket yağdırdığı ve şu anda tanık olduğum yıkımın büyük bir kısmını gerçekleştirdiği yerdi. Şirdarveze dağları ta batıya kadar uzanırdı. *Topeh çeşt*'in, öğle topunun bu dağlardan atıldığını çok iyi anımsıyordum. Her gün, öğle paydosunu duyurmak için, Ramazan'da da iftar vaktini haber vermek için patlatılırdı. O zamanlar topun gümbürtüsünü kentin her yerinden duyardınız.

"Çocukken buraya, Maywand Caddesi'ne çok gelirdim," diye mırıldandım. "Dükkânlar, oteller vardı. Pırıl pırıl neon ışıkları, lokantalar. Seyfo adındaki bir adamdan uçurtma alırdık. Eski polis merkezinin yakınlarında, küçük bir dükkânı vardı."

"Merkez hâlâ duruyor," dedi Ferit. "Kentte polis sıkıntısı çekilmiyor. Ama ne Mayward'da bir uçurtma ya da uçurtmacı bulabilirsin ne de başka bir yerde. O günler çoktan bitti."

Maywand Caddesi dev boyutlu, kumdan bir kaleydi artık. Tamamen çökmemiş olan binalar bile, oyulmuş çatıları, roket mermilerinin delik deşik ettiği duvarlarıyla ayakta zor duruyordu. Ara ara, bir moloz yığınına dönüşmüş, koskoca bir mahalleye rastlıyordunuz. Bir enkaz yığınının altına sıkışmış, kurşun delikleriyle kaplı bir tabela gördüm: COCA CO– Camsız, yıkıldı yıkılacak bir binanın yanında, kırık tuğla ve taşlardan oluşan bir tepeciğin üstünde oynayan çocuklar gördüm. Bisikletliler, katır arabaları yola devam edebilmek için dilenci çocukların, sokak köpeklerinin, molozların çevresinden dolanıyordu. Kentin üstüne bir pus, bir toz bulutu çökmüştü; ırmağın karşı tarafinda kapkara bir duman sütunu gökyüzüne yükseliyordu.

"Ağaçlar nerede?" dedim.

"Kışın sobalara odun oldular," dedi Ferit. "Büyük bir bölümünü de *Şoravi* kesti."

"Neden?"

"Dalların arasına keskin nişancılar gizleniyordu."

İçimi bir hüzün kapladı. Kâbil'e dönmek, eski, unutulmuş bir dosta rastlayıp talihinin yaver gitmediğini, sahip olduğu her şeyi yitirdiğini görmekten farksızdı.

"Babam Şar-e-Kohna'da bir yetimhane yaptırmıştı," dedim. "Eski kentte, biraz güneyde."

"Orayı biliyorum," dedi Ferit. "Birkaç yıl önce yıkıldı."

"Kenara çekebilir misin? Biraz yürümek istiyorum."

Ferit arabayı küçük bir arka sokaktaki terk edilmiş, kapısız binanın önündeki kaldırıma yanaştırdı. "Burada bir eczane vardı," dedi, kamyondan inerken. Maywand Caddesi'ne döndük, sağa, batıya doğru yürümeye başladık. "Bu koku ne?" dedim. Bir şey gözlerimi yakıyor, sulandırıyordu.

"Mazot," diye yanıtladı Ferit. "Kentin jeneratörleri bozulup duruyor; elektriğe güvenemedikleri için de insanlar mazot yakıyor."

"Mazot, ha? Eskiden bu caddenin ne koktuğunu anımsıyor musun?"

Ferit gülümsedi. "Kebap."

"Kuzu kebabı," dedim.

"Kuzu," dedi Ferit, sözcüğü diliyle tadarak. "Kâbil'de şimdi bir tek Taliban kuzu yiyebiliyor." Dirseğimi çekti. "İti an, çomağı hazırla."

Bir araç bize doğru yaklaşıyordu. "Sakal devriyesi," diye fısıldadı Ferit.

Taliban'la ilk karşılaşmamdı. Onları televizyonda, internette, dergi kapaklarında, gazetelerde görmüştüm. Ama işte karşımdaydı; aramızda elli adım bile yoktu. Ağzımdaki bu tat su katılmamış, ham korku değilse neydi? Etim ansızın çekmiş, kemiklerime yapışmamış mıydı? Küt küt atan şey, yüreğim değil miydi? İşte, geliyorlardı. Olanca ihtişamlarıyla.

Kırmızı Toyota pikap, yanımızdan ağır ağır geçti. Kasasına bir avuç genç, asık yüzlü erkek çömelmişti; Kalaşnikofları omuzlarından sarkıyordu. Hepsi de sakallı, kara türbanlıydı. İçlerinden koyu esmer tenli, yirmili yaşlarda gösteren, kalın kaşları çatık bir genç elindeki kırbacı çeviriyor, arada bir, kamyonun yan tarafına vuruyordu. Etrafta gezinen gözleri, benimkileri buldu. Bakıştık. Hayatımda kendimi hiç bu kadar çıplak hissetmedim. Sonra tütün lekeli bir tükürük savurdu, bakışlarını başka yöne çevirdi. Yeniden soluk alabildiğimi hissettim. Kamyon ardında bir toz bulutu bırakarak uzaklaştı.

"Sen delirdin mi?" diye tısladı Ferit.

"Ne?"

"Bir daha sakın onlara gözünü dikip bakma! Anlıyor musun? Asla!"

"İsteyerek olmadı," dedim.

"Arkadaşın haklı," dedi bir ses. "Kuduz bir köpeği sopayla dürtüklesen, daha iyi ederdin." Mermi delikleriyle dolu bir binanın ön basamaklarında oturan, yalınayaklı, yaşlı bir dilenciydi. Sırtında lime lime olmuş bir *çapan*, başında da lekeli bir türban. Sol gözkapağı, boş göz çukurunu örtüyordu. Romatizmadan bükülmüş parmağıyla, kırmızı pikabın gittiği yönü gösterdi. "Böyle dolaşıp duruyor, aranıyorlar. Birinin onları kışkırtmasını umarak... Eh, er ya da geç, aradıklarını buluyorlar tabii. Ve eğlence başlıyor; '*Allah-u ekber!*' naralarıyla işe girişiyorlar. Ağızlarına layık bir suçlu bulamadıkları günlerde bile, eli boş dönmüyorlar... sağda solda her zaman bir şiddet olayı vardır, öyle değil mi?"

"Taliban yakınlardayken, gözünü ayakkabılarından ayırma," dedi Ferit.

"Dostunun öğütleri çok yerinde," diye atıldı, yaşlı dilenci. Islak ıslak öksürdü, pis bir mendile tükürdü. "Kusura bakma ama, bana verebileceğin birkaç kuruşun var mı?" diye soludu.

Ferit, "*Bas*," dedikten sonra, kolumu çekti. "Hadi, gidelim."

Yaşlı adama yüz bin Afgani verdim: üç dolar. Parayı almak için öne eğilince, ağır kokusu (ekşi sütle haftalardır yıkanmamış ayak karışımı) burun deliklerime doldu, midemi kaldırdı.

Parayı çabucak cebine attı, tek gözüyle sağı solu hızla taradı. "Cömertliğinize binlerce teşekkür, Ağa Efendi."

"Karteh-Seh'teki yetimhanenin yerini biliyor musun?" diye sordum.

"Çok kolay. Darülaman Bulvarı'nın hemen batısında," dedi. "Eski yetimhaneye roket isabet edince, çocukları Karteh-Seh'e taşıdılar. Birini aslan kafesinden kurtarıp kaplan kafesine atmak gibi bir şey."

"Sağ ol, Ağa," dedim, gitmeye hazırlandım.

"Bu senin ilk seferindi, değil mi?"

"Nasıl?"

"Taliban'ı ilk görüşün."

Bir şey demedim. Yaşlı dilenci başını salladı, gülümsedi. Ağzında kalabilen sapsarı, çürük dişler göründü. "Kâbil'e girişlerini ilk gördüğüm günü anımsıyorum da. Nasıl da sevinmiştik! Ölümler bitti, dedik. *Vah vah!* Tıpkı şairin dediği gibi: 'Aşkın en pürüzsüz göründüğü an, dertler bastırıverdi!' "

Yüzüme bir gülümseme yayıldı. "Bu *gazel*'i biliyorum. Hafiz'dan."

"Evet, öyle," dedi adam. "Bunu da benden iyi kimse bilemez. Üniversitede hocaydım."

"Öyle mi?"

Öksürdü. "1958'den 1996'ya kadar. Hafiz'ı, Hayyam'ı, Rumi'yi öğrettim; sonra Beydel, Cami, Saadi... Bir keresinde, 1971'de konferans vermek üzere Tahran'a bile davet edildim; mistik Beydel hakkında ders verdim. Ayağa kalkıp alkışlamışlardı. Hah!" Başını esefle salladı. "Ama pikaptaki gençleri gördün. Tasavvufu ne kadar umursuyorlar, dersin?"

"Annem de üniversitede öğretmenmiş," dedim.

"Adı neydi?"

"Safiye Akrami."

Bütün o katarak katmanlarına karşın, gözleri parlayıverdi. "Çöldeki yabani otlar yaşar, oysa bahar çiçekleri çabucak solar. Ne zarafet, ne asalet, ne trajedi!"

Adamın önüne diz çöktüm: "Annemi tanır mıydın?"

"Elbette," dedi. "Dersten sonra oturup konuşurduk. Son kez, finallerden hemen önce, yağmurlu bir gün bademli, nefis bir keki paylaşmıştık. Bademli kek ve ballı çay. Artık gebeliği iyice belirgindi ve her zamankinden daha güzeldi. O gün bana söylediği şeyi hiç unutmadım."

"Ne dedi? Lütfen söyle." Baba annemi bana hep kaba fırça darbeleriyle tanımlardı; "Harika bir kadındı," gibi. Bense hep ayrıntıların açlığını çekerdim: saçlarının güneşte parlayışı, en sevdiği dondurma, en sık mırıldandığı şarkılar; tırnaklarını yer miydi? Ama Baba onun anılarını kendisiyle birlikte mezara götürmüştü. Belki de annemin adını anmak, suçluluk duygusunu harekete geçiriyor, onun ölümünden kısacık bir süre sonra yaptığı şeyi anımsatıyordu. Ya da, onun için öyle büyük bir kayıptı, acısı öyle derindi ki, annemden söz etmeye dayanamıyordu. Belki de her ikisi birden.

"Şöyle dedi: 'Çok korkuyorum.' Neden, diye sordum. 'Öyle mutluyum ki, Doktor Resul. Böylesine büyük, müthiş bir mutluluk, insanı korkutuyor.' Yine nedenini sordum, şöyle dedi: 'Senin bu kadar mutlu olmana, ancak senden bir şey almaya hazırlandıkları zaman izin verirler.' Hemen onu susturdum: 'Hişşt, hadi ama. Saçmalama.'"

Ferit kolumu tuttu. "Gitmeliyiz, Emir Ağa," dedi, tatlılıkla. Kolumu çekip kurtardım. "Başka? Başka ne dedi?"

Yaşlı adamın yüz hatları yumuşadı. "Keşke hatırlayabilseydim. Ama maalesef. Aradan çok zaman geçti, belleğimse şu binalar kadar hasarlı. Kusura bakma."

"Ama küçücük bir şey, ne olursa."

Yaşlı adam gülümsedi. "Kendimi zorlayacağım, söz. Yine gel, beni bul."

"Teşekkür ederim," dedim. "Çok teşekkür ederim." İçtendim. Annemin bademli keki sevdiğini, bir keresinde 'müthiş' sözcüğünü kullandığını ve mutluluğundan ürktüğünü öğrenmiştim. Sokaktaki bu yaşlı adamdan annem hakkında, Baba'dan bir ömür boyunca alabildiğimden çok daha fazla bilgi edinmiştim.

Kamyona geri dönerken Ferit'le az önceki olaya, Afgan olmayanların akıl almaz bir rastlantı olarak değerlendirecekleri şeye, sokaktaki bir dilencinin annemi tanımasına değinmedik. Çünkü Afganistan'da, özellikle de Kâbil'de böylesi mucizelerin son derece olağan olduğunu ikimiz de biliyorduk. Baba şöyle derdi: "Hiç karşılaşmamış iki Afganı al, bir odaya kapat, on dakika sonra akraba çıkarlar."

Yaşlı adamı o binanın basamaklarında bırakmıştık. Ama kararlıydım; öğüdüne uyup geri dönecek ve annemle ilgili bir şey anımsayıp anımsamadığını soracaktım. Ne yazık ki, onu bir daha hiç göremedim.

Yeni yetimhaneyi Karteh-Seh'in kuzey kesiminde, kurumuş Kâbil Irmağı'nın kıyısında bulduk. Düz, baraka tarzı bir binaydı; duvarlardaki çatlaklara, camsız pencerelere kalın tahtalar çivilenmişti. Ferit yolda, Karteh-Seh'in kentte savaştan en çok zarar gören semt olduğunu söylemişti; kamyondan inerken ne kadar doğru söylediğini gördüm; kanıtlar sarsıcıydı. Koca koca çukurlarla dolu sokakların iki yanında bombalanmış, yerle bir olmuş binalardan, boşaltılmış evlerden başka bir şey yoktu. Ters dönmüş bir arabanın paslı iskeletinin, ekranı olmayan, molozların arasına yarı gömülmüş bir televizyonun, üzerinde siyah, püskürtme boyayla ZENDA BAD TALIBAN! (Çok yaşa Taliban!) yazan bir duvarın önünden geçtik.

Kapıyı kısa boylu, zayıf, kelleşmeye yüz tutmuş bir adam açtı; kır sakalı taraz tarazdı. Sırtında eski, tüvit bir ceket, gözünde tek camı çatlak bir gözlük. Camların gerisindeki küçük, mercimeğe benzeyen kara gözleri benimle Ferit arasında çırpınıyordu. "*Selamın aleyküm,*" dedi.

"*Selamın aleyküm,*" dedim. Ona Polaroid'i gösterdim. "Bu çocuğu arıyoruz."

Fotoğrafa yarım yamalak baktı. "Kusura bakmayın, onu hiç görmedim."

"Resme doğru dürüst bakmadın, dostum," dedi Ferit. "Neden bir daha bakmıyorsun?"

"*Lütfen,*" diye ekledim.

Kapının arkasındaki adam fotoğrafı aldı. İnceledi. Bana geri verdi. "Hayır, üzgünüm. Bu kurumdaki her çocuğu tanırım, bu hiç de tanıdık gelmedi. Şimdi izninizle, yapılacak işlerim var." Kapıyı kapadı. Sürgüyü çekti.

İşaretparmağımın mafsalıyla kapıya vurdum. "Ağa! Ağa, lütfen aç. Niyetimiz kötü değil."

Kapının arkasından sesi geldi: "Söyledim ya. Burada değil. Lütfen gidin."

Ferit ilerledi, alnını kapıya dayadı. "Dostum, biz Taliban değiliz," dedi alçak, dikkatli bir sesle. "Yanımdaki bey çocuğu güvenli bir yere götürmek istiyor."

"Peşaver'den geldim," dedim. "Yakın bir dostum, çocuklar için hayır kurumu işleten Amerikalı bir karı-koca tanıyor." Adamın, kapının gerisindeki varlığını hissedebiliyordum. Orada durmuş dinliyor, duraksıyor, kuşkuyla umut arasında gidip geliyordu. "Dinle, Sohrab'ın babasını tanırdım," dedim. "Adı Hasan'dı. Annesinin adı da Ferzane. Çocuk babaannesine *Sasa* dermiş. Okuma-yazma biliyor. Ayrıca sapanı da çok iyi kullanırmış. Bu çocuk için bir umut var, Ağa, bir çıkış yolu. Lütfen aç kapıyı."

Yalnızca sessizlik.

"Onun yarı amcasıyım," dedim.

Bir dakika geçti. Sonra çekilen sürgünün sesini duyduk. Adamın zayıf yüzü kapı aralığında belirdi. Bir bana, bir Ferit'e baktı. "Bir konuda yanıldın," dedi.

"Ne?"

"Sapanı *müthiş* kullanıyor."

Gülümsedim.

"O sapandan bir an ayrılmaz," diye sürdürdü sözünü. "Onu beline sokar, gittiği her yere götürür."

Bizi içeriye aldı, kendini tanıttı: yetimhane müdürü Zaman. "Ofisime gidelim," dedi.

Peşine takıldık, loş, iç karartıcı koridorlardan, üstü başı dökülen, yalınayak çocukların yanından geçtik. İncecik hasırların dışında zemini çıplak, pencerelerine naylon gerilmiş odaları, döşeksiz, demir karyolaların dip dibe dizildiği yatakhaneleri arkamızda bıraktık.

"Burada kaç yetim var?" diye sordu Ferit.

"Sığdırabileceğimizden çok daha fazla... en az iki yüz elli," dedi Zaman, omzunun üstünden. "Ama hepsi *yetim* değil. Çoğunun babası savaşta ölmüş, anneleri de onlara bakamıyor, çünkü Taliban kadınların çalışmasına izin vermiyor. Onlar da çocukları buraya getiriyor." Eliyle havayı süpürür gibi bir hareket yaptı, kederle ekledi: "Burası sokaktan iyi elbette, ama o kadar da iyi değil. Bu bina oturulmak için yapılmamış ki – bir halı imalatçısının deposuymuş. Su ısıtma tesisatı bile yok; kuyu da çoktan kurudu." Sesini alçalttı. "Yeni kuyu açmak için Taliban'dan defalarca para istedim; tespihlerini yuvarlayıp 'yok' dediler. Para yok." Alayla güldü.

Bir duvarın dibindeki sıra sıra yatağı gösterdi. "Yeterli karyolamız yok, elimizdeki karyolalara serecek döşeğimiz de." İki çocuğun çevirdiği ipi atlayan bir kızı gösterdi. "Şu kızı görüyor musunuz? Geçtiğimiz kış, çocuklar battaniyeleri paylaşmak zorunda kaldı. Kızın erkek kardeşi de soğuktan öldü." Yeniden yürümeye başladı. "Son baktığımda, kilerde bir ay zor yetecek pirinçten başka bir şey yoktu; o da bitince, çocuklara kahvaltıda *ve* akşamları ekmekle çaydan başka bir şey veremeyeceğiz." Öğle yemeğine hiç değinmediğini fark ettim.

Durdu, bana döndü. "Burası hiç de korunaklı değil. Yiyecek yok, giysi yok, içecek su yok. Buradaki en bol şey, çocukluğunu yitirmiş çocuklar. İşin en acıklı yanı da, bunlar şanslı olanlar. Kapasitemizi kat kat aştık; her gün bir sürü anneyi geri çevirmek zorunda kalıyorum." Bana doğru bir adım attı. "Sohrab için umut var demiştin, değil mi? Yalan söylemediğinden eminim, Ağa. Ancak... çok geç kalmış olabilirsin."

"Ne demek istiyorsun?"

Zaman bakışlarını kaçırdı. "Beni izleyin."

* * *

Müdürün çalışma odam dediği yer, yere atılmış bir hasır, bir masa ve iki katlanır iskemleyle dört çıplak, çatlak duvardı. Zaman'la karşılıklı otururken, gri bir farenin duvardaki delikten başını uzattığını, sonra hızla odanın ortasına seğirttiğini gördüm. Durup önce benim, sonra da Zaman'ın ayakkabılarını koklayınca, tiksintiyle irkildim; açık kapıdan kaçıp gitti.

Sordum: "Çok geç derken neyi kastettiniz?"

"*Çay* ister misiniz? Hemen demleyebilirim."

"Hayır, teşekkür ederim. Konuşmayı yeğlerim."

Zaman iskemlesinde geriye yaslandı, ellerini göğsünde kavuşturdu. "Söyleyeceklerim hiç de hoş şeyler değil. Üstelik tehlikeli de."

"Kimin için?"

"Senin. Benim. Ve tabii Sohrab için. Eğer iş işten geçmediyse, elbette."

"Bilmek istiyorum," dedim.

Başını salladı. "Haklısın. Ama önce, bir soru soracağım: Yeğenini bulmayı gerçekten çok mu istiyorsun?"

Çocukken girdiğimiz sokak kavgalarını düşündüm; Hasan'ın benim yerime de, iki bazen üç kişiye karşı tek başına mücadele edişini. Korkuyla siner, öylece seyrederdim; araya girmeye karar verir ama her seferinde duraksar, cayardım; bir şey beni geri çekerdi.

Koridora bakınca, birtakım çocukların halka olmuş dans ettiğini gördüm. Sol bacağı dizin hemen altından kesilmiş, küçük bir kız yırtık pırtık kilimin üzerinde oturuyor, onları izliyordu; gülümsüyor, ötekilerle birlikte el çırpıyordu. Sakat elini yanına sarkıtmış olan Ferit'in de çocuklara baktığını fark ettim. Vahit'in oğullarını anımsadım ve... anladım: Sohrab'ı bulmadan Afganistan'ı terk etmeyecektim. "Yerini söyle," dedim.

Zaman bir süre öylece bana baktı. Sonra başını salladı, bir kurşunkalem aldı, parmaklarının arasında çevirmeye başladı. "Adımı karıştırmayın, ama."

"Söz veriyorum."

Kalemi masaya hafif hafif vurdu. "Söz vermene karşın, bu yaptığıma pişman olacağımdan eminim, ama o kadar da önemli değil. Belamı bulmuşum zaten. Sohrab'a şu kadarcık faydam dokunsa yeter... Evet, anlatacağım çünkü sana güveniyorum. Sende umutsuz bir insanın ifadesi var." Uzunca bir süre sustu. "Bir Talib yetkili var," dedi, fısıldar gibi. "Ayda bir-iki kez gelir. Yanında para getirir, fazla değil, ama hiç yoktan iyidir." Fıldır fıldır gözleri bir an bana dikildi, sonra kaçtı. "Genellikle kızlardan birini alır. Ama her seferinde değil."

"Buna göz mü yumuyorsun?" dedi Ferit, arkamdan. Masaya yaklaştı.

"Başka seçeneğim var mı?" diye yapıştırdı Zaman. İskemlesini geriye itti, masadan biraz uzaklaştı.

"Sen buranın müdürüsün!" dedi Ferit. "Görevin bu çocuklara göz kulak olmak!"

"Engelleyemiyorum!"

Ferit kükredi: "Çocukları satıyorsun!"

"Ferit, otur! Karışma!" Ama artık çok geçti. Ferit masanın karşı ucuna adeta uçtu. Adamın üzerine çullanıp yere mıhlarken, Zaman'ın iskemlesi havaya fırladı. Müdür Ferit'in altında eziliyor, boğuk sesler çıkartıyordu. Can havliyle salladığı bacakları masanın çekmecelerinden birini yerinden çıkardı, kâğıtlar yere saçıldı.

Masanın öteki tarafına koştum, Zaman'ın sesinin neden o kadar boğuk çıktığını gördüm: Ferit adamı boğuyordu. İki elimle omuzlarına yapıştım, sertçe çektim. Ama bir silkinişte benden kurtuldu. "Bu kadar yeter!" diye bağırdım. Ama Ferit'in yüzü kıpkırmızı kesilmiş, dudakları gerilmişti. "Onu öldüreceğim! Beni durduramazsın! Geberteceğim onu!" diye tısladı.

"Bırak onu!"

"Geberteceğim!" Sesi, derhal bir şeyler yapmazsam, ilk cinayetime tanık olacağımı söylüyordu.

"Çocuklar bakıyor, Ferit! Bakıyorlar," dedim. Elimin altındaki omuz kasları gerildi, bir an, Zaman'ın boynunu sıkmayı yine de sürdüreceğini sandım. Sonra başını çevirdi, çocukları gördü. Kapıda sessizce, el ele duruyorlardı; kimisi ağlıyordu. Ferit'in kaslarının gevşediğini hissettim. Ellerini indirdi, ayağa kalktı. Aşağıya, Zaman'a baktı, yüzüne iri bir tükürük fırlattı. Sonra gitti, kapıyı kapadı.

Zaman sendeleyerek doğruldu, yeniyle kanlı dudaklarını, yanağındaki tükürüğü sildi. Öksürerek, hırıldayarak takkesini, gözlüğünü taktı, artık iki camın da çatlak olduğunu görünce, gözlüğü çıkardı. Yüzünü ellerinin arasına gömdü. Uzun bir süre hiç birimiz konuşmadık.

"Sohrab'ı bir ay önce aldı," diye hırıldadı sonunda; elleri hâlâ yüzündeydi.

"Sen kendine müdür mü diyorsun?" dedi Ferit.

Zaman ellerini indirdi. "Altı aydır maaş alamadım. Beş parasızım, çünkü biriktirdiğim her kuruşu bu yetimhaneye harcadım. Sahip olduğum ya da miras aldığım her şeyi sattım; sırf bu Allah'ın unuttuğu yeri ayakta tutmak için. Benim de Pakistan ya da İran'da ailem yok mu sanıyorsunuz? Ötekiler gibi kaçıp gidebilirdim. Ama gitmedim. Kaldım. *Onlar* için kaldım." Başıyla kapıyı gösterdi. "İstediği çocuğu vermesem, on tanesini alıp götürür. Ben de birini almasına göz yumuyor, takdiri Allah'a bırakıyorum. Gururumu hiçe sayıp o kahrolası parasını... o pis, iğrenç parasını kabul ediyorum. Sonra da pazara gidip çocuklara yiyecek alıyorum."

Ferit gözlerini yere eğdi.

Sordum: "Aldığı çocuklara ne oluyor?"

Zaman gözlerini ovuşturdu. "Bazen dönüyorlar."

"Nasıl biri? Onu nasıl buluruz?" dedim.

"Yarın Gazi Stadyumu'na gidin. Devre arası onu görürsünüz. Siyah güneş gözlüğünü hiç çıkarmaz." Kırık gözlüğünü aldı, evirip çevirdi. "Artık gidin. Çocukları korkuttunuz."

Bizi sokak kapısına kadar geçirdi.

Kamyon yola çıkınca, yan aynadan Zaman'ın eşikte durduğunu gördüm. Bir grup çocuk çevresini sarmış, pantolonunun üzerine sarkan gömleğinin eteğine yapışmıştı. Adam kırık gözlüğünü takmıştı.

YİRMİ BİR

Irmağın karşı kıyısına geçtik, kalabalık Peştunistan Meydanı'nda kuzeye doğru ilerledik. Baba beni buraya, Hayber Lokantası'nda kebap yemeye getirirdi. Bina hâlâ ayaktaydı ama kapılarına asma kilit vurulmuş, kepenkleri indirilmişti; levhadaki *H* ve *R* harfleri kopuktu.

Lokantanın yakınında bir ceset gördüm. Asılmıştı. Bir kirişe bağlanmış olan urganın ucunda genç bir erkeğin bedeni sallanıyordu; yüzü şiş, mordu; yaşamının son günü giydiği giysiler paramparça, kanlıydı. Kimse dönüp bakmıyordu bile.

Meydanı hiç konuşmadan geçtik, Vezir Ekber Han bölgesine yöneldik. Puslu bir toz bulutu baktığım her yeri, kenti, tuğla yapıları kaplamıştı. Ferit, Peştunistan Meydanı'nın birkaç sokak kuzeyinde, işlek bir köşebaşında, hararetli hararetli konuşan iki kişiyi gösterdi. Bir ayağı dizin hemen altından kesilmiş olanı, sağlam ayağının üzerinde sekiyordu. Elindeki takma bacağı göğsüne bastırmıştı. "Ne yaptıklarını biliyor musun? Bacak için pazarlık ediyorlar."

"Bacağını mı satıyor?"

Ferit başıyla doğruladı. "Karaborsada çok iyi para ediyor. Çocuklarını birkaç hafta doyurmana yeter."

* * *

Vezir Ekber Han'daki evlerin çoğunun hâlâ sağlam olduğunu görünce, şaşırdım; çatıları, duvarları ayaktaydı. İşin doğrusu, oldukça iyi durumdaydılar. Ağaçlar hâlâ duvarların ardından sokağa bakıyordu, yollarsa Karteh-Seh'tekiler kadar perişan değildi. Silinmiş, kimisi eğilmiş, kurşunlara hedef olmuş tabelalar hâlâ yön gösteriyordu.

"Korktuğum kadar kötü değil," dedim.

"Şaşacak bir şey yok. Kodamanların çoğu buraya yerleşti."

"Taliban mı?"

"Onlar da," dedi Ferit.

"Başka kim, peki?"

Kaldırımları görece düzgün, iki yanında duvarlı evlerin sıralandığı, geniş bir caddeye çıktık. "Taliban'ın arkasındakiler. Hükümetin gerçek beyni: Araplar, Çeçenler, Pakistanlılar," diye açıkladı Ferit. Parmağıyla kuzeybatıyı gösterdi. "15. Cadde, namı diğer Sarak-e-Mehmana. Konukların Yolu. Burada onlara böyle deniyor – konuklar. Bana kalırsa, bir gün bu konuklar halının üzerine işeyiverecek."

"İşte!" diye çığırdım. "İşte, orada!" Çocukken bana yolumu gösteren nirengi noktasını gösterdim. *Kaybolursan,* derdi Baba, *unutma, başında pembe bir ev olan sokak, bizimki.* Dik, sivri bir çatısı olan bu ev, o günlerde mahalledeki tek pembe evdi. Baktım, hâlâ da öyle.

Ferit sokağa girdi. Baba'nın evini hemen gördüm.

Küçük kaplumbağayı bahçedeki yabani gül çalılarının altında bulduk. Oraya nasıl girdiğini bilmiyoruz, umurumuzda da değil zaten; öyle heyecanlıyız ki. Kabuğunu parlak kırmızıya boyadık; bu harika fikir Hasan'dan çıktı: Böylece onu çalıların arasında yitirmeyeceğiz. Biz, uzak bir ormanda tarih öncesine ait dev bir yaratık bulmuş, gözü kara kâşifleriz; bütün dünyanın görmesi için alıp buraya getirdik. Kaplumbağayı Ali'nin geçen kış Hasan'a doğum günü armağanı olarak yaptığı tahta, oyuncak arabaya koyuyor, arabanın kocaman, demir bir kafes olduğunu hayal ediyoruz. Alev püskürten canavara bakın! Çimenlerin üzerinde yürüyor, el arabasını peşimiz sıra sürüklüyoruz; elma ve kiraz ağaçlarının altından geçiyoruz; ağaçlar bulutlara yükselen birer gökdelen, camlara üşüşmüş binlerce meraklı aşağıdaki görkemli geçit törenini izliyor. Baba'nın incir ağaçlarının yakınına yaptığı yarımay biçimindeki, küçük köprüden geçiyoruz; o artık kentleri birleştiren, muhteşem bir asma köprü, alttaki küçük gölcükse köpüklü, azgın bir deniz. Köprünün devasa kolonlarının üstünde havai fişekler patlıyor, gökyüzüne yükselen, dev çelik halatların önüne dizilmiş olan askerler bize selam duruyor. Küçük kaplumbağanın içinde dört döndüğü tahta arabayı, demir işlemeli kapının dışındaki yuvarlak, tuğla döşeli araba yoluna çıkartıyor, bizi ayakta alkışlayan dünya liderlerini selamlıyoruz. Biz Hasan'la Emir'iz; ünlü maceracılar, dünyanın en büyük kâşifleri. Bu yürekli, kahramanca başarımıza karşılık şeref madalyası almak üzereyiz...

Araba yolunu ağır, dikkatli adımlarla tırmandım; güneşten solmuş kiremitlerin arasını yabani otlar bürümüştü. Babamın evinin demir kapısının önünde durdum; kendimi bir yabancı gibi hissediyordum. Paslanmış parmaklıkları tuttum, çocukken bu kapıdan nasıl binlerce kez, koşarak geçtiğimi, artık hiçbir önemi kalmayan ama o zamanlar çok elzem görünen şeyler için nasıl acele ettiğimi düşündüm. İçeriye baktım.

Kapıdan bahçeye kadar uzanan araba yolu, Hasan'la bisiklet kullanmayı öğrendiğimiz yaz sırayla, tepe üstü çakıldığımız bu yol hiç de anımsadığım kadar geniş değildi. Asfaltta şimşeğe benzeyen, zikzaklı çatlaklar oluşmuş, yarıkların arasından ayrık otları fışkırmıştı. Kavak ağaçlarının çoğu kesilmişti – Hasan'la tırmanıp komşu evlere ayna tuttuğumuz ağaçlar. Ayakta kalabilenler de çıplak, yapraksızdı. Hasta Mısır Duvarı hâlâ duruyordu, ama ortada hasta ya da sağlıklı, tek bir mısır görünmüyordu. Boyası kalkmış, yer yer dökülmüştü. Kente bir hayalet gibi çökmüş olan gri pusun aynısı, epeyce kelleşmiş, artık hiçbir şeyin yetişmediği, çıplak toprak lekeleriyle kaplı çimenliği de kaplamıştı.

Araba yolunda bir cip duruyordu, buysa öyle yanlıştı ki: Orası, Baba'nın siyah Mustang'inin yeriydi. Mustang'in sekiz silindiri, yıllarca, her sabah kükreyerek canlanmış, beni uykumdan uyandırmıştı. Cipten akan yağın araba yoluna kocaman bir mürekkep lekesi gibi yayılmış olduğunu gördüm. Cipin ilerisinde tekerli, boş bir el arabası duruyordu, devrilmişti. Ali'yle Baba'nın yolun sol tarafına diktikleri gül fidanlarından eser yoktu; yalnızca asfalta saçılmış toprak. Ve kurumuş otlar.

Ferit arkamdan iki kez korna çaldı. "Gitmeliyiz, Ağa. Dikkat çekiyoruz," diye seslendi.

"Bir dakika daha," dedim.

Ev, çocukluğumdan anımsadığım o geniş, beyaz malikâneden çok farklıydı. Daha küçük görünüyordu. Çatısı bel vermiş, boyası çatlamıştı. Oturma odasının, holün ve üst kattaki konuk yatak odasının camları kırıktı, pencereler çiviyle tutturulmuş naylon ya da tahta parçalarıyla, rasgele yamanmıştı. Bir zamanlar pırıl pırıl olan beyaz boya solmuş, hortlak grisine dönmüştü; dökülen sıvanın altından tuğla katmanları görünüyordu. Ön basamaklar çökmüştü. Kâbil'deki pek çok şey gibi, Baba'nın evi de devrik saltanatın resmiydi.

Eski yatak odamın penceresine baktım; ikinci kat, ana giriş merdiveninin güneyindeki üçüncü pencere. Parmak uçlarımda yükseldim, ama camın gerisinde gölgelerden başka bir şey seçemedim. Yirmi beş yıl önce bu pencerede durmuş, soluğumdan buğulanan camı döven yağmur damlalarının arasından aşağıya bakmıştım. Eşyalarını babamın arabasının bagajına yerleştiren Hasan'la Ali'yi seyretmiştim.

Ferit'in sesini duydum: "Emir Ağa!"

"Geliyorum," diye seslendim.

Delilik olduğunu biliyor ama içeriye girmek istiyordum. Ön basamakları çıkmak, Ali'nin botlarımızı çıkarmamız için Hasan'la beni her seferinde durdurduğu yere gitmek istiyordum. Hole girmek, Ali'nin talaşla birlikte yansın diye sobaya atmayı hiç ihmal etmediği portakal kabuklarını koklamak istiyordum. Mutfak masasına oturmak, çay içip bir dilim *nan* yemek, Hasan'ın söylediği eski Hazara türkülerini dinlemek.

Korna sesi. Kaldırımın kenarında duran Land Cruiser'a döndüm. Ferit direksiyonda sigara içiyordu.

"Bir şeye daha bakmak zorundayım," dedim.

"Uzun sürer mi?"

"Bana on dakika ver."

"Peki." Sonra, tam ben arkamı dönmüşken: "Bence hepsini unut. Kolaylaştırır," dedi.

"Neyi?"

"Hayatına devam etmeni," dedi Ferit. Sigarasının izmaritini camdan fırlattı. "Daha ne kadarını görmen gerekiyor?

Dur da seni zahmetten kurtarayım: Anımsadığın hiçbir şey sağ kalmadı. En iyisi, unutmak."

"Artık unutmak istemiyorum," dedim. "Bana on dakika daha ver."

Baba'nın evinin kuzeyine düşen bu tepeyi bir koşuda tırmanır, terlemezdik bile. Tepeye en çabuk kimin varacağına bahse girer, birbirimizle yarışırdık; bazen de uzaktan uzağa havalimanını gören dik kayalıkta mola verirdik. Uçakların kalkışını, inişini seyrederdik. Sonra, yine koşmaya başlardık.

Şimdi, sarp yokuşun tepesine vardığımda, aldığım her hışırtılı soluk, ciğerlerimi dağlayan kızgın bir demirdi. Yüzüm ter içindeydi. Böğrümde bir sancıyla, bir süre hırıldayarak durdum. Sonra, terk edilmiş mezarlığı aramaya koyuldum. Bulmam uzun sürmedi. Hâlâ oradaydı; nar ağacımız da öyle.

Hasan'ın annesini gömdüğü mezarlığın gri, taş girişine yaslandım. O zaman bile, menteşelerinden kurtulmuş, gevşemiş olan kapı şimdi tamamen gitmişti; mezar taşlarıysa dört bir yandan fışkırmış, gür yabani otlar yüzünden güçlükle seçilebiliyordu. Mezarlığı çeviren alçak duvara iki karga tünemişti.

Hasan mektubunda nar ağacının yıllardır meyve vermediğini yazmıştı. Kurumaya yüz tutmuş, yapraksız ağaca bakarken, bir daha da vermez herhalde, diye düşündüm. Altında durdum, gözümde canlandırdım: Ağaca tırmanıyor, dallarına ata biner gibi yerleşiyor, bacaklarımızı sarkıtıyoruz; yaprakların arasından süzülen benekli güneş ışığı yüzümüze bir ışık-gölge mozaiği çiziyor. Narın mayhoş, keskin tadı ağzıma doldu.

Dizlerimin üstüne çöktüm, ellerimi ağacın gövdesinde gezdirdim. Aradığımı buldum. Harfler körelmiş neredeyse silinmişti, ama hâlâ oradaydı: "Emir'le Hasan. Kâbil'in Sultanları." Parmağımla her harfi tek tek yokladım. Minicik yarıkların bir ucundan, birkaç küçük kabuk kopardım.

Ağacın dibine bağdaş kurup oturdum, çocukluğumun kentinin güney tarafına baktım. O günlerde, her evin duvarının ardında ağaçlar yükselirdi. Gökyüzü geniş, maviydi; iplerde kuruyan çamaşırlar güneşte parlardı. Dikkatli dinlersen, eşeğiyle Vezir Ekber Han'dan geçen manavın sesini duyabilirdin: *Kiraz! Kayısı! Üzüm!* Sabahın ilk saatlerinde *ezan*'ı, Şar-e-Nau'daki camiden müminlere seslenen *müezzin*'in yanık sesini duyardın.

Kornaya basıldığını duydum, Ferit'in el salladığını gördüm. Gitme vakti gelmişti.

Yeniden güneye, Peştunistan Meydanı'na yollandık. Kasaları çömelmiş, sakallı, tüfekli, genç erkeklerle dolu kırmızı pikapların yanından geçtik. Ferit yanımızdan geçen her pikaba, mırıl mırıl sövdü.

Meydan'a yakın, küçük bir otelde iki kişilik bir oda tuttum. Resepsiyondaki sıska, gözlüklü erkeğin çevresi birbirinin eşi siyah elbiseler giymiş, beyaz eşarplar bağlamış üç küçük kızla sarılıydı. Benden yetmiş beş dolar istedi; böyle bir virane için akıl almaz bir fiyattı, ama üzerinde durmadım. İnsanları Hawaii'deki yazlık evinin masrafları için kazıklaman başka şeydi, üç çocuğunun karnını doyurmak için kazıklaman, başka.

Odada sıcak su yoktu, çatlak tuvaletin sifonu çalışmıyordu. Üzerine yıpranmış bir döşek atılmış, tek bir demir karyola, yırtık pırtık bir battaniye, bir köşede de tahta bir iskemle. Alana bakan pencerenin camı kırılmış, yenisi takılmamıştı. Bavulumu yere koyarken, yatağın arkasındaki duvarda kurumuş bir kan lekesi fark ettim.

Ferit'e biraz para verdim, yiyecek bir şeyler almaya gitti. Dumanı tüten dört şiş kebap, taze *nan* ve bir kâse pirinç pilavıyla döndü. Yatağa oturduk, iştahla yedik. Sonuçta, Kâbil'de değişmeden kalabilen bir şey bulabilmiştim: Kebap, anımsadığım kadar yumuşak ve lezzetliydi.

O gece ben yatağa yattım, Ferit -otelcinin benden ekstra bir ücret aldığı- ikinci battaniyeye sarınıp yere uzandı. Kırık camdan içeriye akan ay ışınlarının dışında, odaya hiç ışık sızmıyordu. Otelci, Ferit'e Kâbil'de elektriklerin iki gündür kesik olduğunu, jeneratörünün de bozulduğunu söylemiş. Bir süre konuştuk. Bana Mezar- Şerif'te, Celalabat'ta büyümenin nasıl bir şey olduğunu anlattı. Babasıyla birlikte *cihat*'a katılmalarından kısa bir süre sonra, Pencer Vadisi'nde *Şoravi*'yle nasıl çarpıştıklarını. Aç kaldıklarını, çekirge yediklerini. Helikopterden açılan ateşin babasını nasıl öldürdüğünü, iki kızını elinden alan mayını anlattı. Bana Amerika'yı sordu. Amerika'da bir mağazaya girip, on beş-yirmi çeşit mısır gevreğinden birini seçebilirsin, dedim. Etin her zaman taze, sütün soğuk kaldığını, meyvenin bol, suyun da tertemiz olduğunu söyledim. Her evde bir televizyon, her televizyonun bir uzaktan kumanda aleti bulunduğunu, istersen bir uydu çanağı taktırabileceğini. Ve beş yüz küsur kanalı izleyebileceğini.

"Beş yüz mü?" diye çığırdı.

"Beş yüz."

Bir süre sustuk. Tam uykuya daldığını sanırken, Ferit kıkırdadı. "Ağa, Nasrettin Hoca'nın kızıyla ilgili hikâyeyi biliyor musun? Hani bir gün kızı eve gelmiş, kocasının onu dövdüğünden yakınmış?" Karanlıkta gülümsediğini hissedebiliyordum; benim de yüzüme bir tebessüm yayılmaktaydı. Yeryüzünde, kurnaz Hoca'ya ilişkin birkaç fıkra bilmeyen tek bir Afgan yoktur.

"Evet?"

"Hoca bunun üzerine kızı bir güzel pataklamış, sonra da evine yollamış, ama önce sıkı sıkı tembihlemiş: Kocana de ki, Hoca'yla başa çıkamazsın. Kızını her dövüşünde, Hoca da senin karını pataklayacak!"

Güldüm. Kısmen şakaya, kısmen de Afgan mizahının hiç değişmemesine. Savaşlar çıkmış, internet icat olmuş, bir robot Mars'ta gezinmişti ve Afganistan'da biz hâlâ aynı Nasrettin Hoca fıkralarına gülüyorduk. "Hoca'nın bir keresinde sırtında ağır bir çuvalla eşeğini sürdüğünü duymuş muydun?" dedim.

"Hayır."

"Yolda karşılaştığı biri, neden çuvalı semerin üzerine koymuyorsun, diye sormuş. Hoca şöyle demiş: 'Ama bu gaddarlık olur; zavallı hayvan beni bile zor taşıyor zaten.' "

Karşılıklı fıkra anlatmayı epeyce bir süre, fıkralar tükeninceye kadar sürdürdük, sonra yine sustuk.

Tam dalmak üzereyken, Ferit'in sesiyle sıçradım: "Emir Ağa."

"Efendim?"

"Neden buradasın? Demek istediğim, gelişinin *gerçek* nedeni ne?"

"Söyledim ya."

"Çocuk için mi?"

"Çocuk için."

Ferit yattığı yerde hafifçe doğruldu. "İnanması güç."

"Bazen ben bile burada olduğuma inanamıyorum."

"Yo... Aslında kastettiğim şey, neden *bu* çocuk? Ta Amerika'dan buralara bu... bu Şii için mi geldin?"

Bu, içimdeki bütün neşeyi alıp götürdü. Ve uykuyu. "Yorgunum," dedim. "Hadi, uyuyalım."

Ferit'in horultusu az sonra boş odada yankılanmaya başladı. Ben ellerimi göğsümde kavuşturdum, gözlerimi kırık camdan görünen, yıldızların aydınlattığı geceye diktim, öylece yattım. Belki de insanların Afganistan için söyledikleri doğruydu. Bu ülke için hiçbir umut kalmamıştı belki de.

Biz giriş tünellerinden geçerken, telaşlı bir kalabalık Gazi Stadyumu'na akmaktaydı. Binlerce insan, tıklım tıklım dolu beton tribünlere doğru itişe kakışa ilerlemeye çalışıyordu. Çocuklar ara geçitlerde koşuşturuyor, basamaklarda kovalamaca oynuyordu. Bol baharatlı sosa bulanmış nohut kokusu havayı dolduruyor, sidik ve ter kokularına karışıyordu. Ferit'le sigara, çamfıstığı ve bisküvi satan seyyar satıcıların arasından geçtik.

Tüvit ceketli, kadidi çıkmış bir delikanlı koluma yapıştı, kulağıma fısıldadı. "Seksi resimler" almak ister miydim?

"Hem de çok seksi, Ağa," dedi, uyanık gözleriyle sağı solu tararken – bana birkaç yıl önce, San Francisco'nun karanlık bir mahallesinde uyuşturucu satmaya çalışan kızı anımsatmıştı. Oğlan ceketinin bir tarafını açtı, 'seksi' fotoğrafları hakkında şöyle bir fikir edinmemi sağladı: Hint filmlerinden bazı sahneler; erkek kahramanların kollarına sığınmış, hülyalı bakışlı, şehvetli, tepeden tırnağa giyimli artistler. "Çok seksi," diye yineledi.

"Hayır, teşekkür ederim," dedim, onu itip geçerken.

"Yakalanırsa öyle bir kırbaçlanır ki, babası mezarında ters döner," diye mırıldandı Ferit.

Yerler numaralı değildi, elbette. Bize bırakın yerimizi, oturacağımız bölümü, tribünü, sırayı gösteren bile yoktu. Eskiden, monarşi günlerinde de böyleydi. Ferit'in birkaç dirsek darbesi sayesinde, orta sahanın hemen soluna düşen, fena sayılmayacak bir yer bulup oturduk.

Baba'nın beni futbol maçlarına getirdiği 70'li yıllarda yemyeşil olan bu saha şimdi berbat haldeydi. Oyun alanının her yanı delikler, çukurlarla doluydu; en göze çarpanı da, güney uçtaki kale direklerinin arkasındaki bir çift derin çukurdu. Ortada çim filan yoktu, yalnızca toprak. Sonunda iki takım sahaya çıktı (oyuncular sıcağa karşın, pantolonluydu), maç başladı; kalkan tozdan, dumandan topu izlemek olanaksızdı. Eli kırbaçlı, genç Talibler tribünleri dolaşıyor, tezahürat yaparken sesi azıcık yükselenleri hizaya getiriyordu.

Onları, devre arası düdüğünün çalmasından hemen sonra getirdiler. Stadyumun kapısında, geldiğimden beri yollarda sıkça gördüğüm paslı, kırmızı pikaplardan ikisi göründü. Kalabalık ayağa kalktı. Birinin kasasında yeşil *burka*'lı bir kadın, ötekinde de gözleri bağlı bir erkek oturuyordu. Pikaplar sahayı çevreleyen koşu yolunda, seyircilerin iyice görmesini sağlamak istercesine, ağır ağır ilerledi. İstenen etkiyi de yarattılar: İnsanlar parmak uçlarında yükseldi, eğildi, boyunlarını uzattı. Yanımda, mırıl mırıl dua okuyan Ferit'in âdemelması bir inip bir çıkıyordu.

Kırmızı pikaplar oyun alanına girdiler, arkalarında bir toz bulutuyla karşı uca doğru ilerlediler; jant kapakları güneşte parlıyordu. Sahanın sonunda onları üçüncü bir pikap bekliyordu. Bunun kasası bir şeyle doluydu; ansızın kale direğinin arkasındaki o iki geniş çukurun nedenini anladım. Üçüncü pikabı boşalttılar. Kalabalıktan beklenti dolu bir mırıltı yükseldi.

"Kalmak istiyor musun?" diye sordu Ferit, endişeyle.

"Hayır," dedim. Hayatımda hiçbir yerden kaçmak için böylesine güçlü bir arzu duymamıştım. "Ama beklemek zorundayız."

Omuzlarına Kalaşnikoflar asmış iki Talib, birinci pikaptaki gözü bağlı adamı indirdi, iki kişi de *burka*'lı kadını. Kadının dizlerinin bağı çözüldü, yere yığıldı. Askerler onu tutup kaldırdılar, ama o bir kez daha yığılıp kaldı. Yeniden kaldırmaya çalıştılar, kadın çığlık atıp tekme savurdu. Ayağını ayı tuzağından kurtarmaya çalışan vahşi bir hayvanın çığlıydı. İki Talib yardıma koştu, hep birlikte kadını ite kaka, göğüs derinliğindeki çukura soktular. Gözü bağlı adamsa hiç direnmedi, ikinci çukura uysalca giriverdi. Suçlanan çiftin yalnızca başları görünüyordu artık.

Kale direklerinin yanında duran gri cüppeli, tıknaz, ak sakallı bir din adamı elindeki mikrofonu ağzına götürdü, boğazını temizledi. Arkasında, çukurdaki kadın hâlâ tiz çığlıklar atıyordu. Adam Kuran'dan uzun bir dua okudu; genizden gelen sesi, stadyuma ansızın çöken sessizlikte dalgalanıyordu. Baba'nın çok uzun zaman önce söylediği bir şeyi anımsadım: *Şu kendini her şeyden üstün gören maymunların sakalına tükküreyim. Tespih çekip anlamadıkları bir kitabı ezbere tekrarlamaktan başka ne bilirler? Afganistan bunların eline düşerse, Allah yardımcımız olsun.*

Dua bitince, imam yine genzini temizledi. "Kardeşlerim!" diye haykırdı Farsça; sesi stadyumda bir top gibi gürledi. "Bugün burada *Şeriat*'ı yerine getirmek üzere toplandık. Adaleti yerine getirmek için! Buradayız, çünkü Allah'ın buyruğu ve Hazreti Muhammet'in kavli, şükürler olsun ki sevgili yurdumuza, Afganistan'ımıza egemen olmuştur. Allah'ın sözüne kulak veriyor ve boyun eğiyoruz, çünkü bizler onun yüceliği karşısında güçsüz, zavallı yaratıklardan başka bir şey değiliz. Allah ne diyor, peki? Size soruyorum! ALLAH NE DİYOR? Allah, günah işleyen herkesin, günahına uygun bir şekilde cezalandırılmasını söylüyor. Bunlar benim sözlerim değil, kardeşlerimin sözleri de değil. Bunlar ALLAH'ın sözleri!" Boş elini gökyüzüne doğru salladı. Başım zonkluyor, güneş tepemi alev alev yakıyordu.

"Her günahkâr, günahı ölçüsünde cezalandırılacaktır!" diye yineledi imam mikrofona; her sözcüğü tek tek, dramatik bir ifadeyle vurgulayarak. "Şimdi soruyorum, kardeşlerim;

zina işleyenlere hangi ceza yaraşır? Evliliğin kutsallığını hiçe sayanları neyle cezalandıracağız? Allah'ın yüzüne tükürenlere hangi ceza layıktır? Allah'ın evini taşlayanlara nasıl karşılık vereceğiz? TAŞLARI ONLARA GERİ FIRLATARAK!" Mikrofonu kapadı. Tribünlerde boğuk bir mırıltı dolaştı.

Ferit başını salladı, fısıldadı: "Bunlar da kendine Müslüman diyor."

Sonra, pikaptan uzun boylu, geniş omuzlu bir adam indi. Onu gören seyircilerin bir kısmı sevinçle bağırıp alkışladı. Bu kez, sesi yüksek çıktığı için kırbaç yiyen olmadı. Uzun boylu adamın gıcır gıcır, beyaz giysisi öğleden sonra güneşinde parladı. Pantolonunun üstüne sarkıttığı gömleğinin etekleri, esintide uçuşuyordu; kollarını çarmıhtaki İsa gibi iki yana açtı. Bir yarım dönüş yaparak kalabalığı selamladı. Yüzü bizim oturduğumuz bölüme çevrilince, siyah, yuvarlak camlı güneş gözlüğünü gördüm – şu John Lennon'ın taktığı gözlüklerdendi.

"Bizim adamımız bu olmalı," dedi Ferit.

Siyah gözlüklü, uzun boylu Talib, üçüncü pikaptan indirilen taş yığınının yanına gitti. İrice bir taş aldı, kalabalığa gösterdi. Gürültü kesildi, yerini stadyumda titreşen bir uğultu aldı. Çevreme bakınınca, herkesin bir ağızdan *çık çık*'ladığını gördüm. Taş öbeğinin yanında dururken, gerçeküstü bir biçimde, tıpatıp bir beysbol atıcısına benzeyen Talib elindeki taşı çukurdaki gözü bağlı adama fırlattı. Kadın bir çığlık attı. Kalabalıktan huşu dolu bir 'OH!' yükseldi. Gözlerimi yumdum, ellerimle yüzümü kapadım. Seyirciler, atılan her taşa aynı 'Oh!' nidasıyla eşlik ediyordu; bu böyle bir süre devam etti. Sesler durulunca, Ferit'e 'bitti mi' diye sordum. Hayır, dedi. İnsanların boğazının yorulduğunu tahmin ettim. Orada, yüzüm ellerimin arasında ne kadar oturduğumu bilmiyorum. Gözlerimi yeniden açtığımda, etrafımdakiler birbirine sorup duruyordu: "*Mord? Mord?*" Öldü mü?

Çukurdaki adam şimdi şekilsiz, kanlı bir yığındı; bir kan ve paçavra topağı. Başı öne düşmüş, çenesi göğsünde. John Lennon gözlüklü Talib elindeki taşı zıplatıyor, çukurun yanına çömelmiş olan bir adama bakıyordu. Çömelmiş olan, kulağından sarkan stetoskopun ucunu, çukurdaki adamın göğsüne bastırdı, sonra başını gözlüklü Talib'e olumsuz anlamda salladı. Kalabalık inledi.

John Lennon taş yığınına döndü.

Her şey bitip de kanlı cesetler gayet sıradan, aldırışsız bir tavırla kırmızı pikapların kasalarına (ayrı ayrı) fırlatılınca, kürekli birkaç adam çabucak çukurları doldurdu. Bir tanesi tam gitmek üzereyken, ayağıyla yerden kaldırdığı tozu geniş kan lekelerine doğru savurdu. Birkaç dakika sonra, takımlar sahaya girdi. İkinci yarı başlamak üzereydi.

Görüşme o gün öğleden sonra, saat üçe ayarlandı. Randevunun alınış hızı beni şaşırtmıştı. Bekletmeler, gecikmeler bekliyordum; en azından bir sorgulama, kimliklerimizin denetlenmesi, filan. Ama sonra, Afganistan'daki en resmi işlerin bile resmiyetten ne kadar uzak bir biçimde yürütüldüğünü anımsadım: Ferit'in tek yaptığı, kırbaçlı Talib'lerden birine, beyazlı adamla özel bir işimiz olduğunu söylemek olmuştu. Aralarında kısa bir konuşma geçti. Kırbaçlı adam başını salladı, oyun alanındaki genç bir adama Peştun dilinde bir şeyler haykırdı; o da hemen güney uçtaki kale direğine, gözlüklü Talib'in, daha önce dua okuyan, şişman imamla sohbet ettiği yere koştu. Üçü konuştular. Güneş gözlüklü adam başını kaldırıp baktı. Başını salladı. Ulağın kulağına bir şeyler söyledi. Genç adam mesajı bize getirdi.

Randevu verilmişti: saat üçte.

YİRMİ İKİ

Vezir Ekber Han'daki büyük evin önüne gelince Ferit, Land Cruiser'ı yavaşlattı. Sonra, Konuklar Yolu, 15 numaradaki geniş araziyi çeviren duvarların üstünden sokağa sarkan söğüt ağaçlarının gölgesine yanaştı. Motoru durdurdu; bir dakika kadar konuşmadan oturduk, soğuyan motorun çıkardığı çıtırtıları dinledik. Ferit kıpırdandı, hâlâ marş yuvasından sarkan anahtarla oynadı. Bir şey söylemeye hazırlandığını anlamıştım.

Sonunda, özür dileyen bir tınıyla, "Seni arabada beklesem daha iyi olacak," dedi. Bana bakamıyordu. "Bundan sonrası artık senin meselen. Ben..."

Koluna dokundum. "Ferit, sana ödediğim paranın kat kat fazlasını yaptın. İçeriye benimle birlikte girmeni beklemiyorum zaten." Oysa yalnız girmek istemiyordum. Hakkında öğrendiklerime karşın, Baba'nın şu anda yanımda olması için çok şey verirdim. Baba olsaydı, ön kapıyı ardına kadar açıp içeriye dalar, sorumlu kişiyle görüşeceğini bildirir, yoluna çıkanın da sakalını yolardı. Ama Baba öleli çok olmuştu; Hayward'daki küçük mezarlığın Afgan bölümünde yatıyordu. Daha geçen ay, Süreyya'yla birlikte mezar taşının önüne papatyalı, süsenli bir buket bırakmıştık. Artık tek başımaydım.

Arabadan indim; yüksek, çift kanatlı, ahşap giriş kapısına doğru ilerledim. Zili çaldım ama ses çıkmadı -elektrik hâlâ kesikti- bunun üzerine kapıyı yumrukladım. Bir dakika sonra, içeriden bazı sesler geldi, kapı açıldı, Kalaşnikoflu iki adam göründü.

Arabada oturan Ferit'e baktım, dudaklarımı oynatarak, *döneceğim*, dedim – bundan hiç de emin değildim.

Silahlı adamlar beni tepeden tırnağa, hızla yokladılar; bacaklarıma vurdular, apış arama dokundular. Bir tanesi Peştu dilinde bir şey söyledi, gülüştüler. Ana kapıdan geçtik. Muhafızlar önüme düştü, son derece bakımlı bir çimenlikten, dibinde sıra sıra sardunyayla dikenli çalı bulunan bir duvarın önünden geçtik. Bahçenin karşı köşesinde eski, tulumbalı bir kuyu vardı. Hümayun *Kaka*'nın Celalabat'taki evinde de tıpkı böyle bir kuyu bulunduğunu anımsadım; ikizlerle (Fazıla ve Kerime) içine çakıl taşı atar, suya değerken çıkaracağı şıpırtıyı beklerdik.

Ön basamakları tırmandık, geniş, mobilyası az, ferah bir eve girdik. Holü geçtik (bir duvardan kocaman bir Afgan bayrağı sarkıyordu), adamlar beni üst kattaki bir odaya çıkardılar – bir çift yeşil divan, karşı uçta da geniş ekran bir televizyon. Duvarlardan birine, üzerine Mekke tasviri işlenmiş bir seccade asılıydı; yapı, aslından biraz daha uzun betimlenmiş gibi geldi bana. Adamlardan daha yaşlı görüneni, tüfeğinin namlusuyla divanlardan birini işaret etti. Gidip oturdum. Odadan çıktılar.

Bacak bacak üstüne attım. Bacağımı indirdim. Terli ellerimi dizlerime koydum. Bu beni gergin mi gösterirdi? Ellerimi birleştirdim, bunun daha da kötü olduğuna karar verdim, sonunda kollarımı göğsümde kavuşturdum. Şakaklarımdaki kan zonkluyordu. Bir ıssızlığın ortasındaydım. Kafamda yüzlerce düşünce uçuşuyor, ama ben düşünmeyi kesinlikle istemiyordum, çünkü aklımın hâlâ çalışabilen bir zerresi, bu yaptığım şeyin tam anlamıyla delilik olduğunu söylüyordu. Karımdan binlerce kilometre uzakta, bir hapishane hücresini çağrıştıran bir odada, daha birkaç saat önce iki kişiyi öldürdüğünü gözlerimle gördüğüm bir adamı bekliyordum. Bu *gerçekten* delilikti. Daha da kötüsü, sorumsuzluktu. Süreyya'yı daha otuz altı yaşında *biva*, dul bırakma olasılığım hayli yüksekti doğrusu. *Bu sen değilsin, Emir*, diyordu içimdeki bir ses. *Sen ödleksin. Böyle yaratılmışsın. Buysa o kadar da kötü bir şey değil, çünkü sende hiç olmazsa kendine bu konuda yalan söylememek gibi bir erdem var; kendini kandırmıyorsun. Bu konuda, hayır. Dürüst olunduğu sürece korkaklık dünyanın sonu değildir. Ama ne zaman ki bir ödlek, kim olduğunu unutur... işte o zaman Allah yardımcısı olsun.*

Divanın önünde bir sehpa vardı. Altında, metal ayakların birleştiği noktaya geçirilmiş olan çembere ceviz büyüklüğünde, pirinç toplar tutturulmuştu. Tıpkı bunun gibi bir masa görmüştüm. Nerede? Sonra, anımsadım: Peşaver'de, kendimi sokağa attığım gece girdiğim o kalabalık çayevinde. Sehpanın üzerindeki kâsede kırmızı üzüm salkımları vardı. Bir tane kopardım, ağzıma attım. Bir şeylerle -ne olursa- oyalanmak, kafamdaki sesi susturmak zorundaydım. Üzüm tatlıydı. Bir tane daha yedim; bunun çok uzun bir süre için mideme girecek son katı gıda olduğunun farkında değildim elbette.

Kapı açıldı, tüfekli adamlar göründü; uzun boylu, beyazlı, John Lennon gözlüğünü hâlâ çıkartmamış olan Talib aralarındaydı; son yıllarda pek moda olan şu mistik akıl hocalarını, geniş omuzlu bir guru'yu andırıyordu.

Karşımdaki koltuğa oturdu, ellerini kolçaklara dayadı. Uzun bir süre konuşmadı. Dikkatle beni süzdü; bir eliyle koltuğun döşemesinde tempo tutuyor, öteki eliyle de mavi bir tespihin tanelerini çekiyordu. Beyaz gömleğinin üzerine siyah bir yelek giymiş, altın bir kol saati takmıştı. Gözüme, gömleğinin sol kolundaki kurumuş kan lekesi ilişti. Gündüzki infazdan sonra giysilerini değiştirmemiş olması ürkütücü, afallatıcıydı.

Arada bir, boştaki eli kalkıyor, kalın parmakları havadaki bir şeyle oynuyordu. Sıvazlamayı andıran, ağır devinimler; aşağı yukarı, sağa sola; görünmeyen bir kediyi okşuyordu sanki. Kollarından biri sıvalıydı, kalın bileğinin biraz üstünde bazı izler gördüm – aynı izlere San Francisco'nun karanlık sokaklarında yaşayan evsizlerde de rastlamıştım.

Teni öteki adamlardan çok daha açık, hatta soluktu; alnında, kara türbanının hemen altında küçük ter damlaları parlıyordu. Göğsüne kadar uzanan sakalının rengi de diğerlerinden daha açıktı.

"*Selamın aleyküm,*" dedi.

"*Selam.*"

"Şunu çıkartabilirsin artık."

"Efendim?"

Avucunu silahlı adamlardan birine çevirdi, salladı. *Cıırt!* Bir anda yanaklarıma bir sürü iğne battı; muhafız benim sakalı havaya atıp tutuyor, kıkır kıkır gülüyordu. Talib sırıttı. "Çok daha iyilerini gördüm. Böylesi daha rahat. Ne dersin?" Parmaklarını oynattı, yumruğunu sıkıp açarak, birkaç tanesini çıtlattı. "Evet, bugünkü gösteriyi beğendin *inşallah?*"

Yanaklarımı ovuşturdum. "Gösteriydi, demek?" Sesimin, içimdeki dehşet patlamasını ele vermediğini umdum.

"İnfazlar en görkemli gösteri türüdür, kardeşim. Çarpıcı. Heyecanlandıran. Meraklandıran. En iyi yanı da, kitlesel eğitim sağlaması, tabii." Parmaklarını şaklattı. Muhafızlardan genç olanı onun sigarasını yaktı. Talib güldü. Kendi kendine bir şeyler mırıldandı. Elleri titriyordu, az kaldı sigarayı düşürüyordu. "Ama gerçek bir gösteri izlemek için, Mezar'da yanımda olman gerekirdi. Ağustos 1998'te."

"Anlayamadım?"

"Leşlerini ortada bıraktık; köpekler yesin diye... bilirsin."

Lafı nereye getirdiğini anlamıştım.

Kalktı, divanın çevresinde iki tur attı. Yeniden oturdu. Hızlı hızlı anlatmaya başladı. "Kapı kapı dolaştık, erkekleri, oğlan çocuklarını topladık. Oracıkta, ailelerin gözü önünde vurduk. Görmeleri için. Kim olduklarını, ait oldukları yeri unutmamaları için." Solukları sıklaştı. "Bazen, kapıları kırıp evlere dalıyorduk. Sonra ben... ben makineli tüfeğimin namlusuyla odayı rasgele tarıyordum, ta ki dumandan göz gözü görmez oluncaya kadar." Büyük bir sır verecekmiş gibi, bana doğru eğildi. "Bunu yapmamış biri, 'özgürleşme' sözcüğünün anlamını katiyen anlayamaz... hedefle dolu bir odada, bütün suçluluk ve pişmanlıklardan arınmış bir halde dikilip bütün mermilerini boşaltmak, kendini erdemli, iyi ve ahlaklı hissetmek... O anda Allah'ın işini yaptığını bilmek. Soluk kesici, inan." Tespihini öptü, başını yana eğdi.

"Hatırlıyorsun değil mi, Cavit?"

"Evet, Ağa Efendi," daha genç görünen muhafız. "Nasıl unutabilirim ki?"

Mezar-ı Şerif'teki Hazara katliamını gazetelerde okumuştum. Taliban'ın, son düşen kentlerden biri olan Mezar'ı ele geçirişinin hemen ardından gerçekleşmişti. Süreyya'nın kahvaltıda kanı çekilmiş, bembeyaz bir yüzle gazeteyi bana uzatışını anımsadım.

"Kapı kapı dolaştık. Yalnızca yemek ve namaz molası verdik," diye sürdürdü Talib sözünü. Sesindeki hoşnutluğu duyan biri, katıldığı çok keyifli bir partiden söz ettiğini sanırdı. "Cesetleri sokağın ortasında bıraktık; ailelerden, ölüyü alıp gizlice eve götürmeye kalkışanları da vurduk. Onları günlerce sokakta bıraktık. Köpekler yesin diye. Köpeklere köpek eti." Sigarasını söndürdü. Titreyen elleriyle gözlerini ovuşturdu. "Amerika'dan geldin, demek?"

"Evet."

"O orospu nasıl son günlerde?"

Ani bir işeme ihtiyacı hissettim. Geçmesi için dua ettim. "Bir erkek çocuk arıyorum."

"Herkes aramıyor mu?" dedi. Kalaşnikoflu adamlar güldü. Dişleri *nesver*'den yemyeşildi.

"Burada, senin yanında olduğunu öğrendim," dedim. "Adı Sohrab."

"Bir şey soracağım: O orospuyla ne işin var? Neden burada, Müslüman kardeşlerinin yanında değilsin; neden ülkene hizmet etmiyorsun?"

Aklıma, "Gideli çok uzun zaman oldu," demekten başka bir şey gelmedi. Başım alev alev yanıyordu. Dizlerimi birleştirdim, mesanemi sıktım. Talib kapıda duran adamlara döndü. "Bu da cevap mı şimdi?" diye sordu.

"Hayır, Ağa Efendi," dediler bir ağızdan, gülümseyerek.

Gözleri bana çevrildi. Omuz silkti. "Cevap değil, diyorlar." Bir sigara çıkardı. "Benim bulunduğum çevrede, sana en çok ihtiyacı olduğu sırada *vatan*'ını terk etmek, ihanetle aynı kapıya çıkar. Seni vatana ihanet suçuyla tutuklayabilir, hatta vurabilirim. Bu seni korkutuyor mu?"

"Ben buraya çocuk için geldim."

"Bu seni korkutuyor mu?"

"Evet."

"Korkutmalı," dedi. Divanda geriye yaslandı. Sigarasından derin bir nefes çekti.

Süreyya'yı düşündüm. Bu beni sakinleştirdi. Orak biçimindeki doğum lekesini, boynunun zarif kıvrımını, ışıltılı gözlerini düşündüm. Düğün gecemizdeki halini, yeşil örtünün altında, aynadaki yansılarımıza bakışımızı, onu sevdiğimi fısıldadığım zaman yanaklarının kızarıvermesini. Eski bir Afgan şarkısının eşliğinde dans edişimizi, herkes seyredip alkışlarken, bulanık bir çiçek, elbise, smokin ve gülümseyen yüz dünyasında nasıl hızla, defalarca döndüğümüzü.

Talib bir şey diyordu.

"Efendim?"

"Onu görmek ister misin, diye sordum. Küçük oğlanımı görmek ister misin?" Bunu söylerken, üstdudağı pis bir sırıtışla kıvrılmıştı.

"Evet."

Muhafız odadan çıktı. Bir kapının açılırken çıkardığı gıcırtıyı duydum. Muhafızın kaba bir sesle, Peştu dilinde bir şeyler söylediğini duydum. Sonra, ayak sesleri ve her adımda şıngırdayan ziller. Bu bana, Hasan'la birlikte Şar-e-Nau'da kovaladığımız Maymun Adam'ı anımsattı. Dans etmesi için ona bir *rupi* verirdik. Maymunun boynundaki çıngıraklardan aynen bu şıngırtı çıkardı.

Sonra kapı açıldı, muhafız içeriye girdi. Omzunda taşınabilir bir müzik seti vardı. Arkasında da safir mavisi, bol bir *çapan-tumban* giymiş bir erkek çocuk.

Benzerlik soluk kesiciydi. Afallatıcı. Rahim Han'ın Polaroid'i gerçeği yansıtmıyordu.

Oğlanın yüzü, babasının o toparlak, dolunay yüzüydü; aynı sivri çene, deniz kabuğuna benzeyen, kıvrık kulaklar ve aynı zayıf beden. Bu, çocukluğumun Çin bebeğiydi; kış günlerinde yelpaze gibi açılmış iskambil kartlarının üstünden, yazları babamın evinin damında uyurken, cibinliğin gerisinden görünen yüz. Oğlanın saçları kazınmış, gözlerinin çevresine sürme çekilmişti; yanaklarında doğal olmayan bir kırmızılık vardı. Odanın ortasında durunca, ayak bileklerindeki halhallardan sarkan minik çıngıraklar sustu.

Gözleri bana dikildi. Bir süre oyalandı. Sonra çıplak ayaklarına çevrildi.

Muhafızlardan biri bir düğmeye bastı, Peştun müziği odayı doldurdu. Tabla, armonika ve inleyen bir *dilruba*. Taliban'ın dinlemesi için çalındığı sürece, müzik günah değildi anlaşılan. Üç erkek el çırpmaya başladılar.

"*Vah Vah! Maşallah!*" diye çığırdılar.

Sohrab kollarını kaldırdı, ağır ağır döndü. Parmak uçlarında yükseldi, zarifçe kıvrıldı, diz çöktü, sonra yeniden doğruldu, birkaç kez hızla döndü. Küçük elleri bileklerden kıvrılıyor, parmaklar şıklıyor, baş bir sarkaç gibi bir o yana bir bu yana salınıyordu. Ayakları yeri dövüyor, çıngıraklar *tabla*'nın ritmiyle kusursuz bir uyum halinde çınlıyordu. Gözleri hep kapalıydı.

"*Maşallah!*" diye haykırdılar. "*Şahbaz!* Bravo!" İki muhafız ıslık çalıyor, gülüyordu. Beyazlı Talib müziğe uyarak başını öne arkaya salladı; dudakları şehvetle aralanmıştı.

Sohrab gözleri kapalı, hayali bir dairenin içinde oynadı; dansı, müzik bitinceye kadar sürdü. Şarkının son notasıyla ayağını yere sertçe vurunca, ziller son bir kez şıngırdadı. Dönüşün tam ortasında, duruverdi.

"*Bia, bia,* oğlum," dedi Talib, Sohrab'ı yanına çağırarak. Sohrab başı öne eğik ona gitti, bacaklarının arasında durdu. Talib kollarıyla oğlanı sardı. "Benim küçük Hazara'm ne kadar yetenekli, değil mi?" Elleriyle çocuğun sırtını sıvazladı, koltuk altlarına dokundu. Muhafizlardan biri ötekini dürttü, alayla kıkırdadı. Talib onlara, bizi yalnız bırakmalarını söyledi.

"Peki, Ağa Efendi," dediler, çıkarken.

Talib oğlanı çevirdi; şimdi yüzü bana dönüktü. Kollarını Sohrab'ın beline doladı, çenesini çocuğun omzuna dayadı. Sohrab ayaklarına bakıyor, arada bir bana kaçamak, utangaç bakışlar fırlatıyordu. Adamın elleri çocuğun belinde gezindi; bir aşağı bir yukarı, sonra yine aşağı. Yavaşça, tatlılıkla.

"Merak ediyorum," dedi Talib, kan oturmuş gözlerini Sohrab'ın omzunun üstünden bana dikerek. "Bizim *Babalu*'ya ne oldu acaba?"

Soru, iki kaşımın arasına bir çekiç gibi indi. Yüzümdeki bütün kanın çekildiğini hissettim. Bacaklarım buz kesti. Hissizleşti.

Güldü. "Ne sanıyordun yani? Şu uyduruk sakalı takınca, seni tanıyamayacağımı mı? Benim hakkımda bilmediğin bir şey var: Ben gördüğüm bir yüzü asla unutmam. Asla." Dudaklarını Sohrab'ın kulağına sürttü; gözünü benden ayırmıyordu. "Babanın öldüğünü duydum. *Çık çık.* Hep onu yanımıza çekmek istemişimdir. Görünüşe bakılırsa, ödlek oğluyla yetinmem gerekecek." Güneş gözlüğünü çıkardı, kanlı gözlerini gözlerime dikti.

Soluk almaya çalıştım, başaramadım. Gözümü kırpmayı denedim, başaramadım. Bunlar, bu an, gerçek olamazdı; bu, gerçeküstü... hayır, *deliceydi.* Ciğerlerimdeki havayı çekip almış, çevremdeki dünyayı dondurmuştu. Yüzüm yanıyordu. Şu kalp parayla ilgili, eski deyiş neydi? Evet, döner dolaşır seni bulur. Geçmişim aynen böyleydi işte; eninde sonunda gelip beni buluyordu. Adı derinlerde bir yerde uğulduyor ama ben onu söylemek istemiyordum; onu yüksek sesle söylersem, bir ruh çağırma seansında, ruhu değil de adın sahibini çağırmış olacaktım sanki. İyi ama, zaten karşımdaydı; bunca yıldan sonra kanlı canlı, on adım uzağımda. Adı dudaklarımdan fırlayıverdi:

"Assef."

"Emir can."

"Burada ne işin var?" Ağzımdan çıkar çıkmaz, ne kadar aptalca bir soru olduğunu anladım, ama aklıma söyleyecek başka hiçbir şey gelmemişti.

"Ben mi?" Assef tek kaşını kaldırdı. "Ben ait olduğum yerdeyim. Asıl soru, senin burada ne işin var?"

"Söyledim ya," dedim. Sesim titriyordu. Keşke etim bunu yapmasaydı; keşke büzülüp kemiklerime yapışmasaydı.

"Çocuk için mi?"

"Evet."

"Neden?"

"Parasını öderim," dedim. "Parayı telgrafla getirtirim."

"Para mı?" Assef kıkır kıkır güldü. "Hiç Rockingham'ı duydun mu? Batı Avusturalya'da bir cennet parçası. Görmelisin; kilometrelerce uzanan bir kumsal. Yemyeşil sular, masmavi bir gök. Annemle babam orada yaşıyor; deniz kenarında bir villada. Villanın arkasında bir golf sahası, bir de küçük göl var. Babam her gün golf oynuyor. Annem tenisi yeğliyor – babamın dediğine göre, ters vuruşları zayıfmış. Bir Afgan lokantasıyla iki kuyumcu dükkânları var; hepsi de tıkır tıkır işliyor." Bir üzüm kopardı. Sevgiyle Sohrab'ın ağzına verdi. "Dolayısıyla, paraya ihtiyacım olduğunda, *telgrafla* gönderirler." Sohrab'ın boynunun yan tarafını öptü. Çocuk irkildi, gözlerini yumdu. "Ayrıca, ben *Şoravi*'yle para için dövüşmedim. Taliban'a da para için katılmadım. Onlara neden katıldığımı öğrenmek ister misin?"

Dudaklarım kurumuştu. Yaladım; dilimin de kuruduğunu ayrımsadım.

Assef sırıttı: "Susadın mı?"

"Hayır."

"Bence susadın."

"Hayır, iyiyim," dedim. İşin doğrusu, oda ansızın aşırı ısınmıştı – gözeneklerimden fışkıran ter, tenime batıyordu. Bunlar gerçekten de oluyor muydu? Gerçekten de Assef'le karşılıklı oturuyor muydum?

"Nasıl istersen," dedi. "Evet, nerede kalmıştık? Ah, tamam, Taliban'a katılışım. Eh, aman aman dindar biri olmadığımı anımsıyorsundur. Ama bir gün, ilahi bir olay yaşadım. Bir mucize. Hapisteyken. Dinlemek ister misin?"

Bir şey demedim.

"Güzel. Anlatayım," dedi. "1980'de Babrak Karmal'ın başa gelmesinden hemen sonra, bir süre Poleh-Çarki'de yattım. Bir gece, bir grup *Perçemi* evimize daldı, tüfeklerini doğrultup annemi, babamı ve beni sıraya dizdiler. Bizimle geleceksiniz, dediler. Aşağılık herifler ne nedenini söyledi, ne de annemin sorularını yanıtladı. Eh, söylemeye gerek yok; komünistlerin ne kadar basit, bayağı insanlar olduğunu hepimiz biliriz. Adı sanı olmayan, yoksul aile çocukları tabii. *Şoravi*'den önce ayakkabılarımı yalatmaya bile tenezzül etmediğim köpekler kalkmış bana silah doğrultuyor, emir veriyordu. Göğüslerinde *Perçemi* bayrağı, burjuvaziyi yıkmakla övünüyor, asıl soyluluğun kendilerinde olduğunu iddia ediyorlardı. Her şey sil baştan yaşanıyordu: Zengini yakala, hapse at, yoldaşlarına örnek ol.

"Her neyse, bizi altışar kişilik gruplar halinde, her biri bir buzdolabı büyüklüğündeki hücrelere tıktılar. Her gece, komutan -ölmüş eşek gibi kokan, yarı Hazara, yarı Özbek bir yaratık- tutuklulardan birini yaka paça hücreden çıkartır, o şişko yüzü kan ter içinde kalıncaya kadar döverdi. Sonra bir sigara yakar, eklemlerini kütürdetir, çekip giderdi. Ertesi gece, bir başka kurban seçerdi. Bir gece, beni seçti. Bundan daha kötü bir zamanlama olamazdı. Üç gündür kan işiyordum. Böbrek taşı. Başına gelmediyse, bilmezsin; inan bana, dünyada bundan daha korkunç bir ağrı yoktur. Annem de böbrek taşlarından mustaripti; bir keresinde bana, bir taş düşürmektense doğum yapmayı yeğlerim, demişti. Her neyse, elimden ne gelirdi? Beni dışarıya sürüklediler, bizimki de tekmelemeye başladı. Bu küçük tekme oyunu için özellikle giydiği, çelik burunlu bir çizmesi vardı; bana onlarla vuruyordu. Bağırıyor, çığlıklar atıyordum, o da beni var gücüyle tekmeliyordu, sonra, birden sol böbreğime bir tekme indirdi, böbrek taşı düşüverdi. Öyle, pat diye! Ah, ne büyük bir rahatlamaydı!" Assef güldü. "Bunun üzerine bağırdım: '*Allah-u-ekber*!' Tekmeleri daha da sertleşti; kahkahalarla gülmeye başladım. Delirdi, daha da sert vurmaya başladı; ben güldükçe darbeleri şiddetleniyordu. O vurdukça ben gülüyordum. Beni hücreye taşırlarken, hâlâ gülüyordum. Güldüm, güldüm, çünkü ansızın, Allah'tan bir vahiy aldığımı anlamıştım: O *benden* yanaydı. Bir nedenle, yaşamamı istiyordu.

"Biliyor musun, o komutana iki yıl sonra savaş alanında rastladım – Allah'ın işine akıl sır ermiyor. Onu Meymanah'ın hemen dışında, bir hendekte buldum; göğsüne şarapnel yemişti, kan içindeydi. Ayağında yine o çizmeler vardı. Beni anımsadın mı, diye sordum. Hayır, dedi. Ben de, az önce sana söylediğim şeyi yineledim. Yüzleri asla unutmadığımı, yani. Sonra onu hayalarından vurdum. O günden beri de görevdeyim."

"Ne göreviymiş bu?" dediğimi duydum. "Zinacıları taşlamak mı? Çocukların ırzına geçmek mi? Yüksek topuklu ayakkabı giydi diye kadınları kamçılamak? Hazaraları katletmek? Ve bütün bunları İslam adına yapmak?" Sözcükler ağzımdan bir anda, beklenmedik bir biçimde dökülüvermişti; yuları çekmeme kalmadan. Geri almayı isterdim. Gerisin geri yutmak. Ama olan olmuştu. Sınırı aşmıştım; bu işten sağ kurtulma umudu -eğer varsa, tabii- o küçücük umut da bu sözlerle birlikte uçup gitmişti.

Assef'in yüzünü bir şaşkınlık yaladı, bir an sonra da kayboldu. "Hey, bu iş giderek eğlenceli bir hal alıyor," dedi, kıs kıs gülerek. "Ama senin gibi hainlerin anlamadığı şeyler vardır."

"Ne gibi?"

Kaşları çatıldı. "Halkınla, geleneklerinle, dilinle gururlanmak gibi. Afganistan çöple kirletilmiş, muhteşem bir malikâneye benziyor; birinin o pislikleri temizlemesi gerek."

"Mezar'da, kapı kapı gezerken yaptığın şey bu muydu? Çöpleri mi topluyordun?"

"Aynen."

"Batıda bunun için kullanılan bir deyim var," dedim. "Buna etnik temizlik diyorlar."

"Öyle mi?" Assef'in yüzü aydınlandı. "Etnik temizlik. Beğendim. Kulağa çok hoş geliyor."

"Tek istediğim, çocuk."

"Etnik temizlik," diye mırıldandı Assef, sözcüklerin tadına bakarak.

"Çocuğu istiyorum," dedim, bir kez daha. Sohrab'ın bana dikili gözleri parladı. Bunlar, kurbanlık bir koyunun gözleriydi. Sürmesi bile aynıydı – Kurban Bayramı'nda mollanın arka bahçemizde kesmeye hazırlandığı koyunun gözlerine sürme çektiğini, ağzına da bir kesme şeker verdiğini çok iyi anımsıyordum. Sohrab'ın gözlerinde yalvarma görür gibi oldum.

"Nedenini söyle," dedi Assef. Sohrab'ın kulak memesini dişlerinin arasına aldı. Hafifçe dişledi, sonra bıraktı. Alnı ter içindeydi.

"Bu beni ilgilendirir," dedim.

"Onunla ne yapacaksın?" Cilveli bir sırıtış. "Daha doğrusu, *ona* ne yapacaksın?"

"İğrenç bir şey bu," dedim.

"Nereden biliyorsun? Hiç denedin mi ki?"

"Onu daha iyi bir yere götürmek istiyorum."

"Nedenini söyle."

"Bu konu beni ilgilendirir," diye yineledim. Bana böyle ters, aksi konuşma cesaretini neyin verdiğini bilmiyordum; belki de nedeni, nasılsa öleceğim gerçeğiydi.

"Merak ediyorum," dedi Assef. "Bunca yolu neden geldiğini merak ediyorum, Emir. Bir Hazara için mi? Neden buradasın? *Gerçek* nedeni ne?"

"Nedenlerim var," dedim.

Assef'in dudakları küçümsemeyle büzüldü. "Pekâlâ." Sohrab'ı sırtından sehpaya doğru sertçe itti. Sohrab'ın baldırı sehpaya çarptı, sehpa devrildi, üzümler saçıldı. Çocuk meyvelerin üstüne düştü, ezilen üzümlerin suyu gömleğinde mor lekeler bıraktı. Sehpanın, arasına pirinç toplarla süslü bir çember geçirilmiş olan ayakları şimdi tavana bakıyordu.

"Al o zaman," dedi Assef. Sohrab'ı kaldırdım, bir iskelenin ayaklarına tutunan midyeler gibi, pantolonuna yapışmış olan ezik üzüm tanelerini temizledim.

"Hadi götür onu," dedi Assef, kapıyı göstererek.

Sohrab'ın elini tuttum. Bu küçük elin derisi kuru, nasırlıydı. Parmakları kıpırdadı, benimkilere dolandı. Sohrab'ın fotoğraftaki hali gözümün önüne geldi; kolunu Hasan'ın bacağına dolayış biçimi, başını babasının baldırına yaslayışı. İkisi de gülümsüyordu. Odayı bir uçtan ötekine geçerken, ziller şıngırdadı.

Kapıya kadar ulaşabildik.

"Ama," diye seslendi Assef arkamızdan, "onu karşılıksız götürebileceğini söylemedim, elbette."

Döndüm. "Ne istiyorsun?"

"Onu hak etmen gerekiyor."

"Ne istiyorsun?"

"Seninle yarım kalmış bir hesabımız var," dedi. "Anımsıyorsun, değil mi?"

Elbette. Davut Han'ın kralı devirdiği günün ertesi gün olanları nasıl unutabilirdim? Yaşadığım sürece unutmayacaktım. O günden beri, ne zaman Davut Han'ın adını duysam, elindeki sapanı Assef'e doğrultmuş olan Hasan'ı gördüm; ona bundan böyle 'Assef *Goşkor*', Tek Gözlü Assef deneceğini söyleyen sesini duydum. Hasan'ın cesaretini nasıl da kıskanmıştım. Assef geri çekilmiş, er geç ikimizin de hakkından geleceğine ant içmişti. Hasan'a verdiği sözü tutmuştu. Şimdi sıra bendeydi.

"Pekâlâ," dedim, aklıma söyleyecek başka bir şey gelmediği için. Yalvaracak değildim; bu onu daha da keyiflendirmekten başka işe yaramazdı.

Assef muhafızları odaya çağırdı. "Beni iyi dinleyin," dedi. "Bir dakika sonra kapıyı kapatacağım. Sonra da, ikimiz eski bir hesabı kapatacağız. Ne duyarsanız duyun, içeri girmeyeceksiniz! Kesinlikle girmeyeceksiniz!"

Muhafızlar başlarını salladı. Bir Assef'e, bir bana baktılar. "Peki, Ağa Efendi."

"Bu iş bitince, ikimizden biri bu odadan sağ çıkacak," dedi Assef. "Eğer bu kişi o olursa, özgürlüğünü kazanmış demektir, gitmesine izin vereceksiniz. Anlaşıldı mı?"

Yaşlıca muhafız kıpırdandı. "Ama Ağa Efendi..."

"Kapıdan o çıkarsa, bırakın gitsin!" diye bağırdı Assef. İki adam irkildiler ama başlarını olur anlamında salladılar. Döndüler, çıkmaya hazırlandılar. Bir tanesi Sohrab'a uzandı.

"Bırak, kalsın," dedi Assef. Sırıttı. "İzlesin. Bu tür dersler erkek çocuklar için iyidir."

Muhafızlar çıktı. Assef elindeki tespihi bıraktı. Siyah yeleğinin göğüs cebine uzandı. Cepten çıkardığı şey beni hiç şaşırtmadı: paslanmaz çelikten muşta.

Saçları jöleli, dolgun dudaklarının üstünde Clark Gable tarzı bir bıyık var. Jöle, yüzündeki yeşil cerrah maskesine bulaşmış, Afrika kıtasına benzeyen, koyu renk bir leke oluşturmuş. Bir bunu anımsıyorum, bir de esmer boynundaki Allah yazılı zinciri. Eğilmiş bana bakıyor, anlamadığım bir dilde hızlı hızlı konuşuyor. Urduca, galiba. Gözlerim ikide bir, inip çıkan, inip çıkan âdemelmasına takılıyor; ona yaşını sormak istiyorum -fazla genç görünüyor; şu yabancı, uyduruk dizilerdeki bir oyuncuyu andırıyor- ama ağzımdan güçlükle dökülebilen sözcükler bambaşka: Galiba iyi dövüştüm. Onunla iyi dövüştüm.

Assef'le iyi dövüşüp dövüşmediğimi bilmiyorum. Hiç sanmıyorum. Nasıl mümkün olabilirdi ki? Girdiğim ilk kavgaydı. Hayatımda hiç kimseye, bir yumruk bile sallamadım.

Assef'le mücadelemizi bölük pörçük ama inanılmayacak kadar canlı sahneler halinde anımsıyorum: Assef, muştasını takmadan önce müziği kapatıyor. Üzerine Mekke işlenmiş olan seccade bir ara yerinden fırlıyor, başıma konuyor; kalkan toz, beni hapşırtıyor. Assef'in yüzüme bir üzüm salkımı bastırdığını anımsıyorum; dudakları gerilmiş, apak dişleri görünüyor, kan oturmuş gözleri fırıl fırıl. Bir ara türbanı sıyrılıyor, omuzlara kadar inen sarı bukleleri ortaya çıkıyor.

Ve sonunda... İşte bu sahne, olanca duruluğuyla gözlerimin önünde. Her zaman da olacak.

Aklımda en çok kalanlar şunlar: Muştası öğleden sonra güneşinde parlıyor; ilk darbelerde buz gibi olan maden, kanımla nasıl da çabucak ısınıverdi. Bir duvara fırlatılınca, çerçeveli bir resimden geriye kalan bir çivi sırtıma batıyor. Sohrab çığlık çığlığa bağırıyor. Tabla, armonika, *dilruba*. Bir kez daha duvara yapışıyorum. Muşta çenemi parçalıyor. Kendi dişlerim boğazıma dolunca, boğulmamak için onları yutuyorum; onları fırçalamak, diş ipiyle temizlemek için harcadığım bütün o saatleri düşünüyorum. Büyük bir hızla yine duvara savruluyorum. Yerde yatıyorum, yarılan üstdudağımdan akan kan eflatun halıyı kirletiyor; dayanılmaz bir acı karnımı yarıyor, yukarıya doğru yükseliyor; yeniden ne zaman soluk alabileceğimi merak ediyorum. Kaburgalarımın çıkardığı çatırtı, eski filmlerdeki Sinbad gibi kılıç dövüşü yapmak için Hasan'la kırdığımız ağaç dallarınınkiyle aynı. Sohrab bağırıyor. Bir yanağım televizyon sehpasının kenarına çarpıyor. İşte, yine o kırılma sesi; bu kez, sol gözümün altından geliyor. Müzik. Sohrab'ın tiz çığlıkları. Parmaklar saçlarıma yapışıyor, başımı geriye çekiyor. Paslanmaz çeliğin parıltısı. İşte, geliyor. Yine o çatırtı; bu sefer burnum. Dudaklarımı acıyla ısırıyorum, bir an, dişlerimin neden eskisi gibi bana itaat etmediğine şaşıyorum. Tekmeler peş peşe iniyor. Sohrab bağırıyor.

Hangi noktada gülmeye başladığımı anımsamıyorum, ama başladım. Gülmek canımı yakıyordu; çenemi, kaburgalarımı, boğazımı. Ama yine de, gülüyor gülüyordum. Ben güldükçe, darbeler sertleşiyordu; beni daha da sert tekmeliyor, yumrukluyor, tırmalıyordu.

"NEYE GÜLÜYORSUN?" diye kükrüyordu Assef, her darbede. Tükürüğü gözüme geldi. Sohrab bağırdı.

"KOMİK OLAN NE?" Bir kaburga daha çatırdadı, bu kez solda, aşağıda. Komik olan, 1975 kışından bu yana ilk kez kendimi huzurlu hissetmemdi. Gülüyordum, çünkü zihnimin kuytu, küçük bir köşesi hep bu anı beklediğimi fısıldıyordu. Tepede, Hasan'ı nar bombardımanına tuttuğum, kışkırtmaya çalıştığım günü anımsadım. Orada, meyvenin kırmızı suyu gömleğine kan lekesi gibi yayılırken, öylece durmuş, hiçbir şey yapmamıştı. Sonra narı elimden almış, kendi alnına çarpıp ezmişti. *Şimdi mutlu oldun mu?* diye tıslamıştı. *Kendini daha mı iyi hissediyorsun?* Ne mutlu olmuştum ne de kendimi daha iyi hissetmiştim; hem de hiç. Ama şimdi, evet. Bedenim paramparça olmuştu (ne kadar kötü olduğunu, çok daha sonra anlayacaktım), ama kendimi *iyileşmiş* hissediyordum. Sonunda sağlığıma kavuşmuştum. Güldüm.

Sonra, son. Bunu, kendimle birlikte mezara götüreceğim: Yerde yatıyor, kahkahalarla gülüyordum. Assef göğsüme ata biner gibi oturmuş, bana doğru iyice eğilmişti, kuduz bir köpek gibi hırlıyordu – yüzünde bir deli maskesi, neredeyse yüzüme sürünen saçları darmadağın. Serbest eli boğazıma kenetlenmişti. Öteki, muştalı eliyse havada, omzunun hizasındaydı. Yumruğunu biraz daha kaldırdı, var gücüyle indirmeye hazırlandı.

Sonra, incecik bir ses: "*Bas.*"

İkimiz de dönüp baktık.

"Lütfen, yeter."

Yetimhane müdürünün, Ferit'le bana kapıyı açarken söylediği bir şeyi anımsadım. Adı neydi? Zaman mı? *O sapandan bir an olsun ayrılmaz. Kemerine sokar, sürekli yanında taşır.*

"Yeter artık."

Gözyaşlarına karışmış iki siyah sürme izi, allığı dağılmış yanaklarından aşağıya iniyordu. Altdudağı titriyordu. Burnundan sümük akıyordu. "*Bas,*" dedi, çatallaşmış bir sesle.

Eli havadaydı, lastiği sonuna kadar gerilmiş sapanın meşin yuvasını tutuyordu. Yuvada bir şey vardı; sarı, parlak bir şey. Kan perdesini aralamak için gözlerimi kırpıştırdım ve sehpanın çemberindeki pirinç toplarından biri olduğunu gördüm. Sohrab sapanı doğruca Assef'in yüzüne nişanlamıştı.

"Yeter, Ağa Efendi. Lütfen," dedi; sesi boğuktu, titriyordu. "Canını yakma artık."

Assef'in ağzı ses çıkartmaksızın kıpırdadı. Bir şey söylemek istedi, durdu. Sonunda, "Sen ne yaptığını sanıyorsun, ha?" dedi.

"Lütfen dur," dedi Sohrab, yeşil gözlerine dolan, sürmeye karışan yeni gözyaşlarıyla.

"Bırak onu, Hazara," diye tısladı Assef. "Ya bırakırsın ya da ona yaptıklarım, sana yapacaklarımın yanında hafif bir kulak çekme gibi kalır."

Gözyaşları boşaldı. Sohrab başını salladı. "Lütfen, Ağa," dedi. "Dur artık."

"Bırak o sapanı!"

"Canını yakma artık."

"Bırak, dedim!"

"Lütfen."

"BIRAK!"

"*Bas.*"

"BIRAK SAPANI!" Assef boğazımı bıraktı. Sohrab'a doğru hamle etti.

Sohrab meşin yuvayı bırakınca, sapandan ıslığı andıran bir ses çıktı: *vijjjjt.* Sonra, Assef'in acı çığlığı. Elini, bir dakika önce sol gözünün bulunduğu yere götürdü. Parmaklarının arasından kan fışkırdı. Kan ve bir şey daha; beyaz, peltemsi bir şey. ***Buna retina sıvısı deniyor,*** diye düşündüm, büyük bir durulukla. ***Bir yerlerde okumuştum. Retina sıvısı.***

Assef halıya yuvarlandı. Bir sağa bir sola dönüyor, tiz çığlıklar atıyordu; eli hâlâ kanlı göz çukurunun üzerindeydi.

"Gidelim!" dedi Sohrab. Elimi tuttu. Ayağa kalkmama yardım etti. Hırpalanmış bedenimin her zerresi acıyla haykırıyordu. Arkamızda, Assef avaz avaz bağırıyordu.

"ÇIKARIN! ÇIKARIN ŞUNU!"

Sendeleyerek kapıyı açtım. Beni gören muhafızların gözleri fal taşı gibi açılıverdi; kimbilir nasıl görünüyordum? Aldığım her soluk, karnıma saplanan bir bıçaktı. Muhafızlardan biri Peştuca bir şey söyledi, sonra yanımızdan koşarak geçip Assef'in hâlâ bağırdığı odaya daldılar. "ÇIKARIN!"

"*Bia,*" dedi Sohrab elimi çekerek. "Hadi, gidelim!"

Koridorda iki büklüm, tökezleyerek ilerledim. Sohrab'ın küçük eli, elimdeydi. Omzumun üstünden geriye son bir kez baktım. Muhafızlar Assef'in üzerine eğilmiş, yüzüne bir şey yapıyorlardı. Sonra, anladım: Pirinç top hâlâ o boş çukurdaydı.

Bütün dünya sallanıyor, sarsılıyordu; basamakları Sohrab'a yaslanarak, topallayarak indim. Yukarıdan Assef'in feryatları geliyordu; yaralı bir hayvanın çığlıkları. Kolum Sohrab'ın omzunda dışarıya, gün ışığına çıktık; bize doğru koşan Ferit'i gördüm.

"*Bismillah! Bismillah!*" dedi, fal taşı gibi açılmış gözlerle. Kolumu kendi omzuna doladı, beni kaldırdı, koşarcasına kamyonete taşıdı; galiba bir çığlık attım. Kaldırımı döven, siyah, nasırlı topuklarına çarpan sandaletlerini seyrettim. Sonra kendimi Land Cruiser'ın arka koltuğunda, tavanın bej rengi, yıpranmış döşemesine bakarken buldum; kapının açıldığını belirten sinyalin öttüğünü duydum: *bip-bip-bip.* Kamyonun çevresinde koşan ayak sesleri. Ferit'le Sohrab'ın telaşlı konuşmaları. Kamyonun kapıları kapandı, motor çalıştı. Araba öne doğru atıldı, alnıma küçücük bir el kondu. Sokaktan gelen sesler duydum; biri bağırıyordu. Camın önünden akan bulanık ağaçlar gördüm. Sohrab hıçkırıyor, Ferit üst üste yineliyordu: "*Bismillah! Bismillah!*"

Galiba tam o anda kendimden geçtim.

YİRMİ ÜÇ

Pusu delen, bir süre oyalanan, sonra yitip giden yüzler. Üzerime eğiliyor, bir şeyler soruyorlar. Hepsi, durmaksızın soru soruyor. Kim olduğumu biliyor muyum? Şuram ağrıyor mu? Kim olduğumu biliyorum; her yerim ağrıyor. Bunları söylemek istiyorum, ama konuşmak çok acı veriyor. Bunu biliyorum, çünkü bir süre önce, belki bir yıl, belki iki, hatta on yıl önce, yanakları allıklı, gözlerine karalar bulaşmış bir çocukla konuşmaya çalıştım. Çocuk. Evet, şimdi onu görebiliyorum. Bir tür arabadayız, çocukla ben; arabayı Süreyya'nın kullanmadığından eminim, çünkü o bu kadar hızlı gitmez. Çocuğa bir şey söylemeye çalışıyorum – bu, nedense çok önemli görünüyor. Ama söylemek istediğim şeyi anımsayamıyorum; neden bu kadar önemli olduğunu da. Belki de ona artık ağlama demek istiyorum; artık her şey düzelecek. Belki de başka bir şey. Nedenini çıkartamıyorum, ama bu çocuğa teşekkür etmek istiyorum.

Yüzler. Hepsi de yeşil şapkalı. Görüş alanıma bir giriyor, bir çıkıyorlar. Hızlı hızlı konuşuyor, anlamadığım sözler söylüyorlar. Başka sesler, başka gürültüler duyuyorum; zil sesleri, alarmlar. Ve hep yüzler. Aşağıya bakan. Hiçbirini tanımıyorum, bir tek şu saçları jöleli, Clark Gable bıyıklı; maskesinde Afrika lekesi olan. Bay Beyaz Dizi Yıldızı. Çok komik. Canım gülmek istiyor. Ama gülmek de canımı yakıyor.

Bayılıyorum.

Adının Ayşe olduğunu söylüyor: "Peygamberin karısı gibi," diyor. Kırlaşmaya başlamış saçları ortadan ayrılmış, at kuyruğu yapılmış; burnunda güneş biçiminde küçük bir hızma var. Gözlerini çok iri gösteren bir gözlük takmış. O da yeşiller giymiş; elleri yumuşacık. Ona baktığımı fark edince gülümsüyor. İngilizce bir şey söylüyor. Böğrüme bir şey batıyor.

Bayılıyorum.

Yatağımın yanında bir erkek duruyor. Onu tanıyorum. Esmer, ince uzun; gür bir sakalı var. Şapka takmış – bu şapkalara ne deniyordu? *Pakol* mu? Adını bir türlü anımsayamadığım şu ünlü kişi gibi, şapkasını bir yana eğmiş. Birkaç yıl önce arabayla beni bir yere götürmüştü. Onu tanıyorum. Ağzımda bir gariplik var. Bir fokurtu duyuyorum.

Bayılıyorum.

Sağ kolum yanıyor. Gözlüklü, güneş hızmalı kadın kolumu kaldırıyor, saydam, plastik bir hortum takıyor. "Potasyum," diyor. "Arı gibi sokuyor, ha?" diyor. Doğru, sokuyor. Adı ne? Peygamberle ilgili bir şeydi. Bu kadını da birkaç yıl öncesinden tanıyorum. Saçları at kuyruğuydu. Şimdi geriye toplamış, topuz yapmış. Süreyya, ilk konuştuğumuz gün saçlarını aynen böyle toplamıştı. Ne zamandı? Geçen hafta mı?

Ayşe! Evet.

Ağzımda bir tuhaflık var. Bir de şu göğsüme batan şey... Kendimden geçiyorum.

* * *

Belucistan'da, Süleyman dağlarındayız; Baba kara ayıyla güreşiyor. Çocukluğumdaki Baba, yani *Tufan Ağa*; iri yapılı, güçlü bir Peştun, battaniyenin altında hızla küçülen, avurtları çökmüş, gözleri boşalmış adam değil. Babamla canavar bir çayır parçasının üzerinde güreşiyorlar, Baba'nın kıvırcık, kahverengi saçları uçuşuyor. Ayı böğürüyor; yoksa kükreyen Baba mı? Salyalar, kanlar havada uçuyor; pençeler, eller savruluyor. Büyük bir gümbürtüyle yere yuvarlanıyorlar, Baba ayının göğsüne oturuyor, parmaklarını hayvanın burnuna daldırıyor. Başını kaldırıp bana bakıyor, o zaman görüyorum. Bu, benim. Ayıyla güreşen, benim.

Uyanıyorum. Uzun boylu, esmer adam başucumda. Evet, anımsadım: adı Ferit. Yanında da, arabada gördüğüm çocuk var. Yüzü bana çıngırakların sesini anımsatıyor. Susadım.

Kendimden geçiyorum.

Ayılıyorum, sonra yeniden bayılıyorum.

Clark Gable bıyıklı adamın adı Doktor Faruki'ymiş. Dizi yıldızı filan değilmiş, baş ve boyun cerrahıymış; oysa onun tropikal bir adada geçen buğulu bir televizyon dizisinin Armand adındaki kahramanı olduğundan emindim.

Sormak istiyordum: *Neredeyim?* Ama ağzım açılmıyordu. Kaşlarımı çattım. Homurdandım. Armand gülümsedi; dişlerinin beyazı göz kamaştırıcıydı.

"Henüz değil, Emir," dedi, "ama yakında. Teller çıkartılınca." İngilizce'yi koyu, yuvarlanan bir Urdu vurgusuyla konuşuyordu.

Teller mi?

Armand kıllı kollarını kavuşturdu; yüzük parmağına altın bir alyans takmıştı. "Nerede olduğunu, başına neler geldiğini merak ediyorsundur. Buysa çok doğal, çünkü ameliyattan sonra herkesin zihni karışır, normaldir. En iyisi, ben sana bildiklerimi aktarayım."

Teller mi? Ameliyat sonrası mı? Ayşe neredeydi? Bana gülümsemesini istiyordum; o yumuşak ellerini tutmak.

Arman ciddileşti, tek kaşını hafifçe, kendini önemseyen bir tavırla kaldırdı. "Peşaver'de, bir hastanedesin. İki gündür buradasın. Son derece ciddi yaralar almışsın, Emir. Şu kadarını söyleyeyim: Hayatta kaldığın için çok şanslısın, dostum." Bunları söylerken işaretparmağını bir sarkaç gibi öne arkaya sallıyordu. "Dalağın kopmuş, ama büyük bir şans eseri, bir süre dayanmış; buna gecikmeli kopuş diyoruz, çünkü karın boşluğunda erken bir kanamanın belirtileri vardı. Genel cerrahiden meslektaşlarım, acil bir dalak müdahalesi yaptılar. Daha önce kopsaydı, kan kaybından ölürdün." Serum takılı koluma dokundu, gülümsedi. "Yedi kaburgan kırılmış. Bir tanesi de ciğer sönümüne neden olmuş."

Yüzümü buruşturdum. Ağzımı açmaya çalıştım. Sonra, telleri anımsadım.

"Bunun anlamı, akciğer delinmesi," diye açıkladı Armand. Sol yanımdaki saydam boruya dokundu. Bir kez daha göğsüme bir şey battı. "Sızıntıyı işte bu tüple yalıttık." Başımı eğip bakınca, göğsümdeki sargı bezlerinin arasından çıkan tüpün, yarıya kadar suyla dolu, cam bir kaba uzandığını gördüm. Fokurdama sesi oradan geliyordu.

"Ayrıca bir sürü yırtık vardı. Kesikler, yani."

Ona sözcüğün anlamını bildiğimi söylemek istedim; ben bir yazardım. Ağzımı açmaya yeltendim. Telleri yine unutmuştum.

"En kötü yırtıksa, üstdudağındaydı," dedi Armand. "Darbe dudağını tam ortadan ikiye ayırmış. Ama endişelenme, plastikçiler güzelce diktiler; hafif bir yara izi kalsa da, sonucun mükemmel olacağını söylüyorlar. Eh, buna da şükür tabii.

"Sol yanda, göz çukuru kemiğinde kırılma vardı, onu da düzelttik. Ağzındaki teller altı hafta sonra çıkartılacak," diye sürdürdü Armand. "O zamana kadar salt sıvıyla beslenecek-sin. Biraz kilo kaybedecek ve bir süre, şu ilk *Godfather*'daki Al Pacino gibi konuşacaksın." Güldü. "Ama bugün yapman gereken bir iş var. Ne olduğunu biliyor musun?"

Başımı hayır anlamında salladım.

"Bugünkü görevin, gaz çıkartmak. Bunu yaparsan, seni sıvı gıdalarla beslemeye başlayacağız. Osuruk yoksa, yemek de yok." Yeniden güldü.

Daha sonra, Ayşe serumu değiştirip yatağın başını istediğim gibi kaldırınca, başıma gelenleri düşündüm. Kopmuş dalak. Kırık dişler. Delinen ciğer. Parçalanan göz çukuru. Yine de pencere pervazında eşelenen güvercine bakarken, aklım Armand/Doktor Faruki'nin söylediği bir başka şeydeydi: *Darbe üstdudağını ikiye ayırmış*, demişti; *tam ortadan*. Tavşandudağı gibi.

Ferit'le Sohrab ertesi gün ziyarete geldiler. "Bugün kim olduğumuzu anımsıyor musun?" diye sordu Ferit, yarı şaka yarı ciddi. "Bizi çıkartabildin mi?" Başımla evet dedim.

"*Elhamdülillah,*" dedi, sevinçten ışıl ışıl. "Artık saçmalamak yok."

"Sağ ol, Ferit," dedim, sımsıkı tellenmiş çenemin arasından. Armand haklıydı; gerçekten de *Godfather*'daki Al Pacino gibi konuşuyordum. Dilimin, kavga sırasında yuttuğum dişlerden kalan boşluklara her girişinde, afallıyordum – hâlâ alışamamıştım. "Her şey için teşekkür ederim."

Elini boş ver dercesine salladı. "*Bas,* değmez."

Sohrab'a döndüm. Sırtında yeni bir giysi vardı; zayıf bedenine biraz bol gelen, açık kahverengi bir *pirhan-tumban*'la siyah bir takke. Ayaklarına bakıyor, serumun kordonuyla oynuyordu.

"Doğru dürüst tanışamadık," dedim. Elimi uzattım. "Ben, Emir."

Elime, sonra yüzüme baktı. "Sen Baba'nın anlattığı Emir Ağa mısın?"

"Evet." Hasan'ın mektubunu düşündüm. *Ferzane canla Sohrab'a bizi o kadar çok anlattım ki; nasıl birlikte büyüdüğümüzü, oyunlar oynadığımızı... Yaptığımız haylazlıkları dinledikçe gülüyorlar!* "Sana da teşekkür borçluyum, Sohrab can," dedim. "Sen hayatımı kurtardın."

Sesini çıkarmadı. Tutmadığını görünce, elimi indirdim. "Kıyafetini çok beğendim," diye geveledim.

"Oğlumun," dedi Ferit. "Ona küçük geliyor artık. Ama Sohrab'a tıpatıp uymuş, değil mi?" Ona bir yer buluncaya kadar, Sohrab'ın onlarda kalabileceğini söyledi. "Evim büyük değil, ama idare edeceğiz. Onu sokakta bırakamam ya. Ayrıca çocuklar onu çok sevdi. Öyle değil mi, Sohrab?" Ama çocuk gözünü yerden ayırmıyor, kordonu parmaklarının arasında çevirip duruyordu.

"Bir şey sormak istiyorum," dedi Ferit, duraksayarak. "O evde neler oldu? O Talib'le aranda neler geçti?"

"Şöyle diyelim: İkimiz de layığımızı bulduk."

Ferit başını salladı, konuyu uzatmadı. Peşaver'den ayrılıp Afganistan'a gittiğimiz günle şu an arasında bir yerde, dost olduğumuzu fark ettim. "Benim de sana sormak istediğim bir şey var," dedim.

"Nedir?"

Sormak istemiyordum. Yanıttan korkuyordum. "Rahim Han," dedim.

"O gitti."

Yüreğim ağırlaşıverdi. "Peki, o..."

"Yo, yo, yalnızca gitti." Ferit bana katlanmış bir kâğıtla küçük bir anahtar uzattı. "Dairesine gittiğimde, ev sahibi bana bunu verdi. Rahim Han'ın bizden bir gün sonra ayrıldığını söyledi."

"Nereye gitmiş?"

Ferit omuz silkti. "Ev sahibi bilmiyor. Rahim Han bu mektupla anahtarı sana bırakmış, sonra da çıkıp gitmiş." Saatine baktı. "Ben artık kaçayım. *Bia,* Sohrab."

"Onu bir süre burada bırakamaz mısın?" dedim. "Daha sonra uğrayıp alsan?" Sohrab'a döndüm: "Burada, benimle biraz kalmak ister misin?"

Çocuk omuzlarını silkti, bir şey demedi.

"Elbette," dedi Ferit. "Onu yatsı *namaz*'ından önce alırım."

Odamda üç hasta daha vardı. Yaşlıca iki adamla bir delikanlı; adamlardan birinin bacağı alçıdaydı, ötekiyse hırıltıyla soluyan bir astımlı. On beş-on altısında görünen gençse apandisit ameliyatı olmuştu. Alçılı adam gözünü kırpmadan bize bakıyor, gözleri benimle taburede oturan Hazara çocuk arasında mekik dokuyordu. Oda arkadaşlarımın aileleri (parlak renkli bir *şalver-kamez* giymiş, yaşlı bir kadın, birkaç çocuk, takkeli erkekler), odaya girip çıkıyor, epeyce gürültü çıkarıyorlardı. Habire yiyecek taşıyorlardı: *pakora, nan, samosa, biryani.* Bazen de odaya öylesine dalanlar oluyordu; Ferit'le Sohrab'tan biraz önce içeriye giren, sırtına kahverengi bir battaniye almış, uzun boylu, sakallı adam gibi. Ayşe ona Urduca bir şeyler sordu. Adam hiç aldırmadı, odayı dikkatle süzdü. Gözleri benim üzerimde gereğinden biraz daha uzun mu oyalanmıştı? Hemşire ona yeniden bir şey söyleyince arkasını döndü, odadan çıktı.

"Nasılsın?" diye sordum Sohrab'a. Omuz silkti, ellerine baktı.

"Aç mısın? Şuradaki hanım bana bir tabak *biryani* verdi ama yiyemedim." Ona ne söyleyeceğimi bilemiyordum. "İster misin?"

Başını hayır anlamında salladı.

"Konuşmak ister misin?"

Yine başını salladı.

Bir süre böyle oturduk; ben örtülerin altında, sırtım iki yastığa dayalı, Sohrab yatağın yanındaki üç ayaklı taburede. Bir ara içim geçmiş; uyanınca havanın azıcık kararmış, gölgelerin uzamış olduğunu gördüm; Sohrab hâlâ aynı yerde oturuyordu. Hâlâ ellerine bakıyordu.

O gece Ferit gelip Sohrab'ı aldıktan sonra, Rahim Han'ın mektubunu açtım. Okumayı mümkün olduğunca geciktirmiştim. Şöyle diyordu:

Emir can,

İnşallah, bu mektup eline güvenle ulaşır. Seni zor bir duruma düşürmediğimi, Afganistan'ın da sana zalim davranmadığını umuyor, bunun için dua ediyorum. Gittiğin günden beri dualarım seninle.

Bunca yıldır, bilip bilmediğimden kuşkulanmakta haklıydın. Biliyordum. Hasan bana olayı anlatmıştı. Yaptığın şey yanlıştı, Emir can, ama unutma, o sırada sen de henüz bir çocuktun. Sorunlu, endişeli bir çocuk. O zamanlar kendine karşı çok katıydın, hâlâ da öylesin – bunu Peşaver'de, gözlerinde gördüm. Ama bunu aşacağını biliyorum. Vicdanı olmayan, iyiliği bilmeyen bir insan acı da çekemez. Afganistan'a yaptığın bu yolculuğun, acılarına bir son vereceğinden eminim.

Emir can, sana bunca yıldır söylediğimiz yalanlardan utanıyorum. Peşaver'de öfkelenmekte haklıydın. Bilmeye hakkın vardı. Hasan'ın da tabii. Bunun son derece yetersiz bir gerekçe olduğunu biliyorum, ama o günlerin Kâbil'i, bizim Kâbil'imiz tuhaf, bazı değerlerin gerçeklerden çok daha önemli olduğu, bambaşka bir dünyaydı.

Emir can, yetiştiğin dönemde babanın sana karşı ne kadar katı davrandığını biliyorum. Sevgisini kazanmak için nasıl çabaladığını, ne acılar çektiğini gözlerimle gördüm. Ama baban, iki parçası arasında kalmış, ikiye bölünmüş birisiydi: sen ve Hasan. İkinizi de seviyordu, ama Hasan'ı arzuladığı biçimde, bir baba gibi gönlünce sevmesine izin yoktu. O da hırsını senden çıkartıyordu. Emir: Bu saygın erkeğin toplumsal açıdan onaylanan, meşru parçası; miras aldığı maddi ve manevi bütün değerleri aktaracağı mirasçısı; işlenen günahın bedelini ödememe ayrıcalığının bir sonraki varisi. Sana baktığı zaman, kendini görüyordu. Ve suçunu. Hâlâ kızgınsın, farkındayım; bunu kabullenmeye hazır olmadığını da görüyorum, ama belki bir gün, babanın sana karşı katı, bağışlamaz bir tutum sergilerken, aynı katılığı kendisine de yönelttiğini anlayacaksın. Emir can, baban da tıpkı senin gibi, ruhen işkence çeken bir insandı.

Babanın vefatını öğrendiğimde duyduğum acının derinliğini, şiddetini sana istesem de tanımlayamam. Onu seviyordum, çünkü o benim dostumdu, ama aynı zamanda yüce gönüllü, iyiliksever, çok büyük bir adamdı. İşte anlamanı istediğim şey de bu; babanın iyiliği, *gerçek* iyiliği, duyduğu pişmanlıktan kaynaklanıyordu. Bana öyle geliyor ki, yaptığı her şey, sokaklardaki yoksulları kollaması, yetimhane yaptırması, her ihtiyacı olana para vermesi, bunların hepsi suçunu bağışlatmak, yaptığı hatayı telafi etmek içindi. Emir can, bence borcunu ödemenin, gerçek kefaretin yolu da budur: Pişmanlığı iyiliğe dönüştürmek, şerden hayır çıkartmak.

Sonuçta, Allah'ın bağışlayacağını biliyorum. Babanı, beni affedecek; seni de. Senin de aynı şeyi yapmanı dilerim. Elinden geliyorsa, babanı affet. Becerebilirsen, beni bağışla. Ama en önemlisi, kendini affet.

Sana biraz para bıraktım; elimde ne kaldıysa. Buraya dönünce bazı masrafların olacaktır, bu para onları karşılayabilir. Peşaver'de bir banka var, Ferit yerini biliyor. Para özel bir kasada. Sana verdiğim anahtar, işte o kasanın.

Bana gelince; gitme zamanı geldi. Çok az vaktim kaldı, onu da yalnız geçirmek istiyorum. Lütfen beni bulmaya çalışma. Bu senden son ricam.

Seni Allah'a emanet ediyorum.

Her zaman dostun,
Rahim.

Hastane önlüğümün yeniyle gözlerimi kuruladım. Mektubu katladım, döşeğimin altına soktum.

Emir, toplumun onayladığı, meşru parça; miras aldığı bütün maddi ve manevi değerlerin, bedel ödememe ayrıcalığının varisi. Belki de Baba'yla Amerika'da o kadar iyi geçinmemizin nedeni, buydu. Üç kuruş için ıvır zıvır satmak, yaptığımız pespaye işler, çirkin dairemiz – bir kulübenin Amerika'daki karşılığı. Belki de Amerika'da, Baba bende Hasan'ı görmeye çalışıyordu.

Baban, tıpkı senin gibi, ruhen işkence çekiyordu, diye yazmıştı Rahim Han. Belki de öyleydi. Her ikimiz de günah işlemiş, ihanet etmiştik. Ama Baba, vicdan azabından iyi, doğru bir şey yaratmanın bir yolunu bulmuştu. Ben ne yapmıştım, peki? Suçumun acısını, tam da ihanet ettiğim kişilerden çıkartmanın, sonra da her şeyi unutmaya çalışmanın dışında? Uykusuzluk hastalığına yakalanmaktan başka ne yapmıştım?

Hataları düzeltmek için, kılımı kıpırdatmış mıydım?

Hemşire (Ayşe değil, adını unuttuğum, kızıl saçlı kadın) elinde şırıngayla içeri girip morfin ister misin, diye sorunca, hemen evet dedim.

* * *

Göğsümdeki tüpü ertesi sabah erkenden çıkardılar; Armand bir kamışla birkaç yudum elma suyu içmeme izin verdi. Meyve suyu bardağını yatağımın başucundaki sehpaya koyan Ayşe'den bir ayna istedim. Gözlüğünü alnına kaldırdı, sabah güneşi odaya dolsun diye, pencerenin perdesini açtı. "Ama unutma," dedi, omzunun üstünden, "birkaç gün sonra çok daha iyi görüneceksin. Damadım geçen yıl bir motosiklet kazası geçirmişti. Yakışıklı yüzü asfaltta sürüklendi, patlıcan gibi mosmor oldu. Şimdiyse eskisi kadar güzel; bir Lollywood yıldızı kadar."

Verdiği güvencelere karşın, aynaya bakmak ve yüzüm olduğunu iddia eden şeyi görmek, bir an soluğumu kesti. Biri derimin altına soktuğu bir hava pompasıyla beni güzelce şişirmişti sanki. Gözlerim şiş, mordu. En kötüsü de ağzımdı; morlu kırmızılı, eziklerle, dikişlerle dolu, çirkin bir yumru. Gülümsemeyi denedim, dudaklarıma keskin bir sancı saplandı. Bir süre daha buna kalkışmamaya karar verdim. Sol yanağımda, çenenin altında ve alnımda, saç çizgisinin hemen dibinde dikişler vardı.

Bacağı alçılı, yaşlı adam Urduca bir şey söyledi. Omzumu kaldırdım, başımı salladım. Eliyle yüzüne pat pat vurdu, dişsiz ağzıyla geniş geniş sırıttı. "Çok iyi," dedi İngilizce. "*İnşallah.*"

"Teşekkür ederim," diye fısıldadım.

Tam aynayı bırakırken, Ferit'le Sohrab girdiler. Sohrab taburesine yerleşti, başını karyolanın yan demirine dayadı.

"Biliyor musun, seni ne kadar çabuk çıkartırsak, o kadar iyi olacak," dedi Ferit.

"Doktor Faruki diyor ki..."

"Hastaneyi kastetmedim. Peşaver'den demek istedim."

"Neden?"

"Bence burada güvende değilsin." Sesini alçalttı. "Taliban'ın burada dostları var. Yakında peşine düşerler."

"Bence düştüler bile," dedim. Birden aklıma, odaya dalan ve gözünü dikip bana bakan şu sakallı adam gelmişti.

Ferit bana doğru eğildi. "Yürüyebilecek duruma gelir gelmez, seni İslamabat'a götüreceğim. Orası da tam anlamıyla güvenli sayılmaz, aslında Pakistan'ın hiçbir yeri değil, ama buradan iyidir. Sana biraz zaman kazandırır."

"Ferit can, bu seni de tehlikeye sokar. Belki de benimle görülmemelisin. Bakman gereken bir ailen var."

Ferit elini şöyle bir salladı. "Oğlanlar henüz genç, ama cin gibiler. Annelerine, kız kardeşlerine göz kulak olmayı bilirler." Gülümsedi. "Ayrıca bedavaya yapacağımı da söylemedim."

"Buna izin vermezdim zaten," dedim. Gülümseyemediğimi unutmuştum. Keskin bir sancı, ardından çeneme doğru sızan, ince kan. "Senden bir şey daha isteyebilir miyim?"

"Bin tane iste, yapayım," dedi Ferit.

Aynı anda, ağlamaya başladım. Hıçkıra hıçkıra. Yanaklarımdan sel gibi boşalan yaşlar, dudağımdaki taze yarayı yaktı.

Ferit telaşlandı: "Ne oldu?"

Kolumla yüzümü kapadım, öteki elimle dirseğimi tuttum. Bütün odanın bana baktığını biliyordum. Bir süre sonra azıcık toparlandım; kendimi bitkin, boşalmış hissediyordum. "Özür dilerim," dedim. Sohrab çatılmış kaşlarıyla bana bakıyordu.

Yeniden konuşabilecek duruma gelince, Ferit'e derdimi anlattım. "Rahim Han, Peşaver'de yaşadıklarını söylemişti."

"Adlarını yazsan daha iyi olur," dedi Ferit, beni dikkatle gözleyerek; her an patlamaya hazırmışım gibi. Kâğıt bir peçeteye adlarını yazdım: "John ve Betty Caldwell."

Ferit katlanmış kâğıdı cebine soktu. "Onları en kısa zamanda bulurum." Sohrab'a döndü. "Seni akşam alırım. Emir Ağa'yı fazla yorma, e mi?"

Sohrab kalkıp pencereye gitti; gözünü pervazda gidip gelen, tahtayı, kurumuş bir ekmek parçasını gagalayan güvercinlere dikti.

Başucumdaki dolabın orta çekmecesinde, *National Geographic* dergisinin eski bir sayısını, ucu çiğnenmiş bir kurşunkalem, birkaç dişi eksik bir tarak ve bir deste iskambil kâğıdı bulmuştum; desteye uzanmaya çalışınca, her yanımdan ter boşandı. Kartları daha önce saymış, eksik olmadığını görünce sevinmiştim. Sohrab'a, oynamak ister misin, diye sordum. Bırakın oynamayı, yanıt vermesini bile beklemiyordum. Kâbil'den kaçtığımızdan beri suskundu. Ama pencereden bana döndü, "Bir tek *pençper* bilirim," dedi.

"Bak şimdi sana acıdım işte, çünkü ben dünyaca ünlü bir *pençper* ustasıyım."

Taburedeki yerini aldı. Kartları dağıttım. "Babanla ben senin yaşındayken, bu oyunu oynardık. Özellikle kışın, kar yüzünden dışarıya çıkamadığımızda. Hava kararıncaya kadar."

Bana bir kart attı, desteden bir tane çekti. O kartlarını incelerken, ben de kaçamak bakışlarla onu inceledim. Babasına öyle çok benziyordu ki: yelpaze gibi açtığı kartları iki eliyle tutuşu, gözlerini kısışı, karşısındakinin gözlerinin içine nadiren bakması.

Sessizce oynadık. İlk eli ben aldım, ikinciyi almasına izin verdim; beş oyun boyunca, sırayla kazandık. "Babandan geri kalmıyorsun, belki daha da iyisin," dedim, son kaybedişimde. "Arada bir onu yenerdim, ama galiba bana iltimas geçerdi." Biraz durdum. "Babanla aynı kadından süt emmişiz."

"Biliyorum."

Sordum: "Sana bizim... bizim hakkımızda neler anlattı?"

"Sen sahip olduğu en iyi dostmuşsun."

Karo valeyi evirip çevirdim, desteye soktum çıkardım. "Ne yazık ki, o kadar da iyi bir dost olamadım," dedim. "Ama senin dostun olmak istiyorum. Ne dersin? İster misin?" Elimi yavaşça koluna koydum ama irkildi, kolunu çekti. Kartlarını bıraktı, tabureden kalktı. Yeniden pencereye gitti. Peşaver'de gün batıyor, gökyüzünde kırmızı, mor çizgiler dalgalanıyordu. Aşağıdaki caddeden peş peşe çalınan kornaların sesi geldi; bir eşek anırdı, bir polis düdük çaldı. Sohrab o kızıl ışıkta durdu, alnını cama dayadı; yumruk yaptığı ellerini koltuk altlarına sokmuştu.

* * *

Ayşe'nin erkek yardımcısı o gece, ilk adımlarımı atmama yardım etti. Bir elim tekerli serum askısına, öteki elim hastabakıcının koluna yapışmış bir halde, odada şöyle bir yürüdüm. Yatağa dönmek on dakikamı aldı; karnımdaki dikişler zonkluyordu, tere batmıştım. Soluk soluğa, yüreğim deli gibi atarak yatağa uzandım, karımı ne kadar çok özlediğimi düşündüm.

Ertesi günün çoğunu Sohrab'la yine hiç konuşmadan, *pençper* oynayarak geçirdik. Ondan sonraki günü de. Çok az konuşuyor, sürekli oynuyorduk; ben yatakta, o üç ayaklı taburesinde; ben odada biraz dolaşmak ya da koridorun aşağısındaki tuvalete gitmek için kalktığım zaman, oyuna ara veriyorduk. O gece bir rüya gördüm. Assef hastanedeki odamın kapısında duruyordu; pirinç top hâlâ göz çukurundaydı. "Biz aynıyız, seninle ben," dedi. "Hasan'la aynı memeden süt emmiş olabilirsiniz, ama sen *benim* ikizimsin."

Ertesi sabah Armand'a gideceğimi söyledim.

"Taburcu olman için henüz çok erken," diye karşı çıktı. Bugün ameliyat önlüğünü giymemişti; lacivert bir takım elbise, sarı kravat. Saçlar yine jöleli. "Damardan antibiyotik alıyorsun, dolayısıyla..."

"Gitmek zorundayım," dedim. "Benim için yaptığın her şeye minnettarım; hepinize. Gerçekten. Ama artık gitmeliyim."

"Nereye gideceksin?"

"Söylemesem daha iyi."

"Doğru dürüst yürüyemiyorsun ki," dedi Armand.

"Koridorun sonuna kadar gidip gelebiliyorum," dedim. "Beni merak etme." Planım şuydu: Hastaneden çık, banka kasasındaki parayı al, hastane masraflarını öde. Yetimhaneye git, Sohrab'ı John ve Betty Caldwell'e teslim et. İslamabat'a geç, kendini toplamak için birkaç gün dinlen. Sonra da evine uç.

En azından, aklımdaki plan buydu. Ferit'le Sohrab gelinceye kadar. "Caldwell çifti Peşaver'de değil," dedi Ferit.

Pirhan-tumban'ımı sırtıma geçirmek, on dakikamı almıştı. Göğüs tüpünü sokmak için kestikleri yer, kolumu kaldırdıkça acıyor, karnım en küçük hareketimde zonkluyordu. Birkaç parça eşyamı bir kâğıt torbaya tıkmak bile beni soluk alamaz hale getirmişti. Ama yine de hazırlanmayı becermiştim. Ferit haberi getirdiğinde, ben yatağın kenarına ilişmiş bekliyordum. Sohrab yatağa, yanıma oturdu.

"Nereye gitmişler?" diye sordum.

Ferit başını salladı. "Anlatamadım..."

"Rahim Han demişti ki..."

"ABD konsolosluğuna gittim," dedi Ferit, torbamı alırken. "Peşaver'e John ve Betty Caldwell adında birileri hiç gelmemiş. Konsolosluktakiler, böyle birilerinin var olmadığını söylüyor. En azından Peşaver'de."

Yanımda, Sohrab eski *National Geographic*'in sayfalarını karıştırıyordu.

Bankadan parayı aldık. Koltuk altları terli, göbekli müdür dişlerini göstererek gülümsedi, paraya kimsenin el sürmediğini söyledi. "Kesinlikle, hiç kimse," diye vurguladı, işaretparmağını tıpkı Armand gibi sallayarak.

Bir kesekâğıdında bu kadar parayla Peşaver'de gezinmek, az çok korkutucu bir deneyimdi. Dahası, bana bakan her sakallının Assef tarafından gönderilmiş bir Talib katil olduğundan kuşkulanıyordum. Korkumu çoğaltan iki şey vardı: Peşaver'de sakallı erkekten geçilmiyordu ve herkes herkese gözünü dikip bakıyordu.

Hastanenin veznesindeki işimizi bitirip arabaya dönerken, Ferit sordu: "Onu ne yapacağız?" Sohrab çenesini ellerine dayamış, Land Cruiser'ın arka koltuğunda oturuyor, açık camdan trafiği seyrediyordu.

"Peşaver'de kalamaz," dedim, hırıl hırıl soluyarak.

"Haklısın, Emir Ağa, kalamaz." Sesimdeki soruyu okumuştu. "Çok üzgünüm, keşke..."

"Sorun değil, Ferit," dedim. Zorla gülümsedim. "Beslemen gereken bir sürü boğaz var." Kamyonun yanında bir köpek duruyordu, arka ayaklarının üzerine çökmüş, bir pençesini kamyona dayamıştı, kuyruk sallıyordu. Sohrab köpeği okşuyordu. "Şimdilik benimle İslamabat'a gelecek," dedim.

İslamabat'a kadar olan dört saatlik yolculuğun neredeyse tamamında uyudum. Bir sürü rüya gördüm, çoğunu karmakarışık imgeler halinde anımsıyorum; beynimden hızla akıp geçen, silik sahneler: Baba on üçüncü doğum günüm için kesilen kuzunun etini terbiye ediyor. Süreyya'yla ilk kez sevişiyoruz, güneş doğudan yükselmekte, düğün marşı hâlâ kulaklarımızda çınlıyor, kınalı elleri benimkilere kilitlenmiş. Baba Hasan'la beni yine Celalabat'taki o çilek tarlasına götürmüş (sahibi, sonunda dört kilo çilek satın almamız şartıyla, istediğimiz kadar yiyebileceğimizi söylemişti), çilek yemekten karnımız davul gibi şişmiş. Hasan'ın pantolonundan sızan kan karın üzerinde kopkoyu, neredeyse siyah görünüyor. *Kan çok güçlü bir şeydir, baçem.* Cemile Hala, Süreyya'nın dizine dokunuyor, *En iyisini Allah bilir; demek ki böyle yazılmış,* diyor. Babamın evinin damında uyuyorum. Baba tek önemli günahın hırsızlık olduğunu söylüyor. *Yalan söylediğinde, bir insanın gerçeğe ulaşma hakkını çalarsın.* Rahim Han telefonda, bana yeniden iyi olmanın bir yolu vardır, diyor. *Yeniden iyi biri olmak mümkün...*

YİRMİ DÖRT

Peşaver bana Kâbil'in eski halini çağrıştıran kentse, İslamabat da Kâbil'in bir gün olabileceği kentti. İki yanında amber ve alev ağaçları uzanan caddeler Peşaver'in yollarından daha geniş, daha temizdi. Pazar yerleri çok daha düzenliydi, ara sokaklarsa çekçek arabaları ve yayalarla tıklım tıkış değildi. Mimari daha zarif, daha moderndi; bol ağaçlı parklar, ağaçların gölgelerinde boy atmış güller, yaseminler gördüm.

Ferit, Margalla Tepeleri'nin eteğinde uzanan bir yan caddede, küçük bir otel buldu. Oraya giderken, dev boyutlu beton kirişleri ve göğe yükselen minareleriyle, ünlü Şah Faysal Cami'nin önünden geçtik. Sohrab camiyi görünce canlandı, camdan dışarıya sarktı; arabamız bir köşeyi dönünceye kadar da gözünü camiden ayırmadı.

Oda, Ferit'le Kâbil'de kaldığımız otelden sonra büyük bir gelişmeydi. Çarşaflar temiz, halı süpürülmüş, banyo lekesiz. Şampuan, sabun, tıraş bıçağı, temiz bir küvet ve limon kokan havlular. Duvardaysa kan lekesi filan yok. Bir şey daha: İki yatağın karşısındaki komodinin üzerinde bir televizyon duruyordu.

"Bak!" dedim Sohrab'a. Televizyonu açtım -uzaktan kumanda aleti yoktu- ayar düğmesini çevirdim. Bir çocuk programı buldum; tüylü, tombul koyun kuklaları Urduca şarkı söylüyordu. Sohrab yataklardan birine oturdu, dizlerini göğsüne çekti. İfadesiz bir yüzle, öne arkaya sallanarak izlerken, ekrandan yansıyan imgeler yeşil gözlerinde oynaşıyordu. Hasan'a, büyüdüğümüz zaman ailesine renkli bir televizyon alma sözü verdiğimi anımsadım.

"Ben artık gideyim, Emir Ağa," dedi Ferit.

"Gece burada kal," dedim. "Yol uzun. Yarın gidersin."

"*Teşekkür,*" dedi. "Ama bu gece dönmek istiyorum. Çocukları özledim." Odadan çıkarken, eşikte durakladı. "Hoşça kal, Sohrab can," dedi. Bir karşılık bekledi, ama Sohrab aldırmadı. Yüzünde, televizyondan vuran gümüş pırıltı, öne arkaya sallanıyordu.

Dışarıda, Ferit'e bir zarf verdim. İçine bakınca, ağzı açık kaldı.

"Sana minnettarım," dedim. "Benim için öyle çok şey yaptın ki."

"Ne kadar var burada?" dedi, biraz sersemlemiş.

"İki bin dolardan biraz fazla."

"İki bin..." Üstdudağı belli belirsiz titriyordu. Daha sonra tam köşeyi dönmek üzereyken kornaya iki kez bastı, el salladı. Ben de ona. Onu bir daha hiç görmedim.

Otel odasına dönünce, Sohrab'ın yatakta kocaman bir C harfi gibi kıvrılmış olduğunu gördüm. Gözleri kapalıydı, ama uyuyup uyumadığını çıkaramadım. Televizyonu kapamıştı. Yatağıma oturdum, yüzümü acıyla buruşturdum, alnımdaki teri kuruladım. Oturup kalkmak, uzanmak daha ne kadar canımı yakacaktı acaba? Her ne kadar küçük bir parçam yanıtı gayet iyi biliyorsa da, yataktaki bu yaralı, küçük çocuğu ne yapacaktım?

Başucu sehpasında bir sürahi su duruyordu. Bir bardağa doldurdum, Armand'ın verdiği ağrı kesici haplardan iki tane aldım. Su ılık, acıydı. Perdeleri çektim, güçlükle yatağa girdim, uzandım. Göğsüm ortadan ikiye ayrılacak gibiydi. Sancı hafifler gibi olup da yeniden soluk alabildiğimde, örtüyü üzerime çektim, Armand'ın haplarının işe yaramasını bekledim.

Uyandığımda, oda iyice kararmıştı. Perdelerin arasından içeriye sızan bir dilim gökyüzüne, geceye devrilen akşam alacasının moru egemendi. Çarşaflar sırılsıklamdı, başım zonkluyordu. Yine rüya görüyordum, ama ne olduğunu anımsayamadım.

Sohrab'ın yatağını boş görünce, yüreğim ağzıma geliverdi. Seslendim. Kendi sesim beni şaşırttı. Karanlık bir otel odasında, evden binlerce kilometre uzakta, kırık dökük bir bedenle, daha birkaç gün önce tanıdığım bir çocuğa seslenmek, akıl karıştırıcıydı. Adını bir kez daha söyledim, karşılık gelmedi. Binbir güçlükle yataktan indim, banyoya bir göz attım, dışarıya, dar koridora baktım. Yoktu.

Kapıyı kilitledim, topallayarak lobiye indim, kenardaki tırabzana tutunarak resepsiyona doğru ilerledim. Lobinin bir köşesinde yapma, tozlu bir palmiye vardı; duvar kâğıdında pembe flamingolar uçuyordu. Müdürü, formika kayıt tezgâhının gerisinde gazete okurken buldum. Sohrab'ı tarif ettim, görüp görmediğini sordum. Gazeteyi indirdi, okuma gözlüğünü çıkardı. Yağlı saçları, kır düşmüş, badem bıyığı vardı.

Bedeninden tam çıkaramadığım, tropikal bir meyve kokusu yayılıyordu.

"Erkek çocuklar koşuşturmaya bayılır," dedi, içini çekerek. "Bende üç tane var. Bir dakika yerlerinde durmuyor, analarını deli ediyorlar." Gazeteyle yüzünü yelpazeledi; dikkatle çeneme bakıyordu.

"Dışarıya çıktığını sanmam," dedim. "Burada yeniyiz. Kolayca kaybolabilir."

Başını bir o yana bir bu yana eğdi. "O zaman gözünü üstünden ayırmamalıydın, Bayım."

"Biliyorum," dedim. "Ama uyuyakalmışım; uyandığımda gitmişti."

"Çocuklar dikkat ister, bilirsin."

"Evet," dedim; nabzım giderek hızlanırken. Ne kadar telaşlandığımı göremiyor muydu? Gazeteyi öteki eline geçirdi, yelpazelenmeyi sürdürdü. "Şimdi de bisiklet istiyorlar."

"Kim?"

"Benim oğlanlar," dedi. "Baba bize bisiklet al, biz de seni rahat bırakalım, diyorlar. Başımın etini yiyorlar." Burnundan kısa bir kahkaha saldı. "Bisiklet. Anaları beni öldürür vallahi."

Gözümün önünde, bir hendekte yatan Sohrab canlandı. Ya da bir arabanın bagajında, eli ayağı bağlanmış. Kanının elime bulaşmasını istemiyordum. Bir de onun kanı – hayır!

"Lütfen..." dedim. Gözlerimi kıstım, kısa kollu, mavi gömleğinin yakasındaki etiketi okudum. "Bay Feyyaz, onu gördünüz mü?"

"Çocuğu mu?"

Dudağımı ısırdım. "Evet, çocuğu! Benimle gelen oğlanı! Tanrı aşkına, onu gördünüz mü, görmediniz mi?"

Yelpazelenmeyi kesti. Gözleri kısıldı. "Bana bilgiçlik taslama, dostum. Çocuğu kaybeden ben değilim."

Haklıydı, ama bu kanın beynime sıçramasını engelleyemedi. "Haklısın. Suç bende. Şimdi, gördün mü, görmedin mi?"

"Kusura bakma," dedi, ters ters. Gözlüğünü yeniden taktı. Gazetesini sertçe açtı. "Çocuk mocuk görmedim."

Çığlık atmamak için kendimi güç tutarak, bir dakika kadar öylece durdum. Ben tam lobiden ayrılmak üzereyken, seslendi: "Nereye gitmiş olabilir?"

"Bilmiyorum," dedim. Yorgundum. Bitkin ve korkmuş.

"Nelerden hoşlanır?" Gazeteyi katlamış olduğunu fark ettim. "Benimkiler örneğin... Amerikan macera filmleri için yapmayacakları şey yoktur, özellikle şu Arnold Whatsanegger'in..."

"Cami!" dedim. "Büyük cami." Caminin Sohrab'ı dalgınlığından nasıl sıyırdığını anımsamıştım; ona bakmak için nasıl camdan sarktığını.

"Şah Faysal mı?"

"Evet. Beni oraya götürebilir misin?"

"Dünyadaki en büyük cami olduğunu biliyor muydun?"

"Hayır, ama..."

"Sırf avlusu kırk bin kişi alıyor."

"Beni götürebilir misin?"

"Buradan yalnızca bir kilometre uzakta," dedi. Ayağa kalktı.

"Yol parasını öderim," dedim.

İçini çekti, başını salladı. "Burada bekle." Arka odaya girdi; döndüğünde gözlüğünü değiştirmişti, elinde bir anahtar destesi vardı, peşinde de turuncu sarili, kısa boylu, şişman bir kadın. Kadın tezgâhın gerisine, adamdan boşalan yere oturdu. "Senden para almayacağım," dedi müdür, yanımdan geçerken. "Seni götüreceğim, çünkü ben de bir babayım."

Gece çökünceye kadar kentte dolanıp duracağımızı düşündüm. Kendimi görür gibi oldum: Polisi arıyorum, Feyyaz'ın azarlayan bakışları altında, Sohrab'ı tarif ediyorum. Memur bıkkın ve ilgisiz bir sesle, zorunlu soruları sıralıyor. Ve resmi soruların altında, gayri resmi bir yorum: Ölü bir Afgan çocuk daha işte!

Ama onu caminin elli metre kadar uzağında, yarı dolu bir araba parkında, küçük bir çimenlikte otururken bulduk. Feyyaz arabayı çimenliğe yanaştırdı, beni indirdi. "Ben geri dönmeliyim," dedi.

"Elbette. Dönüşte yürürüz," dedim. "Teşekkür ederim, Bay Feyyaz. Gerçekten."

Ben inerken, yan koltuğa doğru eğildi. "Bir şey söyleyebilir miyim?"

"Elbette."

Alacakaranlıkta, yüzü solan ışığı yansıtan iki gözlük camından ibaretti. "Siz Afganlar... şey, biraz gözü kara insanlarsınız."

Bitkindim, acı çekiyordum. Çenem zonkluyordu. Göğsümdeki ve karnımdaki kahrolası sancılar, derimin altındaki dikenli teller gibiydi. Ama yine de, güldüm.

"Ama ben... ne..." diyordu Feyyaz, ama ben iki büklüm olmuş, gülüyordum; kahkahalar telli ağzımdan peş peşe dökülüyordu.

"Çılgınlar," dedi Feyyaz. Arabayı çalıştırdı, lastikleri gıcırdatarak uzaklaştı; arka lambalar loş ışıkta kırmızı kırmızı göz kırpıyordu.

"Beni çok korkuttun," dedim, suratımı buruşturarak yanına çökerken.

Camiye bakıyordu. Şah Faysal Cami, dev boyutlu bir çadır biçimindeydi. Arabalar girip çıkıyor, beyazlara bürünmüş müminler, bir sel gibi akıyordu. Sessizce oturduk, sırtımı bir ağaca yasladım; Sohrab yanımdaydı, dizlerini göğsüne çekmişti. Ezanı dinledik, gün ışığı solarken, bir anda yanıveren yüzlerce ampulün aydınlattığı camiyi seyrettik. Karanlıkta bir elmas gibi parıldıyordu. Işığı gökyüzüne, Sohrab'ın yüzüne vuruyordu.

"Hiç Mezar-ı Şerif'e gittin mi?" diye sordu, çenesini dizkapaklarına dayarken.

"Çok uzun zaman oldu. Pek anımsayamıyorum."

"Ben küçükken babam beni götürmüştü. Annemle Sasa da gelmişti. Baba bana pazardan bir maymun aldı. Gerçek maymun değil, şu şişirilenlerden. Kahverengiydi, bir de papyonu vardı."

"Çocukken galiba bende de bir tane vardı."

"Babam beni Mavi Cami'ye götürdü," dedi Sohrab. "*Mescit*'in önünde öyle çok güvercin vardı ki; insanlardan hiç korkmuyorlardı. Üstümüze geliyorlardı. Sasa bana bir parça *nan* verdi, kuşlara attım. Güvercinler az sonra her yanımı sardılar. Çok eğlenceliydi."

"Annenle babanı kimbilir ne kadar özlüyorsundur," dedim. Taliban'ın onları sokağa sürükleyişini görmüş müydü acaba? Umarım görmemiştir, dedim içimden.

"Sen özlüyor musun, peki?" diye sordu; yanağını dizine dayayıp başını bana çevirdi.

"Özlüyor muyum? Eh, annemi hiç tanımadım. Babam da birkaç yıl önce öldü. Evet, onu özlüyorum. Bazen, burnumda tütüyor."

"Yüzünü anımsıyor musun?"

Baba'nın kalın boynunu, kara gözlerini, söz dinlemez, kahverengi saçlarını düşündüm. Kucağına oturmak, bir çift ağaç kütüğüne oturmak gibiydi. "Anımsıyorum," dedim. "Kokusunu da."

"Ben yüzlerini unutmaya başladım," dedi Sohrab. "Bu çok mu kötü?"

"Hayır. Zaman bunu hep yapar." Aklıma bir şey geldi. Ceketimin cebine uzandım. Polaroid fotoğrafı çıkardım. "Al," dedim.

Fotoğrafı yüzüne iyice yaklaştırdı, camiden yayılan ışığa doğru çevirdi. Uzun uzun baktı. Ağlayacağını sandım ama ağlamadı. Yalnızca sıkı sıkı tuttu, parmağını yüzeyinde gezdirdi. Bir yerde okuduğum ya da birinden duyduğum bir cümleyi anımsadım: Afganistan'da çocuk çok ama çocukluk yok. Polaroid'i bana geri uzattı.

"Sende kalsın," dedim. "O senin."

"Teşekkür ederim." Bir kez daha fotoğrafa baktı, yeleğinin cebine soktu. Araba parkına giren bir faytonun *klop-klop*'ları duyuldu. Atın boynundaki minik çanlar her adımda sallanıyor, şıngırdıyordu.

"Son zamanlarda hep camileri düşünüyorum," dedi Sohrab.

"Öyle mi? Neden?"

Omuz silkti. "Yalnızca düşünüyorum." Yüzünü kaldırdı, doğruca bana baktı. Şimdi ağlıyordu; usulca, sessizce. "Sana bir şey sorabilir miyim, Emir Ağa?"

"Elbette."

"Şimdi Allah..." diye başladı, sonra tıkandı. "Allah o adama yaptığım şey yüzünden beni cehenneme atar mı?"

Ona doğru uzandım, irkildi. Elimi çektim. "Hayır. Kesinlikle hayır," dedim. Onu kendime çekmek, kucaklamak, dünyanın asıl *ona* kötü davrandığını söylemek istedim.

Yüzü seğirdi; toparlanmak için kendini zorladığı her halinden belliydi. "Baba, kötülerin bile canını yakmanın günah olduğunu söylerdi. İstemeden kötü olmuşlar, bazen de düzelirlermiş."

"Her zaman değil, Sohrab."

Soran gözlerle bana baktı.

"Senin canını yaktığın adamı yıllar öncesinden tanıyorum. Aramızdaki konuşmadan anlamışsındır zaten. O... o bir keresinde bana zarar vermeye çalışmıştı; senin yaşındaydım. Ama baban beni kurtardı. Baban çok cesurdu, beni sürekli beladan kurtarır, büyük bir cesaretle savunurdu. Bir gün o adam, benim yerime babanın canını yaktı. Ona çok... çok büyük bir kötülük yaptı ama ben... ben babanın yaptığını yapamadım, onu kurtaramadım."

"Biri neden babama zarar vermek istesin ki?" dedi Sohrab, hırıltılı bir fısıltıyla. "O hiç kimseye kötülük yapmadı."

"Haklısın. Baban iyi bir insandı. Ama sana anlatmaya çalıştığım da buydu, Sohrab can. Bu dünyada kötüler var; bazen kötüler hep kötü kalır. Bazen onların karşısına dikilmen gerekir. O adama yaptığın şey, benim uzun zaman önce yapmam gereken şeydi. Hak ettiği dersi verdin; inan bana, çok daha beterini hak etmişti."

"Baba bana kızmış mıdır, dersin?"

"Hayır," dedim. "Kâbil'de benim hayatımı kurtardın. Bu yüzden seninle gurur duyduğuna eminim."

Gömleğinin yeniyle yüzünü sildi. Bu, dudağındaki tükürük baloncuğunu söndürdü. Yüzünü ellerinin arasına gömdü, uzunca bir süre ağladı. "Baba'yı özlüyorum, annemi de," dedi sonra, çatlak bir sesle. "Sasa'yı, Rahim Han Efendi'yi özlüyorum. Ama bazen burada olmadıkları... olmadıklarına seviniyorum."

"Neden?" dedim koluna dokunarak. Hemen geri çekildi.

"Çünkü..." dedi, hıçkırıkların arasında, kesik kesik, "çünkü beni görmelerini istemiyorum... Öyle kirliyim ki." Hıçkırdı, soluğunu uzun, hışırtılı bir iniltiyle salıverdi. "Pisim ve günah doluyum."

"Sen kirli değilsin, Sohrab," dedim.

"O adamlar..."

"Sen kesinlikle kirli değilsin."

"... onların yaptıkları... kötü adamla öteki ikisi... onlar bana... bazı şeyler yaptılar."

"Kirli değilsin, günahkâr da değilsin." Yeniden koluna dokundum, yine çekti. Bir daha uzandım, yavaşça, tatlılıkla onu kendime çektim. "Sana zarar vermeyeceğim," diye fısıldadım. "Söz veriyorum." Biraz direndi. Sonra, gevşedi. Ona sarılmama izin verdi, başını göğsüme yasladı. Kollarımın arasındaki küçük bedeni her hıçkırıkta kasılıyordu.

Aynı memeden emen kişiler arasında bir kan bağı oluşur. Şimdi, gözyaşlarıyla gömleğimi ıslatan bu çocuğa bakarken, bizim aramızda da bir kan bağının kök saldığını görebiliyordum. O odada, Assef'le yaşadıklarımız bizi bir daha hiç kopmamacasına bağlamıştı.

Kafamda epeydir vızıldayıp duran, geceleri beni uyutmayan soru için doğru zamanı, doğru anı bekliyordum. O anın geldiğini hissettim: hemen şimdi, burada, Allah'ın evi ışıklarıyla bizi aydınlatırken.

"Benimle Amerika'ya gelmek, bizimle yaşamak ister misin?"

Yanıt vermedi. Yüzünü gömleğime gömüp hıçkırdı. Hiç kıpırdamadım.

Bir hafta boyunca, ona sorduğum şeye ikimiz de değinmedik; öyle bir soru hiç sorulmamıştı sanki. Sonra bir gün, Sohrab'la bir taksiye bindik, Daman-e-Koh ("Dağın Kıvrımı") adlı manzara yerine çıktık. Margalla Tepeleri'nin ortalarına tünemiş olan bu noktadan, İslamabat'ın neredeyse tamamını görmek mümkündü; iki yanı ağaçlı, temiz caddeleri, evleri. Şoför başkanlık sarayını bile görebileceğimizi söyledi.

"Yağmur yağıp da hava temizlenince, ta Ravalpindi'ye kadar görebilirsiniz," dedi. Dikiz aynasındaki gözleri, benimle Sohrab arasında mekik dokuyordu. Kendi yüzümü de görebiliyordum. Eskisi kadar şiş değildi, yara berelerin, morlukların yerini acı sarı bir renk almıştı artık.

Piknik alanındaki tahta sıralardan birine, bir kauçuk ağacının gölgesine oturduk. Ilık bir gündü, güneş yüksek, topaz mavisi gökte asılıydı. Yakındaki banklarda, *samosa* ve *pakora* atıştıran aileler. Bir yerlerde, eski bir filmden, belki *Pakize*'den anımsadığım bir Hint şarkısı çalan bir radyo. Çocuklar, çoğu Sohrab'la yaşıt, top oynuyor, gülüşüyor, bağrışıyorlardı. Karteh-Seh'teki yetimhaneyi, Zaman'ın ofisinde ayaklarımın arasından telaşla seğirten fareyi düşündüm. Halkımın kendi ülkesini el birliğiyle mahvetme biçimi, göğsümü beklenmedik bir öfkeyle sıkıştırıverdi.

"Ne oldu?" dedi Sohrab. Zorla gülümsedim, önemli değil, dedim.

Otel havlularından birini piknik masasının üzerine yaydık, *pençper* oynadık. Orada olmak, üvey kardeşimin oğluyla iskambil oynamak, ılık güneşi sırtımda, ensemde hissetmek güzeldi. Şarkı bitti, bir başkası başladı; bunu daha önce hiç duymamıştım.

"Bak," dedi Sohrab. Elindeki kartlarla gökyüzünü gösteriyordu. Başımı kaldırıp baktım, engin, kesintisiz gökte dönüp duran şahini gördüm. "İslamabat'ta şahin olduğunu bilmezdim."

"Ben de," dedi. Gözünü daireler çizen kuştan ayırmıyordu. "Yaşadığın yerde bunlardan var mı?"

"San Francisco'da mı? Mutlaka vardır. Ben pek görmedim, ama..."

"Ah," dedi. Bir şeyler daha sormasını bekliyordum, ama yeniden oyuna döndü. Az sonra, ne dersin, yiyelim mi, dedim. Kesekâğıdını açtım, köfteli sandviçini verdim. Benim öğle yemeğimse muz ve portakal püresiydi yine, Bay Feyyaz'ın blenderini bir haftalığına ödünç almıştım. Kamışı emdim, karışık, tatlı meyve ezmesi ağzıma doldu. Birkaç damlası dudağımın kenarında kaldı. Sohrab bana bir peçete uzattı, ağzımı silişimi izledi. Gülümsedim; o da bana.

"Babanla ben kardeştik," dedim. Ağzımdan çıkıvermişti. Caminin karşısında oturduğumuz gece söylemek istemiş, yapamamıştım. Bilmek hakkıydı; bundan böyle hiçbir şeyi gizlemek istemiyordum. "Daha doğrusu, yarı kardeş. Babamız aynıydı."

Sohrab çiğnemeyi kesti. Sandviçini bıraktı. "Baba bir kardeşi olduğunu hiç söylememişti."

"Çünkü bilmiyordu."

"Neden bilmiyordu?"

"Kimse söylememiş," dedim. "Bana da söylemediler. Daha yeni öğrendim."

Gözlerini kırpıştırdı. Bana ilk kez bakıyor, *gerçekten* bakıyordu sanki. "Peki ama, neden sizden sakladılar?"

"Biliyor musun, aynı soruyu kendime defalarca sordum. Bir cevabı var tabii, ama iyi bir cevap değil. En iyisi, şöyle demek: Babanla benim... kardeş olmamamız gerekiyordu."

"O Hazara olduğu için mi?"

Gözlerimi kaçırmamak için bütün irademi kullandım. "Evet."

"Senin baban," diye başladı, sandviçine bakarak, "senin baban hem seni hem de babamı seviyor muydu... aynı şekilde yani?"

Yıllar öncesini, Ghargha Gölü'ndeki günü düşündüm; Hasan'ın taşı benimkinden daha fazla sekince, Baba onun sırtını sıvazlamıştı. Baba'nın hastane odasındaki hali gözümün önüne geldi; Hasan'ın dudağındaki pansuman çıkartılınca, yüzünün nasıl ışıdığı. "Bence ikimizi de aynı oranda sevdi, ama farklı biçimlerde."

"Babamdan utanıyor muydu?"

"Hayır," dedim. "Bana kalırsa, kendinden utanıyordu."

Sandviçini aldı, sessizce yemeye koyuldu.

Oradan öğleden sonra ayrıldık; sıcak bizi yormuştu, ama zevkli bir yorgunluktu. Dönüşte, yol boyunca Sohrab'ın beni süzdüğünü hissettim. Taksi şoföründen iskambil kartı satan bir dükkânın önünde durmasını istedim; biraz bahşiş verip bir deste almasını rica ettim.

O gece yataklarımıza uzanmış, televizyonda bir sohbet programı izliyorduk. Uzun, kırçıl sakallı, beyaz türbanlı iki din adamı dünyanın dört bir yanındaki dindarlardan gelen telefonları yanıtlıyordu. Finlandiya'dan arayan Eyüp adındaki bir adam, iç çamaşırının lastiği görünecek kadar düşük belli pantolon giyen genç oğlunun cehennemlik olup olmadığını sordu.

"Bir keresinde San Francisco'nun resmini görmüştüm," dedi Sohrab.

"Gerçekten mi?"

"Kırmızı bir köprü vardı, bir de sivri uçlu bir bina."

"Asıl sokakları görmelisin," dedim.

"Neden?" Bana bakıyordu. Ekranda, iki molla birbirinin fikrini almaktaydı.

"Yollar öyle diktir ki, arabayla yokuşu tırmanırken bir tek arabanın tavanıyla gökyüzünü görürsün."

"Ürkütücü gibi..." dedi. Yan döndü; yüzünü bana, sırtını televizyona çevirdi.

"İlk birkaç seferinde evet," dedim. "Ama alışıyorsun."

"Orada kar yağar mı?"

"Hayır ama sık sık sis basar. Gördüğün o kırmızı köprü var ya?"

"Evet."

"Bazı sabahlar sis yoğun olduğunda, iki yüksek kolonun sisi delen uçları dışında göz gözü görmez."

Gülümsemesinde hayret vardı. "Ya?"

"Sohrab?"

"Evet."

"Daha önce sorduğum şeyi düşündün mü?"

Tebessümü kayboldu. Sırtüstü döndü. Ellerini ensesinde kavuşturdu. Mollalar, Eyüp'ün oğlunun giydiği pantolon yüzünden cehennemi hak ettiği sonucuna varmıştı: *Haddith* öyle diyordu. "Düşündüm," dedi Sohrab.

"Ve?"

"Beni korkutuyor."

"Biliyorum, çok doğal," dedim, o gevşek umut ipliğine sımsıkı yapışarak. "Ama İngilizce'yi çabucak öğrenirsin, alışman uzun sürmez."

"Onu kastetmedim. O da korkutucu tabii, ama..."

"Ama ne?"

Yine bana döndü. Dizlerini yukarı çekti. "Ya benden bıkarsan? Ya karın beni sevmezse?"

Yataktan güçlükle indim, yanına gittim. Yatağına iliştim. "Senden asla bıkmayacağım, Sohrab. Hiçbir zaman. Söz veriyorum. Sen benim yeğenimsin, unuttun mu? Süreyya cana gelince, çok sevecen, çok tatlı bir kadındır. Güven bana, seni çok sevecek. Buna da söz veriyorum." Şansımı denemeye karar verdim. Uzandım, elini tuttum. Biraz kasıldı, ama elini çekmedi.

"Bir başka yetimhaneye gitmek istemiyorum," dedi.

"Buna kesinlikle izin vermeyeceğim. Söz!" Elini iki elimin arasına aldım. "Benimle gel."

Gözyaşları yastığı ıslatıyordu. Uzunca bir süre konuşmadı. Sonra, elimi sıktı. Başını salladı. Başıyla evet dedi.

Bağlantı, dördüncü denemede sağlanabildi. Telefon üç kez çaldı, sonra Süreyya'nın sesi: "Alo?" İslamabat'ta akşamın yedi buçuğuydu, California'daysa sabahın. Bunun anlamıysa Süreyya'nın bir saat önce uyandığı, okula gitmeye hazırlandığıydı.

"Benim," dedim. Yatağımda oturuyor, uyuyan Sohrab'a bakıyordum.

Süreyya bir çığlık attı: "Emir! İyi misin? Neredesin?"

"Pakistan'dayım."

"Neden daha önce aramadın? *Teşviş*'ten deliye döndüm. Annem dualar ediyor, her gün *nazr* yapıyor!"

"Arayamadım, özür dilerim. Artık iyiyim." Bir, en çok iki hafta sonra döneceğimi söyledim. Geleli neredeyse bir ay olmuştu. Gülümsedim. "Cemile Hala'ya söyle, koyunları katletmeyi bıraksın."

"Artık iyiyim, ne demek? Hem sesine ne oldu?"

"Bunları dert etme. Ben iyiyim. Gerçekten. Süreyya, sana anlatmam gereken bir öykü var; aslında çok uzun zaman önce anlatmam gerekirdi. Ama önce, bir şey söylemeliyim."

"Nedir?" Sesi şimdi daha alçak, daha dikkatliydi.

"Eve yalnız dönmüyorum. Yanımda bir erkek çocuk getiriyorum." Durakladım. "Onu evlat edinmemizi istiyorum."

"*Ne?*"

Saatime baktım. "Bak, telefon kartımda elli yedi dakikalık sürem kaldı, oysa anlatacaklarım çok uzun. Bir yere otur." Hızla çekilen bir iskemlenin ahşap zemine sürtündüğünü duydum.

"Dinliyorum," dedi.

İşte o zaman, on beş yıllık evliliğimde yapmadığım şeyi yaptım: Karıma her şeyi anlattım. Her şeyi. Bu anı hayalimde öyle çok canlandırmıştım, ondan öylesine korkmuştum ki; ama konuştukça göğsümden ağır bir şeyin kalktığını hissettim. Süreyya da, babamın onu istemeye gittiği gece, bana geçmişini açarken buna benzer bir duyguyu yaşamış olmalıydı.

Öykümü bitirdiğimde, ağlıyordu.

Sordum: "Ne düşünüyorsun?"

"Ne düşüneceğimi bilemiyorum, Emir. Bir anda bana öyle çok şey anlattın ki."

"Farkındayım."

Burnunu sildiğini duydum. "Ama şu kadarını biliyorum: Onu eve getirmek zorundasın. Getirmeni istiyorum."

"Emin misin?" Gözlerimi yumdum, gülümsedim.

"Emin miyim?" dedi. "Emir, o senin *kaum*'un, ailen, dolayısıyla benim de ailem. Tabii ki eminim. Onu ortada bırakamazsın." Kısa bir sessizlik. "Nasıl bir çocuk?"

Uyuyan Sohrab'a baktım. "Çok tatlı bir çocuk – ciddi bir tatlılık..."

"Onu kim suçlayabilir ki? Onu görmek istiyorum, Emir. Gerçekten istiyorum."

"Süreyya?"

"Efendim?"

"*Dostet darum.*" Seni seviyorum.

"Ben de seni seviyorum," dedi. Sözcüklerindeki tebessümü görebiliyordum. "Dikkatli ol."

"Tamam. Bir şey daha. Onun kim olduğunu annenle babana söyleme. Benden öğrenmeleri daha doğru olur."

"Peki."

Telefonu kapadık.

İslamabat'taki Amerikan Büyükelçiliği'nin önündeki çimenlik güzelce kırpılmış, yuvarlak çiçek öbekleriyle bezenmişti; kenarlarına da kılıç keskinliğinde çalılar dikilmişti. İslamabat'ta sıkça görülen türde bir binaydı: düz damlı, beyaz. Oraya ulaşmak için pek çok barikattan geçtik; çenemdeki teller metal detektörü öttürünce, üç güvenlik görevlisi tarafından tepeden tırnağa arandım. Sonunda sıcaktan kurtulup içeriye girince, klima yüzüme bir bardak buzlu su gibi çarptı. Lobideki sekretere adımı söyledim, gülümsedi; ellili yaşlarda gösteren, zayıf yüzlü, sarışın bir kadındı. Bej bir bluzla siyah pantolon giymişti – haftalardır ilk kez, *burka* ya da *şalvar-kamez* giymemiş bir kadın görüyordum. Kurşunkaleminin silgisiyle masaya hafif hafif vurarak, randevu listesinde adımı buldu. Lütfen oturun, dedi.

"Limonata ister misiniz?" diye sordu.

"İstemem, teşekkür ederim."

"Peki, ya oğlunuz?"

"Efendim?"

"Bu yakışıklı genç bey," dedi, Sohrab'a gülümseyerek.

"Ah. Çok iyi olur, sağ olun."

Sohrab'la danışma masasının karşısındaki siyah deri kanepeye, yan yana oturduk; yanımızdaki duvardan uzun bir Amerikan bayrağı sarkıyordu. Sohrab eğildi, üzeri camlı sehpadan bir dergi aldı. Sayfaları karıştırdı, resimlere gelişigüzel baktı.

"Ne?" dedi.

"Nasıl?"

"Gülümsüyordun da."

"Seni düşünüyordum," dedim.

Yüzünü gergin bir gülümseme yaladı. Bir başka dergi aldı, otuz saniye içinde bakıp bitirdi.

"Korkma," dedim, koluna dokunarak. "Bunlar cana yakın insanlar. Rahatla." Bu öğüt asıl bana lazımdı. Yerimde kıpırdanıp duruyor, ayakkabımın bağcıklarını çözüyor, yeniden bağlıyordum. Sekreter içi buzlu limonata dolu, uzun bir bardağı getirip sehpanın üzerine koydu. "Buyurun."

Sohrab utangaçça gülümsedi. "Çok teşekkür ederim," dedi İngilizce, k'ların üzerine basa basa. Bana, bunun bildiği tek İngilizce cümle olduğunu söyledi, bir de: "İyi günler."

Kadın güldü. "Bir şey değil, canım." Masasına döndü; yüksek topukları zeminde çınladı.

"İyi günler," dedi Sohrab.

* * *

Raymond Andrews kısa boylu, küçük elli bir adamdı; tırnakları son derece bakımlıydı, yüzükparmağında bir alyans vardı. Elimi hızla, kısaca sıktı; bir serçeyi hafifçe sıkmışım duygusuna kapıldım. Sohrab'la birlikte çalışma masasının karşısına yerleşirken, ***kaderlerimiz bu küçük ellerde,*** diye düşündüm. Andrews'un arkasındaki duvara *Sefiller* müzikalinin bir afişiyle ABD'nin topografik bir haritası tutturulmuştu. Pencere pervazındaki saksıda bir domates bitkisi güneşleniyordu.

"Sigara?" diye sordu, ufak tefek bedeniyle çelişen, derin, bariton sesiyle.

"Hayır, teşekkürler," dedim; Andrews'un Sohrab'ın üzerinde şöyle bir gezinen, benimle de göz göze gelmemeye özen gösteren bakışlarına aldırmamaya çalışarak. Masasındaki çekmecelerden birini açtı, bir sigara alıp yaktı. Aynı çekmeceden bir şişe de losyon çıkardı. Sigarası dudağının kenarından sallanırken, ellerine krem sürmeye koyuldu; gözleri pervazdaki saksıdaydı. Sonra çekmeceyi kapadı, dirseklerini masaya dayadı, dumanı üfledi. "Evet," dedi, gri gözlerini dumana karşı kısarak. "Öykünüzü bir dinleyelim."

Kendimi Javert'in karşısında oturan Jean Valjean gibi hissettim. Kendime artık Amerikan topraklarında bulunduğumu, bu adamın benden yana olduğunu, benim gibilere yardım etmek için maaş aldığını anımsattım. "Bu çocuğu evlat edinmek ve Amerika'ya götürmek istiyorum."

"Öykünüzü anlatın," diye yineledi; tertemiz masasına dökülen külü ortaparmağıyla aldı, kül tablasına bıraktı.

Süreyya'yla konuştuktan sonra kafamda oluşturduğum hikâyeyi anlattım. Üvey kardeşimin oğlunu almak için Afganistan'a gitmiştim. Çocuğu çok kötü koşullarda, bir yetimhaneye atılmış durumda bulmuştum. Yetimhane müdürüne para vermiş, oğlanı almıştım. Sonra da Pakistan'a getirmiştim.

"Çocuğun üvey amcası mısınız?"

"Evet."

Saatine baktı. Eğildi, pervazdaki saksıyı çevirdi. "Buna tanıklık edecek biri var mı?"

"Evet ama şu anda nerede olduğunu bilmiyorum."

Bana döndü, başını salladı. Yüzünü okumaya çalıştım, başaramadım. O küçük elleriyle hiç poker oynamış mıydı acaba?

"Çenenizi telletmeniz, sırf modaya uymak için değildi herhalde?" dedi. Aynı anda anladım: Başımız dertteydi. Peşaver'de soyguncuların saldırısına uğradığımı söyledim.

"Elbette," dedi. Genzini temizledi. "Müslüman mısınız?"

"Evet."

"Dinine bağlı biri misiniz?"

"Evet." İşin doğrusu, alnımı seccadeye en son ne zaman değdirdiğimi anımsamıyordum bile. Sonra, anımsadım: Doktor Amani'nin Baba'ya teşhis koyduğu gün. Seccadeye diz çökmüş, okuldan aklımda kalan duaları bölük pörçük okumuştum.

"Davanıza yardımı olur, ama fazla değil," dedi, kum rengi, kusursuz saçlarındaki bir noktayı kaşıyarak.

Sordum: "Ne demek istiyorsunuz?" Sohrab'ın elini tuttum, parmaklarımı onunkilere doladım. Sohrab kuşkuyla bir bana, bir Andrews'a bakıyordu.

"Bunun çok uzun bir cevabı var; sonunda onu da söylemem gerekecek, eminim. Ama önce, kısa olanı ister misiniz?"

"Galiba," dedim.

Andrews sigarasını söndürdü, dudaklarını büzdü. "Vazgeçin."

"Efendim?"

"Bu çocuğu evlat edinme sevdasından. Vazgeçin. Benim öğüdüm bu."

"Dikkate alındı," dedim. "Şimdi de nedenini söyler misiniz, lütfen?"

"Bu, uzun yanıtı duymak istediğiniz anlamına geliyor." Sesi kayıtsız, benim sert, aksi konuşma biçimime aldırışsızdı. Ellerini birleştirdi, avuçlarını birbirine bastırdı; Bakire Meryem'in karşısında diz çöker gibi. "Şimdi, yarısından çoğunun uydurma ya da en azından eksik olduğuna maaşım üzerine bahse girmeye hazır olsam da, bana anlattığınız hikâyenin doğru olduğunu varsayalım, ki bu benim umurumda bile değil. Şu anda buradasınız, çocuk da burada, önemli olan bu. Yine de, başvurunuz göz ardı edilemeyecek engellerle karşı karşıya; bunların en küçüğü de, bu çocuğun yetim olmaması."

"Elbette yetim."

"Yasal olarak, değil."

"Ana-babası sokakta kurşuna dizilmiş. Bütün komşular görmüş," dedim; İngilizce konuştuğumuza şükrederek.

"Ölüm belgeleri elinizde mi?"

"*Ölüm belgesi mi?* Burada Afganistan'dan söz ediyoruz! Oradakilerin çoğunun *doğum* belgesi bile yok."

Camsı gözlerini hiç kırpmıyordu. "Yasaları ben koymuyorum, Bayım. Öfkenizi anlıyorum, ama ana-babanın öldüğünü yine de kanıtlamalısınız. Çocuğun yasal olarak yetim ilan edilmesi gerekiyor."

"Ama..."

"Uzun yanıtı istediniz, ben de veriyorum. Bir sonraki sorununuz, çocuğun vatandaşı olduğu ülkenin onayını almak. Buysa en iyi koşullarda bile oldukça güçtür, oysa dediğiniz gibi, burada Afganistan'dan söz ediyoruz. Kâbil'de Amerikan elçiliğimiz yok. Bu da durumu iyice karmaşıklaştırıyor. Daha doğrusu, olanaksızlaştırıyor."

"Şimdi bana, çocuğu yeniden sokağa at mı diyorsunuz?"

"Böyle bir şey söylemedim."

"Cinsel tacize uğramış," dedim. Sohrab'ın bileğindeki küçük zilleri, gözlerindeki sürmeyi anımsadım.

"Bunu duyduğuma üzüldüm," dedi Andrews'un ağzı. Bana bakma biçimini gören biri, havadan söz ettiğimizi sanırdı. "Ancak bu, Göçmenlik Bürosu'nun bu delikanlıya vize vermesini sağlamaz."

"Ne demeye çalışıyorsunuz?"

"Yardım etmek istiyorsanız, tanınmış bir yardım örgütüne bağışta bulunun. Bir sığınma kampında gönüllü çalışın. Ama şu aşamada, ABD vatandaşlarının Afgan çocukları evlat edinmesini elimizden geldiğince engellemeye çalışıyoruz; bir tür caydırma politikası güdüyoruz."

Ayağa kalktım. "Hadi, Sohrab," dedim, Farsça. Sohrab bana yaklaştı, başını baldırıma dayadı. Tıpkı Hasan'la çektirdiği Polaroid'deki gibi. "Size bir şey sorabilir miyim, Bay Andrews?"

"Evet."

"Çocuklarınız var mı?"

İlk kez, gözünü kırptı.

"Evet, var mı? Çok basit bir soru."

Suskundu.

"Tahmin etmiştim," dedim, Sohrab'ın elini tutarak. "O koltukta, bir çocuk sahibi olmak istemenin ne demek olduğunu bilen biri oturmalı." Arkamı döndüm.

"Ben bir soru sorabilir miyim, peki?" diye seslendi Andrews.

"Dinliyorum."

"Bu çocuğa, onu ülkenize götürme sözü verdiniz mi?"

"Verdiysem ne olmuş?"

Başını salladı. "Çocuklara sözler vermek, çok tehlikeli bir şeydir." İçini çekti, yeniden çekmeceyi açtı. "Bu işin peşini kovalamak niyetinde misiniz?"

"Bu işin peşini kovalamak niyetindeyim."

Bir kartvizit uzattı. "O zaman size göçmenlik konusunda uzman bir avukat tutmanızı tavsiye ederim. Ömer Faysal burada, İslamabat'ta çalışır. Benim gönderdiğimi söyleyin."

Kartı aldım. Mırıldandım. "Teşekkürler."

"İyi şanslar," dedi. Odadan çıkarken, omzumun üstünden şöyle bir baktım. Andrews pencerenin önünde, içeriye süzülen üçgen ışıkta duruyor, camdan dışarıya bakıyordu; domates saksısını güneşe doğru çevirdi, bitkiye şefkatle dokundu.

Masasının önünden geçerken, sekreter, "Hoşça kalın," dedi.

"Patronunun biraz terbiyeye ihtiyacı var," dedim. Gözlerini devirmesini, başını 'Biliyorum, herkes söylüyor' anlamında sallamasını bekliyordum. Onun yerine, sesini alçalttı: "Zavallı Ray. Kızı öldüğünden beri bir türlü toparlanamadı."

Bir kaşımı kaldırdım. "İntihar," diye fısıldadı.

* * *

Otele dönerken takside Sohrab alnını cama dayadı, akıp geçen binaları, kauçuk ağaçlarını seyretti. Cam soluğuyla buğulanıyor, açılıyor, yine buğulanıyordu. Bana az önceki görüşmenin nasıl geçtiğini sormasını bekledim, sormadı.

Banyodan akan suyun sesi geliyordu; kapısı kapalıydı. Otele girdiğimiz günden beri Sohrab her gece yatmadan önce, uzun uzun yıkanıyordu. Kâbil'de sıcak su, tıpkı babalar gibi, çok az kişiye nasip olan bir ayrıcalıktı. Sohrab küvetteki sabunlu suya giriyor, en az bir saat doyasıya yıkanıyordu. Süreyya'yı aradım. Banyo kapısının altından sızan ışığa baktım. *Kendini hâlâ temiz hissedemiyor musun, Sohrab?*

Süreyya'ya Raymond Andrews'la yaptığımız konuşmayı aktardım. Sonra, sordum: "Ne düşünüyorsun?"

"Bence adamın yanıldığını düşünmek en iyisi." Uluslararası evlat edinme işlemleriyle ilgilenen birkaç kurumu aradığını söyledi. Afganistan'a bakan bir ajans henüz bulamamıştı, ama aramayı sürdürüyordu.

"Ailen haberi nasıl karşıladı?"

"Annem bizim adımıza sevindi. Sana olan duygularını bilirsin, Emir; senin yanlış bir şey yapacağına asla inanmaz. *Peder*'e gelince... şey, her zamanki gibi, onu anlamak biraz güç. Pek bir yorum yapmadı."

"Peki, sen? Sen memnun musun?"

Ahizeyi öteki eline geçirdiğini duydum. "Bana öyle geliyor ki, küçük yeğenine faydamız dokunacak, ama asıl o küçük çocuk *bize* yararlı olacak."

"Aynı şeyi düşündüm."

"Kulağa delice geldiğini biliyorum, ama kendimi sık sık bazı sorular sorarken yakalıyorum... en sevdiği *kurma* ya da okulda en sevdiği ders hangisi olacak? Ev ödevlerine yardım etmeme izin verecek mi?" Güldü. Banyoda, suyun sesi kesilmişti. Sohrab'ın küvette doğrulduğunu, sağına soluna su çarptığını duyabiliyordum.

"Olağanüstü bir anne olacaksın!"

"Ah, az kaldı unutuyordum! Şerif *Kaka*'yı aradım."

Nikâh'ımızda bir otel kâğıdına yazdığı şiiri okurkenki hali gözümün önüne geldi. Oğlu başımızın üstüne Kuran tutmuş, Süreyya'yla birlikte kitabın altından geçip sahneye doğru ilerlemiş, flaşları patlayan kameralara gülümsemiştik. "Ne dedi?"

"Eh, elinden geleni yapacak. Göçmenlik Bürosu'ndaki dostlarını harekete geçireceğini söyledi."

"Harika bir haber bu," dedim. "Sohrab'ı bir an önce görmen için sabırsızlanıyorum."

"Seni görmek için sabırsızlanıyorum," dedi.

Telefonu kapatırken gülümsüyordum.

Sohrab az sonra banyodan çıktı. Raymond Andrews'la yaptığımız görüşmeden bu yana yalnızca üç-beş sözcük etmiş, konuşma girişimlerimi bir baş sallayış ya da tek heceli yanıtlarla geçiştirmişti. Yatağa tırmandı, örtüyü çenesine çekti. Az sonra, horluyordu.

Aynadaki buğuyu sildim, otelin verdiği eski usul usturayla tıraş oldum. Sonra küvete girdim, dumanı tüten sıcak suda, su soğuyup derim buruş buruş oluncaya kadar yattım. Düşüncelere kapılıp sürüklenerek, merak ederek, hayal kurarak...

Ömer Faysal tombul, esmer bir adamdı; yanaklarında gamzeleri, kara, boncuk gözleri ve sevimli, eksik dişli bir gülümsemesi vardı. Seyrek, kır saçlarını at kuyruğu yapmıştı. Dirseklerinde deri yamalar bulunan kahverengi, kadife bir ceket giymişti, yıpranmış, tıka basa dolu bir çantayı sapı olmadığı için göğsüne bastırmıştı. Cümleye ya bir kahkahayla ya da gereksiz bir özürle başlayan tiplerdendi: *Özür dilerim, beşte orada olurum,* gibi. Onu aradığım zaman, bizimle görüşmek için otele gelmekte ısrar etti. "Özür dilerim, bu kentin taksicileri köpekbalığı gibidir," dedi telefonda, aksansız, kusursuz bir İngilizce'yle. "Yabancı kokusu aldılar mı, üç misli ücret isterler."

Kapıdan gülümseyerek, özürler dileyerek girdi; soluğu hırıltılıydı, terliyordu. Bir mendille alnını kuruladı, evrak çantasını açtı, not defterini aranırken yatağa saçılan kâğıtlar yüzünden af diledi. Yatağının üzerine bağdaş kurmuş oturan Sohrab'ın bir gözü, sesi kısılmış televizyonda, öteki gözü bu telaşlı avukattaydı. Sabah ona Faysal'ın geleceğini söyleyince, başını sallamış, bir şey sormaya niyetlenmiş, sonra da televizyondaki çocuk programına dönmüştü.

"İşte burada," dedi Faysal, sarı, çizgili not defterini açarken. "Umarım çocuklarım düzenlilik konusunda annelerine çekerler. Özür dilerim, kimse avukatı olacak adamdan böyle bir söz duymak istemez herhalde!" Güldü.

"Şey, Raymond Andrews sizi çok methetti."

"Bay Andrews. Evet, evet. Efendi bir adam. Aslında beni arayıp sizden söz etti."

"Öyle mi?"

"Ah, evet."

"Durumumu öğrendiniz o halde?"

Faysal dudağının üstündeki ter damlalarını kuruladı. "Durumunuzun, Bay Andrews'a anlattığınız şeklini öğrendim," dedi. Yanakları utangaç bir tebessümle çukurlaştı. Sohrab'a döndü. "Bütün bu dertlerin nedeni olan genç adam bu, sanırım," dedi Farsça.

"Bu, Sohrab," dedim. "Sohrab, bu bey sana sözünü ettiğim avukat, Bay Faysal."

Sohrab yatağın yanından yere kaydı, Ömer Faysal'la tokalaştı. "*Selamın aleyküm,*" dedi, alçak bir sesle.

"*Aleyküm selam,* Sohrab," dedi Faysal. "Adını büyük bir savaşçıdan aldığını biliyor muydun?"

Sohrab başıyla doğruladı. Yeniden yatağına tırmandı, yan dönüp gözünü televizyona dikti.

"Farsça'yı ne kadar iyi konuşuyorsunuz," dedim. "Kâbil'de mi büyüdünüz?"

"Hayır, Karaçi'de doğdum. Ama birkaç yıl Kâbil'de yaşadım. Şar-e-Nau'da, Hacı Yakup Cami'nin yakınında," dedi. "Aslında Berkeley'de büyüdüm. Babam altmışlı yılların sonunda orada müzikle ilgili ıvır zıvır satan bir dükkân açmıştı. Özgür aşk, bandana, baskılı tişörtler... ne ararsan." Öne doğru eğildi. "Woodstock'taydım."

"Mükemmel," dedim. Faysal öyle çok güldü ki, yeniden terlemeye başladı. "Her neyse," diye sürdürdüm, "Bay Andrews'a her şeyi anlattım; bir-iki şey hariç. Belki üç. Size sansürsüz anlatayım."

Bir parmağını yaladı, boş bir sayfa buldu, kaleminin kapağını açtı. "Buna sevinirim, Emir. Bundan sonrasını İngilizce devam edelim mi?"

"İyi olur."

Olup biteni anlattım. Rahim Han'la buluşmamı, Kâbil yolculuğunu, yetimhaneyi, Gazi Stadyumu'ndaki taşlamayı.

"Tanrım," diye fısıldadı. "Özür dilerim, Kâbil'den öyle güzel anılarım var ki. Bana anlattığın yerin Kâbil olduğuna inanmak çok zor."

"Son zamanlarda gittin mi?"

"Hayır."

"Şu kadarını söyleyeyim; Berkeley'e hiç benzemiyor," dedim.

"Devam et."

Kalanını anlattım; Assef'i, kavgayı, Sohrab'ın sapanını, Pakistan'a kaçışımızı. Ben bitirince defterine bir şeyler karaladı, birkaç derin soluk aldı, ciddi bir yüzle bana baktı. "Eh, Emir, seni zorlu bir mücadele bekliyor."

"Kazanabilecek miyim?"

Kaleminin kapağını taktı. "Raymond Andrews gibi konuşmak istemem ama, pek sanmam. Olanaksız değil ama pek mümkün de değil." O şirin tebessümün, gözlerdeki şakacı parıltıların yerinde yeller esiyordu.

"Ama Sohrab gibi çocukların bir yuvaya ihtiyacı var," dedim. "Bütün bu kurallar, yasalar bana hiç mantıklı gelmiyor."

"Ah, bilmez miyim? Mevcut göçmenlik yasaları, evlat edinme yönetmelikleri ve Afganistan'daki siyasal durum, hepsi sana karşı, Emir."

"Anlamıyorum," dedim. Canım bir şeye vurmak istiyordu. "Demek istediğim, anlıyorum da aklım almıyor."

Ömer başını salladı, kaşlarını çattı. "Eh, durum bu. Bu tür felaketlerden sonra -ki Taliban gerçek bir felakettir, Emir, inan bana- bir çocuğun yetim kalıp kalmadığını saptamak güçtür. Çocuklar toplanıp sığınma kamplarına götürülür ya da artık onlara bakamayan ana-babaları tarafindan terk edilirler. Her zaman olan şeydir. Dolayısıyla, Göçmenlik Bürosu çocuğun 'yasal yetim' tanımına uyduğu kesinkes anlaşılmadan vize vermeye yanaşmıyor. Özür dilerim, kulağa çok saçma geldiğinin farkındayım, ama ölüm belgelerine ihtiyacın var."

"Afganistan'ı tanıyorsun," dedim. "Bunun ne kadar olanaksız olduğunu biliyorsun."

"Biliyorum," dedi. "Ama diyelim ki, bu çocuğun ebeveyninin sağ olmadığı gayet açık. O zaman bile, GB çocuğu kendi ülkesinde bir aileye teslim etmenin daha doğru bir uygulama olacağına inanıyor; mirasın korunması açısından."

"Hangi miras? Taliban bir Afgan'ın sahip olduğu bütün mirası yok etmedi mi? Bamiyan'daki şu dev Buda heykellerine ne yaptıklarını gördün."

"Özür dilerim, yalnızca GB'nin işleyiş biçimini açıklıyorum," dedi Ömer, koluma dokunarak. Sohrab'a bir göz atıp gülümsedi. Bana döndü. "Şimdi, bir çocuk ancak kendi ülkesinin yasalarına, uygulamalarına göre yasal bir biçimde evlat edinilebilir. Ama ülkeye karmaşa egemense, yani tıpkı Afganistan gibiyse, hükümet daireleri çok daha acil davalarla meşguldür ve evlatlık işlemlerine öncelik tanınmaz."

İçimi çektim, gözlerimi ovuşturdum. Gözlerimin hemen arkasını çekiç gibi döven bir baş ağrısı hızla yaklaşmaktaydı.

"Ama diyelim ki, Afganistan toparlandı," dedi Ömer, kollarını iri göbeğinin üstünde kavuşturarak. "O zaman bile izin alamayabilirsin. İşin doğrusu, daha ılımlı Müslüman ülkelerin bile evlatlık konusunda çekinceleri var, çünkü bu ülkelerin çoğundaki İslam hukuku, yani *Şeriat* evlat edinmeyi kabul etmiyor."

Avucumu alnıma bastırdım. "Bana vazgeçmemi mi söylüyorsun?"

"Ben Amerika'da büyüdüm, Emir. Amerika bana tek bir şey öğrettiyse, o da asla pes etmemektir. Ama bir avukat olarak, sana olguları sıralamak benim görevim," dedi. "Sonunda, evlatlık kurumları çocuğun konumunu değerlendirmesi için bir görevli gönderir, ama aklı başında hiçbir kurumun Afganistan'a birini göndermeyeceği ortada."

Bir televizyona bir bize bakan Sohrab'ı süzdüm. Tıpkı babası gibi, dizlerini karnına çekmiş, çenesini dizine dayamıştı.

"Onun üvey amcasıyım, bunun hiçbir önemi yok mu?"

"Kanıtlayabilirsen, var tabii. Özür dilerim, elinde bir belge ya da seni destekleyecek birileri var mı?"

"Belge yok," dedim, yorgun bir sesle. "Bundan kimsenin haberi yoktu. Sohrab bile benden öğrendi. Bunu bana söyleyen kişi de ortada yok, ölmüş olabilir."

"Hımm."

"Seçeneklerim ne, Ömer?"

"Açık konuşacağım. Pek fazla seçeneğin yok."

"Hey Tanrım, ne yapabilirim?"

Ömer derin bir soluk aldı, kalemiyle çenesine hafif hafif vurdu, soluğunu bıraktı. "Her şeye karşın dilekçeni verir, şansını deneyebilirsin. Bağımsız evlatlık başvurusu yapabilirsin. Bunun anlamı, önümüzdeki iki yıl boyunca burada, Pakistan'da Sohrab'la birlikte yaşamandır. Ve onun adına Amerika'ya sığınma hakkı elde etmeye çalışırsın. Çok uzun bir süreçtir, ayrıca politik eziyet gördüğünü de kanıtlaman gerekir. İnsan haklarına seslenen, siyasal sığınma talebi. Kararı başsavcı verir... kolay kolay da vermez." Durakladı. "Bir seçenek daha var; belki de en iyi yol."

Öne eğildim: "Nedir?"

"Onu burada bir yetimhaneye kaydeder, sonra da bir yetim dilekçesi doldurursun. O güvenli bir yerdeyken, sen de I-600 formunu doldurup rahat rahat incelenirsin."

"Onlar da ne?"

"Özür dilerim, I-600, Göçmenlik Bürosu'nun gereğidir. İncelenmek ise, seçeceğin evlatlık kurumu tarafindan araştırılmak," diye açıkladı Ömer. "Yani sizin, karınla senin ruh hastası filan olmadığınızdan emin olmak için."

"Bunu yapamam," dedim, Sohrab'a bakarak. "Onu yetimhaneye göndermeyeceğime söz verdim."

"Dediğim gibi, senin için en iyi yol bu."

Bir süre daha konuştuk. Sonra onu arabasına kadar geçirdim – eski bir VW tosbağa. İslamabat'ta güneş batıyordu; batıya alev kırmızısı bir hale yayılmıştı. Araba, zar zor direksiyona geçmeyi başaran Ömer'in ağırlığıyla sağa sola sallandı. Camı indirdi. "Emir?"

"Evet."

"İçeride söyleyecektim, firsat olmadı... Bu yaptığın şey var ya? Bence çok yüce bir şey."

Uzaklaşırken el salladı. Otelin önünde durup arkasından bakarken, Süreyya'nın yanımda olmasını öyle çok istedim ki.

Sohrab televizyonu kapamıştı. Yatağımın kenarına iliştim, onu yanıma çağırdım. "Bay Faysal, seni Amerika'ya götürmemin bir yolu olduğunu söylüyor," dedim.

"Öyle mi?" Belli belirsiz de olsa, günlerdir ilk kez gülümsedi. "Ne zaman gidebiliriz?"

"Şey, mesele de bu zaten. Biraz zaman alabilir. Ama mümkünmüş; bize yardım edecek."

Elimi ensesine koydum. Dışarıda, müminler namaza çağırılıyordu.

"Ne kadar?" diye sordu Sohrab.

"Bilemiyorum. Bir süre."

Omuzlarını silkti, gülümsedi. "Önemli değil. Beklerim. Ekşi elma gibi."

"Ekşi elma mı?"

"Bir keresinde, ben küçükken bir ağaca tırmandım, şu yeşil, ekşi elmalardan yedim. Karnım davul gibi şişti, çok acıdı. Annem elmaların olgunlaşmasını bekleseydin, hastalanmazdın dedi. Şimdi, ne zaman bir şeyi çok istesem, annemin elmalar için söylediği şeyi anımsıyorum."

"Ekşi elma," dedim. "*Maşallah,* sen bugüne kadar tanıdığım en zeki çocuksun, Sohrab can."

"Beni o kırmızı köprüye götürecek misin?" Kulakları kızardı.

"Elbette," dedim. "Kesinlikle."

"O yokuşlardan da çıkacağız, değil mi... hani arabanın tavanıyla gökyüzünden başka hiçbir şeyin görünmediği?"

"Hepsini, tek tek tırmanacağız," dedim. Yaşlar gözlerimi yakınca, hızlı hızlı kırpıştırdım.

"İngilizce'yi öğrenmek zor mudur?"

"Bence bir yıla kalmaz, Farsça kadar iyi konuşursun."

"Gerçekten mi?"

"Evet." Bir parmağımı çenesinin altına koydum, yüzünü kendime çevirdim. "Bir sorun var, Sohrab."

"Ne?"

"Şey, Bay Faysal seni bir süreliğine... yani kısa bir süre için bir çocuk yuvasına yerleştirmemizin... iyi olacağını düşünüyor."

"Çocuk yuvası mı?" Tebessümü siliniverdi. "Yetimhaneye mi yani?"

"Çok kısa bir süre için."

"Hayır," dedi. "Hayır, lütfen!"

"Sohrab, çok kısa sürecek. Söz veriyorum."

"Beni onlardan birine sokmayacağına söz vermiştin, Emir Ağa." Sesi kırıldı, yaşlar gözlerinde birikti. Yüreğime bir diken batıverdi.

"Bu farklı," dedim. "Burada, İslamabat'ta kalacaksın, Kâbil'de değil. Ben de seni her gün görmeye geleceğim, sonra seni çıkartıp Amerika'ya götüreceğim."

"Lütfen! Hayır! Lütfen!" diye hıçkırdı. "Oradan korkuyorum. Canımı yakacaklar! Gitmek istemiyorum."

"Kimse canını yakmayacak. Bir daha asla!"

"Evet, yakacaklar! Yapmayacağım diyorlar ama yalan söylüyorlar! Yalancılar! Lütfen, Tanrım!"

Yanağından yuvarlanan gözyaşını parmağımla aldım. "Ekşi elma, tamam mı? Tıpkı ekşi elmalar gibi," dedim tatlılıkla.

"Hayır, değil! Orası olmaz. Tanrım, lütfen, Tanrım! Hayır!" Titriyordu, yaşlar, sümük birbirine karımıştı.

"Şişşt." Onu kendime çektim, tir tir titreyen küçük bedenini kucakladım. "Şişşt. Her şey düzelecek. Birlikte eve gideceğiz. Göreceksin, her şey yoluna girecek."

Göğsüm sesini boğuklaştırmıştı, ama bu sesteki dehşeti yine de duyabiliyordum. "Lütfen, bana söz vermiştin! Allah aşkına, Emir Ağa! Söz vermiştin!"

Nasıl söz verebilmiştim? Onu göğsüme bastırdım, sımsıkı bastırdım, öne arkaya salladım. Göz pınarları kuruyuncaya kadar ağladı; titremesi kesilinceye, delice yalvarmaları anlaşılmaz mırıltılara dönüşünceye kadar. Bekledim, onu usul usul salladım; sonunda solukları duruldu, bedeni gevşedi. Uzun zaman önce okuduğum bir şeyi anımsadım: *Çocukların dehşetle baş etme yöntemi budur: uyuyakalmak.*

Onu yatağına taşıdım, yatırdım. Sonra kendi yatağıma uzandım, gözlerimi İslamabat'ın üstündeki mor göğe diktim.

Telefonun sesi beni yerimden sıçrattığında, gökyüzü zifiri karanlıktı. Gözlerimi ovuşturdum, başucumdaki lambayı yaktım. Saat on buçuğu biraz geçiyordu. Neredeyse üç saattir uyuyordum. Ahizeyi kaldırdım. "Alo?"

"Amerika'dan arıyorlar," dedi Bay Feyyaz'ın bezgin sesi.

"Teşekkür ederim." Banyonun ışığı yanıyordu; Sohrab her akşamki gibi yıkanıyordu. Birkaç çıtırtı, sonra Süreyya'nın sesi: "*Selam*!" heyecanlı gibiydi.

"Selam."

"Avukatla görüşme nasıl geçti?"

Ömer Faysal'ın önerisini aktardım. "Eh, onu unutabilirsin," dedi. "Buna gerek kalmayacak."

Doğrulup oturdum. "*Revsti?* Neden, ne oldu?"

"Şerif *Kaka* aradı. İşin sırrı, Sohrab'ı ülkeye sokmakta, dedi. Bir kere girdi mi, onu burada tutmanın bir sürü yolu varmış. Göçmenlik Bürosu'ndaki dostlarını aramış. Sohrab'a uluslararası insan hakları başvurusuyla vize alınabileceğini söyledi; kesin sayılırmış."

"İnanamıyorum!" dedim. "Ah, Tanrı'ya şükürler olsun! Sevgili, biricik Şerif can!"

"Biliyorum. Her neyse, bizler çocuğun parasal sorumluluğunu üstleneceğiz. Bir çırpıda hallolurmuş. Vizenin bir yıl geçerli olacağını söyledi; evlat edinme başvurusunda bulunmaya bol bol yeter."

"Bu gerçekten olacak mı, Süreyya, hı?"

"Öyle görünüyor," dedi. Sesi mutluydu. Onu sevdiğimi söyledim, o da beni. Telefonu kapadım.

"Sohrab!" diye seslendim, yatağımdan inerken. "Harika haberlerim var!" Banyo kapısına vurdum. "Sohrab! Süreyya can aradı. Seni yetimhaneye bırakmak zorunda kalmayacağız. Amerika'ya gidiyoruz, Sohrab; seninle ben. Duydun mu? Amerika'ya gidiyoruz!"

Kapıyı ittim. Banyoya girdim.

Bir an sonra, dizlerimin üzerine çökmüş, avaz avaz bağırıyordum. Sıkılı dişlerimin arasından haykırıyor, haykırıyordum. Boğazımın yırtıldığını, göğsümün patladığını hissedinceye kadar haykırdım.

Daha sonra, cankurtaran geldiğinde, benim hâlâ bağırdığımı söylediler.

YİRMİ BEŞ

İçeri girmeme izin vermiyorlar.

Onu tekerlekli sedyeyle birkaç kapıdan geçirdiklerini gördüm, peşlerine düştüm. Kapılardan hızla geçiyorum, iyotla peroksidin keskin kokusu yüzüme çarpıyor; bir tek, ameliyat maskeli iki erkekle yeşilli bir kadını görebilecek kadar zamanım oluyor... hep birlikte bir ameliyat masasının üstüne eğilmişler. Masanın bir yanından sarkan beyaz çarşaf yerdeki pis, kareli fayanslara sürtünüyor. Çarşafın altından bir çift küçük, kanlı ayak çıkmış; sol başparmağın tırnağı kırık. Sonra mavili, uzun boylu, iri yapılı bir adam avucunu göğsüme dayıyor, beni kapıdan dışarıya itiyor; tenime değen altın alyansı soğuk. Ona direniyorum, lanet okuyorum, ama buraya giremezsin diyor, bunu İngilizce söylüyor – sesi kibar ama kararlı. "Bekleyin," diyor, beni bekleme yerine doğru yönlendirirken; iki tarafa da açılabilen, çift kanatlı kapı onun arkasından hışırtıyla kapanıyor; kapıdaki üçgen biçimindeki dar camlardan içeriye bakmaya çalışıyorum; görebildiğim tek şey, iki erkeğin ameliyat takkesinin tepesi.

Beni geniş, camsız bir koridorda bırakıyor; çok kalabalık; insanlar duvarın dibindeki katlanır, madeni iskemlelerde oturuyor, kimileri de yerdeki ince, yıpranmış halının üzerine çökmüş. Yine çığlık atmak istiyorum; bu paniği en son ne zaman hissettiğimi anımsıyorum: Baba'yla o mazot tankerinin arkasında, öteki kaçaklarla birlikte, karanlığa diri diri gömüldüğümde. Kendimi buradan, bu gerçeklikten kopartmak, bir bulut gibi yükselip uzaklaşmak, dışarıdaki nemli yaz gecesine karışmak ve uzaklarda bir yerde, dağların üstünde ayrışmak, yok olmak istiyorum. Ama buradayım; bacaklarım birer beton sütun, ciğerlerim havasız, boğazım yanıyor. Öyle uçup gitmek yok. Bu gece, bundan başka bir gerçeklik yok. Gözlerimi kapatıyorum, koridorun kokuları burun deliklerime doluyor; ter ve amonyak, alkol ve safran. Tavanda, pervaneler kendilerini koridor boyunca uzanan iç karartıcı, gri floresan lambalara atıyor; kanatların çıkardığı kâğıtsı hışırtıyı duyabiliyorum. Kulağıma konuşmalar, bastırılmış hıçkırıklar, burun çekmeler geliyor; biri inliyor, bir başkası iç geçiriyor, asansörün kapısı açılırken *bip* diye ötüyor, santral Urduca birini çağırıyor.

Gözlerimi açıyorum ve ne yapmam gerektiğini anlıyorum. Çevreme bakınıyorum... yüreğim göğsümde bir kaya delgisi, kan kulaklarımda gümbürdüyor. Solumda küçük, karanlık bir malzeme odası var. İçeride, gereksindiğim şeyi buluyorum. İşimi görür. Katlanmış örtüler destesinden beyaz bir çarşaf çekiyorum, koridora götürüyorum. Bir hemşire, tuvaletin yakınında bir polisle konuşuyor. Hemşireyi dirseğinden tutuyor, soruyorum; hangi tarafın batı olduğunu öğrenmeliyim. Anlamıyor, surat asınca yüzündeki kırışıklıklar derinleşiyor. Boğazım yanıyor, ter gözlerime batıyor; aldığım her nefes kızgın bir alev; galiba ağlıyorum. Bir daha soruyorum. Yalvarıyorum. Sonunda polis kıbleyi gösteriyor.

Geçici seccademi yere serip diz çöküyorum, alnımı yere dayıyorum; gözyaşlarım çarşafı ıslatıyor. Yüzüm batıya dönük. Sonra, on beş yıldır namaz kılmadığımı anımsıyorum. Duaları çoktan unutmuşum. Ama önemli değil, ben de anımsadıklarımı okurum: *La ilahe il Allah, Muhammed ü resul Allah.* Allah'tan başka Tanrı yoktur, Muhammet de onun elçisidir. Artık Baba'nın yanıldığını görebiliyorum; bir Allah var, her zaman da vardı. O'nu burada, bu umutsuz, yılgın koridordaki insanların gözlerinde görebiliyorum. Burası Allah'ın gerçek evi; O'nu kaybedenler O'nu yine burada bulabilir – göz kamaştırıcı ışıkları, göğe yükselen minareleriyle o beyaz camide değil. Allah var, olmalı. Şimdi dua edecek, O'na yakaracağım; bunca yıldır O'nu ihmal ettiğim, yalan söylediğim, ihanet ettiğim, hiçbir cezaya uğramadan, özgürce günah işlediğim için... bir de O'na, bunca zaman görmezden gelip şimdi sıkışınca, sırf ihtiyaçtan başvurduğum için beni bağışlamasını isteyeceğim. Kitabın söylediği kadar merhametli, verici ve rahim olduğu için O'na yalvardığımı açıklayacağım. Başımı eğiyor, yeri öpüyor, söz veriyorum: *Zekât* vereceğim, *namaz* kılacağım, Ramazan'da oruç tutacağım, Ramazan bittikten sonra da orucu sürdüreceğim. Kutsal kitabındaki hiçbir sözü unutmayacak, çöldeki o boğucu kente, hacca gidecek, Kâbe'nin karşısında diz çökeceğim. Bütün bunları eksiksiz yapacak, bugünden başlayarak her gün O'nu düşüneceğim. Yeter ki duamı kabul etsin, şu tek arzumu yerine getirsin: Hasan'ın kanı ellerime bulaştı; oğlunun kanının da bulaşmaması için Sana yalvarıyorum.

Birinin içli içli ağladığını duyuyorum; bu, benim. Dudaklarım, yanaklarımdan süzülen yaşlar yüzünden tuzlu. Koridordaki bütün gözler üzerimde, hissediyorum ama kıbleye doğru eğilmeyi sürdürüyorum. Dua ediyorum. Korktuğumun başıma gelmemesi, günahlarımın bedelini, bunu hiç hak etmeyenler aracılığıyla ödememek için Allah'a yalvarıyorum.

İslamabat'a yıldızsız, kapkara bir gece çöküyor. Aradan birkaç saat geçti, şimdi acil servise uzanan koridordaki küçük bir bekleme odasının zemininde oturuyorum. Önümde kahverengi, zevksiz bir sehpa var, üstü gazetelerle, kenarı kıvrılmış dergilerle dolu – Nisan 1996 tarihli bir *Time,* üzerinde bir hafta önce tren kazasında ölen gencin fotoğrafı bulunan bir Pakistan gazetesi, parlak kapağında Lollywood yıldızlarının gülümsediği bir eğlence dergisi. Karşımdaki tekerlekli sandalyede, yeşim rengi *şalvar-kamez* giymiş, sırtına tığ işi bir şal almış, yaşlı bir kadın uyukluyor. Arada bir, sıçrayarak uyanıyor, Arapça bir dua mırıldanıyor. Bitkinim, merak ediyorum; bu gece kimin duaları kabul olacak; onunki mi benimkiler mi? Sohrab'ın yüzü gözümün önünde beliriyor; o sivri çenesi, küçük deniz kabuğu kulakları, tıpkı babasının gözlerine benzeyen hafif çekik, bambu yaprağı gözleri. Dışarıdaki gece kadar siyah bir keder beni pençesine alıyor; boğazımın kenetlendiğini hissediyorum.

Havaya ihtiyacım var.

Kalkıyorum, camları açıyorum. Panjurların arasından gelen hava küflü, sıcak – aşırı olgun hurmayla at pisliği kokuyor. Derin soluklarla onu ciğerlerime çekiyorum, ama beni göğsümdeki kelepçeden kurtaramıyor. Yeniden yere çöküyorum, *Time* dergisini alıyorum, sayfaları karıştırıyorum. Ama okuyamıyorum; dikkatimi hiçbir yere odaklayamıyorum. Dergiyi sehpanın üzerine atıyorum, beton zemindeki zikzaklı desene, duvarların birleştiği köşelerdeki örümcek ağlarına, pencere pervazındaki ölü sineklere bakıyorum. Saat sabahın dördü; o çift kanatlı kapıdan dışarıya itekleneli, beş saati geçti. Hâlâ hiçbir haber alamadım.

Altımdaki zemin bedenimin bir parçası gibi oldu; soluklarım gittikçe ağırlaşıyor, yavaşlıyor. Uyumak istiyorum; gözlerimi yummak, başımı bu serin, tozlu zemine yaslamak. Dalıp gitmek. Uyanınca, belki otelin banyosunda gördüklerimin bir rüya olduğunu anlarım: musluktan akan, küvetteki kanlı suya karışırken şırıldayan su; küvetin yanından sarkan sol kol; sifon kapağının üzerindeki kanlı ustura – bir gün önce tıraş olurken kullandığım ustura. Ve gözleri; yarı aralık ama ışıksız. Her şeyden çok, bu gözleri unutmak istiyorum.

Az sonra uyku gelecek; kendimi ona bırakacağım. Rüyamda, daha sonra anımsamayacağım şeyler göreceğim.

Biri omzumu hafifçe sarsıyor. Gözlerimi açıyorum. Bir adam yanıma diz çökmüş. O çift kanatlı kapının arkasındaki erkekler gibi, bunun da başında bir takke, ağzında da kâğıt bir ameliyat maskesi var – maskedeki kan damlasını görünce, yüreğim ağırlaşıveriyor. Çağrı cihazının üzerine şehla gözlü, küçük bir kızın fotoğrafını yapıştırmış. Maskesini çıkartıyor; Sohrab'ın kanına bakmak zorunda kalmayacağım için seviniyorum. Teni, Hasan'la Şar-e-Nau'daki çarşıdan satın aldığımız şu İsviçre çikolataları kadar koyu; saçları seyrek ama ela gözlerini çevreleyen kirpikleri gür, kıvrık. Düzgün bir İngilizce'yle adının Doktor Nevaz olduğunu söylüyor; ansızın bu adamdan kaçmak istiyorum, çünkü bana söylemeye hazırlandığı şeyi kaldırabileceğimi sanmıyorum. Çocuğun bileklerini çok derinden kestiğini, çok kan kaybettiğini söylüyor; dudaklarım aynı duayla kıpırdamaya başlıyor:

La ilahe il Allah, Muhammet ü resulullah.

Defalarca kan vermeleri gerekmiş...

Süreyya'ya nasıl söyleyeceğim?

Kalbi iki kez durmuş, elektro-şok uygulamışlar...

Namaz kılacağım, *zekât* vereceğim.

Kalbi bu kadar genç ve güçlü olmasaymış, onu kesinlikle kurtaramazlarmış...

Oruç tutacağım.

Kurtulmuş. Yaşıyormuş.

Doktor Nevaz gülümsüyor. Ne dediğini algılamam, tam bir dakika sürüyor. Bir şeyler daha söylüyor ama onu duymuyorum. Çünkü ellerini tuttum, yüzüme bastırdım. Bu yabancının küçük, etli ellerine hıçkıra hıçkıra, minnetle ağlıyorum. Şimdi susuyor. Bekliyor.

Yoğun bakım birimi L biçiminde, loş; sürekli öten ekranlar, vızıldayan aygıtlar. Doktor Nevaz beni beyaz, naylon perdelerle ayrılmış iki sıra yatağın arasından geçiriyor. Sohrab'ınki köşedeki son yatak, hemşirelerin bankosuna en yakın olan; yeşil ameliyat önlüklerine bürünmüş iki hemşire çizelgelere bir şeyler karalıyor, alçak sesle sohbet ediyor. Doktor Nevaz'la asansörde hiç konuşmadan yukarıya çıkarken, Sohrab'ı görünce yeniden gözyaşlarına boğulacağımı sanıyordum. Ama yatağının ayak ucundaki tabureye oturup da parlak, naylon hortumların, serum kordonlarının arasından görünen beyaz yüzüne bakarken, gözlerim kupkuru. Solunum cihazının tıslamasıyla eşzamanlı olarak bir yükselip bir alçalan göğsünü izlerken, garip bir sersemliğin, uyuşukluğun pençesindeyim; bu, direksiyonu son anda kıvırıp kafa kafaya toslaşmaktan kıl payı kurtulan birinin hissettiği türden bir sersemleme.

Kendimden geçiyorum... uyanınca, hemşire bankosunun yanındaki pencereye bakıyor, tereyağımsı gökte güneşin yükseldiğini görüyorum. Odaya ışık sızıyor, gölgemi Sohrab'a doğru düşürüyor. Sohrab hiç kımıldamıyor.

"Biraz uyusan iyi edersin," diyor bir hemşire. Onu tanımıyorum – ben uyuklarken nöbet değişmiş olmalı. Beni yoğun bakım biriminin bitişiğindeki başka bir salona götürüyor. İçerisi boş. Bana bir yastıkla bir hastane çarşafı veriyor. Ona teşekkür ediyor, salonun bir köşesindeki muşamba divana uzanıyorum. Aynı anda da uykuya dalıyorum.

Rüyamda yine üst kattaki bekleme odasındayım. Doktor Nevaz içeriye giriyor, onu karşılamak için ayağa kalkıyorum. Kâğıt maskesini çıkartıyor; elleri anımsadığımdan çok daha beyaz, tırnakları manikürlü, saçlarını ortadan düzgünce ayırmış. Hayır, bu Doktor Nevaz değil, Raymond Andrews; saksıda domates yetiştiren şu ufak tefek elçilik görevlisi. Andrews başını yana eğiyor. Gözlerini kısıyor.

Hastane gündüzleri, tepedeki parlak, beyaz floresan lambalarının aydınlattığı, bitmek bilmez, bol kıvrımlı koridorlarıyla bir arı kovanı gibiydi. Sağını solunu iyice öğrenmiştim; doğu kanadındaki asansörün dördüncü kat düğmesinin ışığının yanmadığını, aynı kattaki erkekler tuvaletinin kapısının bozuk olduğunu, açmak için omzunla yüklenmen gerektiğini biliyordum. Hastane yaşamının bir ritmi vardı; sabah nöbet değişiminden hemen önceki telaş, gündelik koşuşturma, gece geç saatlerde çöken sessizlik, ara sıra, birini canlandırmak için, bulanık bir leke halinde koşturan doktorlarla hemşirelerin bozduğu dinginlik. Gündüzleri Sohrab'ın başucunda nöbet tutuyor, geceleri hastanenin yılansı koridorlarında geziniyordum; ökçelerimin fayanslardaki çınlamasını dinliyor, uyandığı zaman Sohrab'a ne diyeceğimi düşünüyordum. Sonunda, hiçbir şey akıl edememiş bir halde yine yoğun bakım birimine, yatağın yanında hışırdayan solunum cihazına dönüyordum.

Yoğun bakımdaki üçüncü günün sonunda, cihazın borusunu çıkardılar, Sohrab'ı giriş katındaki bir yatağa aktardılar. Onu taşırlarken orada değildim. O gece biraz uyumak için otele dönmüş, sabaha kadar yatakta dönüp durmuştum. Sabah olunca, küvete bakmamaya çalıştım. Artık tertemizdi; biri kanı silmiş, yere yeni bir paspas yaymış, duvarları güzelce kazımıştı. Ama küvetin serin, porselen kenarına oturmaktan kendimi alamadım. Gözümün önünde, Sohrab'ın küveti ılık suyla dolduruşu canlandı. Soyunuşu. Usturayı elinde çevirişi, tepesindeki güvenlik mandalını açışı, keskin bıçağı çıkartışı, başparmağıyla işaretparmağı arasında tutuşu; onu suya girerken, orada bir süre gözleri kapalı, öylece yatarken gördüm. Usturayı kaldırıp bileğine doğru indirirken, en son ne düşünmüştü acaba?

Lobiden çıkıyordum ki, otel müdürü Bay Feyyaz bana yetişti. "Sizin için çok üzüldüm," dedi. "Ama otelimden ayrılmanızı rica edeceğim; lütfen. Bu tür şeyler işime büyük zarar verir."

Anlıyorum, dedim, hesabı kapattım. Hastanede geçirdiğim üç günün parasını almadı. Otelin önünde taksi beklerken, Bay Feyyaz'ın Sohrab'ı aramaya çıktığımız gece söylediği şeyi anımsadım. *Siz Afganlar biraz... biraz pervasız insanlarsınız..* Ona gülmüştüm, ama şimdi merak ediyordum: Sohrab'a o en korktuğu haberi verdikten sonra, gerçekten de yatıp uyumuş muydum?

Taksiye binince şoföre beni İran'dan gelme kitapları bulabileceğim, en yakın kitapçıya götürmesini söyledim. Birkaç kilometre güneyde bir tane var, dedi. Hastaneye gitmeden önce uğradık.

Sohrab'ın yeni odasının duvarları krem rengiydi; yer yer dökülmüş koyu gri kaplamalar, bir zamanlar beyaz olan cilalı fayanslar. Odayı on dört-on beş yaşlarında Pencaplı bir çocukla paylaşıyordu; daha sonra bir hemşireden, oğlanın bir otobüsün üstünden düştüğünü, bacağını kırdığını öğrendim. Alçılı bacağı, çeşitli ağırlıklar takılmış bir askıya alınmıştı.

Sohrab'ın yatağı pencerenin önündeydi; panjurlardan giren öğleden sonra güneşi yatağın alt kısmını aydınlatıyordu. Pencerenin yanında üniformalı bir güvenlik görevlisi duruyor, karpuz çekirdeği çitliyordu – Sohrab yirmi dört saat 'intihar gözetimi'nde tutulmaktaydı. Hastane kuralları, demişti Doktor Nevaz. Nöbetçi beni görünce kepinin ucuna dokundu, odadan çıktı.

Sohrab'ın üzerinde kısa kollu hastane pijaması vardı; sırt üstü yatmış, örtüyü göğsüne çekmişti; yüzü cama dönüktü. Uyuduğunu sandım, ama yatağının yanına bir iskemle çekince, gözkapakları titreşti, açıldı. Bana baktı, sonra bakışlarını kaçırdı. Ona verdikleri onca kana karşın çok solgundu, sağ kolunda da iri, mor bir çürük vardı.

"Nasılsın?" dedim.

Yanıtlamadı. Camdan dışarıya, hastanenin bahçesindeki etrafi çitle çevrili kum bahçesine ve salıncaklara bakıyordu. Oyun alanının yakınında, bir dizi amber ağacının gölgesinde kemer biçiminde, kafes işi bir kameriye vardı – ahşap kafeslere tırmanan birkaç yeşil sürgün. Kum havuzunda kovalarla, küreklerle oynayan birkaç çocuk. Gökyüzü bulutsuz, masmaviydi; bir jet ardında bir çift beyaz çizgi bırakmıştı. Sohrab'a döndüm. "Biraz önce Doktor Nevaz'la konuştum; iki-üç güne kadar taburcu olabileceğini söylüyor. Harika bir haber, ha?"

Yine sessizlik. Odanın öteki ucundaki Pencaplı çocuk uykusunda kıpırdandı, inledi. "Odanı beğendim," dedim, sarılı bileklerine bakmamaya çalışarak. "Aydınlık, manzarası da güzel." Sessizlik. Birkaç huzursuz dakika geçti, alnımı, dudağımın üstünü ince bir ter tabakası kapladı. Başucu sehpasında duran bir kâse bezelye *aş*'ını, kullanılmamış plastik kaşığı gösterdim. "Bir şeyler yemek için kendini zorla. *Kuvvet*'ini kazanmalısın. Sana yardım edeyim mi?"

Benimle göz göze geldi, sonra gözlerini kaçırdı; yüzü taş gibiydi. Gözleri hâlâ ışıksızdı; tıpkı onu küvetten çıkarırkenki gibi, bomboş. Ayaklarımın arasındaki kesekâğıdına uzandım, kitapçıdan aldığım *Şahname*'yi çıkardım. Kapağını Sohrab'a doğru çevirdim. "Çocukken, bunu babana okurdum. Evin yakınındaki tepeye çıkar, nar ağacının altına otururduk..." Sesim gitti. Sohrab yine camdan dışarıya bakıyordu. Zorla gülümsedim. "Babanın en sevdiği öykü, Rüstem'le Sohrab'ınkiydi; adın oradan geliyor. Ama bunu biliyorsun elbette." Durdum, kendimi aptal gibi hissettim. "Her neyse, mektubunda senin de en çok o öyküyü sevdiğini yazmış; ben de sana okurum diye düşündüm. İster misin?"

Sohrab gözlerini kapadı. Morluğun bulunduğu kolunu alnına dayadı.

Takside kıvırdığım sayfayı buldum. "Başlıyorum," dedim. *Şahname*'yi kendi başına okuduğu ve bunca zamandır onu kandırdığımı anladığı an, Hasan'ın aklından neler geçmişti acaba? Boğazımı temizledim, okumaya başladım. "Her ne kadar gözyaşlarıyla ıslanmış bir hikâye olsa da, Sohrab'la Rüstem'in mücadelesine kulak verin. Öykümüz, Rüstem'in oturduğu sedirden kalkmasıyla başlıyor. İçi çeşitli önsezilerle doludur, aklından binlerce düşünce geçmektedir..." Birinci bölümün çoğunu okudum; genç savaşçı Sohrab'ın annesine, Samengan Prensesi Tahmine'ye, babasının kim olduğunu sorduğu yere gelince kitabı kapadım. "Devam etmemi ister misin? Sıra savaşa geldi, biliyorsun. Sohrab ordusuyla İran'daki Ak Kale'ye doğru ilerleyecek. Okuyayım mı?"

Başını yavaşça salladı. Kitabı yeniden kesekâğıdına soktum. "Peki," dedim, bu küçücük tepkiden yüreklenmiş bir halde. "Belki yarın devam ederiz. Kendini nasıl hissediyorsun?"

Sohrab'ın ağzı açıldı, boğuk bir ses çıktı. Doktor Nevaz bunun olacağını söylemişti; boğazına soktukları solunum borusu, ses tellerini tahriş edebilirdi. Dudaklarını yaladı, bir kez daha denedi. "Yorgunum."

"Biliyorum. Doktor bunun çok normal olduğunu söyledi..."

Başını sallıyordu.

"Ne var, Sohrab?"

Yüzünü buruşturdu, yine o boğuk, fısıltıyı andıran sesle konuştu. "Her şeyden yoruldum."

İçimi çektim, iskemleme çöktüm. Aramızda, yatağın üzerinde bir güneş dilimi vardı; bir an için, o ışığın gerisinden bana bakan bu kül rengi yüz, Hasan'ın ölü yüzü oldu; müezzin akşam *ezan*'ına başlayıp da Ali bizi çağırıncaya kadar bilye oynadığım Hasan değil; güneş batıdaki kiremitli çatıların ardına devrilirken, tepeden aşağıya kovaladığım Hasan değil: Sağ olarak son kez yatak odamdan, yağmurun dövdüğü camdan gördüğüm, ılık bir yaz sağanağında, Ali'nin peşi sıra bohçasını taşıyan, sonra, biraz zorlanarak kaldırıp Baba'nın arabasının bagajına koyan Hasan'ın yüzü.

Sohrab başını bir kez daha salladı. "Her şeyden yoruldum," diye yineledi.

"Ne yapabilirim, Sohrab? Lütfen söyle."

"Ben..." Yine suratını buruşturdu, sesini engelleyen şey her neyse, onu çekip almak istercesine elini boğazına bastırdı. Gözlerim yine beyaz pansuman beziyle sıkı sıkı sarılmış bileğine kaydı. "Eski hayatımı istiyorum," diye soludu.

"Ah, Sohrab."

"Baba'yı, anne canı istiyorum. Sasa'yı istiyorum. Rahim Han Efendi'yle bahçede oynamak istiyorum, yine evimizde yaşamak istiyorum." Kolunu gözlerinin üstünden geçirdi. "Eski hayatımı geri istiyorum."

Ne diyeceğimi, nereye bakacağımı bilemedim, ellerime baktım. *Senin eski hayatın,* diye düşündüm, *benim de eski hayatım. Seninle aynı bahçede oynadım, Sohrab. Aynı evde yaşadım. Ama otlar kurumuş, araba yolumuzda bir yabancının cipi duruyor, asfaltımıza yağ damlatıyor. Eski yaşamımız bitti, Sohrab; o yaşamdakiler ya öldü ya da ölmek üzere. Artık bir tek seninle ben varız. Yalnızca sen ve ben.*

"Sana onu veremem," dedim.

"Keşke sen..."

"Sakın söyleme."

"...keşke beni... Keşke beni suda bıraksaydın."

"Bunu sakın söyleme, Sohrab," dedim, öne eğilerek. "Bu sözleri kaldıramam; böyle konuşmana dayanamam!" Omzuna dokundum, irkildi. Çekildi. Elimi indirdim; son günlerde, ben henüz verdiğim söze ihanet etmemişken Sohrab'ın nasıl rahatladığını anımsadım; temasımdan kaçmaz olmuştu. "Sohrab, sana eski yaşamını geri veremem; keşke yapabilseydim. Ama seni yanımda götürebilirim. Banyoya sana bu haberi vermek için girmiştim. Amerika'ya gelmen, bizimle yaşaman için sana vize aldık. Doğru söylüyorum. Yemin ederim."

Soluğunu burnundan saldı, gözlerini yumdu. Son iki sözcüğü geri almak istedim. "Biliyor musun, hayatım boyunca pişman olduğum pek çok şey yaptım," dedim. "Bunlardan en büyüğü de, sana verdiğim sözü tutamamaktır. Ama bu bir daha asla yinelenmeyecek. Sözcüklerle anlatılamayacak kadar üzgünüm. Senden beni bağışlamanı istiyorum. Bunu yapabilir misin? Beni affedebilir misin? Bana inanabilir misin?" Sesimi alçalttım. "Benimle gelecek misin?"

Yanıtını beklerken, zihnim uzun zaman öncesine, bir kış gününe gitti. Hasan'la yapraksız bir vişne ağacının altında, karın üzerinde oturuyorduk. O gün Hasan'la gaddarca oynamış, bana olan sadakatini kanıtlamak için pislik yer misin, diye sormuştum. Şimdi merceğin altındaki bendim; sözünün eri, güvenilir biri olduğunu kanıtlamak zorunda olan. Bunu hak etmiştim.

Sohrab öteki yana döndü, bana sırtını çevirdi. Uzun bir süre, hiçbir şey söylemedi. Sonra, tam ben uykuya daldığını düşünürken, çatlak bir sesle, "Öyle *hasta*'yım ki," dedi.

Uyuyuncaya kadar yanında oturdum. Sohrab'la aramızda bir şey yitmişti. Ben avukatla, Ömer Faysal'la buluşuncaya kadar, Sohrab'ın gözlerini küçücük de olsa bir umut ışığı yokluyordu – çekingen bir konuk gibi. Ama o ışık artık sönmüş, konuk kaçmıştı. Dönmeye cesaret edecek miydi? Ne zaman? Sohrab'ın yeniden gülümsemesi ne kadar zaman alacaktı? Bana güvenmesi. Tabii güvenirse.

Hastaneden çıktım, başka bir otel aradım; Sohrab'ın sesini ancak bir yıl sonra yeniden duyabileceğimi bilmiyordum.

Sonuçta, Sohrab önerimi açıkça kabul etmedi. Geri de çevirmedi. Ama sargılar açılıp da hastane önlüğü çıkartılınca, binlerce ana-babasız, evsiz Hazara'dan biri olduğunu anladı. Başka seçeneği var mıydı? Nereye gidebilirdi? Dolayısıyla, karar veremeyecek kadar bitkin, güvenemeyecek kadar bezgin bir çocuğun bu sessiz teslimiyetini, soruma verilmiş bir 'evet' yanıtı olarak kabul ettim. Onun özlemini çektiği şey, eski yaşamıydı. Sahip olduğu şeyse, ben ve Amerika. Koşullar düşünüldüğünde, o kadar da kötü bir yazgı değildi, ama bunu ona söyleyemezdim. Beyninde iblisler at koştururken, algı yeteneğin bir lüks olup çıkar.

Böylece, bir hafta sonra perondaki ılık, siyah asfaltı geçtik, uçağa bindik; Hasan'ın oğlunu Afganistan'dan Amerika'ya götürdüm, onu mutlak bir karmaşadan çıkartıp belirsizliğin karmaşasına taşıdım.

Bir gün, galiba 1983 ya da 1984'te, Fremont'ta bir video dükkânındaydım. Kovboy filmleri bölümündeyken yanımda duran, plastik bir bardaktan Coca-Cola içen bir adam, *Muhteşem Yedili*'yi gösterdi, filmi görüp görmediğimi sordu. "Evet, on üç kez," dedim. "Charles Bronson ölüyor; James Coburn'la Robert Vaughn da öyle." Öyle bir şaşkınlık, inanmazlıkla bana baktı ki, gören az önce içeceğine tükürdüğümü sanırdı. "Çok sağ ol, dostum," dedi, iğneleyici, öfkeli bir sesle; uzaklaşırken hâlâ kendi kendine söyleniyordu. İşte o zaman, Amerika'da bir filmin sonunu asla söylememen gerektiğini, karşındakinin buna fena halde bozulduğunu ve 'sonunu mahvettiğin' için seni özür dileyecek hale getirdiğini öğrendim.

Afganistan'da, sonu bir filmin her şeyi demekti. Hasan'la Zainab Sineması'nda bir Hint filminden çıktığımızda Ali, Rahim Han, Baba ya da Baba'nın bitmek bilmez arkadaşları (eve girip çıkan kuzenler, akrabalar) bir tek şey sorardı: Kız filmin sonunda mutlu oldu mu? Esas oğlan hayallerine kavuştu mu? Yoksa sonu acı mı bitti?

Tek bilmek istedikleri, sonunun mutlu gelip gelmediğiydi.

Bugün biri bana Hasan, Sohrab ve benim öykümün mutlu bitip bitmediğini sorsa, onu nasıl yanıtlayacağımı bilemem.

Mutlu son diye bir şey var mı?

Her şey bir yana, yaşam bir Hint filmi değil. Afganların en sık yinelediği deyiştir: *Zendagi migzara*. Hayat devam ediyor. Başlangıcı, sonu, *kemyah, nah-kam,* bunalımları, sevinçleri önemsemeksizin, ağır, tozlu bir kervan gibi ilerliyor.

Evet, bu soruya ne cevap vereceğimi bilmiyorum. Geçen pazar yaşadığım o küçük mucizeye karşın.

Eve yedi ay kadar önce, 2001 Ağustosu'nun ılık bir günü döndük Amerika'ya. Süreyya bizi havalimanında karşıladı. Birbirimizden hiç bu kadar uzun zaman ayrılmamıştık; kollarımı ensesine dolayıp saçındaki elma kokusunu içime çekince, onu ne kadar özlediğimi fark ettim. "Sen hâlâ benim *yelda*'mın sabahısın," diye fısıldadım.

"Ne?"

Kulağını öptüm. "Boş ver."

Süreyya, Sohrab'ın yanına diz çöktü. Elini tuttu, gülümsedi. "*Selam,* Sohrab can. Ben Süreyya Halan. Hepimiz dört gözle seni bekliyorduk."

Onu gözleri hafif nemli, Sohrab'a gülümserken görmek, rahmi ona ihanet etmeseydi nasıl bir anne olacağı hakkında bir fikir veriyordu.

Sohrab ağırlığını öteki ayağına verdi, uzaklara baktı.

Süreyya üst kattaki çalışma odasını Sohrab için bir yatak odasına dönüştürmüştü. Sohrab odaya girdi, yatağın ayak ucuna ilişti. Yatak örtüsü, çivit mavisi bir gökyüzünde kanat çırpan rengârenk uçurtmalarla kaplıydı. Süreyya dolabın yanındaki duvara, bir çocuğun ne kadar boy attığını ölçmeye yarayacak bir mezura çizmişti. Yatağın ayakucunda, içi kitaplarla dolu bir sepet gördüm; bir lokomotifle bir de suluboya takımı vardı.

Sohrab'ın üstünde İslamabat'tan aldığım düz, beyaz tişörtle kot pantolon vardı – bluz bol geliyor, kemikli, çökük omuzlarından gevşekçe sarkıyordu. Gözlerinin çevresindeki koyu renk halkalar sayılmazsa, yüzüne hâlâ renk gelmemişti. Bize, hastanede önüne konan haşlanmış pirinç kâsesine bakarkenki duygusuzluğuyla bakıyordu.

Süreyya odanı beğendin mi, diye sordu; gözlerini çocuğun bileklerindeki o pembe, tırtıklı çizgilerden kaçırmaya çalıştığını fark ettim. Sohrab başını eğdi. Ellerini baldırlarının altına soktu, bir şey demedi. Sonra uzandı, başını yastığa bıraktı. Beş dakika sonra, Süreyya'yla kapının eşiğinden baktığımızda, horul horul uyuyordu.

Biz de yattık; Süreyya başını göğsüme dayadı, uyudu. Karanlık odamızda, her zamanki gibi uyku nedir bilmeyen biri olarak, öylece yattım. Uyanık. Ve kendi iblislerimle baş başa.

Gece yarısı, bir ara yataktan indim, Sohrab'ın odasına gittim. Eğilip baktım; yastığının altında bir şey vardı, ucu görünüyordu. Aldım. Rahim Han'ın bana, benim de Şah Faysal Cami'ni seyrettiğimiz gece Sohrab'a verdiğim Polaroid'di. Hasan'la Sohrab'ın yan yana, güneşe karşı gözlerini kısıp dünya sanki çok iyi, çok adil bir yermiş gibi gülümsediği fotoğraf. Sohrab'ın yatağında bu fotoğrafa bakarak, onu evirip çevirerek ne kadar yattığını merak ettim.

Fotoğrafa baktım. *Baban iki parçası arasında bölünmüş biriydi,* diyordu Rahim Han mektubunda. Ben yasal parçaydım; toplumca onaylanan, meşru yarı; Baba'nın suçunun masum ama somut kanıtı. Hasan'a, eksik iki dişine, yüzüne vuran güneş dilimlerine baktım. Baba'nın öteki yarısı. Yasadışı, ayrıcalıksız parçası. Belki de Baba'nın, yüreğinin en gizli köşelerinde, gerçek oğlu olarak gördüğü parçası.

Resmi bulduğum yere soktum. Sonra, bir şey fark ettim: Az önceki düşünce, eskisi kadar dikenli değildi. Sohrab'ın kapısını çekerken, kendi kendime sordum: Yoksa bağışlanmak böyle mi tomurcuklanıyordu? Gürültülü patırtılı bir veda töreniyle değil de, eşyalarını sessizce toplayıp bir gece yarısı, habersizce sıvışarak mı?

* * *

Ertesi akşam, generalle Cemile Hala akşam yemeğine geldiler. Saçını kestirmiş, bir ton daha koyu kızıla boyatmış olan Cemile Hala, getirdiği bademli *maghout* tatlısını Süreyya'ya verdi. Sohrab'ı görünce, yüzü aydınlanıverdi. "*Maşallah!* Süreyya can ne kadar *hoştep* olduğunu söylemişti, ama beklediğimden çok daha yakışıklısın!" Balıkçı yaka, mavi bir kazak uzattı. "Sana ördüm," dedi. "Önümüzdeki kış, *inşallah* tam üzerine olur."

Sohrab kazağı aldı.

"Merhaba, genç adam," dedi general; iki eliyle bastonuna dayandı, birinin evindeki tuhaf, alışılmadık bir eşyayı inceleyen biri gibi Sohrab'ı süzdü.

Cemile Hala'nın yaralarımla ilgili sorularını yanıtladım (Süreyya tembihime uymuş, soyguna uğradığımı söylemişti onlara), kalıcı bir hasar olmadığına yeminler ettim, ağzımdaki tellerin bir-iki hafta sonra çıkartılacağını, onun yemeklerini yine afiyetle yiyebileceğimi söyledim; yaralarıma çabuk iyileşsin diye şekerli ravent suyu sürmeye söz verdim.

Anne-kız masayı hazırlarken, biz generalle oturma odasında şaraplarımızı yudumladık. Ona Kâbil'i, Taliban'ı anlattım. Bastonu kucağında, dinledi, başını salladı; takma bacağını satan adamı anlatırken, *çık çık* diye hayıflandı. Gazi Stadyumu'na da, Assef'e de hiç değinmedim. Kâbil'de birkaç kez rastlaştığı Rahim Han'ı sordu, hastalığını öğrenince de başını esefle salladı. Ama biz konuşurken, gözlerinin ikide bir divanda uyuyan Sohrab'a takıldığını fark etmiştim. Asıl varmak istediği noktanın etrafında dolanıp durduğumuz duygusuna kapıldım.

Menzile, sofrada vardık; general çatalını bıraktı, bana döndü: "Emir can, bu çocuğu neden yanında getirdiğini bize açıklayacak mısın?"

Cemile Hala atıldı: "İkbal can! Bu ne biçim soru?"

"Sen kazak örmekle meşgulken, canım, ben ailemizi merak edenlerle uğraşmak zorunda kalacağım. Soru soracaklar. Kızımızın evinde bir Hazara çocuğun ne işi olduğunu merak edecekler. Ne diyeceğim onlara?"

Süreyya kaşığını bıraktı. Babasına döndü. "Onlara dersin ki..."

"Tamamdır, Süreyya," dedim, elini tutarak. "Sorun değil, General Efendi haklı. İnsanlar soracaktır."

"Emir..." diye başladı karım.

"Tamamdır." Generale döndüm. "Durum şu, General Efendi: Babam hizmetkârının karısıyla yatmış. Kadın da Hasan adında bir oğlan doğurmuş. Hasan öldü. Divanda uyuyan çocuk, onun oğlu. Benim yeğenim. İşte, soranlara aynen böyle söylersiniz."

Herkes susmuş, bana bakıyordu.

"Bir şey daha var, General Efendi," dedim. "Bir daha, benim yanımda ondan asla 'Hazara çocuk' diye söz etmeyeceksiniz. Onun bir adı var: Sohrab."

Yemeğin sonuna kadar kimse konuşmadı.

Sohrab'ın suskun olduğunu söylemek, yanlış olur. Suskunluk, huzur içeriyor. Sakinlik, dinginlik. Yaşam düğmesinin sesini kısmak gibi.

Sessizlik ise düğmeyi kapatmak. Kesmek. Tamamen durdurmak.

Sohrab'ın sessizliği, buna özgür iradesiyle karar verenlerin, davasını hiç konuşmayarak savunma yolunu seçenlerin sessizliği değildi. Bu, karanlık bir yere sığınan, etrafındaki örtünün uçlarını kıvırıp bir bohça yapan ve onun içine gizlenen birinin sessizliğiydi.

Aslında bizimle yaşamıyordu, yalnızca evde küçük bir yer kaplıyordu. Küçük ama çok değerli bir yer. Bazen bir markette ya da parkta, insanların onu neredeyse hiç fark etmediğini görüyordum; orada değildi sanki. Bazen bir kitaptan başımı kaldırınca, Sohrab'ın içeri girmiş, kanepeye oturmuş olduğunu görüyordum – varlığını o sırada fark ediyordum. Ardında ayak izi bırakmaktan korkar gibi yürüyordu. Çevresindeki havayı harekete geçirmemeye özen gösterir gibi. Genellikle uyuyordu.

Sohrab'ın sessizliği Süreyya'ya da çok ağır geliyordu. Pakistan'dan yaptığımız telefon görüşmesinde, Süreyya bana Sohrab için yaptığı planlardan söz etmişti. Yüzme dersleri. Futbol. Bovling. Ama şimdi, çocuğun odasına giriyor, sepetteki açılmamış kitabı, işaretlenmemiş boy mezurasını, kutusundan bile çıkartılmamış parçalı bulmacayı görüyordu. Düşlediği yaşamın izleri. Daha sürgün bile vermeden solan bir hayalden geriye kalanlar. Yalnız değildi. Sohrab için benim de hayallerim vardı.

Sohrab sessizdi ama dünya değil. Eylülde bir salı sabahı ikiz kuleler yıkıldı ve dünya bir gecede değişti. Birden dört bir yanı Amerikan bayrakları kapladı; trafikte ilerlemeye çalışan sarı taksinin anteninde, işlek bir caddenin kaldırımındaki yayaların yakalarında, küçük sanat galerilerinin, önü açık dükkânların tentelerinin altında oturan, San Franciscolu dilencilerin pis keplerinde bile. Bir gün Edith'in, Sutter'la Stockton'ın köşesinde her gün akordeon çalan evsiz kadının önünden geçerken, ayağının dibinde duran akordeon kutusuna Amerikan bayrağı çıkartması yapıştırmış olduğunu gördüm.

Saldırıdan kısa bir süre sonra Amerika, Afganistan'ı bombaladı, Kuzey İttifakı iktidara geldi ve Taliban sıçanlar gibi oyuklara kaçıştı. Ansızın dükkânlarda, market kuyruklarındaki insanlar çocukluğumun kentlerinden, Kandahar, Herat, Mezar-ı Şerif'ten söz etmeye başladılar. Ben çok küçükken, Baba Hasan'la beni Kunduz'a götürmüştü. Yolculuktan aklımda pek bir şey kalmamış; bir tek, üçümüzün bir akasya ağacının gölgesinde oturup bir testiden sırayla karpuz suyu içtiğimizi ve karpuz çekirdeklerini en uzağa fırlatma yarışı yaptığımızı anımsıyorum. Şimdi Dan Rather, Tom Brokaw gibiler, Starbucks'da sütlü kahvelerini yudumlayanlar Kunduz'dan, Taliban'ın kuzeydeki bu son kalesindeki çatışmadan dem vuruyorlardı. Aralık ayında Peştunlar, Tacikler, Özbek ve Hazaralar Bonn'da toplandı ve Birleşmiş Milletler'in dikkatli bakışları altında, *vatan*'larındaki yirmi yıllık mutsuzluğu sona erdirebilecek süreci başlattı. Hamit Karzai'nin astragan kalpağı ve yeşil *çapan*'ı ünlü oldu.

Bütün bunlar olurken, Sohrab uyudu.

Süreyya'yla ikimiz Afganistan için bir şeyler yapmaya çalıştık; vatandaşlık sorumluluğu kadar üst kattaki sessizliği, yaşamdaki her şeyi bir kara delik gibi emen, yutan sessizliği bir şeyle -ne olursa- doldurma gereksinimden. Daha önce bu tür konularda etkin bir rol üstlenmemiştim, ama Sofya'nın eski Afgan büyükelçilerinden Kebir adındaki biri arayıp da bir hastane projesi için yardım isteyince, hemen kabul ettim. Bu küçük hastane Afganistan-Pakistan sınırına yakın bir yerdeydi ve kara mayınları yüzünden yaralanan Afgan sığınmacıların ameliyat edildiği, ufak bir ameliyathanesi vardı. Ama yeterli fon sağlanamadığı için kapatılmıştı. Ben proje müdürlüğünü üstlendim, Süreyya da benim yardımcılığımı. Günlerimin çoğunu çalışma odama kapanıp dünyanın dört bir yanına e-posta göndererek, maddi destek isteyerek, bağış amaçlı etkinlikler düzenleyerek geçiriyordum. Ve kendime, Sohrab'ı buraya getirmekle doğru olanı yaptığımı söyleyerek.

Yılı Süreyya'yla kanepede, bir battaniyenin altında birbirimize sokulup televizyonda Dick Clark'ı izleyerek bitirdik. Gümüş top düşüp beyaz konfetiler ekranı kaplayınca, insanlar çığlıklar atıp kucaklaştı, öpüştü. Bizim evimizde, yeni yıl tıpkı eskisinin bitişi gibi başladı: sessizlik içinde.

Sonra, dört gün önce, 2002 Martı'nın serin, yağmurlu bir günü küçük bir mucize oldu.

Süreyya, Cemile Hala ve Sohrab'ı Fremont'taki Lake Elizabeth Parkı'nda Afganların düzenlediği bir pikniğe götürdüm. General nihayet, geçen ay bir bakanlık önerisiyle Kâbil'e çağrılmış, iki hafta önce de oraya uçmuştu – gri takım elbisesiyle köstekli saatini yanına almadı. Cemile Hala birkaç ay sonra kocasına katılacaktı. Onu fena halde özlüyor, sağlığı için kaygılanıyordu; bir süre bizim yanımızda kalması için ısrar ettik.

Geçen perşembe baharın ilk günü, Afganların yılbaşısıydı (Savl-e-Nau); Körfez Yöresi'nde yaşayan Afganlar pazar günü, Doğu Körfezi'yle yarımadayı kapsayan bir şenlik düzenlemişti. Kebir, Süreyya ve benim kutlama yapmak için bir nedenimiz daha vardı: Ravalpindi'deki küçük hastanemiz bir hafta önce açılmıştı – ameliyathane değil, yalnızca çocuk kliniği. Şimdilik buna da razıydık.

Hava günlerdir güneşliydi, ama pazar sabahı yataktan inerken, yağmurun camı dövdüğünü duydum. *Afgan şansı*, diye düşündüm. Suratımı buruşturdum. Süreyya'yı uyandırmadan, sabah *namaz*'ımı kıldım. Camiden aldığım dua kitapçığına artık hiç başvurmuyordum, ayetler şimdi kendiliğinden, zahmetsizce geliyordu dilimin ucuna.

Öğleye doğru parka vardığımızda, bir avuç insanın yere çakılmış altı kazığın üzerine gerilen büyük, üçgen, muşamba çadırın altına sığınmış olduğunu gördük. Biri çoktan *bolani* kızartmaya başlamıştı bile; çay fincanlarından, kocaman bir kâsedeki karnabahar *aş*'ından duman tütüyordu. Bir kasetçalardan bangır bangır eski, cızırtılı bir Ahmet Zahir şarkısı yayılıyordu. Dördümüz (Süreyya'yla ben önde, Cemile Hala ortada, Sohrab geride) ıslak çimenlerden çadıra doğru hızla seğirtirken, gülümsedim.

"Komik olan ne?" dedi Süreyya, elindeki gazeteyi başının üstüne tutarak.

"Afganları Paghman'dan çıkartabilirsin, ama Afganların içindeki Paghman'ı asla çıkartamazsın," dedim.

Çadırın altına girdik. Süreyya'yla annesi ıspanaklı *bolani* kızartan, şişman bir kadının yanına gittiler. Sohrab tentenin altında bir dakika kadar durdu, sonra yağmura çıktı; elleri yağmurluğunun ceplerindeydi, tıpkı Hasan'ınki gibi koyu kumral, düz olan saçları kafasına yapışmıştı. Kahverengi bir su birikintisinin başında durdu, bakmaya başladı. Kimse onun farkında değil gibiydi. Onu içeriye, çadıra çağıran olmadı. Evlat edindiğimiz (herkesin 'değişik' bulduğu) küçük oğlana ilişkin soruşturmalar neyse ki zamanla azalmıştı; Afganların bazen ne kadar rahatsız edici olabildikleri düşünülürse, bu durum huzur vericiydi doğrusu. İnsanlar, neden konuşmadığını da sormaktan vazgeçmişlerdi, neden öteki çocuklarla oynamadığını da. En güzeli de, abartılı duygudaşlıklarıyla bizi boğmayı kestiler – başlarını yavaşça sallamalar, *çık çık*'lamalar, "*Ah, gung biçare*" diye hayıflanmalar. Ah, zavallı dilsiz. Yenilik, eskimişti. Sohrab hiçbir özelliği olmayan, donuk bir duvar kâğıdı gibi ortama karışmış, eriyip gitmişti.

Kebir'le tokalaştım. Ufak tefek, gümüş saçlı bir adamdı. Beni bir düzine kişiyle tanıştırdı; emekli bir öğretmen, bir mühendis, eski bir mimar, şimdi Hayward'da sosisli sandviç satan bir cerrah. Hepsi de Baba'yı Kâbil'den tanıdıklarını söylediler, onu saygıyla andılar. Baba şöyle ya da böyle, hepsinin yaşamına dokunmuştu. Böyle büyük bir insanın oğlu olduğun için şanslısın, diye eklediler.

Karzai'yi bekleyen çetin ve büyük bir olasılıkla nankör görevden, yaklaşan *Loya jirga*'dan ve yirmi sekiz yıllık sürgünden sonra ülkesine dönmeye hazırlanan kraldan konuştuk. 1973 yılını, Zahir Şah'ın kuzeni tarafından devrildiği geceyi anımsadım; silah seslerini, gökyüzünün gümüşe kesişini; Ali, Hasan'la beni kucaklamış, korkmamamızı, yalnızca ördek avladıklarını söylemişti.

Sonra, biri bir Nasrettin Hoca fıkrası anlattı, kahkahaları koyuverdik. "Biliyor musun, baban çok esprili bir adamdı," dedi Kebir.

"Öyleydi, değil mi?" dedim, gülümseyerek. Aklıma Baba'nın buraya geldikten kısa bir süre sonra Amerikan sineklerine söylenişi geldi. Elinde sineklik, mutfak masasına oturur, duvardan duvara seğirten, bir şurada bir burada vızıldayan sinekleri izlerdi. "Bu ülkede sineklerin bile acelesi var," diye inlemişti bir gün. Katıla katıla gülmüştüm. Anı beni hâlâ gülümsetiyordu.

Saat üçte yağmur dindi; gökyüzü şimdi bulut hevenkleriyle ağırlaşmış, koyu griydi. Parkı serin bir esinti yalıyordu. Piknik alanı giderek kalabalıklaştı. Afganlar birbirini selamlıyor, kucaklıyor, öpüyor, birbirine yiyecek ikram ediyordu. Biri bir mangal yaktı, az sonra sarımsağın ve kebabın kokusu duyularımı kapladı. Müzik sürüyordu; tanımadığım, yeni bir şarkıcıydı. Çocuklar cıvıldıyordu. Sohrab'ı gördüm; sarı yağmurluğu hâlâ sırtındaydı, bir çöp kovasına yaslanmış, parkın karşı ucuna, boş futbol sahasına bakıyordu.

Biraz sonra, ben (Baba'yla sekizinci sınıftan arkadaş olduklarını söyleyen) eski cerrahla sohbet ederken, Süreyya kolumu çekti: "Emir, bak!"

Gökyüzünü gösteriyordu. Yukarıda yarım düzine uçurtma vardı; gri gökyüzüne karşı daha da parlak görünen, sarı, kırmızı, yeşil uçurtmalar.

"Gidip baksana," dedi Süreyya, yakınlardaki bir tezgâhta uçurtma satan adamı göstererek.

Çay fincanımı Süreyya'ya verdim. "Şunu tutar mısın." İzin istedim, uçurtma tezgâhına doğru ilerledim; ayakkabılarım ıslak çimlerde gıcırdıyordu. Sarı bir uçurtmayı işaret ettim. "*Sawl-e-nau mübarek,*" dedi satıcı; yirmiliği aldı, uçurtmayla cam ipli tahta makarayı bana uzattı. Teşekkür ettim, iyi yıllar diledim. İpi kontrol etmek için, Hasan'la yaptığımız gibi, baş ve işaretparmaklarımın arasına kıstırıp çekeledim. Parmağım kızarıverdi, uçurtma satıcısı gülümsedi. Ben de ona.

Uçurtmayı, kollarını göğsünde kavuşturmuş, hâlâ çöp kutusunun yanında duran Sohrab'a götürdüm. Gökyüzüne bakıyordu.

"*Seh-parça* ister misin?" dedim, çapraz çıtaların ortasından tuttuğum uçurtmayı havaya kaldırarak. Gözleri bana çevrildi, sonra uçurtmaya, sonra yine bana. Saçlarından yüzüne birkaç yağmur damlası süzüldü.

"Bir keresinde, Malezya'da uçurtmayla balık avladıklarını duymuştum," dedim. "Bunu bilmiyordun, değil mi? Ucuna bir olta bağlayıp sığ suların üstünde uçuruyorlarmış; suya gölgesi vurup da balığı ürkütmesin diye. Çin'de de, çok çok eskiden, generaller savaş alanlarında adamlarına uçurtmayla mesaj gönderirmiş. Doğru söylüyorum. Seni kandırmaya çalışmıyorum." Ona kan oturmuş parmağımı gösterdim. "İpi de gayet iyi."

Gözümün ucuyla, Süreyya'nın çadırın önünden bizi seyrettiğini görebiliyordum. Ellerini gergin bir tavırla, koltuk altlarına sokmuştu. Süreyya benim aksime, zamanla pes etmiş, Sohrab'la iletişim kurmaya çalışmaktan vazgeçmişti. Yanıtlanmayan sorular, boş bakışlar, anlamsız yüzler öyle acı vericiydi ki. Karım 'yeşil ışığı bekleme' konumuna geçmişti. Bekliyordu.

Ortaparmağımı yaladım, kaldırdım. "Baban rüzgârı kontrol etmek için, sandaletinin burnuyla yerden toz kaldırır, hangi yöne savrulduğuna bakardı. Bunun gibi bir sürü numara bilirdi." Parmağımı indirdim. "Batı, galiba."

Sohrab kulak memesindeki yağmur damlasını sildi, ağırlığını öteki ayağına verdi. Bir şey demedi. Süreyya birkaç ay önce bana, sesi nasıl, diye sormuştu. Artık anımsayamadığımı söylemiştim.

"Babanın, Vezir Ekber Han'ın bir numaralı uçurtma avcısı olduğunu söylemiş miydim? Hatta belki de bütün Kâbil'in?" Makaranın ucundan sarkan ipi, merkez kirişe tutturulmuş olan sicim halkasına bağladım. "Mahallenin çocuklarını kıskançlıktan çatlatırdı. Uçurtma kovalarken asla başını kaldırıp göğe bakmazdı; insanlar onun uçurtmanın gölgesini kovaladığını söylerdi. Ama onu benim kadar iyi tanımıyorlardı. Baban gölge filan kovalamıyordu. O yalnızca... biliyordu."

Yarım düzine uçurtma daha havalanmıştı. İnsanlar ellerinde çay fincanları, gruplar halinde toplaşıyordu; gözler gökyüzüne mıhlanmıştı.

"Bunu uçurmama yardım eder misin?" dedim.

Sohrab bir uçurtmaya bir bana baktı. Sonra da gökyüzüne.

"Pekâlâ," dedim, omuz silkerek. "Anlaşılan tek başıma uçuracağım."

Makarayı sol avucuma güzelce yerleştirdim, sicimi bir metre kadar saldım. Islak çimlerden azıcık yükselen uçurtma yalpaladı. "Son şansın," dedim. Ama Sohrab ağaçların epeyce üstünde salınan bir çift uçurtmaya bakıyordu.

"Tamam, işte gidiyorum!" İpin ucunu parmaklarımın arasına kıstırdım, elimi başımın üstüne kaldırdım, yağmur birikintilerine bata çıka koşmaya başladım. Bunu yapmayalı öyle uzun zaman olmuştu ki; bunca yıldan sonra kendimi gülünç duruma düşürüp düşürmediğimi merak ettim. Koşarken, bıraktım sol avucumdaki makara rahatça dönsün; gerilen sicimin sağ elimi kestiğini hissettim. Uçurtma havalanmıştı artık, omzumun hizasındaydı; yavaşça, döne döne yükseldiğini görünce, daha hızlı koşmaya başladım. Makara daha hızlı boşalıyordu; camlı ip sağ avucuma iyice gömüldü; avucumda yara açması yakındı. Durdum, arkama döndüm. Havaya baktım. Gülümsedim. Uçurtmam yükseklerde bir sarkaç gibi sağa sola salınıyor, hep Kâbil kış sabahlarıyla özdeşleştirdiğim o bildik 'kâğıt kanatlarını çırpan kuş' hışırtısını çıkartıyordu. Bir uçurtmaya elimi sürmeyeli çeyrek yüzyıl olmuştu, ama bir anda on iki yaşına dönmüştüm ve eski içgüdüler doludizgin çıkagelmişti.

Yanımda birinin varlığını hissedince, başımı eğip baktım. Sohrab'dı. Ellerini yağmurluğunun ceplerine sokmuştu. Peşimden gelmişti.

"Denemek ister misin?" diye sordum. Bir şey demedi. Ama sicimi ona uzatınca, bir elini cebinden çıkardı. Durakladı. İpi benden aldı. İpi beslemek için makarayı çevirirken yürek atışlarım hızlanıverdi. Yan yana durduk. Sessizce. Başlar yukarıda.

Çevremizde çocuklar kovalamaca oynuyor, çimenlerde kayıyordu. Biri kasetçalara eski bir Hint filminin müziğini koymuştu. Birtakım yaşlıca erkekler sıraya girmiş, yerdeki naylon örtünün üzerinde ikindi *namaz*'ını kılıyordu. Hava ıslak ot, duman ve ızgara et kokuyordu. Bütün kalbimle zamanın durmasını diledim.

Sonra, ziyaretçimizi fark ettim. Yeşil bir uçurtma bizimkine sokulmaktaydı. İpi izleyince, bizden otuz metre kadar ileride duran oğlanı gördüm. Alabros tıraşlıydı, tişörtünün göğsünde kalın, siyah harflerle PATRON ROCK yazıyordu. Baktığımı görünce gülümsedi. El salladı. Ben de ona.

Sohrab ipi bana geri uzattı.

"Emin misin?" dedim, alırken.

Makarayı benden aldı.

"Peki," dedim. "Hadi şuna bir ders verelim, ne dersin?" Göz ucuyla Sohrab'a baktım. Gözlerindeki o camsı, boş bakışlar silinmişti. Gözleri uçurtmamızla yeşil uçurtma arasında mekik dokuyordu. Yüzü azıcık kızarmış, gözleri dikkat kesilmişti. Uyanık. Canlı. Nasıl olmuş da onun her şeye karşın bir çocuk olduğunu unutmuştum?

Yeşil uçurtma, hamlesini yapmaya hazırlanıyordu. "Bekle," dedim. "Bırak biraz daha yaklaşsın." İki kez pike yaptı, sonra bize doğru sokuldu. "Hadi gel," dedim. "Gel bakalım!"

Yeşil uçurtma giderek yaklaşıyordu, şimdi bizimkinden biraz daha yüksekteydi, ona hazırladığım tuzaktan habersizdi. "Seyret, Sohrab. Sana babanın en sevdiği numaralardan birini göstereceğim; şu eski havalanıp dalma numarasını."

Sohrab yanı başımda, burnundan hızlı hızlı soluyordu. Avuçlarının arasındaki makara dönüyordu, yaralı bileklerindeki kirişler *rubab* telleri gibi gerilmişti.Gözlerimi kırpıştırdım; makarayı tutan eller bir anlığına, tavşandudaklı bir oğlan çocuğunun kırık tırnaklı, nasırlı elleri oldu. Bir karganın çığlığını duydum, başımı kaldırıp baktım. Park öyle taze, öyle göz kamaştırıcı beyazlıktaki bir karla titreşiyordu ki, gözlerimi yaktı. Karlar, beyaza kesmiş ağaçların dallarından çıt çıkarmaksızın döküldü. Burnuma şalgam *kurma* kokusu geldi. Dut kurusu. Ekşi portakal. Talaş ve ceviz. Bastırılmış, boğuk sessizlik, kar sessizliği sağır ediciydi. Sonra uzaklarda, kıpırtısızlığın karşı ucunda bizi eve çağıran bir ses; sağ bacağını sürükleyen bir erkeğin sesi.

Yeşil uçurtma şimdi tam tepemize dikilmişti. "Zokayı yuttu," dedim. "Artık an meselesi." Gözlerimi uçurtmamızdan ayırmıyordum.

Yeşil uçurtma durakladı. Konumunu ayarladı. Sonra saldırdı. "İşte geliyor!" dedim.

En küçük bir hata yapmadım. Kusursuzca yineledim. Bunca yıldan sonra. Şu bildik yüksel-dal taktiğini. Elimi biraz gevşettim, sonra ipe var gücümle asıldım, âni bir pikeyle yeşil uçurtmadan kurtuldum. Bir dizi hızlı çekeleyişin ardından uçurtmamız saat ibresinin aksi yönünde, yarım bir daire çizdi ve havaya fırladı. Roller bir anda değişmişti; şimdi tepede olan bendim. Yeşil uçurtma panik halinde çırpınıyor, kaçmaya çalışıyordu. Ama artık çok geçti. Onu Hasan'ın tuzağına düşürmüştüm bile. İpi sertçe çektim, uçurtmamız alıcı bir kuş gibi daldı avına. İpimizin öteki ipi biçişini neredeyse hissettim. Kopma sesini duyar gibi oldum.

Sonra, yeşil uçurtma kontrolden çıktı, fırıl fırıl dönmeye başladı.

Arkamızdan sevinç çığlıkları geldi. İnsanlar alkışlıyor, ıslık çalıyordu. Soluk soluğaydım. Böylesi bir coşkuyu son kez, 1975 kışında tatmıştım; o son uçurtmayı kestiğim ve damımızda durmuş el çırpan, yüzü ışıyan Baba'yı gördüğüm an.

Aşağıya, Sohrab'a baktım. Dudağının bir kıyısı hafifçe kıvrılmıştı.

Bir tebessüm.

Orantısız.

Çarpık.

Varla yok arası.

Ama orada.

Arkamızda hareketlenen, itişip kakışan çocuklar; ağaçların üstünde yalpalayan, başıboş uçurtmanın peşine çığlık çığlığa düşen bir grup uçurtma avcısı. Gözlerimi kırpıştırdım, tebessüm silindi. Ama oradaydı. Onu görmüştüm.

"Uçurtmayı senin için yakalamamı ister misin?"

Yutkunurken, âdemelması inip çıktı. Rüzgâr saçlarını karıştırdı. Başını evet anlamında salladığını gördüm.

"Senin için bin tane olsa yakalarım," dediğimi duydum.

Sonra döndüm, koşmaya başladım.

Yalnızca bir gülümsemeydi, hepsi bu. Her şeyi düzeltmiş değildi. *Hiçbir şeyi* düzeltmemişti. Belli belirsiz bir tebessüm. Minicik bir şey. Ormandaki bir yaprak; ansızın havalanan bir kuşun kıpırdattığı bir yaprak.

Ama kollarımı ardına kadar açıp onu kucaklayacağım. Bağrıma basacağım. Çünkü bahar gelince, karların tek tek, tane tane eridiğini biliyorum; belki de ilk kar tanesinin eriyişine tanık oldum.

Koştum. Peşinde avaz çığlık bir çocuk sürüsü, deliler gibi koşan, yetişkin bir erkek. Ama umurumda bile değil. Yüzümü kamçılayan rüzgâra karşı, dudaklarımda Pençer Vadisi kadar geniş bir tebessüm, koştum.

Koştum.